Między nami

Mhairi McFarlane

Między nami

Przełożyła Danuta Fryzowska

MUZA

Warszawskie Wydawnictwo Literackie

Tytuł oryginału: **Between Us**
Projekt okładki: *Piotr Wszędyrówny*
Redakcja: *Dorota Kielczyk*
Redaktor prowadzący: *Aleksandra Janecka*
Redakcja techniczna: *Robert Fritzkowski*
Korekta: *Lilianna Mieszczańska, Beata Kozieł-Kulesza*

ISBN 978-83-287-3167-7

Warszawskie Wydawnictwo Literackie
MUZA SA
Wydanie I
Warszawa 2024

Jeanie – kobiecie opowiadającej wspaniałe historie

Prolog

Rok 2003
Teatr Stockport Plaza

Najlepsza jasnowidzka w Wythenshawe
Tak głosił plakat oparty na sztaludze na scenie reklamujący dzisiejszy pokaz niejakiej Queenie Mook. Nazwisko było tak dziwaczne, że nie mogło być zmyślone.

— Ciekawe, kto o tym decyduje, prawda? — spytała Roisin. — Bo przecież chyba nie dostaje się… akredytacji.

Jako dwunastolatka była dumna, że zna słowo „akredytacja".

Wyczuwając bunt, matka spojrzała na nią spod zmrużonych powiek, zwieńczonych rzęsami pociągniętymi czarną maskarą Lancôme.

Zanim pozwoliła Roisin wziąć udział w ich babskim wieczorze, ostrzegła:

— Tylko bez mędrkowania. Przez wzgląd na Dianę i Kim. Tata Di, Rodney, zmarł w listopadzie na ostre zapalenie trzustki. Diana ma nadzieję, że dziś się z nią skontaktuje.

— No dobra — zgodziła się Roisin, chociaż wątpiła, czy Queenie Mook sprawdzi się jako centrala telefoniczna łącząca z zaświatami. Z materiałów reklamowych jasnowidzki wynikało, że obsługuje głównie statki wycieczkowe.

– Od jego śmierci mają istne urwanie głowy. Rod zajmował się finansową stroną ich firmy hydraulicznej. – Lorraine powiedziała to tak, jakby Diana musiała zadać jakieś pilne praktyczne pytanie. „Gdzie jest deklaracja VAT za dwa tysiące pierwszy?", czy coś w tym stylu.

Roisin chciała wziąć udział w tym seansie z dwóch powodów: po pierwsze, fascynowali ją spirytyści, a po drugie, zanosiło się na niezłą zabawę. Mama była zanurzona w polu siłowym perfum Guerlain Shalimar, miała burzę starannie ufryzowanych włosów, atłasową sukienkę opiętą na biodrach, przezroczyste rajstopy i lakierowane szpilki.

Fajnie było przebywać wewnątrz jej orbity przy takich okazjach i patrzeć, jak wszyscy się za nią oglądają. To trochę tak, jakby pełniła funkcję osobistej asystentki kogoś sławnego. Przyjechały taksówką z Webberley, a po drodze wyperfumowana ekipa czarownic Lorraine zażądała, żeby DAĆ GŁOŚNIEJ, kiedy w radiu zaczęło lecieć *All Night Long* Lionela Ritchiego.

Do rozpoczęcia widowiska zostało piętnaście minut. Za sprawą karafek różowego wina, opróżnionych przed show podczas kolacji we francuskiej knajpce, nie obyło się bez wycieczek do toalety.

Pierwsza poszła Lorraine, potem Di i Kim, razem.

– Nie chcesz siku? – spytała ją mama po jakiejś minucie wydymania warg do kompaktowego lusterka. Roisin przez chwilę rozważała, czy Lorraine nie próbuje się jej pozbyć. Może zamierza do kogoś potajemnie zadzwonić? Jej rodzice mieli sporo tajemnic. Roisin zawsze była rozdarta między chęcią ich odkrycia a poczuciem, że lepiej tego nie robić.

– Nie.

– Hmm, chyba jednak powinnaś pójść. Siedzimy w samym środku rzędu, a miejsca obok nas wkrótce się zapełnią.

To tylko pogłębiło jej przekonanie, że matka ma jakiś ukryty motyw. Roisin wiedziała jednak, że lepiej się z nią nie sprzeczać, ruszyła więc w stronę toalet. Wszystkie kabiny były zamknięte. Kiedy wreszcie usiadła w jednej na zimnym sedesie, usłyszała, jak inne potrzebujące wychodzą z boksów. Spłuczka. Trzaśnięcie drzwi. Szum wody. Spłuczka. Trzaśnięcie drzwi. Szum wody.

– Sądząc po tym, jak chętnie Lorraine raczyła się pinot blush, chyba nie musi się już martwić o dziecko? – powiedziała bezcielesna Kim.

Przez ułamek sekundy Roisin myślała, że chodzi o nią.

– Ach, nie. Usunęła. Dwa tygodnie temu.

– Glen nic nie wie?

Glen. Tata Roisin nazywał się Kent. (Właściciel pubu i akurat Kent, zupełnie jak Superman. Klienci, których wykopywał za drzwi, musieli mieć niezły ubaw).

– Boże, nie. Jak sama mówi: co by to dało? I tak nie chciałby, żeby je zatrzymała, a dwójka w zupełności jej wystarczy. Kto miałby ochotę wracać do nocnego karmienia?

– No dobra, Glen nie wiedział, a Kent?

– Wątpię. Wiesz, jak jest: dopóki nie pytasz, nie musisz się mierzyć z niewygodną prawdą.

– Uhm. Lorraine powinna bardziej uważać.

– Podobno nie podszedł jej omlet w Fox & Hounds i zwymiotowała pigułkę. Dasz wiarę?

– Wiesz, też się zastanawiałam nad jakością jedzenia w tym lokalu. Kiedyś zjadłam tam surówkę, która zalatywała tuńczykiem. To na pewno po niej dostałam później biegunki.

Głośny podmuch suszarki do rąk zagłuszył dalszą część rozmowy, aż w końcu ucichł i Roisin usłyszała:

– ...robi też, co chce. Ona i Kent są jak para beztroskich nastolatków, no nie?

– Uhm. Tak czy inaczej, teraz ma o jedno zmartwienie mniej. Prosto mi leży spódnica?

Stukot obcasów. Wyszły.

Siedziała na sedesie z majtkami zsuniętymi do kolan, próbując przyswoić fakt, że jej matka zaszła w ciążę z mężczyzną, którego ona, Roisin, znała jako przyjaciela rodziców od gry w karty.

Ta informacja oficjalnie przypieczętowała straszliwe i jakże dezorientujące odkrycie, którego dziewczyna dokonała rok wcześniej. Podczas tych szczególnych pokerowych wieczorów z Texas Hold'em i hektolitrami tequili ojciec i matka surowo ostrzegali, żeby w ż a d n y m w y p a d k u nie schodzić do salonu.

Roisin i jej brat już dawno wypracowali technikę, jak się cicho zakradać i szpiegować podczas pakowania gwiazdkowych prezentów, tak żeby później rodzice nie dali szlabanu. Bar w ich rodzinnym pubie był na tyle wysoki, że ktoś niższy mógł bez problemu się za nim przyczaić i na czworakach prześlizgnąć się do głównego pomieszczenia, gdzie zazwyczaj po godzinach przesiadywali dorośli. Tam z kolei można było ostrożnie, z wyczuciem speca od sejfów odryglować drzwiczki z boku sali i czmychnąć przez nie do salonu, potem do ogrodu i dalej – do miasteczka.

Kiedyś w sobotę, pomimo dobiegających z dołu stłumionych rozmów, Roisin nabrała wielkiej ochoty na Dr. Peppera. Teraz, z perspektywy czasu, zastanawiała się, czy przypadkiem to nie jej podświadomość poczuła przemożną chęć zaspokojenia ciekawości, bo atrakcyjność napoju i ryzyko potencjalnego ochrzanu ani trochę się nie równoważyły.

W każdym razie z sercem w gardle zakradła się na dół, po czym wysunęła butelkę ze stojaka i podważyła metalowy kapsel otwieraczem, co okazało się znacznie łatwiejsze, niż sądziła, dzięki hałaśliwym, sprośnym pijackim przekomarzankom taty i jakiejś kobiety – konkretnie Tiny, żony Glena. Roisin ich nie widziała, ale byli gdzieś niedaleko. W powietrzu wirował dym papierosowy, a z szafy grającej leciał jakiś jazzowy kawałek. Kostki lodu pobrzękiwały w szklankach, co chwila ktoś wybuchał śmiechem.

Roisin wypełniła misję: wzięła gazowany napój, jednak coś zmusiło ją do tego, żeby podjąć jeszcze jedno szalone ryzyko: otworzyła boczne drzwi i zapuściła żurawia do salonu. Nieco dalej przy stole bilardowym ujrzała dwie splecione ze sobą postaci. Nie widziała ich twarzy, ale rozpoznała nogi matki – jej stopy z pomalowanymi paznokciami, w złotych wiązanych sandałach, których Roisin zawsze jej zazdrościła, zwisały po obu stronach męskich pośladków.

Do uszu Roisin dobiegły dziwne, animalistyczne odgłosy. Nagle poczuła się tak, jakby oberwała pięścią w brzuch, kiedy zrozumiała, co się dzieje. W gardle uwiązł jej krzyk szoku i sprzeciwu; wycofała się cichaczem i pobiegła na górę. Już u siebie na łóżku, z walącym sercem, zlana potem próbowała dojść do ładu z tym, co przed chwilą zobaczyła.

Teraz, kiedy wracała na swoje miejsce w loży, czuła się podobnie.

Nie mogła przestać się wpatrywać w niemal niedostrzegalną, łagodną wypukłość brzucha matki, odznaczającą się pod połyskliwym materiałem. W błyszczącej twarzy Lorraine szukała jakichś wskazówek. Kiedy ona to zrobiła? Kiedy przerwała ciążę? Wtedy, gdy Roisin była w szkole?

Później zachowała te ponure wieści dla siebie, jeśli nie liczyć jednej nieudanej próby podzielenia się nimi ze swoim bratem. Choć Ryan nieraz dawał do zrozumienia, że nie chce słuchać żadnych zwierzeń, ona nieustannie żyła nadzieją, że będzie jej powiernikiem.

Tak czy inaczej, nagle przepełniła ją wdzięczność, że może się skupić na Queenie Mook uprawiającej swoje dziwne rzemiosło w tym barwnym, rozświetlonym alternatywnym świecie teatru variétés.

Queenie była bardzo drobną osóbką z burzą rudych włosów o zdumiewającym nienaturalnie pomarańczowym odcieniu, który przywodził na myśl Johnny'ego Rottena z Sex Pistols. Do ludzi stłoczonych na widowni zwracała się per „kochani"; na sobie miała jedwabną bluzkę z emaliowaną owalną broszką oraz granatowe spodnie w kant, jak kierowniczka oddziału Vision Express. Roisin była nieco zawiedziona, bo wyobrażała sobie raczej kogoś w stylu władczej matrony z lat sześćdziesiątych w płaszczu z bobra.

Widowisko wkrótce wpadło w swoisty rytm – Roisin zauważyła, że w znacznej mierze polegało na pozyskiwaniu informacji od publiczności i jednoczesnym tworzeniu iluzji ich dostarczania. Zjawy, które widziała i słyszała wyłącznie Queenie, zdradzały jedynie swoje pierwsze imię, a to było zwykle dość proste i pospolite. Żadna z nich nie podawała nazwiska, co pozwoliłoby na zdecydowanie szybszą identyfikację.

W kolejce ustawiła się cała procesja Tedów, Mary i Jacków. Queenie obwieszczała ich radosną obecność, podając kilka istotnych, choć mglistych faktów. Mary mogła być muzykalna – „wszyscy tak o niej mówili" – a Jack pokazywał, jakby manewrował kierownicą. Czy on... „lubił samochody? Jeździł traktorem? Czy on – przepraszam, kochani, jeśli to zbyt trudne – zginął w wypadku drogowym?".

W którymś momencie na trybunach rozlegał się odgłos gwałtownie wciąganego powietrza, coś jakby sygnał rozpoznania. Wtedy Queenie namierzała cel.

Niemniej to, czy wiadomość z zaświatów – zwykle bardzo emocjonalna – była przeznaczona akurat dla danej osoby, zależało od różnych czynników. Jeśli ktoś zbyt często poprawiał Queenie, ta odburkiwała:

– Przykro mi, kochana, ta wiadomość nie jest dla ciebie. – Następnie szybko przechodziła do kolejnej osoby.

Lorraine, Kim i Di były nią oczarowane; spijały z ust jasnowidzki każde słowo i ocierały łzy, ilekroć Queenie przynosiła komuś wątpliwe katharsis. Rodney, tata Diany, niestety się nie pojawił.

Szkoda, że nie miał bardziej pospolitego imienia, pomyślała Roisin.

Nie wytrzymała i przestała nad sobą panować dopiero w ostatnich dwudziestu minutach tego cyrku, podczas interakcji z wdową, która siedziała w jednym z przednich rzędów.

Na scenie z Queenie podobno stał Clive, zmarły mąż tej kobiety, który przed śmiercią zmagał się z przewlekłą chorobą płuc.

Wdowa zaczęła szlochać. Cały ten przekręt wydawał się Roisin stosunkowo niewinny, choć dziwaczny. Aż do tej pory. Czy Queenie zdawała sobie sprawę, że każdą z tych osób zmyśliła? Czy naprawdę wierzyła w swoje rzekome moce? Czy kłamcy zawsze wiedzą, że kłamią?

– Odszedł szybko? – spytała Queenie, kiedy kobieta trochę się uspokoiła.

– Nie, powoli. Od wielu tygodni był podłączony do tlenu.

– Ale kiedy w końcu odszedł, to stało się szybko? – Jasnowidzka zrobiła pauzę. – Clive twierdzi, że tak. Jest o tym przekonany – dodała, żeby wdowa miała jasność, komu zaprzecza. – Wciąż wskazuje na swoją pierś, jakby brakowało mu tchu. – Uderzyła się pięścią w mostek, nie wiadomo po co.

– Hmm... cóż, na samym końcu chyba tak? – przyznała żona Clive'a.

– Właśnie o to mi chodziło. – Queenie pokiwała głową. – On mówi, że umierał powoli, a na końcu szybko.

Roisin parsknęła cicho śmiechem. Ludzie przenieśli na nią wzrok, a matka uciszyła ją stanowczo.

– Jak można umierać powoli i zarazem szybko? – wyszeptała Roisin, na co Lorraine obrzuciła ją gniewnym spojrzeniem.

– Clive chce, żebyś wiedziała, że zrobiłaś wszystko, jak należy. Bardzo cię kocha. Mówi, że jest w cudownym miejscu – oznajmiła Queenie.

Dało się słyszeć szlochanie i kolejne wyrazy wdzięczności. Roisin aż się skrzywiła. Jasnowidzka najwyraźniej wiedziała, że ze sceny najlepiej zejść w blasku chwały.

– Dziękuję, że tu dziś byliście i uczestniczyliście w czymś, co nazywam swoimi „chwilami jasnego widzenia" – powiedziała, a tłum nagrodził ją entuzjastycznym aplauzem.

Łuk historii był długi i zakrzywiał się w kierunku chorego humoru. Kiedy dwadzieścia lat później Roisin i Joe ze sobą zerwali, Roisin myślała tylko o paradoksie Queenie Mook, który stanowił idealne podsumowanie ich związku.

Umierał powoli, a na końcu szybko.

1

– Psorko, psorko! PSORKO! Szykuje się sprośny weekend z chłopakiem?

Amir wskazał stojącą za biurkiem walizkę na kółkach,
którą Roisin marnie ukryła pod nieprzemakalnym skafan-
drem z kapturem. Chłopak zaliczał się do tych niesfornych,
lecz dobrodusznych uczniów, więc odpowiedziała stosownie do pytania:

– Wręcz przeciwnie, bardzo przyzwoity. Jadę do SPA
z przyjaciółkami.

Dzieciństwo i praca w szkole nauczyły Roisin jednego:
okłamywanie dzieci, choć niezbyt szlachetne, na ogół roz-
wiązuje problem.

– SPA. To coś jak sauna? – Chłopak zaczął żuć długopis, robiąc przy tym zawadiacką minę.

– Skupcie się ponownie na tekście, proszę. Zbiorę wasze prace za... – zerknęła na zegar ścienny, który jeszcze
nigdy jej nie zawiódł – ...pięć minut!

– Psorko! – odezwał się ponownie Amir, a potem na
widok jej sceptycznego spojrzenia dodał: – Nie, nie... chodzi o książkę!

Roisin przewróciła oczami.

– Słucham.

– No więc wszyscy uważają, że *Wielkie nadzieje* to naprawdę dobra literatura, no nie? To znaczy znakomita książka. Dlatego przerabiamy ją na angielskim.

– Taaak…? – Roisin potrafiła rozpoznać, kiedy ktoś gra na zwłokę, podobnie zresztą jak rówieśnicy Amira, którzy czekali w radosnym napięciu na rozstrzygnięcie.

Deputowani, którzy zakłócają przebieg posiedzenia parlamentu, wszczynając bezsensowną i bezcelową debatę, stosują obstrukcję parlamentarną. A kiedy ktoś w internecie zadręcza innych nieustannymi prośbami o przedstawienie dowodów, przy jednoczesnym zachowaniu pozorów szczerości i przesadnej wręcz uprzejmości: „ja tylko pytam", stosuje taktykę „na wyczerpanie", czyli tak zwany *sealioning*.

Roisin uważała, że ani parlamentarni obstrukcjoniści, ani zasypujący pytaniami prowokatorzy nie dorastają do pięt zniecierpliwionym dziesiątoklasistom podczas „luźniejszych" zajęć w słoneczne piątkowe popołudnie, krótko przed końcem semestru.

W zeszłym tygodniu, na przykład, Pauly, jeden z kolesiów Amira, zjawił się na lekcji z małym rasowym psem o wściekłym spojrzeniu – jak jej powiedziano: był to gryfonik brukselski. A przywiózł psiaka w staroświeckim dziecięcym wózku z białymi kółkami. Pauly rzekomo opiekował się tym stworzeniem na prośbę babci. Pies, zwany Kiełkiem i wyglądający jak porzucony projekt Jima Hensona, wywołał w klasie poruszenie podobne do lądowania Air Force One z amerykańskim prezydentem na pokładzie.

– No i ta powieść Dickensa jest już bardzo stara. Ma ze sto sześćdziesiąt lat – kontynuował Amir w poszukiwaniu oświecenia.

– Zgadza się.

– Więc za kolejne sto sześćdziesiąt lat, czyli… w trzy tysiące osiemdziesiątym którymś… – udał, że liczy na palcach, po czym zrobił komiczną pauzę – wszyscy będą tu czytać *Pięćdziesiąt twarzy Greya*, tak? Bo to też będzie już bardzo stara książka.

Klasa zareagowała oczekiwanym wybuchem śmiechu; chłopak z dumą wyszczerzył zęby. Roisin poczekała, aż hałas ucichnie.

– Wątpię, niemniej to ciekawe pytanie. Dziękuję, Amir. – Uznała, że wobec tego, co jeszcze zostało z lekcji, obalenie teorii Amira będzie i tak bardziej owocne niż próba nakłonienia wszystkich, aby się pochylili nad motywami, którymi kierował się Abel Magwitch. – Sęk w tym, że wartość literatury nie zależy jedynie od upływu czasu – dodała.

– Ale mojej mamie i cioci *Pięćdziesiąt twarzy Greya* naprawdę się podoba – ciągnął uparcie Amir, ponownie wywołując śmiech. – Ciocia czyta to na kindle'u… w kąpieli. Jeśli wie pani, co mam na myśli.

Cała klasa wręcz ryknęła śmiechem.

– I dobrze. – Ton Roisin dawał jasno do zrozumienia, że zignorowała tę aluzję. – Nie wszystkie książki służą edukacji.

– Ale niby dlaczego *Wielkie nadzieje* są lepsze od *Pięćdziesięciu twarzy…*? Dlatego, że napisał je ktoś, kto już nie żyje? Czy to aby nie seksizm? I…yyy, żywizm? – Amir znów zaczął żuć długopis.

Roisin uśmiechnęła się wbrew sobie. Wkładał szczery wysiłek w to bałamucenie.

– Dlatego, że *Wielkie nadzieje* to powieść o społecznym i klasowym awansie, a także o ocenianiu człowieka na podstawie statusu społecznego, natomiast *Pięćdziesiąt twarzy…* opowiada o miliarderze uprawiającym seks ze studentką.

Zmuszenie nauczycielki do wymówienia słowa „seks" było, rzecz jasna, samo w sobie wielkim osiągnięciem, więc na jej ostatnich przedweekendowych zajęciach z dziesiątoklasistami zapanowała iście festynowa atmosfera.

– Otóż to! Studentka college'u bzykająca się z takim, dajmy na to, Elonem Muskiem to też historia o swego rodzaju awansie społecznym – zauważył Amir i przybił piątkę z Paulym, psią nianią.

– Widzę, że długo się nad tym zastanawiałeś i masz ciekawe przemyślenia. – Roisin skrzyżowała ręce na piersi i oparła się o biurko. – Może powinieneś przygotować prezentację na temat znaczenia powieści Dickensa, motywów przewodnich w *Wielkich nadziejach* oraz ich odbiciu w *Pięćdziesięciu twarzach Greya*?

– Z przyjemnością, psorko. Tylko trzeba by zorganizować jakiś telewizor, bo będę musiał pokazać wyrywki z każdej części, żeby zademonstrować, co mam na myśli.

– Niestety, Amir, te filmy są dozwolone od lat osiemnastu, więc nie dość, że nie mógłbyś ich pokazać, to jeszcze jestem pewna, że ich nie oglądałeś.

– Pewnie, że nie oglądałem, bo moja ciocia nie ma ich na blu-rayu.

– Brawa dla cioci!

Rozległ się przenikliwy dźwięk dzwonka i wszyscy jak zwykle zaczęli się tłoczyć do drzwi. Roisin zdążyła jeszcze krzyknąć:

– Przed wyjściem zostawcie prace na moim biurku!

– Psorko, czy w ten weekend jest premiera nowego serialu pani męża? – spytał nagle Amir, zarzucając plecak na ramię. Roisin przez chwilę nie wiedziała, co powiedzieć.
– Przepraszam, pani chłopaka – poprawił się, błędnie odczytując powód jej zdziwienia.

Myślała, że kolejny projekt Joego umknął uwadze szkolnej społeczności Heathwood. Starała się też nie rozmawiać o nim z kolegami z pracy: gdy pytali, jakoś nie potrafiła sobie przypomnieć tytułu lub obiecywała, że powie, kiedy serial będzie leciał w telewizji, a ostatecznie celowo zapominała.

Jeśli jednak wiedział o nim Amir, to na pewno wiedzieli albo wkrótce dowiedzą się wszyscy.

– Yyy, tak. Tyle że późno. Dłuuugo po dobranocce – odparła, siląc się na uśmiech.

Czy w ogóle jest jeszcze coś takiego jak „dobranocka"? – pomyślała.

– To zapytam ciocię, jak jej się podobało. – Mrugnął do niej ze śmiechem, po czym wyszedł z sali pewnym krokiem.

Kiedy Roisin wreszcie została sama, spoconymi rękami uporządkowała stos kartek A4 w linię i przełknęła ślinę. Z trudem.

2

Roisin Walters, lubiana i jako trzydziestodwulatka dość młoda nauczycielka angielskiego, była znana z dwóch rzeczy. Po pierwsze – i trudno to uznać za szczególnie fascynującą cechę, ale taki już urok szkół średnich w dzielnicach pełnych zieleni, do których z pewnością zalicza się Cheadle – miała burgundowe włosy.

Roisin nie wydawała zbyt wiele na swój wygląd; jej jedynym szaleństwem były spływające poniżej ramion fale w stylu syrenki. Miały połyskujący odcień ciemnych winogron – nie dość punkowy, żeby od razu stwierdzić, że jest nienaturalny, ale normalnie takiego się nie widywało, chyba że w dziecięcych kolorowankach, filmach Marvela czy kosmetykach marki Aveda. Joe nazywał je włosami „wojowniczej księżniczki z kosmosu".

W pracy zazwyczaj nosiła je spięte wysoko klamrą, to jednak nie przeszkadzało zachwyconym uczennicom wypytywać ją o koszty farbowania i pielęgnację, a chłopców też czasami ciekawiło, dlaczego ma „śliwkowy kok".

Kolejną rzeczą, jaka wyróżniała Roisin Walters, było to, że jej partner Joe Powell jest scenarzystą.

Przed trzema laty napisał cykl o oddziale „superwzrokowców" ze Scotland Yardu, odznaczających się niesamowitą pamięcią do twarzy. Dzieło nosiło tytuł *WIDZIANI*. Wielkie litery to ukłon wytwórni w stronę modnego obecnie zapisu.

Początkowo praca Joego była tylko przedmiotem plotek w pokoju nauczycielskim, ale plotek w pokoju nauczycielskim szkoły w Heathwood nie dało się kontrolować, tak samo jak wirusa przenoszonego drogą powietrzną.

Roisin nie spodziewała się, że serial jej chłopaka stanie się uwielbianym przez miliony hitem. Kolejne odcinki biły rekordy oglądalności, dostarczając zarówno mnóstwa emocji, jak i tematów do rozmów. Na swoją obronę mogła tylko powiedzieć, że Joe też się tego nie spodziewał ani tym bardziej takiego sukcesu nie przewidywali szefowie telewizji. Nazwiska aktorów z obsady, o których dotychczas nikt nie słyszał, stały się nagle powszechnie znane. Zwroty akcji były godne tabloidowych newsów, a wieczorami, kiedy serial był wyświetlany, w mediach społecznościowych nie mówiono o niczym innym.

Po trzymającym w napięciu finałowym odcinku drugiego sezonu Roisin na każdej lekcji była zasypywana pytaniami o to, czy główny bohater Harry Orton naprawdę zginął, czy może jednak przeżył, mimo że został postrzelony i wpadł do Tamizy.

Jej standardowa odpowiedź, którą w kółko powtarzała, brzmiała następująco: „Nie wiem, a nawet gdybym wiedziała, nie mogłabym powiedzieć!". Joe tymczasem skomentował to tak: „Kurwa, chciałbym, żeby zginął, bo to biadoląca diwa".

Roisin musiała przyznać, że ucieszyła się, kiedy – pomimo ogólnokrajowego oburzenia – przed startem trzeciego sezonu *WIDZIANI* udali się na dłuższy odpoczynek.

Przełom w karierze Joego, dzięki któremu mieli nadzieję wypłynąć na spokojniejsze, bezpieczne finansowo wody, był bardziej jak fala tsunami. Ta fala wciągnąwszy w odmęty życie, jakie dotychczas znali, pozostawiła ich w szoku, uczepionych jedynej ocalałej skały. Nawiasem mówiąc, bardzo ładnie usytuowanej skały: kupili bowiem luksusowy apartament w West Didsbury, urządzony w starej kaplicy zaadaptowanej na mieszkanie. Kiedy wręczano im klucze, czuli się jak hochsztaplerzy, którzy dorobili się na handlu narkotykami.

Joe dostał wolną rękę, żeby w chwili oddechu od *WIDZIANYCH* napisać to, co chce, i tak oto zrodził się *Łowca* – trzyodcinkowy miniserial o Jasperze Hunterze z Manchesteru, nieszablonowym detektywie i szukającym wrażeń seksoholiku.

– To coś znacznie mroczniejszego i pikantniejszego niż *WIDZIANI* – oznajmił z dumą Joe.

Kiedy Roisin zdała sobie sprawę, że jest tylko bierną pasażerką podczas tej pijackiej jazdy bez trzymanki, ogarnęły ją mieszane uczucia w stosunku do *Łowcy*. Nie wiedziała, czy powinna obawiać się porażki czy sukcesu. Biorąc pod uwagę fakt, że nie była zbyt zachwycona swoją przypadkową sławą w liceum Heathwood, nie miała wątpliwości, że pytania o nowy wyuzdany serial jeszcze mniej przypadną jej do gustu. Te wszystkie sceny erotyczne napisane przez jej partnera… wiedziała, że będzie się z tym czuła dziwnie, co więcej, przyjdzie jej to przeżywać przy świadkach.

Ale co miała powiedzieć Joemu? „Proszę, tylko nie opisuj żadnych frywolnych cielesnych zbliżeń, żeby ludzie nie wyobrażali sobie ciebie i twojej dziewczyny, z którą jesteś od przeszło dziewięciu lat"?

Roisin miała naprawdę niezły zgryz. Znalazła się w sytuacji, na którą dyrektorka szkoły Wendy Copeland miała specjalną nazwę: DOI, czyli „daleka od ideału".

Ostatecznie postawiła na niedocenianą strategię adaptacyjną, polegającą na udawaniu, że nic się nie stało. Teraz Amir niechcący uświadomił jej, że to zwykła ułuda.

Wytaszczyła walizkę zza biurka.

Będzie dobrze – pomyślała.

Rozrywkowy weekend ze wszystkimi bajerami w Lake District pomoże jej to jakoś znieść. Obejrzy pierwszy odcinek w gronie najbliższych przyjaciół i zamiast zgrozy poczuje dumę, a kpiny, jakie pewnie usłyszy później na lekcjach, odbiją się od niej jak kamyki od hartowanej przedniej szyby samochodu pędzącego z zawrotną prędkością.

Roisin zdawała sobie sprawę z tego, że na razie tylko to sobie wmawia, żeby się uspokoić. Przekonania nabierze dopiero wtedy, kiedy będzie miała w ręku kieliszek wina, a i tak nie utrzyma się ono długo po tym, jak tego kieliszka już mieć nie będzie. Ale niech tam! Inaczej pozostanie jej tylko udawać, że nic się nie stało.

Organizatorem tego weekendowego wypadu był ich wspólny przyjaciel Dev, ekstrawertyk, niezmordowana dusza towarzystwa i gwiazda telewizyjnego reality show – zwycięzca burzliwych, choć krótko emitowanych *Współlokatorów* sprzed prawie trzech lat. Dev wynajął dla nich coś, co na zdjęciach z WhatsAppa wyglądało jak istny pałac.

Tego wieczoru czekała ich uroczysta kolacja z okazji zaręczyn Deva i Anity. Nazajutrz z kolei mieli świętować niedawny urodzinowy jubileusz Giny, a następnie w kameralnej sali projekcyjnej zamierzali obejrzeć premierowy pokaz pierwszego odcinka *Łowcy*.

Roisin umówiła się na podwózkę z przyjaciółkami Giną i Meredith, bo Joe był już w drodze z Devem – wiadomo, scenarzyści i eksgwiazdorzy telewizyjni nie mają tak sztywnych grafików jak nauczyciele. Ich kumpel Matt miał dojechać prosto z lotniska, bo dopiero wracał z jakiejś wycieczki po winnicach Lizbony, na którą wybrał się ze swoją nową dziewczyną, jak to Matt.

Roisin zaciągnęła walizkę przez cały korytarz aż na szkolny parking, gdzie roiło się od dzieciaków kończących zajęcia. Wrzeszczeli, grali w piłkę, cieszyli się na myśl o dwóch dniach swobody przed ostatnim tygodniem szkolnej mordęgi.

Należący do Giny klasyczny volkswagen transporter pomalowany na biało i pomarańczowo rzucał się w oczy już z daleka i rzeczywiście co bardziej ciekawscy uczniowie zwrócili na niego uwagę.

– Ahoj! Twój dyskretny powóz czeka. Wrzuć to gdziekolwiek do Ethelka. – Meredith wskazała na przesuwne drzwi i walizkę Roisin. Bus, który Gina wygrała na zeszłorocznej loterii, został ochrzczony mianem: „Ethelred Bezradny". Zważywszy na koszty eksploatacji pojazdu, organizatorzy konkursu mieli tupet, nazywając go wygraną, a nie sierotą do adopcji.

– Tylko pamiętaj, że jeśli nie upchniesz jej porządnie, a Gina zbyt ostro wejdzie w zakręt, ta walizka będzie ostatnią rzeczą, jaką zobaczysz przed śmiercią. Nie masz nic przeciwko, żebym jechała z przodu i nawigowała?

– Ani trochę – odparła Roisin, tak manewrując bagażem, żeby móc się nachylić ku Meredith i ją uścisnąć.

Meredith była w typowym dla siebie stroju: złote birkenstocki, dżinsy z podwiniętymi nogawkami, T-shirt z napisem ALEXA PUŚĆ CHER i chustka na głowie, którą poskromiła swoje bujne blond loki przypominające sprężynki. Ten styl nazywała „Homomamuśka na festiwalu Latitude". Sama mówiła o sobie, że jest „bezrobotną lesbijką", ponieważ już od dłuższego czasu nie była z nikim w związku.

– Wiecie co? Chyba rozprostuję nogi – rzuciła Gina, wyłaniając się z Ethelreda po drugiej stronie. – Cześć, Rosh.

W reklamówce pod twoim siedzeniem są puszki z pornstar martini. Częstuj się. Ja jeszcze się powstrzymam z wiadomych powodów.

Gina, zarówno drobna, jak i piersiasta, miała na sobie zwiewną, wiosenno-letnią żółtą sukienkę oraz różowe baleriny. Długie do ramion brązowe włosy związała praktyczną frotką. Pomijając ten drobny szczegół, zupełnie nie wyglądała jak ktoś, kto jest w stanie pokonać sto trzydzieści kilometrów metalową puszką na kółkach. A jednak trudno było sobie wyobrazić kogoś bardziej niezawodnego i odważnego za tą kierownicą wielkości opony rowerowej.

– Psorko, psorko! PSORKO WALTERS?!

Wszystkie trzy odwróciły się jednocześnie i zobaczyły machających do nich Amira i Pauly'ego.

Amir nagle krzyknął:

– NIECH PANI SOBIE ZAFUNDUJE JAKIŚ MASAŻ Z OLEJKAMI!

3

– Niezła miejscówka – odezwała się Meredith, kiedy zbliżały się do celu. – Dwanaście patyków za weekend – powiedziała bezgłośnie z przesadnie udawanym oburzeniem, jakby to był jakiś skandal.

– Bez jaj! – Roisin odsunęła od ust puszkę spienionego martini o metalicznym posmaku i lekko się skrzywiła. Przypominało ananasową flegmę.

Gdy wijąca się wśród drzew droga skręciła, odsłaniając panoramę Benbarrow Hall, Roisin aż wciągnęła gwałtownie powietrze.

Owszem, nastawiła się na coś imponującego, lecz i tak poczuła się niczym bohaterka powieści Jane Austen, onieśmielona bezkresnymi włościami swojego adoratora. Miała wrażenie, że powinien im towarzyszyć stukot końskich kopyt, a nie terkot silnika volkswagena i *Graceland* Paula Simona.

Benbarrow Hall wznosiło się na szczycie pagórka – iście bajkowa posiadłość z szarymi gotyckimi wieżyczkami, kamienną elewacją w piaskowym odcieniu i ogromnymi oknami, które połyskiwały efektownie w późnopopołudniowym letnim słońcu.

– O w mordę! – powiedziała z namaszczeniem i zachwytem Meredith. – Jaki kolos!

– Sceneria jak z arystokratycznego kryminału. – Gina zdjęła nogę z gazu i pozwoliła Ethelredowi toczyć się coraz wolniej, żeby mogły w pełni ponapawać się widokiem. – Nie zdziwiłabym się, gdybyśmy znalazły Pułkownika Musztardę z *Cluedo* w gabinecie, z ołowianą rurą.

Minęła kontemplacyjna chwila.

– Owszem, pozwala tak myśleć – stwierdziła Meredith.

– A mnie pozwala myśleć, że warto zaryzykować – odezwała się Gina. – Wyobraźcie sobie tylko te wielkie pokoje z łazienkami. – Poruszyła oporną dźwignią zmiany biegów. – No weź, Ethelku, nie bądź taki. Związki polegają na wzajemnych ustępstwach.

Volkswagen szarpnął i ruszyły dalej.

– Czuję się parszywie, że pozwoliliśmy Devowi tak się wykosztować – powiedziała Roisin. – Na pewno będzie w porządku, jeśli dostarczymy tylko prowiant? Czy jednak trochę nie wypada?

– Och, Dev jest, jaki jest, i robi, co chce. A robi dużo. – Meredith znów przeniosła wzrok na drogę. – Ale poważnie… Wiesz przecież, że Dev wcieli w życie każdy swój wspaniały pomysł, a ty go od tego nie odwiedziesz, tak samo jak nie sprowadzisz na ziemię boeinga 747, wymachując na niego pięścią.

Co racja, to racja. Ogarnęły wzrokiem łagodne zielone wzgórza rozciągające się aż do jeziora oraz krajobraz odbijający się w nieruchomym lustrze wody i znowu westchnęły.

Van zatrzymał się z grzechotem na wolnym miejscu tuż obok lśniącego niebieskiego auta Deva z napędem na cztery koła. Po tym, jak ich kumpel wygrał siedemdziesiąt tysięcy funtów we *Współlokatorach*, założył agencję doradztwa medialnego, która teraz zatrudniała dwadzieścioro pracowników.

Kobiety z ich paczki wciąż miały zupełnie normalne zarobki: Meredith pracowała w skarbówce, a Gina zajmowała się kontaktami z prasą i PR-em dla Uniwersytetu Manchesterskiego. Kupiły na spółkę dom w Urmston, realizując plan Meredith, żeby w miarę szybko zainwestować w jakąś nieruchomość. Dev i Joe byli teraz nadziani, a Matt… cóż, on pracował w dziale sprzedaży handlarza winem, więc kto go tam wie. Niemniej przywykł do wygodnego życia, ponieważ pochodził z zamożnej rodziny. Roisin miała nadzieję, że ta rosnąca dysproporcja w zasobności portfela ostatecznie ich nie poróżni.

Jeden obscenicznie drogi wypad dla uczczenia trzech wyjątkowych okazji to jeszcze nic takiego. Nie musiał od razu stwarzać precedensu.

– Którą furtkę wybierasz? – spytała żartobliwie Meredith, kiedy ciągnęły za sobą bagaże w kierunku budynku.

– Nie chciałabym być na miejscu kuriera i się zastanawiać, gdzie najbezpieczniej zostawić paczkę.

Roisin wystawiła twarz na ciepłą bryzę i wciągnęła do płuc wiejskie powietrze, którym na co dzień nie miała okazji się delektować. Bujna wyobraźnia była raczej domeną Joego, mimo to dziewczyna czuła, że coś wisi w powietrzu. Intuicja podpowiadała jej, że coś się wydarzy. Może właśnie na tym polega magia każdego urlopu: wyrywa nas ze znajomego otoczenia i pozwala z lotu ptaka przyjrzeć się własnemu życiu. Można się wtedy przekonać, jak mały jest nasz świat wobec ogromu możliwości.

W końcu postanowiły podreptać do tylnych drzwi. Po drodze minęły kilka budynków gospodarczych, z których oprócz charakterystycznego fetoru inwentarza dobiegało intrygujące, zdecydowanie nie ludzkie chrobotanie. Tymczasem kółka ich walizek ciągniętych po nierównym podłożu hałasowały jak szlifierka kątowa.

Nacisnęły fantazyjnie wygiętą klamkę z kutego żelaza i otworzyły drzwi prowadzące do przestronnej ceglanej spiżarni z półkami. Stamtąd przeszły do olśniewającej kuchni, której unikalny klimat tworzyły rozmaite nowoczesne urządzenia ze szczotkowanej stali, wiszące lampy w stylu art déco, klasyczna kremowa kuchenka i staroświecka podłoga z kamiennych płyt.

Roisin zrobiło się aż słabo z zachwytu. Kiedyś uwielbiała swoją kuchnię, teraz uznała, że jest beznadziejna.

– Halo! – krzyknęła Meredith. – Przyjechały striptizerki!

W wejściu pojawił się Joe z butelką lagera Camden Hells w dłoni.

– O cholera, zaszła pomyłka! Zamawiałem stado zdzir, a nie starych ścier!

Gina zawyła ze śmiechu, Meredith odburknęła: „Wredny złamas!", a Roisin tylko prychnęła lekceważąco. Joe uściskał kolejno każdą z nich, Roisin na końcu.

Wygląda naprawdę dobrze – pomyślała, patrząc, jak mruży oczy z uczuciem i wtula się w szczupłe ramię Giny.

Nabrał subtelnego, lecz niezaprzeczalnego poloru młodego ambitnego wilka. Typową dla scenarzystów bladość zastąpiła kalifornijska opalenizna, a dzięki treningom zyskał mocniej zarysowaną linię szczęki i smuklejszą sylwetkę. Regularnie ćwiczył w centrum rekreacji Waterside Leisure Club pod okiem nieprzyzwoicie przystojnego Erica – trenera pochodzącego z Ghany – którego za wszelką cenę pragnął zadowolić, zupełnie jakby „przystojny Eric" był jego niestabilnym emocjonalnie ojcem. Jej facet, który niegdyś kilka dni z rzędu nosił ten sam T-shirt z nazwą zespołu Pixies, teraz chodził w minimalistycznych, dobrze skrojonych granatowych i szarych ubraniach z miękkich, cienkich tkanin, a garderobę dostarczano mu do domu w matowych pudełkach z logotypami znanych marek.

Joe objął Roisin ramieniem i przelotnie pocałował ją w czubek głowy. Nie zaszczycił jej spojrzeniem ani się na niej zbytnio nie skupił. Gina i Meredith otrzymały tonę uścisków i ciepła; Roisin była dla niego tylko meblem.

Po raz kolejny zadała sobie pytanie, czy te ostatnie sześć miesięcy to tylko ciężki okres, czy może równia pochyła ku nieuniknionemu rozstaniu. Sześć miesięcy? Gdzie tam, raczej osiem. No dobrze, jeśli miała być szczera, to rok.

– Uczciwie uprzedzam, że Dev jest nieźle nakręcony. Dałbym mu siedem albo osiem w skali do dziesięciu – oznajmił. – Coraz trudniej stwierdzić, czy to, co nazywamy jego „szampańskim nastrojem", nie jest jakimś przejawem manii. Jak dobrze, że już nie pije i nie ćpa.

W głębi domu dudnił kawałek *Trash* zespołu Suede. Gina, Meredith i Roisin wreszcie się zebrały i wtaszczyły swoje bagaże do wspaniale sklepionego holu, który zdobiły popiersia na cokołach, a także kamienny wazon wielkości małego dziecka z istną eksplozją kwiatów: białych lilii, limonkowych hortensji, mieczyków i lwich paszczy – jeden z takich, jakie na ogół można zobaczyć w hotelowych lobby.

Przesunęły wzrokiem po rzeźbionych drewnianych balustradach szerokich schodów, zalanych światłem wpadającym przez witrażowe okno.

– Tymi schodami będziemy schodzić na kolację – oznajmiła Gina wśród chóru ochów i achów.

– Owszem. Kolacja o siódmej. Ale najpierw przekąski w salonie – powiedział Joe, prowadząc je dalej do przestronnego pokoju. Układ był taki, że tego wieczoru gotują mężczyźni, a kobiety następnego dnia. Trochę schematyczny podział zespołów, ale nikt nie miał lepszego pomysłu.

Dev i Anita siedzieli na stołkach przy barze. Pokój był urządzony z przepychem: kryształowy żyrandol, krzykliwa tapeta z wypukłym wzorem i neonowy szyld na ścianie z napisem GDZIEŚ JEST JUŻ POŁUDNIE. Nie brakowało tam też, rzecz jasna, zestawu muzycznego.

Na ich widok Dev aż się poderwał z miejsca.

– Dziewczyny! Widziałyście? Cholera, mamy kury! – krzyknął, po czym zaczął wymachiwać zaciśniętymi pięściami i wyrzucać biodra w takt piosenki z taką miną, jakby miał przodozgryz.

– Zamierzasz uprawiać z nimi seks czy co? – spytała Roisin.

Dev dalej robił dziwne wygibasy, klepiąc się po pośladku i wrzeszcząc:

– I jeszcze kaczki!

Jego narzeczona Anita porzuciła swojego drinka – na oko dżin z tonikiem i owocami jałowca – w pokaźnym, bulwiastym kielichu, zlokalizowała wieżę i ściszyła Suede do poziomu pozwalającego na swobodną komunikację.

– No i co wy na to? – zapytał Dev, kiedy zapadła cisza. – Chawira godna Bruce'a Wayne'a, no nie?! – Rozłożył szeroko ręce.

– Okropna, ponura, obskurna – stwierdziła Meredith. – Straszna sztampa.

– Powinieneś zażądać zwrotu kasy – zawtórowała jej Gina. – Jak tu ciemno! Przydałoby się zamontować kilka świetlików modułowych.

– A tak serio, Dev… – podjęła Roisin. – Istny kosmos – przyznała szczerze, skoro już odfajkowali standardowe brytyjskie uprzejmości. – Nie zasługujemy na ciebie ani na to.

– Nie chciałbym tu być w innym towarzystwie. – Rozpromienił się i zamknął całą grupę w swoich wielkich ramionach. Anita też dołączyła do grona.

– Poczekajcie, aż zobaczycie, ile kiecek ze sobą przywiozłam – oznajmiła stłumionym głosem.

– Praktycznie musieliśmy wynająć przyczepę – dodał Dev.

Ponętna Anita o bujnych kształtach była wizażystką, ekspertką od makijażu dla azjatyckich karnacji, i miała rzeszę fanów na Instagramie; ona i Dev właśnie tam się poznali, zaczęli wymieniać prywatne wiadomości.

Cała paczka uwielbiała Anitę, choć ich znajomość nie zaczęła się najlepiej. Dziewczyna pojawiła się w życiu Deva po tym, jak stał się sławny, a przed jego odwykiem. W tym okresie przyjaciele podchodzili wyjątkowo podejrzliwie do „nowych znajomych Deva" i aktywnie starali się tępić pasożytujących na nim ćpunów. Taka jego otwartość i łatwość w nawiązywaniu znajomości to prawdziwy koszmar dla nałogowca o rozpoznawalnej twarzy.

Dlatego też z początku stara gwardia była niemal pewna, że Anita umawia się ze sławnym Devem Doshim jedynie dla fejmu, jak mawiają teraz dzieciaki. Z czasem jednak okazało się, że jest porządną osobą, wręcz dla niego stworzoną – równie energiczną jak on, ale nie nadpobudliwą.

Trwała przy nim, pomagając mu wyjść z uzależnienia i pilnując, żeby trzymał się z dala od miejsc, które miałyby na niego niekorzystny wpływ.

Dopóki nie wybudowali wymarzonego rodzinnego domu w Alderley Edge, tułali się po wynajmowanych mieszkaniach.

A kiedy kilka miesięcy temu Dev oznajmił, że się zaręczyli, wszyscy ze szczerym entuzjazmem krzyknęli: „HURRRA!".

– A niech mnie! Czy to nie nasz szarmancki picuś, pan „służbowe wi-fi" we własnej osobie! – rzucił nagle Joe. Właśnie uchylił zasłonę, żeby wyjrzeć przez okno.

4

„Służbowe wi-fi" to jedno z ostatnich przezwisk nadanych Mattowi przez Joego. Ilekroć się zdarzało, że byli w jakimś miejscu ze słabym sygnałem publicznej sieci, Matt jako jedyny radośnie czatował bez ograniczeń. Zapytany, jak to możliwe, po prostu wzruszał ramionami i rzucał nonszalancko: „Och, dali mi hasło dostępu do służbowego wi-fi", wskazując w kierunku recepcji.

Nie było absolutnie żadnego powodu, dla którego ktoś z gości miałby je otrzymać, no chyba że ten ktoś wyglądał jak kowboj z „Cosmopolitana".

Cała grupka zebrała się przy oknie i patrzyła, jak Matt maszeruje pod górkę w klasycznym płaszczu Crombie i wielkich butach z żółtymi sznurówkami (zawiązanymi tylko częściowo), z płócienną torbą marynarską przewieszoną przez ramię. Wyglądał jak człowiek z innej epoki, który trafił tu przez wyrwę w czasoprzestrzeni, tyle że na uszach miał duże zabudowane słuchawki.

— Czemu zasuwa pieszo? — spytała Meredith.

— Popatrzcie tylko na tego skończonego błazna — zarechotał Joe. — Zupełnie jakby ubiegał się o rolę w kolejnym filmie o Doktorze Who.

– Przyjechał taksówką z lotniska. Był w Portugalii z…
– Roisin na próżno próbowała odszukać w pamięci imię jego towarzyszki. – Yyy, Cassie? – Rozłożyła dłonie, licząc, że się nie pomyliła.

– Ha, Cassie to już przeszłość – prychnęła Meredith.
– Nie jesteś na bieżąco. – Cmoknęła z dezaprobatą. – Ta nowa to… coś na L…

Problem polegał na tym, że nikt z ich towarzystwa nie miał głowy do imion wytwornych przyjaciółek Matta; zapamiętywali jedynie istotne szczegóły do przeanalizowania po fakcie.

Każda z jego dziewczyn była dla nich jak tytuł jednego z odcinków *Przyjaciół*. „Ta, której dziadek wynalazł pastę do zębów z kolorowymi paskami". „Ta, która miała szynszylę zwaną Shamone". „Ta, która o trzeciej w nocy zadzwoniła do niego naga na wideoczacie".

– Ruby – podsunęła spokojnie Gina, choć nieco ciszej.
– Ruby! No jasne – rzuciła Meredith. – Ta… która jest maniaczką gorącej jogi. A może to ta druga?

Rozmowa szybko zeszła na temat tego, kto otworzy Mattowi. Taka nagła zmiana zdarzała się często przez wzgląd na uczucia Giny.

Jej miłość do Matta była równie silna i niezachwiana, co nieodwzajemniona. Wszyscy z ich paczki ostrożnie omijali tę kwestię, udawali, że ona w ogóle nie istnieje, i co jakiś czas próbowali sobie tłumaczyć – choć niezbyt przekonująco – że to było dawno i nieprawda.

Niestety sprawa wydawała się stracona. Matt, owszem, bardzo lubił Ginę. Niemniej bez względu na to, z kim się spotykała – a nie brakowało fanów jej zgrabnych stópek à la Barbie – nikt nie miał wątpliwości, że wciąż beznadziejnie pragnie Matta.

„To chyba jakaś toksyczna nadzieja", powiedziała kiedyś Meredith. Kto by pomyślał, że jest coś takiego?

Wirująca karuzela nic nieznaczących przelotnych przygód Matta była jak ostrzał artyleryjski wymierzony w serce Giny. Ale każdy z ich grona jednakowo obawiał się dnia, kiedy Matt wreszcie pozna „tę jedyną", jakby to miało ich przyjaciółkę jeszcze bardziej zaboleć.

Dev nagle się zerwał, żeby powitać Matta. Po minucie wrócił ze swoim gościem, który podobnie jak reszta był pod niemałym wrażeniem.

– No, nie pogadasz. Dev, przeszedłeś sam siebie. Cześć wszystkim!

– Brygada w końcu w komplecie! Jesteśmy trochę jak *Przyjaciele Petera*, tyle że z jeszcze gorszymi indywiduami – stwierdził Joe. – Chwila, co ty masz na twarzy?

Z bliska dało się dostrzec, że ostrzyżony na krótko i na ogół gładko ogolony Matt zapuścił cienki wąsik.

Matt dotknął palcem górnej wargi.

– Źle to wygląda? Ruby powiedziała, że dobrze.

– Sorki, ale Ruby najwyraźniej nie jest twoim sprzymierzeńcem – rzucił Joe.

– Czemu przyszedłeś pieszo? – spytała Gina.

– Poprosiłem taksówkarza, żeby wyrzucił mnie gdzieś po drodze, jak będziemy już blisko. Okolica jest zbyt piękna, żeby tak tylko śmignąć. Chciałem nacieszyć oczy widokami.

– Świetny pomysł. Też bym tak zrobiła, gdybym nie była leniwa – oznajmiła Meredith.

– Ale zatrzymałyśmy się na chwilę, więc wyszło prawie na to samo – zauważyła Roisin. – Jak było w Lizbonie?

– Cudownie. Słonecznie. Choć hotelowa siłownia pozostawiała wiele do życzenia. Musiałem czekać w kolejce, żeby się dopchać do wioślarza. Żenada.

– Kto chodzi na siłownię na wakacjach? – zakpiła Roisin.

– Teraz już wiesz – wtrącił się Joe.

– Skoro Matt dotarł, pora na toast! – zasugerował Dev.

Anita najwyraźniej była na to przygotowana: już stała za barem, odkorkowała szampana, po czym rozlała go do stojących w rzędzie kieliszków. Dev dostał mętną kombuchę.

– Za Klub Briana! – zaintonował, kiedy wszyscy wzięli trunki.

Pozostali stuknęli się kieliszkami i zawtórowali ze śmiechem: „Za Klub Briana!", a Roisin w jednej chwili zrozumiała, o co tak naprawdę chodziło w tym wypadzie.

Była tak skupiona na analizowaniu tego, jak bardzo ona i Joe się od siebie oddalili, że nie zauważyła, że ich paczka chyba też rozłazi się w szwach.

5

Nikt od dawna nie wspominał o Klubie Briana, choć ich grupowy czat na WhatsAppie wciąż figurował pod tą nazwą.

Wpadli na nią po niesławnym incydencie, do którego doszło dziesięć lat wcześniej, krótko po tym, jak się poznali, pracując w księgarni Waterstones przy Deansgate. Brian był okropnym dupkiem – przez większość czasu nic, tylko wściubiał nos w nie swoje sprawy, wszystkich irytował i wciąż składał jakieś pokrętne skargi.

Pewnego dnia po kłótni z ówczesnym kierownikiem Devem, dotyczącej zniszczonej w tajemniczych okolicznościach książki o legendzie krykieta, Brian przytaszczył sklepową drabinę i ustawił ją pośrodku działu z biografiami oraz literaturą faktu. Wdrapał się na nią, a potem – wytrzeszczając oczy i wykrzywiając twarz jak w *Inwazji łowców ciał* – wytknął palcem Deva.

– Faja! – wrzasnął w sposób, w jaki zwykle krzyczy się: „Pożar!", przez co wielu klientów aż zamarło w milczeniu. Następnie skierował wzrok na stojącą nieopodal Roisin i powtórzył z takim samym błyskiem w oczach: – Druga faja!

„Faja, faja, faja" – rzucał, wskazując kolejno na osłupiałe Meredith i Ginę, a także na Matta, który nagle przybiegł, żeby sprawdzić, co to za zamieszanie.

Pracująca dorywczo w soboty Lia również się wyłoniła z ukrycia. Brian zmierzył ją świdrującym wzrokiem i ku ogólnemu zdziwieniu oznajmił:

– Ty jesteś w porządku!

Potem na widok Joego, który pojawił się znikąd ze stosem książek w twardej oprawie o Edmundzie Hillarym, odchylił się teatralnie, nabrał głęboko powietrza i z wyciągniętym w jego kierunku drżącym palcem, krzyknął:

– Fiut!

Roisin zastanawiała się, dlaczego Dev nie zaprosił więcej osób do Benbarrow Hall – miejsca bynajmniej nie brakowało – i teraz zrozumiała, że chciał w ten sposób zaznaczyć, kto należy do klubu. Dev był niczym dobrotliwy patriarcha, który sprowadził w jedno miejsce swoją zbłąkaną dziatwę, żeby nie zapomniała o tym, jak ważne są więzi rodzinne.

– Wiesz, mam mieszane uczucia co do tych wąsów – oznajmiła Roisin, przyglądając się Mattowi po opróżnieniu połowy kieliszka moëta. – Jest w nich coś dziwnie frapującego. Wyglądasz trochę jak łajdak w mundurze RAF-u ze sfatygowanego zdjęcia, znalezionego w szufladzie podczas opróżniania domu. A ostatecznie, w efekcie jakiegoś rodzinnego skandalu, facet okazuje się czyimś prawdziwym dziadkiem.

– Tak! Właśnie o taki look mi chodziło: seksowny dziadek łajdak z RAF-u! Dzięki, Rosh – odparł Matt.

Joe przewrócił oczami.

– Czyli spotkasz się jeszcze z Ruby? – spytała Gina, a wszyscy aż stężeli.

– Nie uwierzycie, ale kryje się za tym niesamowita historia. „Ruby" w zasadzie złapała mnie na *catfishing*! Tyle że odwrócony.

– Co to takiego?

– *Catfishing* to taka sytuacja, kiedy ktoś podszywa się pod kogoś innego. A prawdziwa tożsamość takiej osoby zwykle bywa szokująca. No więc w tym przypadku…

– Wiesz co, może opowiesz nam później? – przerwał mu Joe. – Czuję, że przyda nam się do tego słodkie, kwiatowe wino deserowe.

Matt wzruszył ramionami i przytaknął, a rozmowa zeszła na inny temat.

Roisin nie spodobała się ta obcesowość Joego, ale wiedziała, że jej chłopak próbował jedynie ochronić Ginę. Zanotowała sobie w pamięci, żeby później przeprosić Matta w jego imieniu. Między Joem a Mattem zawsze dochodziło do lekkich tarć. Roisin zauważyła jednak, że z czasem w przypadku Joego przerodziły się one w jawną wrogość. Matt tymczasem trwał w błogiej beztrosce, a tego – i błogości, i beztroski – w ogóle było w jego życiu dużo.

Miesiąc temu Roisin już raz objechała Joego za takie przycinki, czym sprowokowała kłótnię.

– Jeśli chodzi o Matta McKenziego, to najbardziej wkurza mnie to, że gdyby był kobietą, pewnie byś go nienawidziła. A ja uważam jedynie, że jest irytujący i czasem… – Joe zawiesił głos, szukając właściwego słowa niczym jakiś językowy koneser, po czym dodał: – …odstręczający. Ale gdyby był kobietą? Mój Boże! Nie szczędziłabyś mu krytyki i już dawno spisałabyś go na straty. Więc nie waż się mnie oceniać.

– Dlaczego tak uważasz?! Bo spotyka się z wieloma kobietami? Dev jakoś się z nim dogaduje!

– Dev wygrał reality show, bo dogaduje się ze wszystkimi. „Spotyka się z wieloma kobietami" to bardzo kurtuazyjne stwierdzenie, trochę jakby był Michaelem Caine'em w latach sześćdziesiątych. Nie zapominaj, że faceci też ze sobą gadają i ja wiem znacznie więcej od ciebie – prychnął, a Roisin wzruszyła ramionami, przyznając, że to akurat prawda. – Matt perfidnie wykorzystuje swój urok i wizerunek... – Joe machnął rękami – ...casanovy, ale taki tylko na pokaz. Tak naprawdę bawi się kobietami jak zabawkami z kocimiętką. Pogrywa z nimi do czasu, aż ten uzależniający zapach nowości się ulotni. Nie wydaje mi się, żeby one były tym zachwycone, a dla Giny to istna katorga.

– Matt nic nie poradzi na to, co czuje Gina. Ani na to, czego sam nie czuje.

– Hmm, może nie. Wydaje mi się, że unika bliższej relacji, bo ich związek już musiałby coś znaczyć, a na takie ryzyko Matt nie pójdzie. Według mnie zniszczy życie i swoje, i jej, jeśli się ocknie, kiedy będzie za późno. A to do niego bardzo podobne.

– Skoro jest taki okropny, to po co on Ginie?

– Po nic. Przykro mi to mówić, ale Gina nigdy nie będzie naprawdę szczęśliwa z kimś innym. Po prostu czasami tak bywa. Niektórzy nie potrafią odpuścić i ruszyć dalej – stwierdził. Zdaniem Roisin Joe lekko dramatyzował. Jak to pisarz i scenarzysta. – Zapamiętaj moje słowa – powiedział. – Kiedy Matt zrozumie, że to ona jest jego prawdziwą miłością, zjawi się na jej progu zalany łzami, że nie ma kontaktu z trojgiem swoich dzieci i jest bezdomnym alkoholikiem, a dach nad głową stracił w wyniku krachu na rynku kryptowalut. Będzie miał za to z tonę pianki Rogaine na włosach, żeby totalnie nie wyłysieć. A Gina przekreśli swoje całkiem przyzwoite małżeństwo i przyjmie go z otwartymi ramionami.

Roisin w duchu podejrzewała, co tak naprawdę wkurza Joego w Matcie, ale nie była na tyle lekkomyślna, żeby mu to wygarnąć.

Wizerunek Joego, jeśli nie spory kawał kariery, bazował na jego przenikliwości i złośliwych uwagach. Swoją drogą,

Matt też był w tym dobry. Tyle że się tak nie napinał. Lekką ręką rozdawał to, co Joe cenił jako swoją twardą walutę.

Joe tymczasem postrzegał Matta jako swojego rywala, i to co gorsza takiego, który wcale nie chce z nim rywalizować.

Kiedy zakończył swój monolog na temat gałgaństwa Matta, odblokował komórkę i wklepał to, co przed chwilą powiedział, do apki z notatkami. Ot, taka irytująca maniera, do której Roisin zdążyła już przywyknąć.

6

– Naprawdę musiałeś tak kneblować Matta? Przecież chciał tylko odpowiedzieć na pytanie – syknęła Roisin, kiedy przypomniała sobie o całym zajściu.

Wyszła z łazienki owinięta ręcznikiem, z jednym umalowanym okiem, a drugim wciąż nieco zaczerwienionym po gorącym prysznicu, i z konturówką w dłoni.

Joe siedział po turecku na wielkim łóżku – bez butów, za to w eleganckich spodniach. Ich urządzony po królewsku pokój wręcz tonął w przepychu. Roisin wpadła w jakąś huśtawkę emocjonalną, zupełnie jakby na widok tego pomieszczenia gwałtownie skoczył jej poziom cukru. Czy właśnie o to chodzi, gdy ktoś mówi, że miękną mu przy czymś nogi?

Kiedy otworzyli ciężkie drewniane drzwi, ujrzeli przed sobą olbrzymią paproć w doniczce, secesyjny kaflowy kominek i łoże z baldachimem – takie, w którym to kiedyś kobiety umierały po porodzie. Ściany były ciemnoczerwone jak skrzep krwi. Wystrój może wydawał się mroczny, ale dzięki wysokiemu sufitowi nie przytłaczał.

W wyłożonej marmurem łazience znajdowała się wolnostojąca szkarłatna wanna z wywiniętymi krawędziami, a oprócz tego otwarta kabina prysznicowa.

Joe, który wślepiał się ze zmarszczonymi brwiami w ekran swojego srebrnego MacBooka Air, nagle poderwał wzrok i spojrzał na Roisin ze skonsternowaną miną.

– Że co? Kiedy ja znowu kogoś zakneblowałem?

Roisin była pewna, że Joe wie dokładnie, o czym ona mówi. Ale to dla niego typowe: udawać zmieszanie i wywoływać w niej uczucie, że jest zwykłą maniaczką łamane przez wielką zrzędą.

– Wtedy, gdy Gina spytała Matta o jego dziewczynę, z którą był w Lizbonie. „Do tej opowieści przyda się alkohol, Matt, teraz siedź cicho"? Wiem, że wszyscy chcemy chronić Ginę, ale on przecież nie robi nic złego.

– Och, z całą pewnością zamierzał się pochwalić swoimi łóżkowymi akrobacjami. A lepiej, żeby Gina tego nie słuchała.

– Ledwie zaczął… Nie wiesz, co chciał powiedzieć. Zresztą on nigdy nie jest ordynarny ani szczególnie obrazowy w swoich relacjach.

– Ach, daj spokój. Znasz Matta. Skorzysta z każdej okazji, żeby się popisać. Zawsze znajdzie jakiś reflektor, żeby stanąć w jego blasku. A ten „odwrócony *catfishing*" według mnie brzmiał bardzo złowieszczo.

– Cóż, Gina sama dopytywała, jak było. Dobra, może się w nim podkochuje, ale nie jest już dzieckiem.

– Podobnie jak Matt. A jednak obrywa mi się za to, że byłem wobec niego tylko trochę bardziej uszczypliwy.

Joe rozłożył dłonie wnętrzem do góry, jakby chciał dodać: „Kto by pomyślał?", i uśmiechnął się, żeby trochę rozładować napięcie. W odpowiedzi Roisin przechyliła głowę i jeszcze bardziej zniżyła głos.

– Słuchaj, czuję ciśnienie, bo Dev zdobył się na wielki gest. Będzie głupio, jak się posprzeczamy i zrujnujemy jego wysiłki. Ten weekend musi być udany przez wzgląd na niego.

A przynajmniej trzeba sprawiać takie pozory – dorzuciła w myślach.

– Zgadzam się, zero kłótni – przytaknął Joe. – Takich... jak na przykład... ta. – Znów przeniósł wzrok na ekran laptopa. Roisin dała się przechytrzyć. – Wybacz, skarbie, próbuję się skupić na harmonogramach działań promocyjnych za oceanem.

Roisin nie zdziwił ten lekko protekcjonalny ton, kiedy Joe przypomniał jej, że ma do załatwienia jakieś VIP-owskie sprawy; zdążyła już do niego przywyknąć. Z początku była w tym jeszcze ironia, teraz już niespecjalnie.

7

Roisin pamiętała, jak kiedyś płaciła za bilety kolejowe Joego do Londynu i za jego ubrania, żeby nie chodził w wyblakłych T-shirtach z nazwami zespołów muzycznych. Nie miała nic przeciwko temu, a dziś mogła uczciwie powiedzieć, że jej inwestycja zaprocentowała wieloma tysiącami. Mieszkanie, swoją drogą, było zapisane na nich oboje.

Z całą pewnością nie tęskniła egoistycznie za czasami, kiedy Joe był od niej zależny. Niemniej wolałaby, żeby to wszystko nie prowadziło do punktu, w którym się znaleźli.

Miała wrażenie, że kiedyś wspólnie ekscytowali się karierą Joego, że Roisin siedziała obok niego podczas tej szalonej przejażdżki. Jeśli chodzi o *WIDZIANYCH*, to zaczęło się od ambitnego celu, zarysu fabuły, którą Joe wymyślał w kafejkach, testując zwroty akcji na Roisin jako swojej pierwszej publiczności.

„Ale czekaj: to on jest tym facetem, który pojawia się też na nagraniu z kamery ukrytej w dzwonku do drzwi? Niezłe, tego się nie spodziewałam. Naprawdę sprytne, Joe".

Później, gdy powstał z tego scenariusz pilota, Roisin chętnie odczytywała na głos kwestie głównej bohaterki. Czuła się nawet trochę urażona, jakby ją z czegoś okradziono, kiedy aktorka zarzucała włosami i mówiła, wspierając się dłońmi o biurko: „Harry. Założyłabym się o własne życie, że mamy tu do czynienia z identycznymi bliźniakami. A jeśli ta nasza gierka nie wypali, to stawką naprawdę będzie moje życie!".

Roisin była nie tylko pod wielkim wrażeniem jego sukcesu, ale też bardzo zadowolona z siebie. „Najlepsze w tym, że Joe jest scenarzystą, a nie aktorem, jest to, że może się spełnić twórczo i nie musi się martwić, że ktoś będzie go zaczepiał na ulicy", plotła w rozmowach z ludźmi z ich paczki.

Kiedy Joe podpisał kontrakty na produkcję *WIDZIANYCH*, kupili sobie rybę z frytkami, do tego butelkę cavy za dziesięć funtów i zamiast wybrać się do eleganckiej restauracji, urządzili sobie piknik w parku. To była swego rodzaju deklaracja, coś w stylu: „Pozostaniemy sobą, będziemy tacy, jacy byliśmy zawsze, plus to".

Codzienny grafik Joego wyglądał kiedyś następująco: wstać, wypić kawę, (w miarę możliwości) umyć się, usiąść do pisania, wrzucić coś na ruszt, wrócić do pisania. I tak w kółko. Z czasem to wszystko stało się bardziej skomplikowane i gorączkowe, a Roisin nauczyła się, co to koprodukcja, strategia *turnaround* czy jednolinijkowiec.

Po całym dniu spędzonym w stolicy na ważnych spotkaniach przy śniadaniu i lunchu Joe wysiadał wieczorem z pociągu na stacji Manchester Piccadilly i szedł z Roisin na kolację.

Mówił zbyt szybko i zbyt szybko też pili, a ona rozkoszowała się każdym szczegółem ostatnich wydarzeń. Cieszyła się jego szczęściem i zawsze uważała – bynajmniej nie dlatego, że była jego dziewczyną – że Joe ma prawdziwy talent i zasłużył na sukces.

Później pracy zrobiło się tyle, że musiał zagęścić ruchy i często po prostu z rozsądku nocował w Londynie. A potem jeszcze zadzwonili z Hollywood, więc ciągle latał tam i z powrotem do Los Angeles.

Wytwórnia filmowa z Nowego Jorku nabyła prawa do jakiegoś scenariusza Joego i w końcu Roisin pogodziła się z tym, że wmawianie sobie, że trzeba się jakoś przemęczyć przez ten tydzień, a później wszystko się już uspokoi, to kit, który wciskają sobie dorośli.

Roisin nigdy nie przeszkadzało to, że Joe stale dokądś jeździ. Lubiła własne towarzystwo i tak samo lubiła słuchać o jego przygodach.

Jednak w którymś momencie to, co do tej pory tłumaczyła zabieganiem i zaabsorbowaniem, zaczęła odczuwać jako chłód i obojętność.

Nauczyła się, żeby nie pisać do Joego, kiedy jest w podróży, bo rzadko kiedy doczekiwała się odpowiedzi.

Jest chyba jedynym mężczyzną – myślała – który stosuje WhatsAppowe serduszka do tego, żeby kogoś zbyć.

Jak poszło spotkanie z Fox Searchlight? Serduszko. *Wymienili ci to wynajęte auto?* Serduszko. *O Boże, tamten rudy kocur znów załatwia się w naszym ogrodzie! Robi kupę, potrząsając ogonem, i tak dziwnie na mnie spogląda!* Serduszko.

Serduszkujesz wypróżniające się koty…? Oookaaay.

Nie poruszyła z nim tego tematu. Kiedy ktoś po pięciu dniach nieobecności staje w drzwiach z czekoladą Toblerone kupioną w strefie bezcłowej, to lepiej nie witać go narzekaniem.

Roisin naszła pewna myśl, a kiedy się pojawiła, to już nie potrafiła się jej pozbyć: te wydłużające się wyjazdy mogły stanowić swego rodzaju rozgrzewkę przed rozstaniem. Ilekroć Joe wracał z podróży, za każdym razem wydawał się o stopień chłodniejszy niż poprzednio.

Jej życie zmieniło się diametralnie, a raczej – co chyba trafniejsze i boleśniejsze – zmienił się Joe.

Czy sukces naprawdę może kogoś aż tak odmienić? – zastanawiała się. A może po prostu uwydatnia to, co do tej pory tylko gdzieś majaczyło.

Poczucie humoru, które zawsze ich łączyło, teraz przypominało sparring podszyty urazą. Coś jak pojedynek w siłowaniu się na rękę – ktoś musiał wygrać.

Spotkania z przyjaciółmi stały się obowiązkiem, jeśli nie utrapieniem – Joe zawsze miał na podorędziu jakąś kąśliwą uwagę.

Boże, znowu tam? Istne burżujstwo! Wkrótce będziemy mieć kubły na śmieci z naklejkami „Kochany bajzel".

Roisin zastanawiała się, czy ta wrogość wobec Matta nie jest przypadkiem pretekstem do tego, żeby wymiksować się z Klubu Briana. Coś na zasadzie: „Sorki, nie, jeśli on też tam będzie – nie mogę go znieść".

Seksu też już prawie nie uprawiali, a kiedy im się zdarzało, to raczej w poczuciu zbliżającego się ostatecznego terminu: „...lepiej to zrobić, bo inaczej będzie afera, że tego nie zrobiliśmy".

Kiedy się poznali, wyraźnie między nimi zaiskrzyło. Joe od razu zaznaczył, że jest w związku na odległość z Beą, która mieszka w Yorku, jego rodzinnym mieście. Między nim a Roisin do niczego wówczas nie doszło – i nic by się w tej kwestii nie zmieniło, gdyby Joe nadal miał dziewczynę. Roisin nie grała nieczysto – ale nieraz przyłapywała go na tym, że na nią zerka zza stolika, późnym wieczorem, kiedy poziom alkoholu we krwi wzrastał, a światła przygaszano.

Któregoś piątkowego popołudnia Joe zastał Roisin samą w jakimś kącie w księgarni, gdzie naklejała karteczki z napisem „Podpisane przez autora" na książkach Terry'ego Pratchetta.

– Chcę, żebyś wiedziała, że rozstaję się z Beą – oświadczył.

– Okay – odparła.

– A kiedy to zrobię, zaproszę cię na randkę.

– Okay – powtórzyła, starając się nie zaczerwienić.

Z tymi słowami odszedł.

Łoo! Małomówny Joe, miłośnik powieści graficznych Alana Moore'a, uderzająco podobny do młodego Johna Cusacka, dostał istnego napadu pewności siebie. Roisin musiała przyznać, że to bardzo pociągające.

To były naprawdę piękne czasy. Spijali sobie z dzióbków każde słowo i w kółko tylko rozmawiali: wspólnie spędzali wolne dni, spacerowali po parkach, włóczyli się po sklepach z płytami i popijali prawdziwe piwo w staroświeckich pubach. Kiedy byli razem, wszystko wydawało się takie fascynujące. Och, żeby znów być tak młodym, gdy wszystko dla człowieka jest nowe.

Pierwsi – i jak się okazało, jedyni – z ich paczki zapraszali cały gang do siebie, kiedy wszyscy, zbyt spłukani przed kolejną wypłatą, nie mogli sobie pozwolić na wyjście. Joe zwykle organizował muzykę i przekąski, a Roisin nastrojowe świece i drinki. Jako zespół stworzyli solidny fundament i wznieśli na nim swoje imperium.

Czyżby teraz inna kobieta otrzymała podobną obietnicę do tej, którą złożył jej nad *Światem Dysku*? Roisin przeanalizowała to na wszystkie strony i doszła do następujących wniosków: 1. Historia ich początków dowodziła, że Joe potrafi być bezwzględnie zdeterminowany, a rok niemal pozbawionego intymności czyśćca bynajmniej nie był taką determinacją naznaczony, oraz 2. Joe mówił o tym, że powinni sobie sprawić psa.

Teraz, niemal dziesięć lat później, Roisin miała wrażenie, jakby ich miłość została zaniedbana. To uczucie przypominało basen usłany jesiennymi liśćmi, który wprawdzie z technicznego punktu widzenia wciąż funkcjonował, jednak Joe już powoli spuszczał z niego wodę. Gdyby ktoś do tego basenu wskoczył, wylądowałby na betonie. I połamał sobie nogi w kostkach.

Roisin bez wiedzy Joego zaczęła chodzić na terapię.

Myślisz, że jest ci niewierny?

Hmm, nie. Gdyby tak było, na pewno miałby z tym spory problem organizacyjny.

Czy wasz związek da się jeszcze naprawić?

Nie wiem.

Czy chcesz go naprawić?

Nie wiem. Chyba tak. Chcę, żeby było jak dawniej. Ale może to już nigdy nie wróci.

Roisin wciąż sobie powtarzała, że musi najpierw odfajkować to lub tamto. Zaliczyć imprezę Deva w stylu Downton Abbey, wypuścić *Łowcę* bezpiecznie w świat – i pomóc Joemu przeboleć ewentualne nieprzychylne recenzje. Dopiero potem podsumuje ich sytuację.

Szczerze mówiąc, podejrzewała, że Joe w końcu zacznie się takiego podsumowania dopraszać, a jej godność nakazywała pierwszej wyłożyć kawa na ławę.

Z początku wydawało się jeszcze, że może warto z tym trochę poczekać, jednak Roisin wiedziała, że taka taktyka grania na zwłokę prowadzi donikąd. To trochę tak, jakby przełożyć na realia jej prywatnego życia pomysł Amira, żeby ją zapytać, czy *Pięćdziesiąt twarzy Greya* będzie w przyszłości uchodzić za wielką literaturę.

Udawanie i samooszukiwanie siebie właściwie nigdy się nie sprawdza.

– Wszyscy ubrani???! – ryknął z korytarza Dev.

Joe, całkowicie pochłonięty pisaniem, tak się przestraszył, że niemal wysłał niedokończoną wiadomość. Skłął pod nosem kolegę.

– Tak! – Roisin zamaszyście otworzyła drzwi, pozując przed Devem w czarnej sukience.

– A niech mnie, Sheen. Gdybym nie był zaręczony, a twój chłopak nie był moim kumplem i nie siedział teraz obok mosiężnego pogrzebacza…

– Ha, ha! Dzięki.

– Meredith i Gee są już na dole, możesz do nich dołączyć. Anita jak zwykle się guzdrze. Joe, do roboty! Masz kluczową rolę. Odpowiadasz za maślanego kurczaka – rzucił Dev. – Chlebki paratha i raita to moja działka. A Mattowi przypadły placki bhaji i indyjskie babeczki. Takie z nadzieniem z mango.

– Ja tam bym go nie dopuszczał do żadnych babeczek – stwierdził Joe.

Roisin wbrew sobie parsknęła śmiechem, a Dev się oddalił, chichocząc. Roisin widziała, że Joe nie jest zachwycony tym, że mu przerwano.

Ostatnio nic go już nie zachwyca – pomyślała. Ona również. Zachwytów trzeba było szukać gdzie indziej.

– Ładnie wyglądam? – Wygładziła na biodrach sukienkę i wciągnęła brzuch.

Joe oderwał wzrok od ekranu.

– Pewnie.

– „Pewnie"? I ty nazywasz się scenarzystą?!

– Wyglądasz… naprawdę… ładnie. Zawsze… wyglądasz… bardzo… ładnie – powiedział, celowo akcentując każde słowo, trochę jak robot. – Tak lepiej?

Nie, jasne, że nie – oburzyła się w myślach, ale nie powiedziała tego na głos. Sprzeczka przed kolacją to ostatnia rzecz, jakiej potrzebowała. Jednego była pewna: tutaj z pewnością się z nim nie rozmówi.

– Schodzisz?

– Tylko skończę tego maila. Nie czekaj na mnie.

Kochasz go jeszcze? – przypomniała sobie pytanie terapeutki.

A jak to sprawdzić?

8

Roisin ostrożnie zeszła po szerokich schodach, uważając, gdzie stawia stopy w swoich złotych sandałach na słupku. Skoro na co dzień poucza dzieci, że nie wolno biegać i skakać po korytarzach, sama też powinna zachowywać się odpowiedzialnie. Wykluczone, żeby wróciła do pracy w bucie ortopedycznym, i to w ostatnim tygodniu przed wakacjami. Mógłby na tym ucierpieć jej autorytet.

W oddali usłyszała głos Taylor Swift w piosence *Champagne problems*. Utwór był też jakby o niej: samej i samotnej w wieczorowej kreacji. Przez chwilę poczuła się jak gwiazda w filmie Baza Luhrmanna.

Na ostatnim stopniu na chwilę przystanęła, jakby chciała włączyć nagrywanie, aby uwiecznić w pamięci ten nieziemski nastrój, jaki tworzyły posągi o pustym spojrzeniu, zakurzone podłogi i wznoszące się wysoko sufity. I zapamiętać ten słodki, kredowy zapach lilii.

Frazes, że przyjaciele to rodzina, którą człowiek wybrał sobie sam, mimo swojej banalności, w przypadku Roisin był jak najbardziej prawdziwy. Nigdy wcześniej nie znała ludzi tak trzymających z nią sztamę. Nikt wcześniej nie sprawił, że czuła się częścią zgranej paczki. Fakt, że być może teraz wcale by siebie nie wybrali – nie mówiąc o tym, że pewnie w ogóle nie mieliby szansy się spotkać – jeszcze bardziej świadczył o tym, że było w ich relacji coś wyjątkowego i niezastąpionego. Nie mogli już wprawdzie powrócić do czasów, kiedy byli dwudziestolatkami z czystym kontem, ale wciąż mogli trzymać się razem.

Przypuszczała, że Joe przykładał do tego mniejszą wagę, bo mógł. Miał cudownych, kochających się i wspierających go rodziców, którzy, jak przystało na klasę średnią, spędzali czas w ogrodzie, zwiedzali zabytki należące do dziedzictwa kulturowego i dzwonili do syna po każdym odcinku *WIDZIANYCH*, gdy tylko na ekranie pojawiały się napisy końcowe. W Yorku wciąż miał grono szkolnych znajomych, a także kumpla „na dobre i na złe" – Doma.

Klub Briana był dla niego tylko miłym dodatkiem, z kolei dla Roisin był wszystkim. To on nadawał sens jej życiu.

Za dźwiękami melodii podążyła do salonu, gdzie Meredith i Gina chichotały konspiratorsko przy kominku, otoczone niesamowitą ilością migających świec. Muzyka dobiegała z cylindrycznego przenośnego głośnika Bluetooth, który ktoś umieścił na rondzie kapelusza figurki stojącej na gzymsie, jakby chciał jej przyprawić wielkie pióro.

Jeśli z Benbarrow Hall były związane jakieś klątwy lub duchy, z pewnością się przed nimi nie uchronią.

Meredith miała na sobie jedwabny pomarańczowy top w jaskrawym papuzim odcieniu oraz błękitne spodnie, a Gina obcisłą kremową sukienkę, która opinała jej miniaturową, powabną sylwetkę à la Marilyn Monroe i była ozdobiona wielką kokardą u nasady smukłej szyi, wyeksponowanej przez wysoko upięte włosy.

– Boże, obie wyglądacie nieziemsko! A ja jakbym szła na bal maturalny w tysiąc dziewięćset dziewięćdziesiątym szóstym.

Tego wieczoru Roisin wyciągnęła starą sprawdzoną kieckę na „eleganckie imprezy", zarówno podkreślającą jej figurę, jak i wygodną, choć może niezbyt porywającą. Z rozkloszowaną spódnicą sięgającą do połowy łydki przypominała trochę wdzianko dla lalki. Gdy Roisin była dwudziestolatką, wyglądała w niej uroczo, jednak teraz, kiedy stuknęła jej trzydziestka, mogła już nie mieć takiego wdzięku. Przed wyjazdem zaczęła panikować, że nie ma się w co ubrać. Wtedy Joe zasugerował, żeby wzięła jego kartę kredytową i zaszalała. Hojny gest, ale mimo wszystko czuła się z tym nieswojo.

– Wyglądasz jak dziewczyna, którą każdy chciałby zaprosić na bal – stwierdziła Gina, jak zwykle z uroczą szczerością i cichym podziwem. Gina zawsze traktowała Roisin tak, jakby ta znała jakiś sekretny kod dostępu do życia, który dla niej był nieosiągalny; jakby złamała jakieś tajne hasło. Roisin zupełnie nie rozumiała dlaczego, ponieważ w swoim odczuciu nie zrobiła nic szczególnego, żeby sobie na to zasłużyć.

– Zobaczcie, w trakcie całej naszej znajomości ani razu nie musiałyśmy się zastanawiać, czy przypadkiem nie ubierzemy się tak samo – powiedziała Meredith, wyjmując szampana z kubełka z lodem i napełniając beztrosko trzeci kieliszek. – Bez obaw – zareagowała na widok zmartwionej miny Roisin – to ten nasz, z supermarketu.

– A to wstępne pseudokanapeczki. Matt improwizował na wypadek, gdybyśmy już były głodne – oznajmiła Gina ze zwyczajową nutą podziwu w głosie. – Czyli serek brie na pringlesach o smaku kwaśnej śmietany. Kanapeczki dla zdzir. – Gina wskazała na talerz niezbyt pewnie stojący na aksamitnym pufie.

– Przekąski jak ta lala – stwierdziła Meredith.

– ...stojąca na rogu! – dodała Gina i przybiła jej piątkę w powietrzu.

– Przepraszam, jeśli myślałyście, że tego nie zrobię, ale się poczęstuję – powiedziała Roisin i sięgnęła po chipsa, ujmując go palcem wskazującym i kciukiem i wkładając ostrożnie do ust.

— My już zdążyłyśmy zjeść z dziesięć — poinformowała ją Meredith.

— Proszę, a oto właściwe kanapki — oznajmił Matt, wchodząc do pokoju z tacą na dłoni niczym kelner.

Miał na sobie białą koszulę i był wręcz niedorzecznie przystojny. Z tymi ciemnobrązowymi włosami i złocistą cerą wyglądał jak playboy — syn amerykańskiego magnata branży tytoniowej.

Z taką twarzą raczej nie mógł narzekać na nudę. Do tej pory Roisin jakoś nigdy nie zastanawiała się nad jego oczywistą urodą — nad tym, że ludzie być może chcą przebywać w towarzystwie kogoś takiego tylko po to, żeby zobaczyć, co z tego wyniknie.

Ale chwila, gdzie się podział wąsik...?

— Naszły cię wątpliwości? — spytała, wskazując na swoją górną wargę.

— Tak, skoro nawet fani tego wąsika byli zdania, że wyglądam jak nieodpowiedzialny dawca nasienia...

— Czyżby za wiele zdradzał? — dodała z szerokim uśmiechem.

Matt też się nieznacznie uśmiechnął.

— Postawię je. — Podszedł do stolika kawowego. — Miniaturowe cebulowe bhaji z miętowo-kolendrowym chutneyem. O dziwo, było przy nich mniej stresu niż przy maślanym kurczaku.

— Ach, to działka Joego — zauważyła Roisin, stukając palcem w czubek nosa.

— Bez komentarza.

— Poza tym niezły pomysł z tymi pringlesami — powiedziała niewyraźnie, przeżuwając drugiego chipsa. — Świetna improwizacja.

– Cieszę się, że ci smakują. Poczekaj, aż spróbujesz moich Białych Rusków z dodatkiem mleka dla kotów.

Roisin parsknęła śmiechem, zasłaniając dłonią usta pełne chipsów.

– Smacznego! – rzucił Matt i oddalił się do kuchni.

Poczęstowały się miniprzekąskami, wycierając kąciki ust serwetkami.

– Ho, ho, patrzcie tylko, jakie z nas damulki. A jeszcze przed chwilą pożerałyśmy chipsy jak wygłodniałe wilki – zauważyła Roisin.

– Ech, to jest dopiero życie – odezwała się Meredith, miętosząc papierową serwetkę i omiatając wzrokiem pokój. – Czy jak robiłyśmy inwentaryzację, to kiedykolwiek przyszłoby nam do głowy, że dochrapiemy się czegoś takiego?

– Mnie nie przyszło nawet jeszcze dziesięć miesięcy temu – odparła Roisin.

– A mnie to w ogóle nigdy – dodała Gina.

– Tak Bogiem a prawdą, niczego się nie dochrapałyśmy. To wszystko zasługa Deva, to jego feta, jego własny Festiwal Devtonbury – stwierdziła Meredith.

– Devstock? – wyrwało się Roisin.

– Jednak coś nam się udało, no bo wciąż trzymamy się razem – powiedziała Gina. Roisin potwierdziła dobitnym „Tak!", choć poczuła przy tym wyraźny ucisk w żołądku, a w głowie usłyszała:

Czyli nie chcesz zakończyć tego związku, bo boisz się, że to będzie koniec waszej paczki?

9

Nie, to jakiś absurd. Klub Briana? Ich stary gang? Nie jest chyba aż tak kruchy. Po prostu się przeorganizują i jakoś podzielą z Joem wspólnymi spotkaniami. Jak rozwiedzeni rodzice opiekujący się na zmianę dzieckiem. Takie rzeczy dzieją się na okrągło.

Czego się boisz?

No jasne, terapeutka musiała koniecznie ją bombardować akurat takimi rozwalającymi pytaniami. To raczej nie temat na drugą sesję. Roisin wstydziła się swojej odpowiedzi, że pewnie nikt nie będzie w stanie zrozumieć powodu jej rozstania z Joem. A skoro to takie trudne do zrozumienia, to może jednak byłaby to z jej strony zła decyzja?

Dlaczego przejmujesz się zdaniem innych?

– Nie wiem – odparła, choć w duchu pomyślała: Czy podświadome, lecz niebezwarunkowe przekonanie, że mój związek jest zwykłą fikcją, to wystarczający powód, żeby przekreślić całą możliwą przyszłość? Kto wie, może się jeszcze okazać, że tak naprawdę wkurzał ją fakt, że przez ostatnie dziesięć lat żyła w konkubinacie z pracoholikiem. W głowie już słyszała swoją matkę: „Kochana, są gorsze uzależnienia".

Nie, to też nie to. Wiedziała, że właściwa odpowiedź na zadane pytanie brzmiała następująco: „Owszem, to wystarczający powód, bo relacja, jaką opisujesz, opiera się na pozbawionym miłości pragmatyzmie".

No i proszę: właśnie to ją blokowało. Ale dzięki temu, że była daleko od domu, mogła sobie wszystko w pełni uświadomić. Roisin po prostu nie wiedziała, czy Joe z teraz to wciąż Joe z kiedyś, czy jednak stał się kimś innym. Czy jest jak nowy film nagrany na starej kasecie wideo, czy może ta stara wersja nadal istnieje i czeka, gotowa do niej wrócić, jeśli tylko Roisin uzbroi się w cierpliwość. Dopóki tego nie rozgryzie, nie może wykonać żadnego ruchu.

Roisin zauważyła, że Meredith przygląda się jej zafrasowanej twarzy, i szybko zmieniła mimikę.

Dev postanowił zaserwować posiłek w kuchni, żeby odróżnić go od kolacji urodzinowej Giny, którą mieli zjeść nazajutrz w salonie jadalnym. Ale to wcale nie był gorszy wybór. W rogu, obok wolnostojącej kuchenki, stał solidny drewniany stół z czarnymi krzesłami, który wyglądał jak usiany gwiazdami, tyle było na nim tealightów rozmieszczonych między nakryciami, a zwisające z góry białe porcelanowe lampy roztaczały blask niczym robaczki świętojańskie. Cała aranżacja wyglądała jak żywcem wyjęta z eleganckiego magazynu o wystroju wnętrz.

Roisin zapomniała już, że Dev potrafi świetnie gotować. W kuchni emanował prawdziwą pewnością siebie, przez co nie musiał silić się na żadną przesadę.

Tego wieczoru czekał na nich kociołek z kurczakiem w sosie maślanym, do tego stosy chlebków paratha, góra ryżu wielkości leśnej świni i kadź saag aloo w charakterze przystawki, którą Gina, nadworna wegetarianka, mogła spałaszować jako danie główne. Na stole stały miseczki z raitami, czymś różowym z buraków, a także z chutneyem i korniszonami.

Ze swoim charakterem doskonałego gospodarza Dev zadbał o oprawę godną jego kulinarnego talentu.

Wszyscy podnieśli telefony, żeby z góry uwiecznić tę scenę – ot, taki współczesny rytuał.

Roisin zerknęła w stronę Joego, próbując choć na chwilę pochwycić jego spojrzenie, ale on ustawił się już z chochlą przy kurczaku.

– Nie będziemy odmawiać modlitwy, więc zamiast tego podziękujmy Devowi i wznieśmy toast za naszych szefów kuchni – powiedziała i unosząc kieliszek koniaku, skinęła głową w kierunku swojego faceta, a potem Matta. Pozostali poszli za jej przykładem.

– O Boże, pamiętacie tamtego kierownika, który przyjechał z Londynu i na początku spotkania kazał nam opowiedzieć „o czymś ciekawym, co się nam ostatnio przydarzyło"? To nas zdopingował! – rzuciła Meredith, wzdrygając się teatralnie.

– Na naszej błękitnej planecie nie ma nic gorszego niż „ćwiczenia integracyjne" – odezwał się Matt.

– A mnie się ostatnio przydarzyło coś ciekawego. W zeszłym miesiącu miałam takiego kaca, że nawet program do rozpoznawania twarzy na moim iPhonie nie potrafił mnie rozpoznać – oznajmiła Gina.

Wyglądała na szczerze zdziwioną, kiedy wszyscy wybuchnęli histerycznym śmiechem.

– Niemożliwe! – stwierdził Matt. – Przecież to biometria.

– Żadna biometria, tylko mezcal.

– Aaach, czy to nie było przypadkiem wtedy, kiedy zadzwoniłaś do mnie tak zapłakana, że ledwo byłaś w stanie mówić, a ja myślałam, że stało się coś okropnego...? – spytała Meredith.

Gina pokiwała głową.

– Powiedziałam wtedy: „W końcu pogodziłam się z faktem, że nigdy nie przelecę Jasona Momoa". Serio, czułam się tak, jakbym straciła kogoś mi bliskiego.

– Serio? Ja nadal nie jestem gotowy się z tym pogodzić – skwitował Matt.

Gdy przestali się zaśmiewać, skupili się na pałaszowaniu curry, od czasu do czasu przerywając i mamrocząc z uznaniem: „Cholera, ale to dobre!".

– Będę mieć wspaniałego męża, no nie? – rzuciła Anita.

– À propos, chciałbym coś oznajmić – powiedział Dev, stukając widelcem w pieprzniczkę. – Zdecydowaliśmy już, gdzie się pobierzemy.

Ślub miał się odbyć na wiosnę: Dev nie był zwolennikiem odkładania rzeczy na później. Wcześniej w rozmowie z Joem Roisin wyraziła powątpiewanie, czy w tak krótkim czasie zdoła jeszcze znaleźć jakieś miejsce wystarczająco odpowiednie na taką ceremonię.

– Nie zdziwiłbym się, gdyby przekupił jakąś parę, aby przenieśli się gdzie indziej – stwierdził Joe.

– Naprawdę myślisz, że zapłaciłby podwójną stawkę za wynajem lokalu, żeby tylko ktoś z niego zrezygnował?

– Tak. Dev nie dba o pieniądze, tylko o to, co może dzięki nim osiągnąć. W sumie godne podziwu – powiedział Joe.

– Hmm… – Roisin była w lekkim szoku; poczuła się jak pierwsza naiwna.

– Gdzie, opowiadaj? – spytała teraz niepewnie Meredith, wyrażając zbiorowy niepokój.

– Nad jeziorem Como – oświadczył Dev, rozkładając ręce jak sprzedawca telewizyjny, przedstawiający niesamowitą ofertę. – Wyślę wam zdjęcia willi, w której odbędzie się ceremonia. Jest absolutnie oszałamiająca! Serio, ta część Włoch… – zawiesił głos i wykonał gest szefa kuchni zachwalającego potrawę, po czym wrócił do rozrywania chlebka paratha.

– Cyprysy, ściany pokryte freskami, żyrandole ze szkła Murano, wyblakłe od słońca drewniane okiennice – wtrąciła Anita. – Cała ta estetyka. Chyba umrę.

– W willi, w której się pobieramy, są dostępne pokoje, ale jeśli okażą się zbyt drogie, w pobliżu nie brakuje innych opcji zakwaterowania. Napiszę wam wszystko na WhatsAppie – powiedział Dev, machając ręką. – Nie martwcie się.

– Cóż. Brzmi naprawdę ekscytująco. Chyba muszę zacząć wpłacać więcej na konto oszczędnościowe – skwitowała optymistycznie Meredith.

Kiedy miały po dwadzieścia parę lat, Meredith zaszczepiła w Roisin swoje pragmatyczne podejście do finansów. Dzięki niemu Roisin nabrała dobrych nawyków, za które zawsze będzie wdzięczna przyjaciółce.

– Czy nad jeziorem Como są jakieś Sofitele? – odezwał się Matt. – W tym roku czeka mnie sporo wieczorów kawalerskich.

– Czekaj, a ty nie masz przypadkiem kasy jak lodu? – spytał Joe.

Roisin stężała.

– Moja rodzina ma, nie ja – zaoponował Matt.

– Typowo prawnicze rozróżnienie – wyśmiał go Joe.

– Bynajmniej, taka prawda.

Zapadła pełna napięcia cisza, a Roisin poczuła się w obowiązku, żeby ją czymś wypełnić.

– Już sobie wyobrażam te wszystkie wieczory kawalerskie, na które jesteś zaproszony – zwróciła się do Matta. – Powiedz mi, jeśli zgadnę. Szykowni chłoptasie w słomkowych kapelutkach, lustrzanych aviatorach i różowych koszulkach polo, sączący darmowe pour rosé w przybasenowych barach na Ibizie? – Uśmiechnęła się do niego w nadziei, że zrozumie, że w przeciwieństwie do Joego tylko się z nim przyjacielsko przekomarza.

– Skąd w tobie tyle nienawiści, Roisin? Zawsze jesteś pełna jadu – odgryzł się Matt ze szczerym uśmiechem. – Otóż na pokład statku Jego Królewskiej Mości nie wpuszczają tandeciarzy i prymitywów.

– Bez obaw, stary! Jeśli cię nie stać, ja pokryję koszty – odezwał się Dev.

– Uhm... – Matt przesunął szybko wzrokiem po innych, równie spiętych twarzach. – Nie wiem, czy czułbym się z tym dobrze, ale dzięki.

– Nie wygłupiaj się. Zależy mi tylko, żebyście wszyscy tam byli! A jeśli chodzi o mój wieczór kawalerski, to... Werble, proszę! Lecimy do... MIAMI!

Wszyscy na chwilę zamarli ze zdziwienia, jeśli nie z przerażenia. Wszelkie nadzieje, że Dev załapie aluzję w postaci ambiwalentnej reakcji na jego wielkie włoskie plany, natychmiast się rozwiały.

– Czyżby w Northamptonshire było jakieś Miami, o którym nie wiemy? Czy jednak masz na myśli to Miami? – spytał Joe.

– Taa, miejmy nadzieję, że to jakiś nocny klub w Bolton. – Matt zawtórował Joemu, który go zignorował.

– Załatwię wam bilety – oznajmił Dev, machając nonszalancko dłonią. – Spokojnie, ziomeczki, nie musicie się o nic martwić.

Jego ziomeczki mruknęły z powątpiewaniem. Meredith z kolei zręcznie zmieniła temat, prosząc o przepis na maślanego kurczaka, zanim Anita zdążyłaby ogłosić, że zamierza wyprawić wieczór panieński w Australii.

Dev – nawet jeśli zrobił to nieświadomie – postawił ich w niezręcznej sytuacji. Nie mogli przyjąć jego szczodrej propozycji i jednocześnie wymigać się od dopiero co obwieszczonych wypadów do Europy i Ameryki. Skompromitował ich i sprawił, że czuli się współwinni, bo jedną ręką brali, a drugą próbowali go powstrzymać.

Dev poszybował finansowo w rejony, do których większość z nich nie miała dostępu i zapewne nigdy mieć nie będzie. Jeśli chciał nadal spędzać z nimi czas, koniecznie musi trochę bardziej zejść na ziemię.

Jak to możliwe, że Roisin wcześniej nie dostrzegła, co się dzieje? Owszem, obawiała się, że ten weekendowy wypad to lekka przesada, ale jakoś podczas ich typowych spotkań w południowym Manchesterze nie widziała tego tak wyraźnie jak teraz.

Czyżby zamiast narkotyków Dev zaczął nadużywać pieniędzy? Czy jego platynowa karta kredytowa nie służyła już do dzielenia białego proszku, a sama stała się tym proszkiem?

– Skoro już jesteśmy przy ogłoszeniach – zaczął Joe – ja też chciałbym coś obwieścić.

10

Chwilę po zapowiedzi Joego Roisin uświadomiła sobie, że udawanie i oszukiwanie siebie rzeczywiście właściwie nigdy się nie sprawdza. Wszyscy chyba przeczuwali, że związek Roisin i Joego nie ma się najlepiej.

Gdyby wciąż było jak dawniej, wciągnęliby gwałtownie powietrze w nerwowym oczekiwaniu, że zaraz usłyszą radosne wieści o zaręczynach. To, jak szybko Roisin wyżłopała möeta, raczej wykluczało taką możliwość.

Tym razem po obwieszczeniu Joego zapadła wymowna cisza. Najwyraźniej ich przyjaciele instynktownie wiedzieli, że żadne z nich nie mogło się oświadczyć temu drugiemu. Zadziwiające, jak dużo potrafi zdradzić nawet tak mikroskopijnie krótka pauza.

Roisin nie miała pojęcia, o co może chodzić Joemu. Była jednak pewna, że nie odsunie krzesła i nie uklęknie przed nią na jedno kolano.

— W niedzielę muszę wyjechać wcześniej, niż zamierzałem, bo... lecę do Stanów — oświadczył, kiedy wreszcie zyskał ich niepodzielną uwagę. — Na spotkanie z J.J. Abramsem.

— Nie gadaj! — Dev przekrzyczał zbiorowy pisk. — Serio?

— To ten koleś od *Star Treka*? Czy od *Gwiezdnych wojen*? — spytała Gina.

– Od jednego i drugiego – odparł dumnie Joe.

– Chodzi o pełnometrażową wersję *WIDZIANYCH*? – wtrąciła Meredith.

– Uhm. Tylko potraktujcie tę informację jako podpadającą pod ustną umowę NDA. Praktycznie obwarowali tymi umowami każde moje słowo na ten temat.

– NDA? Co to takiego? – wyrwała się Gina.

– Umowa o zachowaniu poufności. Prawny sposób, żeby powstrzymać cię od plotkowania – wyjaśnił Joe, a po chwili dodał: – Znaczy, nie konkretnie ciebie, tylko generalnie każdego.

– Kiedy się o tym dowiedziałeś? – spytała Roisin, chociaż miała pewne przeczucia.

– Dzisiaj wieczorem – odparł Joe. – Jego ludzie skontaktowali się z moimi i tak dalej.

Czyli wiedział już o tym, kiedy bezczelnie mailował w ich sypialni i kazał jej zejść na dół bez niego. Świadomie postanowił poczekać z tą rewelacją, aż będą w grupie, zamiast podzielić się nią najpierw ze swoją dziewczyną.

Już nie było czegoś takiego jak ich dwoje. *Champagne problems*.

– Bez kitu, ludzie z Hollywood? Joe! Niesamowite – zapiała Gina, potrząsając głową i robiąc pełną niedowierzania minę dumnej mamy.

– Mój Boże, w co się ubierzesz?! – spytała Anita.

Wszyscy parsknęli śmiechem – jakby to, jaką włoży koszulę, było aż tak istotne – a Roisin się ucieszyła, bo przynajmniej rozładowali napiętą atmosferę po zapowiedziach Deva dotyczących dalekich podróży lotniczych.

– I o czym konkretnie będziecie rozmawiać? – chciała wiedzieć Meredith.

– Szczerze mówiąc, mój agent nazywa takie spotkanie: „No, zobaczmy, co my tu mamy". Jeśli mają robić ze mną interesy, wykorzystać mój pomysł i w jakimś stopniu zaangażować mnie w jego realizację, to wolą się najpierw upewnić, że da się ze mną wytrzymać. Czyli raczej będę siedział cicho. Żadnego sugestywnego oblizywania sztućców ani śmiania się nie w porę.

– Idziecie na kolację? – spytał Dev.

– Na brunch. Ale już mnie ostrzeżono, że tak właściwie nikt tam w trakcie tego brunchu nie je.

– Zamawia się coś i tylko na to patrzy? Czy w ogóle się nie zamawia? – dociekała Gina.

– Mówi się: „Proszę przynieść wszystko", a potem i tak każdy ignoruje jedzenie i pije tylko czarną kawę.

– Nie bez powodu nazywają to miasto La La Landem – stwierdził Dev, potakując głową. – Krainą bujających w obłokach i takich, co liżą lotosy.

– Jeśli już, to nie liżą, tylko jedzą – poprawił go Joe.

– Mógłbyś nieco zaburzyć dynamikę tamtejszego układu, domagając się, żeby kelner w Chateau Marmont przyniósł duży milkshake bananowy koniecznie schłodzony i przybrany połówką banana – dodał Matt. – W takim miejscu to normalka.

– Idziecie do Chateau Marmont? – odezwała się Anita.

– Rzuciłem tylko przykładowo – odparł Matt.

– Akurat zgadłeś – powiedział Joe. Roisin wyczuła jego poirytowanie faktem, że Matt odebrał mu możliwość zaskoczenia ich tą wiadomością.

– O której musisz wyjechać w niedzielę? – spytała. Wiedziała, że zachowuje się jak nudna zrzęda. Fajna, wyluzowana dziewczyna powinna mu szczebiotać coś do ucha, ale jakoś nie mogła się przemóc.

– Zamówiłem taksówkę na szóstą czterdzieści pięć – odpowiedział Joe.

Słysząc to, Dev westchnął z bólem.

– Pożegnamy się z tobą w sobotę wieczorem, ok? Jeśli nie masz nic przeciwko, stary.

– Jasne! – Joe skierował te słowa do całej paczki. – Nie oczekuję, że ktokolwiek wstanie tak wcześnie, żeby pomachać mi na do widzenia.

„Ktokolwiek?" – oburzyła się w duchu Roisin. „A ja niby kim jestem? Matką psa, którego nie mamy?"

– Joe, to naprawdę niesamowite, do czego doszedłeś – powiedziała Gina. – Pamiętam jeszcze, jak odstępowaliśmy ci nasze podstemplowane karty lojalnościowe z kafejki, żebyś mógł się napić darmowej kawy. A teraz ho, ho!

– Zawsze będę wam wdzięczny – odparł Joe. Może pojutrze będę leciał klasą biznes na pokładzie Virgin Atlantic, ale w sercu zawsze pozostanę chłopakiem z Diddy B.

– Diddy B! – zapiszczała z zachwytem Gina. Uwielbiała wymyśloną przez nich pieszczotliwą nazwę dla Didsbury.

Joe spojrzał na nią ze szczerą sympatią.

Roisin też bardzo lubiła Ginę. Jednak w tym momencie bez cienia zazdrości pomyślała: Joe, dogadujesz się tak dobrze z Giną, bo jest taka słodziutka, ma kształty jak Jessica Rabbit i jest twoją zagorzałą fanką. Wielbi cię i niczego nie oczekuje w zamian.

Może Roisin nie powinna się przejmować, że Joe coraz mniej się nią interesuje. Może traktowałby tak samo każdą partnerkę, która nie stałyby się jego żarliwą wielbicielką. Ech, kiedyś Joe lubił wyzwania.

– Czy to już czas? – Anita zwróciła się do Deva. – Na niespodziankę.

Dev skinął głową, a ona zerwała się z krzesła i czmychnęła do holu, ściągając na siebie zdumione spojrzenia.

– Przepraszam za moją narzeczoną. Ma energię szatana i młodego koziołka – oznajmił Dev i zaraz dodał: – Tak, tak, wiem, i kto to mówi?!

Anita wróciła do pokoju, trzymając w rękach duży, płaski prostokąt przykryty płachtą – tak duży, że musiała go wnieść bokiem.

– Zamówiliśmy to do naszego domu, ale dorobimy więcej, jeśli ktoś będzie zainteresowany – powiedział Dev i wstał.

Joe spojrzał na Roisin z rozbawioną miną, a ona uśmiechnęła się delikatnie. Zastanawiała się, dlaczego teraz ze wszystkiego trzeba drwić. Chociaż w zasadzie dobrze wiedziała dlaczego. O wiele łatwiej odpuścić sobie coś, co wcześniej się wypiło.

Dev pomógł Anicie postawić zagadkowy przedmiot wielkości płaskiego telewizora na podłodze, a potem wspólnie zerwali płachtę, wykrzykując radośnie: „Tadam!".

Wszyscy z wyjątkiem Joego zapiali z zachwytu. Była to oprawiona w ramę fotografia przedstawiająca całą ich szóstkę stłoczoną na czarnej skórzanej sofie w jednym z barów w dzielnicy Northern Quarter. Siedzieli pod stylizowaną amerykańską sygnalizacją uliczną z podświetlonym napisem DON'T WALK. Spotkanie byłych „wychowanków" Waterstones Deansgate z dwa tysiące trzynastego.

Dev, siedzący pośrodku, wyglądał na lżejszego o jakieś dziesięć kilo; przed nim na niskim stoliku stało typowe dla tamtych czasów piwo i kieliszek wódki na popitkę. Roisin, po jego lewej, uśmiechała się szeroko. Naturalne ciemnobrązowe włosy związała w dwa nisko upięte kucyki (cholera, co strzeliło jej do głowy?) i miała na sobie bardzo obcisły T-shirt z muppetami, przez co jej biust wydawał się ogromny (cholera, co strzeliło jej do głowy?). Lepiej nie rozciągać Krewetki Pepe na piersiach.

Joe, który niedługo potem został jej chłopakiem, przycupnął na bocznym oparciu, a twarz miał ukrytą za szklanką piwa, zza której wystawała jedynie jego uniesiona brew.

Był wtedy bardziej nieśmiały. Roisin przypomniała sobie, jak bardzo kiedyś między nimi iskrzyło, i nagle ogarnął ją smutek. Gina siedziała po prawej od Deva. Miała wówczas modną krótką fryzurę i sukienkę na ramiączkach, a do tego botki motocyklowe. Umościła się kokieteryjnie na kolanach Meredith, prawie całkiem ją zasłaniając, tak że widać było praktycznie tylko zielone converse'y. Meredith właściwie wcale się nie zmieniła. Od samego początku była z nich wszystkich najbardziej wierna sobie.

Matt kucał z boku na podłodze i wychylał głowę, żeby na pewno zmieścić się na zdjęciu. Był mniej umięśniony i nie tak pewny siebie jak teraz. Miał w sobie coś z żywiołowego, tyczkowatego, młodego sportowca, choć i tak wyglądał ślicznie, jak członek boys bandu.

Dziwnie tak patrzeć na coś, co było w przeszłości, pomyślała Roisin, kiedy wszyscy zachwycali się zdjęciem i żartowali na jego temat. To były ich dawne wersje siebie, o których jeszcze całkiem nie zapomnieli, a jednak kiedy się z nimi skonfrontowali, przeżyli lekki szok. Jakimś cudem szczegóły zawsze umykają człowiekowi z pamięci.

– Tak sobie pomyślałem, że skoro już tu jesteśmy, to może zrobimy kolejne wspólne zdjęcie? Coś w stylu „wtedy i teraz" – powiedział Dev. – Na pewno mamy dużo sof do wyboru.

– Możecie nawet przybrać takie same pozy – zasugerowała Anita, odwieczna kierowniczka artystyczna.

– A za dziesięć lat znowu to powtórzymy! – dodał Dev, spoglądając na nich serdecznie. – I za kolejne dziesięć lat!

Choć Roisin uwielbiała Deva za jego idealistyczne podejście, była pewna, że te dwa portrety nie stworzą żadnej serii. Wyznaczą raczej początek i koniec.

11

– No dobra, chyba to mamy… – stwierdziła Anita, stojąc przed kominkiem i spoglądając na całą grupę widoczną na ekranie jej iPhone'a w odpornym na wstrząsy etui ze wzorem moro, które z tyłu miało jeden z tych uchwytów Popsocket, przez co nadawało telefonowi wygląd superprofesjonalnego sprzętu.

Znalazła dla Deva szklankę do piwa i kieliszek, które napełniła wodą. Joe też miał trzymać drinka w taki sam sposób jak poprzednio: wszystko musiało być akurat!

– Wygląda na to, że ani wtedy, ani teraz nie starczy dla mnie miejsca na sofie, i pewnie tak już zostanie, na wieki wieków – stwierdził siedzący w kucki Matt, przy ostatnich słowach pokazując palcami znak cudzysłowu.

– Jacy *Przyjaciele*, taki Gunther – rzucił Joe ku ogólnemu rozbawieniu.

– Przecież Gunther nie należał do głównej paczki – zauważyła Roisin i natychmiast tego pożałowała, bo głupio tylko dowiodła racji Joego.

– Przepraszam, ważę trochę więcej niż w wieku dwudziestu dwóch lat. – Gina zwróciła się do Meredith, która odparła półgębkiem:

– Na szczęście moje uda też są masywniejsze.

– Wytrzymajcie jeszcze w tych pozycjach! – rozkazała Anita i zaczęła stukać palcem w telefon. – Okay, zrobiłam od groma zdjęć. Możecie się teraz posprzeczać, na którym wyglądacie najlepiej – oznajmiła po chwili. – Po weekendzie wszyscy dostaną kopie obu wersji!

Dev zgasił górne światło i całe pomieszczenie opanował nastrojowy półmrok.

– Dev, to wasze przyjęcie zaręczynowe. To wy powinniście być w centrum uwagi, nie my – odezwała się Roisin, wstając.

– Nie wyobrażam sobie, żebyśmy mogli spędzić ten czas inaczej – oznajmił promiennie Dev, a Anita mu przytaknęła.

– Zgadza się. Po wizycie u moich sióstr w zeszły weekend Dev jeszcze nie doszedł do siebie.

Na jej słowa Dev aż się wzdrygnął.

– Demony chaosu.

– Hej, skoro mowa o demonach. W takim miejscu chyba musi straszyć, no nie? – Joe wyciągnął z kieszeni iPhone'a, potrząsając nim, jakby to była talia kart. – Kto jest ciekaw, czy z tą posiadłością wiąże się jakaś historia o duchach?

– Joe... – rzuciła ostrzegawczo Roisin. – Nie napędzaj nam stracha.

– Ja, ja jestem ciekawa! – oznajmiła Gina.

– Na pewno? – spytała powątpiewająco Roisin.

– O ile ta historia nie jest zbyt upiorna – wyjaśniła Gina.

– To bardzo względne przyzwolenie – stwierdziła Roisin.

– Zważywszy na to, że nie wierzę w duchy, wszystko mi jedno – odezwała się Meredith.

– Ja jestem agnostykiem – dodał Dev. – Anita, a ty?

– Ja wierzę – odparła, ponownie zasiadając do swojego kulistego akwarium z dżinem i tonikiem. – Ale śmiało, sprawdź!

Gdy tylko powiedziała: „Ja wierzę", stojące na gzymsie świece zamigotały, a z gardeł Giny i Anity wyrwał się pisk.

– Matt, a ty wierzysz w duchy? – spytała Gina.

– Nie. Ale mam otwarty umysł – odpowiedział.

– Bez sensu – rzuciła ze śmiechem Roisin.

– Och, wyluzuj, panno Trunchbull – zażartował Matt, nawiązując do surowej dyrektorki szkoły z powieści i filmu *Matylda*, przez co Roisin jeszcze głośniej parsknęła śmiechem. Zapomniała już, jak Matt lubił się z niej naigrawać, twierdząc, że jest ponurą despotką.

– Czyli wszyscy chcą usłyszeć tę historię? – spytał zniecierpliwiony Joe. – Rosh, przecież jesteś sceptyczką, więc nie powinno ci to przeszkadzać. Nie można czuć strachu przed czymś, w co się nie wierzy.

I tu ją miał.

Zaczął szukać w telefonie.

– O, jest! Słuchajcie. – Joe przybrał głos prezentera lokalnych wiadomości. – Najbardziej upiorne miejsca w Kumbrii. Wspaniała posiadłość Benbarrow Hall podobno jest nawiedzana przez ducha służącej, która utopiła się w pobliskim jeziorze pod koniec dziewiętnastego wieku.

– Na litość boską! Dlaczego to zawsze muszą być wzgardzone kobiety albo gniewni mężczyźni na koniach?

Roisin zorientowała się, że wciąż ma w sobie coś z tej czupurnej dwunastolatki, która dawno temu była świadkiem urojeń Queenie Mook. Tak czy inaczej, patrząc na cienie płomieni świec tańczące na ścianach, cieszyła się, że nie pójdzie dziś spać sama.

– No i to zawsze są jakieś „panie" lub „damy" – zauważyła. – Panie Czegoś Tam, Damy Jakieś Tam. Tragicznie zmarłe, seksowne, młode Ofelie. Ktoś powinien napisać pracę o wartościach społecznych manifestujących się w tych wszystkich historiach o duchach, o ile jeszcze taka nie powstała.

– Kurczę, od razu widać, że jesteś nauczycielką – stwierdził Dev.

– Przepraszam za ten wojujący feminizm w wydaniu mojej lubej – powiedział Joe. – Wieść niesie, że owa służąca zaręczyła się potajemnie z synem mieszkającej tu rodziny. Kiedy jego skandaliczny romans z kobietą niskiego stanu wyszedł na jaw, jaśniepan wszystkiego się wyparł i oskarżył ją o kłamstwo.

– Złamas! – krzyknęła rozemocjonowana Gina. – Mam wrażenie, jakbyś opisywał mojego byłego.

– Zrozpaczona dziewczyna pobiegła do jeziora i utopiła się przy blasku księżyca – kontynuował Joe. – Goście Benbarrow Hall kilkukrotnie zgłaszali, że nocą za oknami widzieli stojącą na brzegu upiorną postać.

– Ojej! – pisnęła Gina, a Meredith podbiegła do okna i przyłożyła dłonie do szyby, próbując dostrzec coś na zewnątrz.

– Nie patrz, Meredith!

– Niby dlaczego? – zdziwiła się.

– Bo gdy spoglądasz w otchłań, ona również patrzy na ciebie! – krzyknęła Gina.

– To tekst z jakiegoś filmu? – spytał Dev.

– Raczej cytat z Nietzschego – wyjaśnił Matt.

– Widziałam na jakimś plakacie reklamowym – powiedziała Gina.

Anita dołączyła do Meredith, a Gina teatralnie zaszczękała zębami.

– O Boże! Tam ktoś jest! Jakaś kobieca postać – rzuciła bojaźliwym szeptem Meredith, spoglądając z przerażeniem na Ginę. – Czy ona... twerkuje?

Gina pokazała Meredith środkowy palec.

– ...Inni podobno słyszeli kroki na schodach i widzieli młodą kobietę w mokrej koszuli nocnej przechadzającą się nocą po ogrodzie. Z powodu przemokniętych włosów i smętnej miny w ludowych podaniach owa zjawa znana jest jako „Płacząca Dama" – dokończył Joe.

– BINGO! – rzuciła Roisin. – A nie mówiłam?

Joe stuknął w telefon.

– Jakiś miejscowy historyk prowadzi blog pod tytułem *Klątwa Benbarrow Hall*...

– O nieee, co to za klątwa? – spytała Gina, zasłaniając sobie oczy atłasowymi końcami kokardy.

– Dotyczy szczególnie zakochanych par, którym przyjdzie ochota na amory – przeczytał Joe. – Każdy romans nawiązany pod tym dachem zakończy się tragedią. Klątwę nałożyła na ten dom matka tej służącej. Założę się, że organizatorzy ślubów ostro lobbowali, żeby ta informacja nie trafiła do Wikipedii. – Podniósł wzrok z szerokim uśmiechem.

– O cholera – odezwała się Anita.

– Chwila. Co to było? – spytał Joe, udając przerażenie, po tym, jak po kryjomu strącił łokciem świecznik na dywan. Wszyscy wciągnęli gwałtownie powietrze, a potem wybuchnęli śmiechem i zaczęli komentować.

– Cholera, a jeśli ja i Dev zostaliśmy przeklęci?! – zaniepokoiła się Anita.

– Jesteście zaręczeni, więc amory wam nie w głowie. Nic wam nie będzie. Byle bez amorów. Cokolwiek to znaczy. Zaraz, zaraz, a to nie coś, co robią żaby? – rzuciła Roisin, omiatając wszystkich wzrokiem z udawaną powagą.

– Hej, sama chciałaś, żebym przeczytał o duchu! – zauważył Joe, zwracając się do Anity.

– Anicie kiepsko wychodzi przewidywanie tego, jak się będzie czuć za kilka minut – oznajmił Dev. – Kiedy pojechaliśmy do Kalifornii i spytałem, czy chce się wybrać na spacer po kanionie, odparła: „Jasne", a jak już tam byliśmy, to po pięciu minutach zalana łzami biadoliła, że nienawidzi spacerów, upałów, dużych wysokości i k a n i o n ó w. To jak mogłaś myśleć, że ci się to spodoba?!

– A bo miałam taki fajny dżinsowy kombinezon, idealny na tę okazję. I pomyślałam sobie, że go włożę. Tak to już ze mną jest – odparła Anita.

– Mogę pożyczyć ten ciuszek na spotkanie z J.J.? – wtrącił się Joe.

– Pewnie. Tylko spryskam go odświeżaczem w kroczu – powiedziała Anita, puszczając do niego podkreślone eyelinerem oko, z miedzianymi drobinkami na powiece.

Jej twarz wygląda tak, jakby była wyrzeźbiona z metali szlachetnych – pomyślała Roisin.

Dev śmiał się głośno, a Anita wręcz promieniała. Stanowili naprawdę dobraną parę. Roisin zdała sobie sprawę, że im tego zazdrości.

– Myślisz, że to prawda? – spytała Meredith, ponownie zajmując miejsce i spoglądając podejrzliwie na głębokie cienie majaczące w odległym, pustym kącie salonu. – Ta historia o służącej, która odebrała sobie życie, nie o powrocie ducha. Chociaż to też, jeśli mam być szczera.

– Nie – odparła Roisin. – Jak już mówiłam, tak brzmią wszystkie historie o duchach.

– Jeśli już nas jakiś nawiedzi, ty z pewnością dowiesz się o tym pierwsza – stwierdził Matt. – Niedowiarek, który głośno wyraża swoje powątpiewanie, zawsze dostaje za swoje. Wystawiłaś się, Rosh.

– Może i tak, mimo to zaryzykuję – odparła Roisin. – Choćby dlatego, że wiem, że zaraz po mnie oberwie dowcipny pięknik. Nie ma mowy, żebyś wyszedł z tego żywy. Lekkomyślnie udasz się na sekretną schadzkę przy kurniku i... – Roisin wykonała energiczne ruchy biodrami, a potem sugestywny gest podcinania gardła.

– Czy ktokolwiek przeżyje?! – spytała piskliwym głosem Gina, jakby to była realna perspektywa, na którą powinna się przygotować.

– Zaradna samozwańcza królowa Meredith wymachująca pochodnią w swoich błyszczących birkenstockach – wyjaśniła Roisin. – Pewnie uratuje ciebie i Deva, jak przystało na archetypiczny rys takich historii. Joe przeczytał nam tę opowieść; ja ją wyśmiałam; Matt, jak już wspomniałam, to Matt; a Anita przyznała, że się boi, więc już po niej. Stanowimy oczywistą pożywkę dla fabuły.

Zapadła chwila ciszy.

– Wiecie, chyba jednak wolałbym pograć w szarady – odezwał się Matt.

12

– Dlaczego bogate dzieciaki zawsze wypierają się bogactwa? Czy tak jest zapisane w jakimś podręczniku? Czy każdy z nich dostaje kopię zasad związanych z posiadaniem pieniędzy? Coś w stylu kompendium wiedzy dla londyńskich taksówkarzy? – zapytał Joe ze szczoteczką do zębów zwisającą mu z kącika ust. Stał w śmiesznej dziadkowej piżamie w paski od Paula Smitha i mówił teatralnym szeptem, znacznie ciszej, niż było to konieczne, niewątpliwie usiłując zachęcić Roisin, żeby przyłączyła się do narzekania. – Czekałem, aż padnie: „Wcale nie byliśmy zamożni. Rodzicom z trudem udało się zebrać tyle, żeby mogli nas posłać do prywatnej szkoły". Tak jest za każdym razem.

– Mówisz o Matcie? – Roisin leżała już w łóżku. Jej niedbale związane włosy były rozrzucone na poduszce, a blada twarz błyszczała od kremu nawilżającego.

Niesamowite, że tego wieczoru oboje wypili tak niewiele alkoholu; kto wie, może to kwestia zmęczenia po całym dniu pracy (przynajmniej w jej przypadku), gorąca, trudów podróży, ostrego curry i poruszenia wywołanego opowieścią o duchach. Tak czy inaczej, ich samolot kołował po pasie, ale nie wystartował. Dzięki temu Roisin mogła się cieszyć na myśl o jutrzejszej przechadzce po posiadłości.

Oczami wyobraźni już widziała te wszystkie pawie puszczane ukradkiem w młodych zagajnikach.

– Taa. „To moi rodzice są bogaci, nie ja" – przedrzeźniał przyjaciela Joe. – Och, błagam. Jaka część ich rozległej posiadłości w Knutsford przypadnie mu w udziale oprócz corocznych prywatnych dochodów?

– Nigdy nie zastanawiałam się nad finansami Matta – rzuciła Roisin.

– Podobnie jak Matt.

– O niego się nie martwię. Tylko o Deva – dodała.

– Racja, szasta pieniędzmi na prawo i lewo jak Viv Nicholson.

– Ta babka, która w latach sześćdziesiątych wygrała zakłady piłkarskie i wszystko przepuściła?

– Tak, ta sama. Ostatecznie zbankrutowała – powiedział Joe.

– Cholera, nie kracz. Myślisz, że może podzielić jej los?

– Nie wiem. Nic mu nie mówiłem, ale szanse na to, że dotrę na którąkolwiek z jego imprez, w tym także na ślub, są pół na pół. Nie mam pojęcia, jak ułoży mi się grafik.

– Słucham? Chyba nie tak, że nie przyjedziesz na ślub? – oburzyła się Roisin.

– Obawiam się, że ludzie z Hollywood mogą oczekiwać ode mnie pełnej dyspozycyjności, nawet kosztem urodzin, pogrzebów, ślubów i innych podobnych okazji – stwierdził Joe. – Tak czy inaczej, nie ma sensu mówić o tym zawczasu Devowi.

Wolałaby, żeby przekazał jej to delikatniej i wziął pod uwagę, że dla niej taka wiadomość była równie smutna. W końcu to nie byle co, że być może zabraknie go u jej boku, kiedy jeden z ich najbliższych przyjaciół będzie brał ślub. Nie będą mieć żadnych wspólnych zdjęć ani wspólnych wspomnień z tego dnia. Czy to dla niego nic nie znaczy?

– Aaa… kiedy zamierzałeś mi o tym powiedzieć?

– Cóż, jak już wspomniałem przed chwilą, uważam, że nie warto się tym martwić zawczasu.

Tylko że właśnie ją tym zmartwił.

Czuła się tak, jakby Joe więził ją w pułapce zagadek. Może i potrafi pisać świetne dialogi, ale nie miał pojęcia o empatii.

Roisin zamilkła; to nie był właściwy moment na takie dyskusje. Z drugiej jednak strony bała się, że ten właściwy może nigdy się nie nadarzyć.

Roisin wyrwał ze snu przerażający, piskliwy krzyk. Usiadła gwałtownie na łóżku rozdygotana. W atramentowym wiejskim mroku, w którym tonął pokój, próbowała się zorientować, gdzie jest. Chwilę potem rozległ się stukot stóp dochodzący z korytarza.

Spojrzała na Joego, który – jak zwykle zawinięty w kołdrę „na cygaro" – dalej smacznie spał. Ich poprzednie mieszkanie znajdowało się w głośnej okolicy – ani brewerie pod kebabem, ani strzały z gaźnika, ani muzyka R'n'B puszczana przez sąsiadów o czwartej nad ranem nie dałyby rady go zbudzić. To była jego supermoc.

Usłyszała jakieś stłumione głosy, męskie albo kobiece, możliwe, że jedne i drugie, a potem dziwny, głuchy huk, którego nie potrafiła zidentyfikować, choć była pewna, że nie był to wystrzał z broni. Później rozbrzmiał kolejny mrożący krew w żyłach krzyk kobiety, który przeszył ją na wskroś.

W przypływie adrenaliny Roisin wyskoczyła z łóżka i zaczęła szukać gorączkowo wzorzystego szlafroka o kroju kimona firmy Liberty, który kupiła specjalnie na ten wyjazd. Wolała, żeby jej przyjaciele nie wiedzieli, że zazwyczaj śpi w starych, przykrótkich legginsach i T-shircie z napisem „Raccoon Lodge NYC: Coś więcej niż tylko meksykańskie rozkosze podniebienia".

— Racja, nie bierz ze sobą przedmenstruacyjnej bielizny — powiedział Joe. — Zostaw też ten przygnębiający szlafrok w stylu Tony'ego Soprano. I te kapcie, które wyglądają jak platfusy jakiegoś fraglesa.

Potykając się w ciemnościach, przemierzyła korytarz i w końcu dotarła na półpiętro, gdzie stali Dev w podkoszulku i joggerach oraz Anita we francuskich szortach i koszulce na ramiączkach uwydatniającej jej obfity biust. Anita nie miała stanika; Roisin zazdrościła jej pewności siebie albo nawet chwilowego braku przytomności w awaryjnej sytuacji.

— Już wam mówiłem, myślałem, że coś się stało — tłumaczył Matt, który stał nieco dalej. Miał na sobie bokserki i wyglądał na zaspanego, dziwnie skruszonego i co trzeba jednak przyznać, idealnie wyrzeźbionego w okolicach brzucha. — Nie mogłem otworzyć drzwi — ciągnął. — Działałem bez namysłu.

— Nie mogłeś ich otworzyć, bo je zaryglowała! — zauważyła Anita.

— Teraz już wiem…

— A myślałeś, że niby dlaczego nie chciały się otworzyć? Bo za klamkę po drugiej stronie trzymał duch? — spytał wyraźnie rozbawiony Dev.

— Szczerze mówiąc, nie wiem. Spanikowałem…

Zakłopotanie Matta przypomniało Roisin, jak jej naćpany brat Ryan, wówczas siedemnastoletni, wgniótł przednią szybę w samochodzie sąsiada, kiedy się na nią wspiął. Podobno próbował złapać ufoludka, którym okazał się balon w kształcie minionka.

13

– Myślałem, że potrzebuje pomocy – powiedział zrezygnowanym głosem Matt. – Nie chciałem jej zdenerwować… O Boże…

– Stary, najpierw pukaj! Zawsze pukaj! To proste jak budowa cepa! – rzucił Dev nieco poirytowanym tonem, którego zwykle używał w księgarni w kryzysowych sytuacjach.

– Wiem, wiem. Zapłacę za szkody – oznajmił Matt, patrząc na drzwi, których framuga, jak zdążyła zauważyć Roisin, była mocno strzaskana.

– Czyli za koszt jej terapii – stwierdziła Anita, a Dev posłał narzeczonej gniewne spojrzenie.

– Cześć. Co się stało? – spytała Roisin.

Wszyscy odwrócili się w jej stronę.

– Ginę coś wystraszyło! – wyjaśnił Dev. – Widziała ducha.

– Płaczącą Damę? – Roisin poczuła się trocho głupio, pytając o zjawę, jakby istniała naprawdę. Mimo to serce jej przyśpieszyło. – Serio?

– No – odparł Dev. – Przynajmniej tak myśli. Obudziła się i zobaczyła jakąś kobietę stojącą w nogach łóżka.

– I stąd te krzyki? – zapytała niepewnie Roisin. O tak wczesnej porze, wśród mrocznych zakamarków starego domu,

81

była w znacznie mniej sardonicznym nastroju niż podczas wcześniejszych internetowych eksploracji Joego.

– Matt wpadł do jej pokoju, gdy tylko usłyszał krzyk. Zgrywał rycerza w lśniącej… piżamie – wyjaśniła Anita i zagwizdała nisko, mierząc go wzrokiem z góry na dół. Jak powoli przekonywała się Roisin, Anita nigdy nie potrafiła zachować długo powagi.

Matt skrzyżował ręce na lekko owłosionej piersi w obronnym geście. To bynajmniej nie był ich pierwszy wyjazd – raczej drugi czy trzeci – kiedy widzieli się w niezbyt oficjalnych strojach, niemniej Roisin cieszyła się, że zdążyła coś na siebie narzucić.

Matt sprawiał wrażenie nieszczęśliwego; Roisin była pewna, że o czymś nie wie. Czyżby ostatecznie nie pomógł Ginie? Wystraszył ją co najmniej tak samo, jak ociekająca wodą zjawa?

– No i…? – Roisin zmarszczyła brwi. – Twoja interwencja nie spotkała się z entuzjazmem?

– Ani trochę – odparł Matt.

– Bo wyważyłeś drzwi?

– Wyłamał je z zawiasów – uściśliła Anita.

– Racja. – Roisin się zadumała. Biorąc pod uwagę, że to solidne drewniane drzwi, grube na pięć centymetrów, był to nie lada wyczyn. – I co, teraz Gina nie może ich zamknąć, w razie gdyby duch wrócił? Wcześniej i tak przeniknął przez ścianę, więc…

– Nie. Chodzi o to, że Gina… nie była ubrana – dodała Anita.

– Och – rzuciła Roisin, która czuła się niepewnie nawet w piżamie.

Matt zasłonił dłonią oczy z poczuciem winy.

– Czuję się jak ostatni zbok. Ale przecież nie szukałem pretekstu, żeby tu wtargnąć. Mogę jedynie jeszcze raz za wszystko przeprosić.

– Mam z nią porozmawiać? – zaoferowała Roisin.

– Dobry pomysł – przytaknął Dev. – Z tobą pewnie będzie chciała gadać.

Roisin ostrożnie nacisnęła klamkę, a drzwi, które ponownie wstawiono na miejsce, otworzyły się, lekko zwisając na wygiętych zawiasach. Światła były przyciemnione, a na wielkim łóżku w morzu pościeli tonęła drobna postać Giny, odzianej w bluzę. Obok niej na brzegu materaca siedziała Meredith i obejmowała ją pocieszająco ramieniem.

Na widok Roisin otworzyła szeroko oczy, jakby chciała dać jej znać, że ma zachować ostrożność.

– Wszystko w porządku, G? – spytała łagodnie Roisin.

– Mam jej wyjaśnić…? – Meredith zwróciła się do Giny, która pokręciła głową i podniosła zapłakane oczy, po czym wytarła nos, głośno nim pociągając.

– Poszłam spać i nagle się zbudziłam. Chyba doznałam czegoś w rodzaju paraliżu sennego, bo czułam się jak we śnie, rozumiesz – powiedziała drżącym głosem. – Wydawało mi się, że widziałam jakąś postać stojącą na drugim końcu łóżka. Włączyłam światło i okazało się, że to tylko szafa, ale i tak krzyknęłam przerażona.

Owszem, Roisin wiedziała, o czym mówi. Jej strach w jednej chwili wyparował. Nie było żadnych unoszących się zjaw – to tylko siła sugestii plus alkohol. Cholerny Joe, który spał sobie jak niemowlę w samym środku tego popieprzonego zamieszania. Mógł już poczekać do wyjazdu i dopiero wtedy sprawdzać, czy tu straszy.

Chyba nikt nie wie tego lepiej niż nauczyciel – i może jeszcze kapitan okrętu podwodnego – że podsuwanie głupich pomysłów grupce osób zamkniętych na małej przestrzeni jest naprawdę głupim pomysłem.

– Nagle zza drzwi, które wcześniej zaryglowałam, dobiegł głos Matta pytającego: „Gina, co się dzieje? Nic ci nie jest?", a potem wszystko potoczyło się tak szybko… Wyskoczyłam z łóżka, a on stał w pokoju… Byłam… Śpię nago… – Schowała twarz w pościeli i jęknęła.

– Kolejna trauma przez Matta, który okazał się heroicznym kretynem – skwitowała Meredith.

– Ja przecież… – Gina podniosła wzrok. – Wiem, że chciał być miły. Ale teraz, cholera jasna, gdy tylko go zobaczę, będę się chciała zapaść pod ziemię. W kółko odtwarzam to w głowie!

Roisin oczywiście wiedziała, dlaczego to niespodziewane nagie spotkanie twarzą w twarz z Mattem było nie tylko krępujące, ale wręcz szokujące. Gina była w nim po prostu zakochana. Nikt tego głośno nie wyartykułował, ale to właśnie ta okoliczność bardziej przyczyniła się do powstania przygnębiającej atmosfery niż rzekoma obecność Płaczącej Damy.

Nikt nie chce świecić golizną przed osobą, do której wzdycha – pomyślała Roisin.

No, chyba że kogoś to kręci.

14

Roisin usiadła po drugiej stronie łóżka.

– Wiem, że to marna pociecha, ale zobaczysz, zapomnisz o tym szybciej, niż myślisz. On też. Tu jest dość ciemno, a poza tym widział cię tylko przez chwilę.

– Raczej przez kilka chwil, bo skakałam po pokoju jak poparzona żaba, a on tylko… – Zamarła jakby w szoku z osłupiałą miną i wytrzeszczyła oczy. – Potem się odwrócił, a ja w panice zaczęłam go wypychać z pokoju i wtedy… ja… tak jakby się z nim zderzyłam… – Przyłożyła dłonie do czoła. – O Boże! Roisin, spraw, żeby to się nie wydarzyło. Będzie mnie dręczyć już do końca życia.

Meredith nadal masowała jej plecy. Roisin na ogół nie komentowała otwarcie szalonego życia miłosnego Matta, ale chyba nie miała innego wyjścia.

– Gina, pomyśl w ten sposób – zaczęła asertywnym tonem. – Matt jest światowym człowiekiem. Oglądanie kobiet nago stanowi jego główne hobby. Widział ich już tak dużo, że gdyby ustawić wszystkie w szeregu, i tak nie odróżniłby cię od innych.

Gina nieco się uspokoiła.

– Tak myślisz?

– Jak najbardziej! Pamięć słabnie z minuty na minutę! Odpowiedzialne za nią komórki nerwowe zaczynają obumierać w trzynastym roku życia. Niektórzy moi uczniowie są tego najlepszym dowodem.

Roisin przechyliła głowę w kierunku Meredith, prosząc ją bezgłośnie: „Pomóż mi".

– Święta prawda, zwłaszcza w przypadku takich babiarzy. Te wszystkie kobiety, całe rzesze kobiet. Nic, tylko jeden wielki rozmyty obraz cycków – dodała Meredith. – I to stale się przewijający. Coś jak dzika przyroda dla Davida Attenborough. To tak, jakby zapytać Davida Attenborough, czy pamięta jakiegoś konkretnego wielkiego żółwia. Spośród wszystkich... wielkich żółwi. Jak one się właściwie nazywają?

– Żółwie słoniowe – powiedziała Roisin.

– A, racja.

– Czyli on jest jak David, a ja to jeden z tysięcy żółwi z Galapagos? – odezwała się Gina.

– Tak! – zawtórowały dobitnie.

– Przecież spotkał ich tak niewiele, że nawet nadał im imiona! I wszystkie umarły! Widziałam kiedyś taki film dokumentalny, którego bohaterem był Samotny George!

– Może akurat ten żółw nie był zbyt popularny – podsunęła Roisin.

Meredith zasłoniła usta dłonią.

– To wyobraźmy sobie coś innego. Na przykład pingwiny – rzuciła Meredith.

– Jestem pewna, że David zapamiętałby pingwina wymachującego przed nim swoimi wielkimi balonami i krzyczącego: „Wyyyjdź stąd!" – stwierdziła Gina, rozkładając ręce i udając egzotyczną tancerkę.

Roisin z trudem powstrzymywała śmiech. Meredith też robiła wszystko, żeby się nie roześmiać.

– Poza tym, gdybym wiedziała, że do tego dojdzie, zrobiłabym sobie wcześniej depilację bikini – oznajmiła Gina. – Bo akurat się tam zapuszczam, żeby latem mieć fryzurkę rodem z „Hustlera" z lat siedemdziesiątych. Czytałam w „Elle", że buszyk znów jest w modzie. Na razie mam tam tylko… nieregularne kępki. – Głos znowu jej zadrżał. – Wstydziłabym się tak pokazać nawet wam, a co dopiero… – Skrzywiła się.

– Zapuszczasz się? – parsknęła śmiechem Roisin, zasłaniając dłonią usta.

Gina pokiwała ponuro głową.

– Moja kosmetyczka twierdzi, że tylu lat depilacji brazylijskiej nie da się cofnąć z dnia na dzień.

– Z moją dżunglą nie muszę się o to martwić – stwierdziła Meredith. – Natura w rozkwicie, nic, tylko rozległe pastwiska. – Nie udało jej się utrzymać poważnej miny do końca zdania.

Roisin w końcu też pozwoliła sobie na śmiech.

– W sam raz dla dużych roślinożerców… ha, ha, ha, ha, ha…

– Hmm, nie nazwałabym tak mojego byłego, ale masz rację.

– Jednym słowem, stworzyłaś tam prawdziwą oazę – powiedziała Roisin.

– No, można sobie tam buszować do woli.

Ona i Meredith roześmiały się na całe gardło.

– Walcie się! Obie! – warknęła pół żartem, pół serio Gina, patrząc, jaki mają ubaw. Wreszcie na jej twarzy pojawił się nieznaczny uśmiech.

Roisin ciężko oddychała, próbując się opanować. Ogarnęły ją wyrzuty sumienia, bo choć po raz pierwszy od przyjazdu miała powód do śmiechu, to jednak śmiała się z traumy, jakiej doświadczyła Gina.

— Gina, Matt na pewno nie zwrócił uwagi na taki detal, a poza tym jestem pewna, że bez ubrania wyglądasz szałowo. Nie dostrzegasz tego, co najważniejsze – pocieszyła ją Roisin, przecierając załzawione oczy. – Jeśli już cokolwiek zauważył, to tylko twoją świetną figurę. Gdyby to o mnie chodziło, mógłby mnie pozwać z powodu urazu psychicznego. A tak w ogóle… – Roisin chciała wyrazić się tak, żeby nie wzbudzać fałszywej nadziei: – Skoro tu wpadł, to chyba mu na tobie zależy.

— Hej, mogę wejść? – spytał zza drzwi Matt.

Gina spojrzała na Roisin i Meredith, prosząc wzrokiem o podpowiedź, co robić, albo przynajmniej o dodanie jej otuchy.

— Nie musisz z nim rozmawiać, jeśli nie chcesz – odezwała się Roisin.

— Jak już, to wolę, żebyście przy tym były – wyszeptała Gina. Wytarła oczy i poprawiła włosy wokół ramion. – Proszę! – rzuciła w kierunku drzwi.

Matt wszedł do pokoju, tym razem w bokserkach i T-shircie.

— Chciałem jeszcze raz przeprosić. Zachowałem się jak skończony dupek. Wyważanie zamkniętych drzwi jest zdecydowanie nie na miejscu. Sam jestem przerażony. Proszę, obiecaj mi, że nie będziesz mnie już na zawsze kojarzyć z tą chwilą kompletnego idiotyzmu.

Roisin nie była pewna, czy to emocjonalna inteligencja czy może dobre maniery skłoniły Matta do okazania skruchy i przyznania się do głupoty. Tak czy inaczej, postąpił bardzo rozsądnie.

— Już dobrze. Nie miałeś złych intencji – powiedziała uprzejmie Gina, odzyskawszy częściowo swój normalny głos. Po chwili dodała: – Było, minęło. Słowo.

— Dziękuję – odparł Matt.

– Dobranoc! – krzyknęły za nim jednocześnie, kiedy zniknął za drzwiami.

Roisin odwróciła się do Giny.

– Gina. Nie przejmuj się. To Mattowi może być głupio, co zresztą sam przyznał. Więcej wiary w siebie, bo ja na twoim miejscu i z taką figurą zdecydowanie bym ją miała.

– Roisin, musisz być świetną nauczycielką – stwierdziła Gina. – Zawsze wiesz, co powiedzieć.

Roisin objęła jej drobne ciało.

– Wiem, jak to jest, kiedy trzymasz się kupy tylko dzięki swojej pewności siebie i kosmetykom Charlotte Tilbury.

– Co się dzieje? Gdzie byłaś? – spytał Joe, który niespodziewanie się obudził i oparł na łokciu, kiedy Roisin delikatnie zamknęła za sobą drzwi.

– Napędziłeś Ginie niezłego stracha tą historią o duchach. Krzyknęła przerażona, a Matt wtargnął do jej pokoju, żeby ją ratować. Gina była naga i teraz jej głupio.

– Serio? Zupełnie naga?

– Uhm.

– Ten to ma fart, jak zwykle – mruknął Joe, chowając twarz w poduszce.

Roisin tylko westchnęła i wyłączyła światło.

15

Następnego ranka Dev urzędował w kuchni, nakładając na talerze smażone jajka i bekon z tym samym spokojem, którym emanował, gdy w programie *Współlokatorzy,* kiedy przygotowywał tradycyjne angielskie śniadanie, nagle zjawiła się policja. Funkcjonariusze zareagowali na doniesienie o czynnej napaści na producenta wegańskich zabawek erotycznych, której dopuściła się drag queen Margaret Snatcher.

Otóż podobno zaatakowała go potężnym wibratorem w kształcie papryczki chili, a odcinek, w którym policjanci dokonują inspekcji i zabezpieczają go jako dowód, cieszył się największą oglądalnością.

Wszyscy byli niesamowicie zadowoleni, widząc go jako kucharza robiącego śniadanie w tej oszałamiającej kuchni i Anitę miksującą bezalkoholową Krwawą Mary – albo Krwawą Mękę, jak mawiał Dev. Roisin po raz kolejny zauważyła z poczuciem winy, że przykra sytuacja, która przytrafiła się Ginie, najwyraźniej oczyściła aurę: niczym ulewa podczas fali upałów.

Czy to dlatego, że wcześniej każdy zachowywał się nieco nienaturalnie czy nawet sztucznie, próbując się pokazać z jak najlepszej strony, a teraz czar prysł?

Być może. W każdym razie Roisin cieszyła się z tej radosnej atmosfery, kiedy wyciskała szlaczek srirachy na jajko sadzone, chwaląc doskonałą kuchnię Deva i przezorność Meredith, jeśli chodzi o zakupy spożywcze. To nie był zwykły grupowy wypad ze skąpym przydziałem dwóch pszennych ciasteczek, byle jakiej herbaty w torebkach i mleka UHT; Meredith pomyślała o wszystkich luksusowych produktach.

(Dev z kolei nalegał na zrobienie zapasu papieru toaletowego, wyrażając to pamiętnymi słowami: *Nie zamierzam bawić się w berka z własnym tyłkiem*).

Gadali sobie przyjemnie i omawiali trasę wycieczki po okolicy, gdy nagle w drzwiach stanęła Gina z istnym obłędem w oczach; wyglądała, jakby miała zaraz zaśpiewać solówkę w teledysku Meatloafa.

– Matt, co, do kurwy?! – rzuciła chropawym głosem, a Matt aż się wzdrygnął.

Pozostali także spojrzeli na siebie ze zdumieniem. Było wpół do dziewiątej; mało prawdopodobne, żeby Matt zdążył już coś przeskrobać, umyć się i przebrać, a potem jakby nigdy nic dołączyć do nich w kuchni.

– O co chodzi?

– O twoją wiadomość. To miało być śmieszne?

– Jaką wiadomość?

– Dobrze wiesz jaką! O ten ciąg esemesów!

Wszyscy skupili wzrok na Matcie, który zamarł z otwartymi ustami i ściągniętymi brwiami. Tost, którego miał już spałaszować, wylądował ponownie na talerzu.

Gina odwróciła telefon ekranem do Matta i podsunęła mu go pod nos.

Zmarszczył brwi i przez chwilę milczał.

– Nigdy czegoś takiego nie wysyłałem! Dlaczego miałbym to robić?!

– Ty mi powiedz. I to czternaście razy!

Odchylił się i wyciągnął na krześle, żeby wydobyć z kieszeni telefon.

– Nie zrobiłem tego! Nie mam pojęcia, o co chodzi…

– zapierał się, stukając w ekran i przewijając jak szalony wszystkie wysłane wiadomości. Kolejna krótka i pełna napięcia pauza. – Kurwa! Chyba jednak je wysłałem, ale niechcący, przysięgam! Pewnie nacisnąłem coś tyłkiem! Samo się wysłało!

– Co takiego?! – spytała Anita, nie mogąc dłużej hamować ciekawości. – Fotki wacka?

Gina przeszła wzdłuż stołu, pokazując im telefon w wyciągniętej ręce i każdemu dając chwilę, żeby mógł się przyjrzeć. Zupełnie jak prokurator upewniający się, że wszyscy ławnicy będą odpowiednio poinformowani.

Roisin zmrużyła oczy. Na ekranie iPhone'a widniała emotka przedstawiająca kupę z sercami zamiast oczu i szerokim uśmiechem. Taki zawadiacki, roześmiany stolec, zakręcony jak włoskie lody czekoladowe. Niestety Roisin wiedziała, że te oczka w kształcie serc mogły zostać odebrane jako coś wielce obraźliwego.

– I to czternaście razy – oznajmiła Gina teatralnym szeptem, jakby ta liczba była jakimś tajemnym szyfrem iluminatów.

Nikt nie miał pojęcia, co jej powiedzieć na pocieszenie. Roisin domyślała się, że Gina na pewno wie, że to zwykła wpadka. Ale pewnie tak długo próbowała dojść znaczenia tych emotek, że jej znerwicowany umysł uznał, że to spisek. Za każdym razem, gdy jej telefon oznajmiał nadejście nowej wiadomości, coraz bardziej się nakręcała. Podobnie jak paliwo lotnicze, które nie jest w stanie stopić stali, utwierdzała się w przekonaniu, że Matt nie mógł jej przez przypadek wysłać takiej fury antropomorficznych fekaliów.

— Nie widzisz, że to zwykła pomyłka? – rzucił Matt. – Co niby miałbym chcieć przez to powiedzieć? Te emotki są absurdalne!

— Mam uwierzyć, że po nocnym zdarzeniu wysłałeś mi je niechcący?! Trochę dziwny zbieg okoliczności! – prychnęła Gina.

— W sumie nie całkiem! – Twarz Matta przybrała kolor buraczanej raity. – Miałem odblokowany telefon, bo wcześniej chciałem do ciebie napisać, tylko nie wiedziałem co. Ostatecznie niczego nie wysłałem. Odłożyłem telefon. Pewnie wsadziłem go do kieszeni i… stało się. – Wciąż siedząc, wskazał tylną część spodni.

— Próbujesz się tłumaczyć, bo dowcip nie wypalił! Bo wygarnęłam ci to przy wszystkich!

— Nieprawda! Po co, do cholery, miałbym ci wysyłać zdjęcie roześmianego gówna?!

— Nie wiem! TY MI POWIEDZ! – wrzasnęła z całych sił Gina, głośno wyrażając swoje niezadowolenie, i wybiegła z kuchni.

Zapanowała ponura atmosfera.

— Powinienem za nią pobiec? – spytał Matt wyraźnie zmartwiony. – Tylko jak jej wyjaśnić, że nie zrobiłem tego celowo?

Meredith odłożyła kanapkę z jajkiem i bekonem i wstała, wycierając ręce w papierowy ręcznik.

— Jeśli do niej pójdziesz, tylko pogorszysz sprawę. Ja z nią pogadam i to załatwię. Do czasu spaceru, czyli – zerknęła na zegarek – za jakieś pół godziny, przestanie się boczyć. Biorę to na siebie. Ale, Matt, chociaż wiem, że nie chciałeś jej dokuczyć, proszę, zepnij się i nie dopuść już do żadnych przypadkowych… przypadków. Omijaj Ginę szerokim łukiem, dopóki całkiem nie ochłonie. Aha, i wara od mojej kanapki. Jeszcze po nią wrócę.

— Dzięki, Meredith. Naprawdę serdeczne dzięki – powiedział przybity Matt.

Meredith ruszyła z misją, a radosny nastrój prysł jak bańka mydlana.

– Złapie trochę świeżego powietrza i do lunchu o wszystkim zapomni. – Dev próbował pocieszyć Matta. – Wiesz, że Gina cię uwielbia i szaleje na twoim punkcie.

Na jego słowa Roisin aż się skrzywiła.

– Nie będzie się długo boczyć – dodał Dev.

Wzniósł toast Krwawą Męką, którą wymieszał łodygą selera, i wyżłopał duszkiem.

Zapadła cisza.

Dev, który miał talent do przesadzania, tym razem stwierdził jedynie fakt, chociaż zrobił to z wdziękiem słonia w składzie porcelany. Bez wątpienia chciał rzucić coś miłego w stylu: „Bardzo sobie ceni twoją przyjaźń", a przypadkowo powiedział coś, o czym nigdy nie mówili na głos.

– Nie wiem, co jeszcze miałbym jej powiedzieć, skoro jest święcie przekonana, że celowo chciałem ją zranić – stwierdził wreszcie Matt lekko zachrypniętym głosem.

– Może po prostu przestań działać jej niechcący na nerwy – wtrącił się Joe.

– Dzięki, stary – odparł Matt. – Świetna rada, jak zwykle. Ty na pewno nigdy nie zaliczyłeś żadnej technicznej wpadki. – Chciał spojrzeć Joemu prosto w oczy, wreszcie pozwalając dojść do głosu swojej złości, ale Joe celowo unikał jego spojrzenia, zbierając rozlane na talerzu żółtko piętką chleba.

– Cóż, ta niesmaczna wpadka z wytrzeszczającą oczy kupą z całą pewnością nie jest winą Giny.

– Taa, ale jak coś jest moją winą, to zawsze chętnie mi to wytkniesz. Ciekawe dlaczego?

Joe tylko wzruszył ramionami. Roisin miała wrażenie, że jej chłopak odczuwa swoistą mieszankę satysfakcji i niepokoju w obliczu wrogości Matta. Zupełnie jak kuszące los dziecko, które aż prosi się o burę, a jednocześnie trochę się obawia, że ją dostanie.

Matt wstał od stołu, nie skończywszy śniadania. W pełnym napięcia milczeniu zaniósł swój talerz do zlewu.

— Wiem, że zeszłej nocy nawaliłem, ale żebym miał ją nękać, wiedząc, jaka jest roztrzęsiona? Naprawdę macie o mnie aż tak złe zdanie?

— Nie, nie, nie, stary, skądże znowu! — rzucił Dev.

— Nie! — zawtórowała mu Anita.

Roisin też kategorycznie zaprzeczyła.

— Jasne, że nie. Nie mógłbyś być niemiły dla Giny.

Joe ostentacyjnie zachował milczenie.

Roisin czuła jednak, że Meredith miała rację. Bez względu na to, czy Matt zrobił to celowo czy nie, z pewnością limit niezamierzonych błędów się wyczerpał.

16

Zgodnie z obietnicą Meredith załatwiła sprawę i stała teraz z nieco przygaszoną, lecz niezgłaszającą sprzeciwu Giną u boku, kiedy wszyscy spotkali się przy budynkach gospodarczych, żeby wybrać się na spacer. Roisin poczuła wyraźną ulgę, widząc, że Gina jest w lepszej formie; wyobrażała już sobie, że nagle usłyszą ryk silnika i zobaczą, jak Ethelred pędzi w stronę horyzontu. Niemniej Gina wciąż traktowała Matta, jakby był radioaktywny. On tymczasem starał się trzymać na odległość.

Dev nalegał, żeby poszli przywitać się z kurami, te jednak nie miały zbytniej ochoty przywitać się z Devem i stały stłoczone w najdalszym kącie, obwieszczając swoje niezadowolenie z powodu tego najścia.

— Jest tu jakiś dozorca, który do nich zagląda dwa razy dziennie i je karmi — powiedział Dev.

— Ciekawe, co sobie myśli o tych wszystkich snobach, którzy się tu nieustannie zjawiają — rzucił Joe. — Wyskakują ze śmigłowców i odkorkowując szampana, opryskują nim biednego koguta.

— Tu nie ma koguta. Pan Pałka niedawno zmarł. — Dev zrobił ręką znak krzyża, dotykając nią kolejno czoła, piersi i ramion. — Podobno, gdyby wciąż był wśród nas, już byśmy o tym wiedzieli. O świcie piał wniebogłosy.

– Ktoś go zamordował? – odezwała się Roisin.

– Pan Pałka, ha, ha, świetne! – roześmiała się Meredith.

– Trochę w złym guście – prychnęła Gina.

– Dlaczego? – spytał Joe.

– Bo pałka to tak naprawdę podudzie kurczaka! To tak, jakby go nazwać „Pan KFC".

– A, rozumiem – rzucił Joe. – Podobnie jak krewetki nadziane na patyki, które wcale nie uważają się za podobne do szaszłyków.

Uśmiechnął się szeroko, a Gina trąciła go nieco kokieteryjnie w ramię. Z całej paczki tylko jej Joe okazywał więcej ciepła i przychylności. Roisin cieszyła się w sumie, że była choć jedna taka osoba.

– Poza tym o jakich snobach mówisz? – spytała Anita, poprawiając swoją liliową spódnicę obszytą piórami. Roisin nie mogła się już doczekać, aż zobaczy jej suknię ślubną: podejrzewała jedynie, że będzie to coś bardzo teatralnego, graniczącego z kiczem, rodem z filmów Tima Burtona. Pewnie z fascynatorem we włosach.

– O innych snobach, rzecz jasna – odparł Joe. – Nowobogackich, zapijaczonych snobach, zlatujących się tu z Londynu. Nie o takich stylowych wielbicielach wiejskich rezydencji, jak my.

Kiedy ruszyli w stronę jeziora, Roisin musiała przyznać, że optymizm Deva nie był wcale chybiony: słabe promienie słońca i lekka bryza rzeczywiście podziałały orzeźwiająco zarówno na jej ciało, jak i umysł.

Anita przezornie wzięła Ginę pod rękę i razem pomaszerowały przodem, żeby Matt nie stanowił problemu. Dev utknął między Joem a Mattem, niczym kwiat róży pomiędzy dwoma kolcami, a na szarym końcu szły Meredith i Roisin. Roisin miała wrażenie, że Meredith specjalnie została z nią w tyle.

– I jak ci się podoba? – spytała Meredith po jakichś dziesięciu minutach spaceru.

– Co? – Roisin spojrzała się na dom za sobą. – Nasza weekendowa miejscówka?

– Nie, ta cała dziwaczność.

– Nasza dziwaczność? Brzmi jak tytuł najgorszej w dziejach komedii romantycznej.

– Chodzi mi o ten dziwny nastrój, który da się wyczuć, odkąd tu przyjechaliśmy. Zupełnie jakby wszyscy coś udawali. Wszyscy oprócz ciebie i mnie, rzecz jasna.

Roisin podejrzewała, że Meredith tak naprawdę chciała powiedzieć: „Nie licząc tego ewidentnego napięcia między tobą i Joem".

– Kumam. To okropne, ale muszę przyznać, że ta nocna akcja z Giną w stylu goło i wesoło, to pierwsze, co sprawiło mi prawdziwą radochę.

– Mnie też. Dziwne, no nie?

– Może po prostu trafiliśmy na zły moment? Nawarstwiło się kilka problemów.

– W zeszłym miesiącu Dev i Anita naprawdę ostro się pożarli.

– Serio? – Roisin stanęła jak wryta i zniżyła głos, choć pozostali byli daleko z przodu. – Myślałam, że są w siódmym niebie.

– Też tak myślałam, ale najwyraźniej tam także czasem dochodzi do wypadków. Właściwie to chciałam cię prosić o radę. Lepsza okazja może się już nie nadarzyć. Otóż mam moralny dylemat.

– Słucham.

– Miesiąc temu byłam na imprezie firmowej w The Alchemist i w rogu sali dostrzegłam Deva i Anitę. Zanim zdążyłam się przywitać, zorientowałam się, że się kłócą. I to tak mocno, że w którymś momencie Anita zerwała się na nogi i wybiegła z lokalu. Pomyślałam sobie: „Okay, udam, że tego nie widziałam", ale niestety przebiegła tuż obok mnie. Nasze spojrzenia się spotkały, a ja zrobiłam taki gest... – Zawiesiła głos i najpierw skrzyżowała ręce, a potem przeciągnęła palcami wzdłuż ust, jakby zapinała je na suwak, co zapewne, jak uznała Roisin, miało znaczyć: „Bez obaw, nic nie widziałam, nie musimy o tym gadać".

– Okay.

– No więc, o ile mi wiadomo, Dev nadal nie ma pojęcia, że ja o tym wiem. W każdym razie następnego dnia Anita napisała do mnie i zapytała, czy możemy wyskoczyć na kawę, tylko żebym nie mówiła o tym Devowi. W tych okolicznościach naprawdę wolałabym tego uniknąć, ale co miałam zrobić, skoro to ewidentne wzywanie pomocy.

– No, racja.

– Poszłyśmy więc na tę kawę, a ona mi mówi, że pokłócili się o to, czy przed ich wielkim włoskim ślubem Anita powinna odstawić pigułki antykoncepcyjne, żeby mogli postarać się o dziecko. Ma podstawy przypuszczać, że może mieć problem z zajściem w ciążę. Dev jest zdecydowanie przeciwny temu, żeby na weselu za pięćdziesiąt patyków nie mogła pić alkoholu i przez cały ranek wymiotowała...

– Za pięćdziesiąt patyków?! – syknęła Roisin.

– Och, żeby tylko! Anita chyba nie chciała zdradzać mi całej prawdy. W każdym razie kiedy tak popijałyśmy nasze flat white, zwierzyła mi się, że i tak odstawiła pigułki, a Devowi skłamała, że wciąż je bierze. „Czy to źle, Meredith?" – spytała. A ja na to: „Owszem, Anita, źle".

– Łooo.

– Nooo. Spytałam ją, co zamierza zrobić, jeśli zajdzie w ciążę? „Powiesz, że najwyraźniej jesteś w tym jednym procencie przypadków, w których pigułki są nieskuteczne? Chociaż Dev wie, że chciałaś zajść w ciążę?". Odparła, że nie, że on pewnie się wszystkiego domyśli, ale gdy pojawi się dziecko, będzie przeszczęśliwy, a to, że skłamała, przestanie się liczyć.

Roisin spojrzała na Meredith, która się skrzywiła.

– Nie tak powinna wyglądać droga do rodzicielstwa. Przez kłamstwa. Poza tym cholernie ryzykuje, zakładając, że Dev nie potraktuje tego jak zdrady jego zaufania.

– Owszem. Powiedziałam jej, że to nie w porządku, że powinna nadal brać pigułki przed ślubem. Ma trzydzieści jeden lat, jeszcze zdąży mieć dziecko. Ale znając Anitę i jej zmienne nastroje, nie sądzę, żeby skorzystała z mojej rady. Ani z pigułek.

– Taka rozrywkowa z niej dziewczyna. Może naprawdę żałować bycia w ciąży podczas podróży poślubnej. Jak to ujął Dev? „Anicie kiepsko wychodzi przewidywanie tego, jak się będzie czuć za kilka minut".

– A, tak. Te kaniony.

Przez chwilę szły w milczeniu.

– Wy, heterycy, jesteście dla mnie zagadką – odezwała się w końcu Meredith. – Ale cóż, poważne związki też są dla mnie zagadką, więc może nie powinnam się wypowiadać.

– Według mnie nie jest to jedynie kwestia posiadania dzieci – zauważyła Roisin, marszcząc czoło. – Chodzi o ich totalnie różne życiowe priorytety. Jeśli Anita pragnie dziecka bardziej niż wystawnego zagranicznego wesela, powinna poprosić Deva, żeby trochę obniżył loty, albo nawet rozważył wstrzymanie się ze ślubem do czasu, aż doczekają się potomstwa.

– Taa, to też jej zasugerowałam; nic z tego. Jej hinduska rodzina ma wprawdzie dość liberalne poglądy, ale nie aż tak. Najpierw ślub, potem dzieci, bo inaczej będzie draka. Gdyby Anita zaszła teraz w ciążę, musieliby zapieprzać na jakąś wiochę zabitą dechami, żeby się hajtnąć po kryjomu. Z działaniem wbrew narzeczonemu i rodzinie wiąże się duża presja.

Roisin wypuściła powietrze.

– No dobra, skoro jej powiedziałaś, że postępuje źle, to jaki masz moralny dylemat? – spytała.

– Czy powinnam zdradzić Devowi, że Anita nie bierze pigułek?

– Nie, broń Boże! Pytasz poważnie? – oburzyła się Roisin. – Chociaż nie wiem. Może mówię tak, bo jestem zwykłym tchórzem, który woli ratować własny tyłek. Ale nie. Jeśli się wygadasz, zdradzając Anitę, na pewno nie wyniknie z tego nic dobrego. Chociaż ona też zachowała się nie w porządku, obarczając cię tym problemem.

– Dzięki! Właśnie o taką radę mi chodziło. Dokładnie to chciałam usłyszeć. – Meredith się roześmiała.

Zatrzymały się i zapatrzyły na pomarszczoną taflę wody.

– Wiesz, prawdziwy problem stanowi jezioro Como – powiedziała Roisin, znowu zniżając głos, jakby mówienie o tym normalnym tonem było bluźnierstwem. – Cudownie, że Devowi się powiodło, ale jego podejście do pieniędzy zaczyna wymykać się spod kontroli. Uświadomiłam sobie, że coś mi to przypomina: pamiętasz te wieczorne wyjścia, kiedy już każdy miał dość, a Dev stawiał na stole tackę z shotami, o które nikt nie prosił, i ogłaszał, że „ruszamy dalej"? Myślę, jak szybko to eskalowało.

– Też odniosłam takie wrażenie. Może za chwilę wylądować na odwyku dla utracjuszy – zgodziła się z nią Meredith.

– Chyba że – zaczęła Roisin – ktoś wybije mu z głowy Miami i jezioro Como. Co z kolei skłoni go do odbycia szczerej rozmowy z narzeczoną odnośnie do planów związanych ze ślubem i z dziećmi.

— Ktoś? Powodzenia, Rosh! – rzuciła Meredith i obie wybuchnęły śmiechem. – Mam nadzieję, że się nie gniewasz, że teraz ja cię tym obarczam, ale jesteś osobą do takich zadań.

— Czuję się zaszczycona. – Roisin poklepała ją po ramieniu.

— Wiesz, to nasze stare zdjęcie sprzed lat – podjęła Meredith – przypomniało mi, jaka jesteś super. Nigdy nie spotkałam drugiej takiej osoby, która byłaby urodzonym przywódcą, zawsze w centrum wydarzeń, i jednocześnie nie miała rozbuchanego ego. Dev był naszym kierownikiem, ale w nieoficjalny, taki HR-owy sposób ty też.

— Wow. – Roisin aż się zaczerwieniła. – Serio?

— Uhm. Wszyscy zgodnie uznaliśmy, że Joe wygrał los na loterii, kiedy was po raz pierwszy przyłapaliśmy na trzymaniu się za ręce.

— Cholera, Mer, naprawdę?! Niemniej dziękuję.

— Coś mi mówi, że rzadko słyszysz takie rzeczy – stwierdziła Meredith, obrzucając ją przenikliwym spojrzeniem.

Roisin otworzyła usta zaskoczona i zaniemówiła.

— Hej, dziewczyny! Rozważacie, czy się nie utopić czy co?! No, ruchy! – z oddali wrzasnął Dev, odstawiając mały taneczny teatrzyk.

Roześmiały się i ruszyły w jego kierunku, a Roisin odetchnęła z ulgą, bo nie miała pojęcia, co odpowiedzieć.

17

Jako że podczas sobotniej kolacji mieli świętować niedawne urodziny Giny, to właśnie ona odpowiadała za menu tego dnia i przejęła pałeczkę w kuchni. Rzuciła się w wir przygotowań z wielkim entuzjazmem. Byli jednak tacy, którzy go nie podzielali.

– Szczerze mówiąc, bardzo się tego obawiam – oznajmił Joe tydzień wcześniej. – Nie chcę się zgrywać, ale widziałem, ile Gina je i zapewne nie będzie też mięsa. Chyba skitram na później pudding i wielką pakę chipsów octowych.

– Joe! – zbeształa go Roisin. – Gina jest świetną kucharką.

– Wiem. Wyprawia niesamowite uczty. Dla mysiej rodziny.

– Wycięłam z „Vogue'a" i „Tatlera" zdjęcia wystawnych kolacji, żeby się nimi zainspirować – oznajmiła im wcześniej Gina. – W dzisiejszych czasach nikt już nie gotuje. Każdy, kto ma pojęcie o modnych trendach, serwuje półmisek rzodkiewek i krewetek z ogonkami, z dodatkiem sosu aioli, i wielkie miski czereśni.

– Rzodkiew, krewetka i kilka czereśni. Postaram się nie obeżreć jak świnia – zadrwił Joe.

Kiedy jednak przyszło co do czego i w porze lunchu Gina wreszcie przedstawiła Meredith, Anicie i Roisin swój pomysł na trzydaniową kolację, Roisin w duchu musiała przyznać Joemu rację, bo brzmiało to raczej słabo. Ginie chyba brakowało genu łakomstwa.

Nie, chwila, nie daj się zarazić nastawieniem Joego! – upomniała się w myślach. Czego nauczyłaś się od Deva? Garstka starannie przyrządzonych rzeczy jest znacznie lepsza niż sklecona naprędce zbieranina wszystkiego.

Gina powtórzyła menu, w którym figurowały między innymi „przybrane czerwone liście".

– To jakiś dziwny zamiennik sałaty? – spytała Meredith.

– Cykoria! Domyślam się, że bez dodatków, takich jak ser pleśniowy, słodka kukurydza czy sos ranczerski.

– Sos ranczerski! Mogłabym go wciągać kilogramami – rozmarzyła się Anita, której apetyt był podobny do apetytu Meredith czy Roisin.

Na deser miało być tiramisu.

– Cały geniusz tego pomysłu polega na tym, że wszystkie te dania można przygotować z wyprzedzeniem – powiedziała Gina. – Tuż przed kolacją trzeba będzie już tylko usmażyć arancini, a potem ugotować spaghetti.

Łowca zaczynał się o dwudziestej pierwszej, a zatem wyluzowane podejście do kolacji nie było wskazane. Gina miała wszystko rozpisane godzinowo na karteczkach przyczepionych do wielkiej lodówki: o osiemnastej planowała podać skromny podwieczorek, żeby uniknąć nerwowego spoglądania na zegar.

Równo o wpół do szóstej Roisin zapaliła stożkowe świece rozstawione na długim mahoniowym stole w eleganckiej jadalni, spojrzała na wielkie okno z widokiem na jezioro i westchnęła. Można by tu nawet zaserwować kolację spłukanego scenarzysty – „więzienny ramen" (czyli chiński makaron z serowymi chrupkami) według przepisu Joego – a i tak wyszłaby uczta.

– Myślicie, że do Benbarrow dowożą jedzenie? – rzucił Matt, kiedy zasiedli do stołu, ale zaraz pośpiesznie dodał: – Nie żebym miał to w planach!

Roisin postawiła kilka butelek czerwonego sikacza na bieżniku pośrodku stołu. Giny przy tym nie było, bo nadal dopieszczała swoje ryżowe kuleczki.

– Ha, ha, nie. Jasne, że nie – odparł ze śmiechem Joe. – Wyobraź sobie tylko tego biedaka zaiwaniającego tu na rowerze. Musiałbyś mu zostawić gigantyczny napiwek, żeby w ogóle przyjął zlecenie. No i wszystko byłoby już zimne.

– Czyli wiemy już, jaki jest minus mieszkania w takim miejscu. Żadnych dań z dowozem – powiedział Matt. – Kto by pomyślał, że superbogacze nie mogą zamówić jedzenia do domu.

– Prywatny szef kuchni pewnie pomaga im to przeboleć – zauważył Dev.

Roisin poszła po półmiski z przystawkami, z którymi następnie ona, Anita, Gina i Meredith wmaszerowały wśród oklasków do jadalni.

– Porcini arancini – oświadczyła Gina, kiedy przystąpili do pałaszowania.

– Fajny rym – stwierdził Matt.

Gina posłała mu uśmiech, lecz kiedy sobie przypomniała, że aktualnie go nie cierpi, kąciki jej ust zadrżały i w jednej chwili opadły w komiczny sposób.

– Są naprawdę super, G – powiedziała po kilku kęsach Roisin. – Nie żebym się sama chwaliła, bo tylko pośrednio brałam udział w ich przygotowaniu.

– Bardzo dobre – potwierdzili pozostali.

– Niech mnie kule biją! – krzyknął nagle Dev, który trafił na gorący jak lawa kawałek roztopionego sera gruyere, i szybko sięgnął po wodę.

Dwie kulki ryżowe szybko zniknęły z talerza. Roisin po raz kolejny pożałowała, że ze względu na charakter swojej pracy nie uczestniczyła w podejmowaniu ważnych decyzji, jakie zapadły w poprzednich tygodniach. Niestety, kiedy reszta paczki czatowała w najlepsze na grupowym WhatsAppie, ona dopiero po godzinie mogła zerknąć na telefon.

— Czuję przyjemny niedosyt i już nie mogę się doczekać głównego dania — rzucił Joe, kiedy Roisin sprzątała talerze. Obrzuciła go gniewnym spojrzeniem.

Meredith i Roisin dawały facetom wycisk w bilarda, a Anita robiła zdjęcia domu, z których zamierzała stworzyć tablicę wizualną, gdy nagle w drzwiach pokoju gier stanęła wyraźnie wzburzona Gina.

— Mogę was na chwilę poprosić? — zwróciła się do koleżanek.

Poprowadziła je w kierunku kuchni, użalając się po drodze, „że to pieprzone spaghetti nie chce się ugotować!".

Musiały przejść do truchtu, żeby za nią nadążyć.

— W końcu dojdzie — pocieszała ją Meredith. — To pewnie jakiś wymyślny barwiony makaron z pszenicy durum, który po prostu potrzebuje więcej czasu.

— Spróbuj! — poprosiła Gina, wskazując na rondel z dwoma uchwytami stojący na płycie grzewczej.

Zarówno Meredith, jak i Roisin wyłowiły z kotłującego się wrzątku po nitce makaronu i zaczęły go żuć w zadumie, zastanawiając się, czy nie powiedzieć kompletnie załamanej Ginie, że jest ugotowany al dente i „właśnie tak jedzą go Włosi".

Fuj! Roisin musiała niestety przyznać, że smakował jak sznurówka z kredy. Był kompletnie surowy. Gorący i surowy.

— Daj mu jeszcze piętnaście minut i będzie okay — stwierdziła Meredith, choć jej mina również wyrażała zwątpienie.

— Ile się już gotuje?

– Pół godziny! A nawet dłużej! – uniosła się Gina.

– Jeszcze chwila i będzie gotowy – powiedziała Meredith. – Napijmy się wina i poczekajmy.

Nalała czerwonego wina do trzech kieliszków.

– Skoro nie ugotował się w ciągu trzydziestu minut, wątpię, żeby to coś zmieniło – zauważyła Gina, a Roisin przyznała jej w duchu rację.

– Nie ma co panikować – oznajmiła z przekonaniem Meredith. – Która jest? – Spojrzała na zegar na ścianie. – Sprawdzimy ponownie równo o wpół do ósmej. A chłopaki niech sobie jeszcze pograją w bilard.

Alkohol wywarł pożądany efekt i w trakcie pogaduszek trochę się rozluźniły, a kiedy przypomniały sobie o makaronie, była już prawie za kwadrans ósma. Tym razem żuły ostrożnie, jakby przeczuwając najgorsze: niestety, uparte nitki semoliny okazały się niezjadliwe.

– Do jasnej cholery! – zaklęła Gina. – I co teraz? Serial Joego zaczyna się o dziewiątej! Czemu, do licha, sprzedali mi jakieś trefne spaghetti?!

Roisin spojrzała z niepokojem na zegar. Wolała uniknąć scenariusza, w którym zdenerwowana Gina zdecyduje się zaserwować trefne spaghetti tuż przed dziewiątą, a Joe postanowi nie czekać i nie jeść, co doprowadzi do kolejnej wielkiej kłótni. Gina i bez tego była tykającą bombą zegarową.

– Okay. Chyba musimy się pogodzić z faktem, że makaron raczej się nie ugotuje albo że to jakaś masochistyczna odmiana, która zawsze będzie smakować jak niedogotowana – powiedziała Roisin. – Plan B. Meredith, mamy coś innego, jeśli chodzi o węglowodany? – spytała.

– Chleb. Dużo chleba. I dwie paczki mrożonych frytek do upieczenia w piekarniku – odparła Meredith. – Dev chyba wykorzystał wszystkie ziemniaki do swojego saag aloo.

– A co powiecie na… bruschettę z sosem pomidoro-
wym, furą frytek i sałatą? – Roisin uniosła ręce. – Mówcie,
co chcecie, ale zjadłabym z przyjemnością.

– Tak! – przyklasnęła jej Meredith. – Poza tym mamy
masło i czosnek, czyli… pieczywo czosnkowe!

Roisin wzniosła pięść w geście triumfu.

– Co wszyscy sobie o mnie pomyślą, kiedy zaserwuję
im pieprzone t o s t y?! – spytała Gina.

– Będą zachwyceni. Modna prostota, podobnie jak rzod-
kiewki – uspokoiła ją Roisin. – Pójdę po Anitę.

Roisin, Meredith i Anita bardzo się starały, żeby Gina
odzyskała dobry humor, ale Roisin widziała, że przyjaciółka była zdruzgotana kolacyjnym fiaskiem.

Lepiej nie wspominać o wiązance bluzgów, jaką puściła,
kiedy wreszcie dały za wygraną, odcedziły zaczarowane nie-
gotujące się spaghetti i wyrzuciły je do kosza.

– Wyślę tym delikatesom takiego maila z zażaleniem,
że się nie pozbierają! – rzuciła oburzona. – I spojrzą w moją
otchłań!

– Jasne, ale dopiero, gdy wytrzeźwiejesz – odparła Meredith. – Nie chcę, żebyś sterroryzowała jedyne miejsce,
w którym mogę kupić burratę.

18

Roisin uznała, że jeden z najpiękniejszych zwrotów, jakie zna, to „przygotować z wyprzedzeniem". Naprawdę nie skąpiła pochwał Panu Bogu za cudo, jakim był prosty w przygotowaniu deser, który można przechować w lodówce.

Główne danie kosztowało je trochę nerwów, ale przynajmniej tiramisu smakowało wybornie. Nic tak nie poprawiało samopoczucia, jak solidna porcja tłuszczu, cukru i kakao. Roisin już po kilku pierwszych kęsach poczuła, że odzyskuje swój stoicki spokój.

– Nigdy nie jadłem lepszego tiramisu. – Matt zwrócił się do Giny. – A jadłem je wszędzie.

– No jasne – rzucił Joe.

– Dziękuję – powiedziała Gina, nie spoglądając w kierunku Matta.

– Po czymś takim nikt już nawet słowem nie wspomni o nudnym curry Doshiego. – Dev podniósł szklankę z sokiem żurawinowym. – Włoski bankiet Giny przebił wszystko! Za Ginę. Spóźnione, ale najlepsze życzenia urodzinowe, piękna! Kochamy cię.

Pozostali także unieśli kieliszki w toaście i powtórzyli gromko: „Kochamy cię". Gina spuściła skromnie wzrok w stylu księżnej Diany i podziękowała.

– Hej, czyżbyśmy mieli gości? – rzucił Joe, odwracając się na krześle.

Dzięki rozległej panoramie, która rozciągała się za oknami jadalni, światła zbliżającego się w mroku pojazdu było widać już na kilometr – i to bynajmniej nie w przenośni.

– Czy to auto jedzie tutaj? – spytała Anita, zrywając się z krzesła. Podbiegła do okna i odchyliła zasłonę. – Jakiś luksusowy range rover.

Zważywszy na fakt, że jedynym potencjalnym celem, do którego mógł zmierzać, była posiadłość Benbarrow Hall, wkrótce wszyscy z ciekawością stłoczyli się przy oknie.

– Pewnie właściciele chcą sprawdzić, czy nie urządzamy tu demolki – stwierdził Joe.

– Wątpię – zaoponował Dev. – Zależy im na zapewnieniu gościom prywatności. Dlatego jest tu tylko ten facet do karmienia kur. Nawet się zastanawiałem, czy nie urządzają tu jakichś fetyszowych orgii czy czegoś w tym stylu.

– Może ktoś po prostu zabłądził? – zasugerowała Gina.

Jeep zajechał na żwirowy podjazd i przez chwilę czekał, zanim wyłączył silnik.

Z tyłu wysiadł jakiś mężczyzna w czarnym garniturze, czarnym T-shircie i pozerskich okularach przeciwsłonecznych. Obszedł auto i otworzył drzwi po drugiej stronie. Wszyscy w jadalni wymienili spojrzenia.

– Boże, a jeśli to płatni zabójcy? – chlapnęła głupio Gina.

– Niby kto miałby ich wynająć? – spytał Joe. Ale po chwili dodał szeptem: – Agencja ds. Standardów Żywności.

Roisin wyciągnęła szyję jak surykatka i spojrzała ponad innymi na Joego, dając mu jasno do zrozumienia, że ma się przymknąć. Na szczęście Gina była skupiona na niespodziewanych gościach.

– A może zrobili podwójną rezerwację? – podsunęła Roisin.

– Nie – powiedział Joe. – Przecież widać, że pali się światło, no i jest sobota. Kto by cokolwiek bukował dopiero od sobotniego wieczoru? Dev, przyznaj się. Załatwiłeś nam rozrywkę dla dorosłych?

– O Boże, z okazji moich urodzin? Magic Mike'a XXL! – pisnęła z zachwytem Gina, klaszcząc w dłonie.

Z samochodu wysiadła kobieta o kasztanowych włosach. Biała bluzka, szare obcisłe dżinsy, eleganckie sandały na wysokim koturnie i też ciemne okulary. Miała ładną, szczupłą sylwetkę, niemniej niepozbawioną kobiecych krągłości, podobnie jak stylizowany szkic żurnalowy. Pochyliła się przy otwartych drzwiach i poklepała kolana, zwrócona do kogoś, kto wciąż siedział w samochodzie.

– Raczej Magic Michaelę XXL – sprostował Joe. – No, no, coraz lepiej.

– O w mordę! – krzyknął nagle Matt, strasząc ich wszystkich. Wybiegł z jadalni na przepastny korytarz.

Pozostali wymienili spojrzenia i po chwili popędzili za nim.

Po drugiej stronie łukowych drzwi wejściowych zobaczyli dwóch mężczyzn, którzy stali przy aucie – ten drugi był ubrany w zasadzie tak samo jak pierwszy.

– Chodź, Granville. No, dalej! O tak, właśnie! – powiedziała zachęcająco rudowłosa piękność, wciąż się pochylając i klepiąc w uda.

Z samochodu wygramolił się wreszcie mały, przysadzisty i głośno sapiący pies. Kobieta wzięła go na ręce i dopiero wtedy odwróciła się twarzą do całej ferajny.

– Gdzie jest Matthew? – spytała, przesuwając okulary na czubek głowy i przyglądając się badawczo ferajnie.

Niezbyt miłe powitanie – stwierdziła w myślach Roisin. Bardzo wyniosłe. Ale… Matthew? To jacyś znajomi Matta?

– Ach, tu jesteś! Niespodzianka! Granville, pomachaj do Matthew! – Poruszała przednią łapą czworonoga. Miała dziwny akcent: wyrazisty, niemal arystokratyczny, ale z zagranicznym nosowym zaśpiewem.

– Co ty tu robisz?! – zdziwił się Matt.

Roisin spojrzała na kumpla, żeby ocenić jego reakcję. Był blady jak ściana z domieszką cytrynowej żółci.

– Pamiętasz, jak mówiłam, że przed wyjazdem do Meksyku nie mam ani chwili wolnego? – zaczęła kobieta. – No więc nagle doznałam olśnienia i pomyślałam, że wpadnę na tę waszą domówkę. Zaskoczony?! – Nie powiedziała tego przepraszającym tonem, ale raczej oczekując pochwały.

– Tak, trochę. Że też zapamiętałaś nazwę posiadłości!

– Sprawdzałeś tę miejscówkę na moim telefonie, bo chciałeś mi ją pokazać, pamiętasz? Nie zamknąłeś strony w przeglądarce, a ja uznałam, że to znak.

Ułożyła sobie psa na rękach tak, jakby kołysała maleńkiego Jezuska.

Rany, ona naprawdę jest piękna – pomyślała Roisin. Nie zwyczajnie atrakcyjna; wyglądała raczej jak nieziemska istota. Jak Galadriela z *Władcy pierścieni*, która zstąpiła nagle na krajową M6.

– No więc – zaczął Matt, zwracając się do przyjaciół – to jest Ruby.

– Ta Ruby z Hinge'a? – spytała z niedowierzaniem Meredith. Może zachowała się trochę nietaktownie, wspominając o aplikacji randkowej, ale wszyscy sporo wypili i byli w lekkim szoku.

– Tak – potwierdził beznamiętnym głosem Matt. Wcale nie sprawiał wrażenia zachwyconego tą niespodziewaną wizytą. Wyglądał raczej, jakby szedł na szafot.

Ruby odwróciła się do mężczyzn, z którymi przyjechała.

– Mark, wnieś moje bagaże do holu i niech tam stoją, dopóki nie wybierzemy pokoi.

Bagaże? Wybieranie pokoi? Co to za świta?

Najwyraźniej nie znali całej historii Ruby z Hinge'a – tej, która złapała Matta na odwrócony *catfishing*.

19

– Koniecznie muszę mieć pokój w głębi domu, jeśli znajdzie się taki w tej części. – Ruby zwróciła się do Matta, jakby byli sami, ignorując pozostałe osoby znowu zebrane przy stole wokół deseru, którego wcześniej nie dokończyły. Oprócz ich ósemki był jeszcze rasowy pies i dwaj faceci wyglądający jak agenci z *Matrixa*, którzy teraz błąkali się gdzieś po korytarzach.

– Mark i Ted też będą potrzebować pokoi, ale zakładam, że macie tu sporo miejsca. Czy to wszyscy? – Przesunęła wzrokiem po osłupiałych twarzach.

Dużo wymagasz – pomyślała Roisin.

Matt obszedł stół, przedstawiając ich po kolei, a Ruby tylko patrzyła.

– Obawiam się, że nie mogę zaakceptować telefonów – odezwała się wreszcie, spoglądając na Ginę, która bawiła się swoim iPhone'em, żeby rozładować tłumione uczucia. – Jeśli to nie problem…

Palcami wskazującymi zrobiła gest jak stewardesa pokazująca lampki ewakuacyjne po obu stronach przejścia w kabinie samolotu.

– Co takiego? – uniosła się Gina, bynajmniej nie bez racji.

– Żadnych telefonów, jeśli nie macie nic przeciwko. Ani aparatów fotograficznych. Żadnych zdjęć. Najlepiej w ogóle wyłączcie telefony. Ludziom zdarza się zapominać.

Ruby znowu zaczęła szeptać czułe słówka do buldoga francuskiego o komicznej mordce przypominającej pośladki.

– Nie rozumiem. Przecież nikt nie robi zdjęć – odezwała się Gina, a Roisin aż się skrzywiła.

– Wiem, że nikt ich nie robi – przyznała Ruby z wyniosłą łaskawością. – Ale chyba rozumiesz, że lepiej nie ryzykować.

– No więc mówię ci, że nie, naprawdę nie rozumiem, o co ci chodzi z tymi zdjęciami – odparła już jawnie rozdrażniona Gina.

– Jestem osobą publiczną – wyjaśniła Ruby.

Zapadła cisza, podczas której każdy się zastanawiał, jak grzecznie zapytać, kim ona, do cholery, jest?

– To znaczy? – wyręczyła ich wreszcie Gina. – Anita też ma wielu followersów na Instagramie i jakoś nie ma z tym problemu.

– To znaczy, że jestem celebrytką z branży artystycznej. – Odgarnęła do tyłu swoje anielskie cynamonowe włosy. – Och, Granville, nie! Wybaczcie, jest bardzo nieśmiały – powiedziała, kiedy pies zeskoczył jej z kolan i zaczął rytmicznie uderzać głową w drzwi. Roisin na pewno nie nazwałaby tego przejawem nieśmiałości.

Ruby miała bardzo oryginalny styl bycia, który szedł w parze z jej wyjątkowym akcentem: coś à la skrzyżowanie przewodniczącej klasy z elitarnej szkoły z internatem i niezwykle opanowanego guru wellness z Zachodniego Wybrzeża emanującego pewnością siebie graniczącą z religijną zarozumiałością. Roisin potrafiła sobie wyobrazić, że byłaby w stanie wcisnąć komuś lewatywę z soku ogórkowego za pięć patyków, pozostawiając go w przeświadczeniu, że jest prawdziwym szczęściarzem, że w ogóle raczyła porozmawiać z kimś, kto nie ma tyłka pachnącego mizerią.

Roisin spojrzała na Matta. Sprawiał wrażenie okropnie zestresowanego i lekko oszołomionego. Tylko dlaczego? Nowa flama, która tak się wprasza bez uprzedzenia, owszem, może wprawić człowieka w zakłopotanie, ale on wydawał się wyjątkowo skrępowany jak na luzaka, za którego chciał uchodzić.

– Skosztujesz wina albo tiramisu? – zapytał uprzejmie Dev, który jako jedyny pamiętał, że Ruby jest gościem, chociaż spadła jak grom z jasnego nieba.

– Dziękuję, przywiozłam własne jedzenie – odparła, ponownie biorąc psa na kolana. – I nie piję alkoholu. Staram się też przekonać do tego Matthew. W końcu mi się uda… – Zaśmiała się, ukazując garnitur niesamowicie białych zębów, za które zapewne zapłaciła fortunę.

– A wasza wycieczka do Lizbony nie była przypadkiem połączona z degustacją win? – zauważyła Meredith.

– Ja jedynie smakuję i wypluwam – powiedziała Ruby z pokerową miną. Nikt nie miał odwagi pokusić się o odpowiednią ripostę.

Ruby miała w sobie coś, co nie dawało Roisin spokoju. Kiedy przyjrzała się lepiej jej osobliwie perfekcyjnym, delikatnym rysom i promiennej kremowej cerze, w końcu załapała. Z jakiegoś powodu potrafiła ją sobie doskonale wyobrazić w stylizacji na lata czterdzieste. Cienkie brwi narysowane ołówkiem, ciemna pomadka podkreślająca łuk kupidyna. Kręcone upięte włosy, a na głowie popularny w okresie wojennym toczek podobny do ślubnego, ze spływającą na twarz woalką kończącą się na wysokości ucha.

Gdzieś już widziała Ruby. Tylko gdzie i dlaczego kojarzyła ją z tamtą epoką? Czyżby była najbardziej asertywną zjawą na świecie? „Rządzącą Się Damą"? A może widziała ją na jakimś balu przebierańców? Tylko nie pamięta dokładnie.

I nagle ją olśniło: do głowy przyszła jej zupełnie niedorzeczna myśl, która jednocześnie w magiczny sposób dawała właściwą odpowiedź.

Nie! To nie może być ona!

Wino rozwiązało język Roisin i zanim zdążyła się pohamować, spytała:

— Yyy, ty to Amelia Lee?

Zapadła cisza.

Ruby spojrzała na Roisin i szybko zamrugała, sprawiając wrażenie urażonej, zupełnie jakby jakiś uliczny handlarz miał czelność za nią zagwizdać.

— Owszem. Matthew nie wspominał?

Roisin przełknęła ślinę. Chwila. Jak to? Ona nie może być… Roisin właśnie palnęła najdurniejszą rzecz pod słońcem, a ta kobieta ją potwierdziła?

— Myślałam, że nazywasz się Ruby.

— To takie pieszczotliwe przezwisko. Dla bliskich. Od koloru włosów — wyjaśniła, nawijając jeden z loków na palce, po czym wróciła do głaskania Granville'a.

— O kuźwa! — rzuciła Meredith.

Jeśli Amelia Lee ją słyszała, to nie dała tego po sobie poznać.

20

Ciśnienie w pomieszczeniu nagle uległo zmianie, co zdarza się zwykle wtedy, gdy w jednej chwili wszyscy zdają sobie sprawę, że znajduje się wśród nich słynna persona. Trochę tak, jak w samolocie, który lecąc kilka tysięcy metrów nad ziemią, gwałtownie traci wysokość i z paneli nad głowami pasażerów wypadają maski tlenowe.

Roisin tak to sobie przynajmniej wyobrażała, bo sama nigdy czegoś takiego nie przeżyła, nie licząc może tego jednego razu, kiedy w pizzerii w Spinningfields zobaczyli z daleka Micka Hucknalla z Simply Red.

Amelia „Milly" Lee nie była pierwszą lepszą gwiazdką, znaną z reality show albo jakiejś mydlanej opery. Cieszyła się sławą: jej nazwisko pojawiało się na kinowych afiszach i podobno ostatnio spotykała się z Tomem Cruise'em.

Niedawno dołączyła do ligi aktorów pierwszoplanowych, grając główną rolę szpiega i uwodzicielki w filmie o drugiej wojnie światowej, który Joe i Roisin mieli okazję obejrzeć podczas jednej z rzadkich już randek. Później w pubie Joe nie pozostawił na nim suchej nitki, krytykując kiepską fabułę – Roisin z kolei nie podobało się, że był taki seksistowski.

A teraz ta sama Amelia stała zaledwie kilka metrów dalej i pytała czekającego w progu mięśniaka, czy może „przynieść Granny'emu jego organiczną przekąskę z wołowiny".

Catfishing to inaczej podszywanie się pod kogoś innego? Ahaaa. Roisin miała ochotę powiedzieć: „Matt! Teraz wszystko rozumiem!". Zatem „Ruby" jest pseudonimem z apki randkowej. Amelia, celebrytka, poderwała go, podszywając się pod zwykłą dziewczynę.

– Naprawdę byłaś na Hinge'u? – spytała Meredith, wyręczając przy tym pozostałych, którzy też chcieli zadać to pytanie, no bo… cholera, czemu nie? Według Roisin, przyjaciółka sprawiała wrażenie, jakby była na niezłym haju.

Amelia zmierzyła Matta karcącym spojrzeniem za to, że się wygadał.

– Tak – odparła z całą powagą. – To takie dziwne?

– Nie ma jakiegoś portalu randkowego, gdzie słynni ludzie poznają inne słynne osoby? Bez urazy, Matt, ale jesteś tylko… Mattem – zwróciła się do niego Meredith.

Kąciki ust drgnęły mu w udawanym uśmiechu, a Roisin aż zrobiło się go żal. Znów było widać, że nie chciał, żeby tak wyszło. I znów pewnie nie uniknie konsekwencji.

– Jest, nazywa się Raya. Tam też mam konto. – Pogłaskała Granville'a za uszami i pomiziała nosem po głowie. – Ale coś ci powiem… – Zawiesiła głos i wyciągnęła rękę. Meredith dopiero po chwili załapała, że chce, aby przypomniała jej swoje imię.

– Meredith.

– Meredith… jest tam mnóstwo oślizgłych zboczeńców… – powiedziała przeciągle z silnym amerykańskim akcentem – którzy upatrzyli sobie aktorki. Takich, którzy chcą się pieprzyć z gwiazdami, wiesz, co mam na myśli?

Zrobiła minę, jakby zwierzała jej się z czegoś ważnego, na co Meredith rzuciła z przerażeniem: „tak", a Roisin niemal wybuchnęła histerycznym śmiechem.

– Miło było dla odmiany poznać normalnych, zwykłych, uczciwych facetów, którzy chcieli poznać Ruby – skwitowała Amelia.

– No i Matta! – dodał Joe, po raz pierwszy od jej przyjazdu siląc się na swój typowy dowcip.

Amelia spojrzała na niego tak, jakby znowu chlapnął jakąś bzdurę.

– Czy będzie wam strasznie przeszkadzać, jeśli zaciągniemy zasłony? – spytała. – Wątpię, żeby jakaś agencja przysłała tu swojego fotografa, ale zrobiłoby się nieprzyjemnie, gdyby jednak tak się stało.

– Owszem, będzie nam to przeszkadzać – odezwała się nagle Gina, a wszyscy aż stężeli. – Nie podoba nam się także, że zabraniasz nam korzystać z telefonów i mówisz, które sypialnie chcesz zająć ze swoimi przydupasami.

– Przydupasami? Mark to mój szofer, a Ted jest moim ochroniarzem – odparła Amelia, jakby to było oczywiste dla każdego rozumnego człowieka.

– Jak zwał, tak zwał – rzuciła Gina. – Może i przyjechałaś w odwiedziny do swojego chłopaka, ale tak naprawdę wprosiłaś się do nas. Nie będziesz nam mówić, co mamy robić.

Roisin aż się skrzywiła, jednak musiała przyznać, że Gina trafiła w sedno. Dlatego nie uważała, że konieczna jest interwencja. Pozostali doszli pewnie do podobnych wniosków. Bo niby dlaczego mieliby uciszać Ginę? Szczerze mówiąc, to Amelia była tu prawdziwą prowokatorką.

– Gina – zwrócił się do niej Matt, po czym odchrząknął. – Ru… to znaczy Amelia może zostać, jeśli chce. Prawda, Dev?

– Oczywiście! – odparł Dev, wywołany do tablicy.

Gina, cała czerwona na twarzy, wzdrygnęła się na krześle, jakby ktoś poraził ją paralizatorem.

– Niby z jakiej racji? Spytałeś wszystkich?

– Nie miałem okazji, ale…

– Czy między tobą i Matthew jest coś na rzeczy? – wtrąciła Amelia tonem pozbawionym emocji, zachowując przy tym nienaganną dykcję.

– Noo, nie – odparła pośpiesznie Gina z gorzkim śmiechem. Roisin uznała, że najwyraźniej jest bardziej pijana, niż myślała.

– Przepraszam, ale w takim razie w czym problem? Nie rozumiem – powiedziała Amelia. Jeden z jej anonimowych przybocznych wszedł do pokoju, a ona rzuciła do niego: – Ted, zasuń zasłony, proszę. Tak, tamte, dzięki.

– Nawet się nie waż, Ted! – wrzasnęła Gina. Pies Amelii zeskoczył ciężko na podłogę i zaczął wyć jak wilk. – Serio. – Gina wstała i odwróciła się do Matta. – Jak śmiesz? To moja impreza urodzinowa, a ty znowu wszystko zepsułeś. Sprowadziłeś tu tę zołzę… – Odwróciła się i wskazała palcem nominowaną do Oscara aktorkę. – Niech zgadnę, Matt, pewnie nie chciałeś. A jednak to zrobiłeś. Mam już po dziurki w nosie twojego udawania, że nic nie jest twoją winą. O n a jest twoją winą. Więc lepiej znajdź jej jakieś miejsce na nocleg, bo tutaj n a b a n k nie zostanie!

Ginie wyskoczyły na twarzy łososiowe plamy. Zaczęła dyszeć.

– W porządku, ale jest już późno – odparł Matt, który najwyraźniej przeżywał jeden ze swoich najgorszych koszmarów, starając się wymyślić, jak wydostać się z tego bagna pełnego krokodyli, w które się wpakował. – Może jutro…

– Jeśli nie możemy tu zostać, to do Manchesteru jest… ile… ze dwie godziny drogi? – przerwała mu Amelia, przekręcając wielki złoty zegarek na niemal dziecięcym nadgarstku, żeby sprawdzić godzinę. – Tyle że tam nie ma hoteli.

Wszyscy otworzyli usta, zdziwieni takim stwierdzeniem, ale w końcu zrozumieli, że Amelii nie chodzi o byle jakie hotele.

– Do Londynu będą ze cztery godziny? – kontynuowała. Ted nachylił się i szepnął jej coś do ucha.

– Cztery do pięciu, plus minus. Matt, bierz swoje rzeczy i o pierwszej będziemy w Soho House. Napiszę do Nicka, mam tam kartę członkowską.

– Eee…? – wyjąkał Matt.

– Widzimy się przy aucie. Granny, chodź! Nie zostaniemy tu. No chodź, Granny! – Wydobyła buldożka francuskiego spod krzesła i wzięła go na ręce. Wszyscy wstrzymali oddech, czekając na pożegnalną kwestię, ale się jej nie doczekali; Amelia po prostu wyszła z jadalni, nie zaszczycając ich więcej spojrzeniem.

Zapadła cisza. Nawet Joe Powell nie potrafił się zdobyć na dowcipną uwagę, żeby wyrwać ich ze zbiorowego osłupienia.

– Dev, zdaję sobie sprawę, że będzie cholernie słabo z mojej strony, jeśli z nią pojadę. Ale nie wiem, jak to inaczej załatwić. Mam jej powiedzieć, że jednak zostaję? – spytał Matt, drapiąc się po czole i zagryzając zęby.

– Tak, będzie, ale nie chcemy, żebyś zostawał! – wyręczyła Deva Gina. Po chwili jednak dodała: – W każdym razie ja tego nie chcę.

– Gina! Matt ma prawo tu być tak samo, jak każdy z nas – uniosła się Roisin.

– Racja – zawtórowała jej Meredith. – Uspokój się, G. To nie jego wina.

– A to mi niespodzianka! – ryknęła Gina, przyciskając do twarzy kieliszek z winem.

— Nie chcę wam psuć zabawy — powiedział Matt, spoglądając wymownie na Roisin i Meredith. Obie wiedziały, co ma na myśli. Było jasne, że konfliktu między nim a Giną nie da się szybko zażegnać. Na pewno nie po raz drugi. Gdyby został, zapanowałby pewnie minorowy nastrój.

— Matt, rób, jak uważasz! — odezwał się Dev. — Nie obrażę się. Twoja laska to istne tornado, nie ma co!

— Raczej istna gwiazda! Do diaska, Matt! — wtrąciła z uśmiechem Meredith. — Szok i niedowierzanie! Mogłeś nas jakoś uprzedzić!

— Miałem taki zamiar — odparł łamiącym się głosem Matt. — Nie sądziłem jednak, że muszę się spieszyć. Dev, naprawdę mi przykro. Nawet na sekundę nie przyszło mi do głowy, że uzna to za zaproszenie, jeśli jej powiem, dokąd się wybieramy. Ma strasznie napięty grafik; nie wiedziałem nawet, że jest w Anglii.

— Nie wygłupiaj się i przestań przepraszać! Będziesz miał się czym chwalić do końca życia.

— Okay, w takim razie pa! — rzucił Matt, nie patrząc im w oczy, po czym wyszedł wśród cichych pożegnań.

Roisin chciała mu coś powiedzieć na pocieszenie, ale ponieważ Gina już ledwo wytrzymywała nerwowo, odważyła się tylko na krótkie:

— Pa, trzymaj się!

Po chwili wszyscy bezwstydnie znowu zebrali się przy oknie i patrzyli: jeep czekał z zapalonymi tylnymi światłami, jedne drzwi były otwarte. W końcu ich oczom ukazał się Matt, znowu ubrany jak Doktor Who, ze słuchawkami zawieszonymi na szyi.

Spojrzał w kierunku okna jadalni i uniósł dłoń.

— Zupełnie jakby wsiadał na pokład statku kosmicznego — stwierdziła Anita. — Z jakąś kosmitką.

– Żegnaj, Matthew McKenzie – rzucił Joe, machając mu ręką. – Odchodząc, pozostawiasz po sobie wielką pustkę.

– Nauczka na przyszłość – powiedział Dev. – Zawsze lepiej sprawdzić, z kim w danej chwili spotyka się Matt. Jeśli następnym razem powie, że z Kylie, dla pewności zapytam: „Minogue czy Jenner?".

Tylko że – pomyślała Roisin – gdyby Joe nie przerwał Mattowi, wiedzieliby, kim właściwie jest Ruby.

Zauważyła też, że pomijając jedną uszczypliwość, Joe był wyjątkowo powściągliwy w obecności Amelii „Tornado". Prawdopodobnie, mając na uwadze swoją cenną karierę, wolał nie rzucać sarkastycznych uwag pod adresem znanych aktorek. Wiadomo, kruk krukowi oka nie wykole.

– To się naprawdę wydarzyło? Cała aż się trzęsę – powiedziała Roisin, kiedy samochód odjechał, a buzująca w jej żyłach adrenalina zaczęła opadać. – Nową dziewczyną Matta naprawdę jest Amelia Lee, której Gina kazała spadać na drzewo? Naprawdę zapytałam jak ostatnia kretynka, czy jest Amelią Lee? Przecież to tak, jakby spytać kogoś z mafii, czy jest z mafii. Tak się po prostu nie robi.

– Ja tam się cieszę, że zapytałaś, bo już myślałam, że jest jakąś złodziejką biżuterii, która ucieka przed policją – pocieszyła ją Anita. – Żadnych zdjęć!

– Jeśli doznałam halucynacji, to pewnie zjadłam to samo ciasto z trawką co wy – dodała Meredith i objęła Roisin. – Och, pani Walters, niech nas pani oświeci.

Nie było takiej potrzeby: bez słowa wymieniły się zaniepokojonym spojrzeniem, a potem przeniosły wzrok na Ginę, która nalała sobie pełen kieliszek wina jak w westernowym saloonie, robiąc przy tym chytrą minę.

Chociaż zdrowo przygadała Mattowi, Roisin była pewna, że jutro będzie się czuła gorzej niż on, zarówno psychicznie, jak i fizycznie.

— Joe! Już pora! — rzuciła Anita, spoglądając na telefon. — Za pięć minut zacznie się *Łowca*! Bierzcie drinki, idziemy do sali projekcyjnej.

— Teraz to będzie pewnie marne zwieńczenie wieczoru — stwierdził Joe. — Trudno przebić to, co mieliśmy tutaj przed chwilą.

Jeszcze do niedawna Roisin powiedziałaby, że to tylko fałszywa skromność. Ale szczerze mówiąc, mógł mieć rację.

21

Roisin nie znała żadnych szczegółów na temat *Łowcy* poza zarysem pomysłu i obsadą. Jeśli chodzi o *WIDZIA-NYCH*, Joe opowiadał jej o każdej, nawet najmniejszej błahostce, ale teraz miał cały sztab profesjonalistów, którzy przedstawiali mu swoje uwagi. Zasługiwał na odrobinę przestrzeni.

Kiedy rozsiedli się wygodnie w luksusowej sali projekcyjnej Benbarrow Hall, Roisin w ostatniej chwili ogarnął strach, gdy zaczęła się zastanawiać, czy przypadkiem to, co wcześniej uważała za coś miłego i relaksującego, w istocie nie okaże się nierozważnym posunięciem graniczącym z poważnym niedopatrzeniem.

– Jest dość pikantny – oznajmił dumnie Joe, a ją aż zemdliło. Pikantny? Naprawdę wolałaby, żeby jej nastoletni uczniowie nie oglądali niczego pikantnego. A jeśli były w nim wyjątkowo sprośne dialogi albo jakiś niezwykle obsceniczny fragment, zasługujący na nominację do nagrody za najgorszą scenę erotyczną? Skąd u niej ten brak zaufania? Czyżby była pruderyjna? Okay, wiedziała, że serial opowiada o seksoholiku, ale przecież to nie to samo co porno. Niestety dopiero w ostatniej chwili załapała, że między programem bez ograniczeń wiekowych a takim dozwolonym tylko dla dorosłych jest jeszcze kilka poziomów pikanterii. Cóż, diabeł tkwi w szczegółach.

– Mam nadzieję, że jednak się wam spodoba – powiedział Joe do ogółu. – Bez presji!

– Na pewno będziemy zachwyceni – rzucił Dev.

Kończył się właśnie jakiś program, po którym na szerokim, dwuipółmetrowym ekranie o wysokiej rozdzielczości pojawił się *Łowca*. Meredith otworzyła paczkę orzeszków w czekoladzie i mieszankę cukierków z lukrecją i próbowała zachęcić ululaną Ginę, żeby skosztowała. Po chwili do grupy dołączyła Anita, która wcieliła się w rolę kinooperatorki.

– Och, Joe! Sama jestem kłębkiem nerwów, a co dopiero ty?!

Roisin naprawdę wolałaby podzielać ich entuzjazm, zamiast się zamartwiać.

Pewnie podobnie czują się rodzice aktorów, kiedy ich dzieci odgrywają Hamleta.

Przestań – upomniała się w myślach. Martwisz się na wyrost. Będzie super. Oddychaj!

Ścisnęła Joego za ramię i uśmiechnęła się do niego w ciemnościach. On również odpowiedział jej uśmiechem, wsunął gorącą dłoń w jej rękę, szybko ścisnął i puścił. To był chyba najczulszy moment, jakiego doświadczyli od dłuższego czasu.

Obraz pociemniał. Młody, przyjemny kobiecy głos z offu, w którym pobrzmiewał północnoangielski akcent, obwieścił poufnym tonem:

– A teraz na antenie BBC2 nowy serial scenarzysty i twórcy *WIDZIANYCH*. Przygotujcie się na łamiącego wszelkie zasady, burzącego czwartą ścianę i gotowego zmierzyć się z każdą zbrodnią *ŁOWCĘ*. Uwaga: program zawiera sceny o charakterze erotycznym oraz nieprzyzwoity język.

W pokoju rozległo się zbiorowe: „Hurrra!", a Roisin dostała skurczu żołądka.

Na ekranie ukazała się grupa trzydziestoparolatków, śmiejących się i sączących rozchodniaczki w modnej restauracji.

– Czy to ten lokal w Didsbury? – spytał Dev, ale zaraz szybko dodał: – Cholera, sorki, już się zamykam! Poczekam z pytaniami do końca.

Kamera zrobiła zbliżenie na przystojnego faceta. W rolę tytułowego łowcy Jaspera Huntera wcielił się Rufus Tate, trzydziestokilkuletni obiekt westchnień o lwiej grzywie, aktor, którego sława oscylowała między statusem ulubieńca kina niezależnego a telewizyjnego łamacza serc z najlepszego czasu antenowego.

Obejmował ramieniem dziewczynę o sarnich oczach, śliczną jak aniołek brunetkę o imieniu Becca. Reszta paczki droczyła się z nimi, bo ci niedawno się zaręczyli, a Jasper, pracoholik i mizantrop, wreszcie przyznał, że chce mieć „czekoladowego labradora i domek z różami okalającymi drzwi".

– Albo przynajmniej ekspres do kawy na kapsułki – powiedział.

– À propos, Jas, pora się zbierać – szepnęła brązowooka dziewczyna, zasłaniając usta dłonią. – Już czyszczą ekspres.

Roisin przełknęła głośno ślinę, kiedy zdała sobie sprawę, kogo przedstawia ta grupa. Becca – urocza, spokojna z natury wieloletnia dziewczyna Jaspera o szelmowskim dowcipie. Ubrana jak punkówa, prostolinijna lesbijka Victoria; głośny, pewny siebie Hindus Avi i… drobna blondynka w skąpej bluzeczce z wiązaniem na szyi, niejaka Gwen, najwyraźniej najlepsza przyjaciółka Bekki.

Cała paczka, którą Roisin w duchu ochrzciła mianem Fikcyjnego Klubu Briana, wyszła przed pub i wgramoliła się do taksówki. Przejechali kawałek, gdy nagle Jasper pochylił się do przodu i spytał kierowcę:

– Może mnie pan tu wysadzić?

Potem zwrócił się do swoich towarzyszy:

– Cholera, zapomniałem szalika. Wrócę do domu pieszo.

– Na pewno? Zanosi się na deszcz – zauważyła Becca.

– Taa, dam radę. Ale wy jedźcie. Krótki spacer dobrze mi zrobi, przynajmniej wytrzeźwieję.

Uśmiechnął się szeroko, po czym zatrzasnął za sobą drzwi taksówki i jeszcze przez chwilę patrzył, jak ta znika za rogiem. Następnie, z rękami wbitymi w kieszenie, ruszył z powrotem do restauracji.

Serial ogólnie robił wrażenie, zauważyła Roisin: Manchester wyglądał jak Nowy Jork. Było ponuro i deszczowo, klimat rodem z *Blade Runnera*.

Kiedy Jasper dociera do restauracji, widzi, że światła są przygaszone, a drzwi zamknięte. Przykłada dłonie do szyby i zagląda do środka, po czym głośno puka. Niepewnie naciska na klamkę: drzwi się otwierają.

Wchodzi.

W lokalu nie ma nikogo oprócz zniewalająco pięknej kelnerki z tlenionymi włosami ostrzyżonymi na boba w stylu Louise Brooks, która wcześniej tylko mignęła w jednej ze scen, kiedy przyniosła im espresso.

Na jego widok przestaje zamiatać. Kamera robi zbliżenie, prześlizgując się lubieżnie po jej smukłych palcach i wymanikiurowanych ciemnoczerwonych paznokciach, na przemian zaciskających się i rozluźniających na trzonku szczotki. Następnie obraz przeskakuje z jej twarzy na twarz Jaspera.

– Cześć – wita się krótko Jasper. – Chyba... zostawiłem szalik. O, tu jest.

Ściąga go z oparcia krzesła i owija nim szyję. Kelnerka przechyla głowę na bok, przyglądając mu się uważnie.

– Szczerze mówiąc, w niebieskim ci nie do twarzy – mówi zmysłowym kocim głosem.

– Serio?

– Tak.

– Poza tym widziałam, jak zdjąłeś szalik i celowo go tu zostawiłeś.

– Ciekawe dlaczego?

– No nie?

Cięcie: w tle słychać jęki i odgłosy dyszenia. Kamera zagląda z lotu ptaka do kabiny w toalecie, w której Jasper i kelnerka ostro się zabawiają: seksowny kadr obejmuje jego klatkę piersiową i jej biustonosz push-up.

– Co to znaczy? – pyta zasapany Jasper i kładzie dłoń na jej wytatuowanym ramieniu, które obok małego pół-księżyca i równie małego słońca zdobi ciąg cyfr.

– To taki hermetyczny żart – wyjaśnia z uśmiechem dziewczyna, kiedy odzyskuje oddech.

Jasper uśmiecha się do niej lubieżnie, a potem ją całuje.

W kolejnej scenie stoi sam w restauracyjnej toalecie i przygląda się sobie w lustrze nad umywalką.

– Wiem, o czym myślisz – mówi zarazem do swojego od-bicia i do kamery. – Dlaczego? Nie, nie dlaczego, bo dobrze wiesz dlaczego. – Wydziera papierowy ręcznik z podajnika. – Serce lubi przywiązanie, a libido nowości. Właściwe py-tanie brzmi: „jak?". Jak mogłeś to zrobić? Cóż, trzeba o mnie wiedzieć dwie rzeczy. – Jasper otwiera drzwi, odwraca się i patrzy wprost w obiektyw. – Nie mam wyrzutów sumie-nia. I zrobię to ponownie.

22

W sali projekcyjnej ponownie zawrzało od ekscytacji, a Roisin czuła, że Joe wręcz się tym napawa.

Świadomie zamarła nieruchomo w fotelu, bojąc się choćby drgnąć, żeby nie zdradzić swoich uczuć. A te kotłowały się w niej na całego.

Ten głos tak bardzo przypominał głos Joego – pomyślała. I ta postawa.

Na karku pod włosami poczuła spływający pot.

Szaruga dnia. Głos Jaspera w roli narratora: „Manchester, początek dwudziestego pierwszego wieku. Stolica północy. Pozbądźcie się swoich wyobrażeń. To nie tylko brutalna młodzież, ofiary przedawkowania spice'a i stare dziecięce wózki zalegające w kanałach… ale w zasadzie do tego sprowadza się moja praca. Witajcie w manchesterskiej dochodzeniówce".

W pokoju wybuchła salwa śmiechu.

– Och, Joe, po tym serialu już nigdzie nie będziesz mógł się napić, no nie? – rzucił Dev. – Sorki, nic nie mówię.

Jasper idzie ulicą do swojego samochodu i znów mówi wprost do kamery, tak że żadna z przechodzących osób go nie słyszy.

– Dlaczego zdradzam? A dlaczego w ogóle nazywamy to „zdradą", no nie? Otóż dlatego, że sprzeniewierzamy się zasadom gry, w którą jesteśmy zmuszeni grać. A nawet jeśli nikt nas do tego nie zmusza, to na pewno wywiera silną presję. Jeżeli społeczeństwo sprawia, że bycie uczciwym staje się niemal niemożliwe, wybieramy oszustwo i zdradę. Ludzkiej natury nie da się zmienić, jedynie formy jej ekspresji. Tak było zawsze.

Co to za porypany manifest? – pomyślała Roisin.

Czyżby ona i autor scenariusza byli ze sobą zbyt blisko, żeby mogła dokonać sprawiedliwej oceny? Nie miała pojęcia. Jeśli już, to raczej byli od siebie zbyt daleko.

Jasper kontynuował:

– Twoja partnerka zawsze ma tę jedną szczególną przyjaciółkę, która, nawet dla tak niemoralnie prowadzącego się mężczyzny jak ja, stanowi tabu.

Jezu. Dzięki, Joe.

Roisin miała ochotę umrzeć.

Wlepiła wzrok w tył głowy Giny, która siedziała przed nią. Zastanawiała się, o czym myśli; choć szczerze mówiąc, Gina nie była teraz w najlepszej formie, żeby cokolwiek oglądać ani tym bardziej analizować.

Cały ten serial miał być taki intelektualny, erotyczny i pouczający, a jej zdaniem przypominał raczej komedię *Wolny dzień Ferrisa Buellera* utrzymaną w konwencji soft porno.

Robiąc notatki na temat ostatnich zwłok, Jasper ku swojemu przerażeniu odkrywa, że zmarła dziewczyna ma na ramieniu charakterystyczny tatuaż…

Odcinek kończyła retrospekcja z dzieciństwa Jaspera. W nocy chłopak skrada się cicho na dół po szklankę mleka i widzi, jak jego ojciec tańczy przy wieży stereo z jakąś kobietą. Kiedy jednak podąża za innymi odgłosami, nakrywa matkę w objęciach obcego mężczyzny, z odzianymi w szpilki nogami zwisającymi ze stołu kuchennego…

Roisin wyprostowała się gwałtownie.

Co? Cooo?

Skóra zaczęła ją mrowić i pokryła się potem.

Kamera zrobiła najazd na dziecięcą twarz Jaspera i nagle z głośników zamontowanych w wytapicerowanej sali popłynęły pierwsze dźwięki *Enter Sandman* Metalliki.

Cała grupa z wyjątkiem Roisin wybuchnęła śmiechem, wyrzucając pięści w powietrze.

– Serio?! *Enter Sandman*?! – ryknął Dev. – Ile musiałeś za to zabulić, Rockefellerze?!

– Dostałem od nich jasny sygnał, że wyszli mi mocno naprzeciw – odparł Joe, upajając się szumem wokół swojej osoby. – Podobało wam się?

– Chodź no tu! Niech cię uściskam. Stary, istny sztos! Nie do wiary. Naprawdę, dałeś czadu!

Roisin klaskała niemrawo w spocone dłonie.

Dobrze, że byli tu inni i okazali Joemu uznanie, na którym tak bardzo mu zależało, bo Roisin nie wydusiłaby z siebie nawet jednego miłego słowa.

23

Mijały kolejne minuty. Roisin leżała w łóżku i w nikłej poświacie porannego brzasku wpatrywała się w rozpięty w górze baldachim.

W końcu sięgnęła po telefon z szafki nocnej i spojrzała na godzinę. Czwarta pięćdziesiąt osiem. Za pół godziny rozdzwoni się budzik Joego. Była rozbudzona i niesamowicie przytomna. W głowie tak jej huczało, że nawet gdyby spróbowała z tym walczyć, skończyłaby tylko zlana potem z galopadą kotłujących się myśli.

Obudziła się z pełną świadomością tego, co musiało nastąpić. Zadręczała się, biła z myślami i spekulowała, aż wreszcie uznała, że pora postawić sprawę na ostrzu noża. Zamiast zmierzyć się z rzeczywistością, uparcie trwała w przeszłości, myląc to z lojalnością i wyrozumiałością.

Wyślizgnęła się bezszelestnie z pościeli i narzuciła na siebie szlafrok. Joe wciąż chrapał: nie dość, że miał mocny sen, to jeszcze poprzedniego wieczoru sporo wypił.

Roisin właściwie nie potrafiła sobie przypomnieć ani jednego słowa, jakie padło, odkąd skończyli oglądać *Łowcę* do czasu, gdy się położyła. Pamiętała jedynie zbiorowe poklepywanie po plecach. Wróciła do sypialni przed Joem, żeby już zasnąć albo przynajmniej udawać, że śpi, i nie zostawać z nim sam na sam.

Teraz przemknęła na palcach przez opustoszały dom, włączyła czajnik w kuchni i zrobiła sobie pokrzepiającą herbatę. Wyszła z kubkiem na dwór i przysiadła na niskim kamiennym murku, patrząc na słońce wschodzące nad jeziorem. Czekała.

Spojrzała na zegarek chyba po raz n-ty. O ile budzik nie zawiódł, Joe powinien już wstać. Gdy tylko o tym pomyślała, podniosła wzrok i zobaczyła, jak zmierza w jej kierunku przez trawę, również trzymając w ręku kubek.

Żołądek ścisnął jej się boleśnie, a serce zaczęło tłuc się między żebrami jak w jakiejś makabrycznej parodii starodawnego romansu. We wczesnoporannym cieple cała aż się spociła, próbując przygotować się na to decydujące starcie. Szukała właściwych słów, tak żeby później niczego nie żałować. Podejrzewała jednak, że ostatecznie wszystko, co sobie ułoży w głowie, i tak będzie psu na budę.

Po raz kolejny przypomniała sobie, że nie ma wyboru. Unikanie tej rozmowy, udawanie, że jeszcze śpi, i granie na zwłokę do czasu, aż zjawi się jego taksówka, nie miało sensu.

Gdyby zachowywała się tak, jakby zeszłego wieczoru nic takiego się nie wydarzyło, straciłaby nie tylko odwagę, ale też w pewnym stopniu prawo do tego, żeby jakkolwiek zareagować w innym terminie. Kiedy ktoś staje w drzwiach z jet lagiem wielkości Zachodniego Wybrzeża, naprawdę trudno jest przekonująco wyrazić swoje zszokowanie i oburzenie czymś, co miało miejsce siedem dni wcześniej.

Z uwagi na fakt, że w zasadzie nie było idealnego i właściwego momentu na poruszenie jakiegokolwiek problemu, Roisin nie mogła się oprzeć wrażeniu, że ta gra między nimi jest jakby ustawiona. Bo niby co miała zrobić? Wybrać inny, równie niedogodny termin? Wówczas tylko spotęguje presję. Wspomnieć o tym podczas miłego wieczoru na mieście? Wszystko popsuje. Spróbować podjąć temat w spokojniejszy dzień? Joe uzna, że zastawiła zasadzkę.

Wzięła wdech i wypuściła powietrze, po czym przyznała sama przed sobą, że niezależnie od psychicznych katuszy, jakie cierpiała przez *Łowcę*, zbyt długo odpychała od siebie ten moment. Liczyła, że na wyjeździe, gdy nie będzie odpowiednich warunków na poważną rozmowę, ten pomysł przerodzi się w coś innego albo umrze śmiercią naturalną. Niejako, że problem sam się rozwiąże. W pewien pokrętny sposób Joe wyświadczył jej więc przysługę. Okazał jej taki brak szacunku, że dłużej nie mogła już tego ignorować.

– Zdaje mi się, czy jednak nie wstałaś tak wcześnie po to, żeby uściskać mnie na pożegnanie? – spytał, kiedy stanął obok niej, popijając kawę. Twarz nadal miał zaspaną i obrzmiałą po mocno zakrapianym wieczorze, a włosy wilgotne po prysznicu.

– O co ci chodzi? – odparła niepewnym głosem.

– Roisin, przez cały weekend jesteś nie w sosie. Wczoraj po premierze *Łowcy* prawie się do mnie nie odzywałaś. A teraz stoisz tu sama o bladym świcie i masz minę, jakbyś była tym straszącym duchem służącej, która wstała ze swojego wodnego grobu. Nie jestem głupi. Chcesz mi coś powiedzieć?

Twierdzenie, że wie, że jest zła, a z drugiej strony naśmiewanie się z niej, nie było za bardzo w porządku. Wystarczyłoby zwykłe pytanie, czy wszystko okay. Joe najwyraźniej szykował się do walki.

Głęboki oddech.

– Dlaczego umieściłeś moich rodziców w swoim serialu?

Joe zamarł z kubkiem przy ustach.

– W *Łowcy*? To nie byli twoi rodzice, tylko fikcyjne postaci.

– A ten dzieciak skradający się po schodach i przyłapujący matkę na stole kuchennym? Chcesz mi powiedzieć, że nie wzorowałeś się na historii, którą ci opowiedziałam?

– Nie, no jasne. Pisząc, często wzoruję się na historiach, które opowiedzieli mi jacyś ludzie.

– Jacyś ludzie?! – uniosła się Roisin. Nerwy puściły jej szybciej, niż przypuszczała, ale wszystkie plany i tak wzięły już w łeb. – Jestem twoją dziewczyną, Joe! Nie wciskaj mi gadki w stylu „tak się tworzy historie", jakbym była jedną z wielu osób siedzących na widowni i pytających, skąd czerpiesz pomysły.

– Co mam ci powiedzieć? Przecież właśnie się przyznałem. Tak, po części zainspirowałem się twoją opowieścią. W kolejnych odcinkach zobaczysz, że...

– Zawiodłeś moje zaufanie? – dokończyła za niego Roisin. Joe skrzywił się, przesadnie udając niedowierzanie.

– Naprawdę błędnie interpretujesz rzeczywistość. Człowiek wzoruje się na prawdziwych wydarzeniach i doświadczeniach ludzi ze swojego bliskiego otoczenia. Mam wszystko sprawdzać pod kątem źródeł i ewentualnych podobieństw?

– Tyle że przedstawiłeś trochę zbyt konkretnie, nie sądzisz? Słaba ta twoja linia obrony. Ile znasz osób, które nakryły swoją matkę na baraszkowaniu z obcym facetem?

– Jak już mówiłem, zainspirowałaś mnie.

– Zainspirowałam? Bo ci o tym opowiedziałam? Na tej samej zasadzie jak historia „Titanica" stanowiła inspirację dla filmu o tym tytule?

– To był tylko kilkusekundowy epizod, a nie motyw przewodni. Nie da się zajmować tym, czym się zajmuję, i nie czerpać inspiracji z życia.

Niemal jej ulżyło, kiedy zdała sobie sprawę, że nadal jest wściekła na Joego, a on serwuje jej żałosne wymówki. To znacznie ułatwiało sprawę.

– Serio? Udajesz, że nie wiesz, na czym polega różnica między wykorzystywaniem zwykłych anegdotek a zrzynaniem z traumatycznych, osobistych przeżyć z przeszłości twojej dziewczyny? Z tego, co ci powiedziała w ścisłej tajemnicy? Czemu mnie nie uprzedziłeś? Czekają mnie jeszcze jakieś niespodzianki?

Na myśl o tym, że w serialu może się pojawić wątek o aborcji, wszystkie jej wnętrzności aż się skręciły.

– Okay, jeśli o to ci chodzi, przepraszam. Nie pomyślałem. Nie, nie będzie już żadnych niespodzianek. Nie miałem pojęcia, że dla ciebie to wciąż drażliwy temat. Pewnie zapomniałaś, ale kiedy mi opowiedziałaś o tym zdarzeniu, uważałaś je… w pewien mroczny, ponury sposób nawet za zabawne.

Zagrał tak podstępnie i nie fair, że Roisin przez sekundę poczuła do niego szczerą nienawiść. Może za pierwszym razem rzeczywiście opowiedziała o tym częściowo dla śmiechu – podczas jednej z ich pierwszych zakrapianych randek, kiedy Roisin próbowała uchodzić za interesującą i odważną, przedstawiając dysfunkcyjność swojej rodziny jako barwną część swojej tożsamości. Tylko że rzeczy, o których rozmawiają ze sobą świeżo upieczeni kochankowie, nie powinny być wywlekane na światło dzienne. Jeśli ktoś jest wystarczająco przenikliwy, żeby pisać o ludzkiej naturze, to powinien być też na tyle przenikliwy, żeby wiedzieć, o czym pisać nie należy.

– Masz naprawdę doskonałą pamięć, jeśli chodzi o ton naszych rozmów sprzed dziesięciu lat, ale nie pamiętasz, dlaczego przez kilka miesięcy, kiedy o tym pisałeś, nie pomyślałeś ani razu, żeby się ze mną skonsultować? – rzuciła.

– Ach, rozumiem, zaczynasz jedną z tych kłótni, w których bez względu na to, co powiem, i tak wpakuję się w jeszcze większe tarapaty.

– Ty tak poważnie?

Joe zacisnął powieki i przez chwilę nic nie mówił – ot, taki pretensjonalny chwyt, żeby dać Roisin do zrozumienia, że to wszystko jest niepotrzebne. Że „za bardzo świruje", jak by powiedzieli jej uczniowie. Dopił duszkiem resztkę kawy i odstawił kubek na murek.

– Zamierzałem ci o tym powiedzieć. Ale w tym żmudnym i długim procesie pisania, poprawiania i produkowania serialu wszystko zeszło na dalszy plan. Powtórzę: bardzo mi przykro. Nie myślałem, że nawiązanie będzie aż tak oczywiste, że zareagujesz na nie tak emocjonalnie. W moim wyobrażeniu ten epizod stał się częścią historii Jaspera, a zatem czymś zupełnie innym. Oczywiście, powinienem zdać sobie sprawę, że dla ciebie jako osoby niezaangażowanej w ten proces to może być szokujące.

Roisin nie wiedziała, czego właściwie się spodziewała, niemniej była zgorszona tą jego gładką gadką i kitem, który jej wciskał. Żeby w ogóle móc spróbować go zrozumieć albo mu wybaczyć, potrzebowała choć odrobiny szczerości. Ale nawet teraz Joego nie było na nią stać. Najwyraźniej nie zależało mu na jej zrozumieniu ani wybaczeniu. W odczuciu Roisin to było coś więcej niż zwykłe lekceważenie. Nieuchronnie do głowy przyszło jej słowo „pogarda".

– Wiesz, Joe, to, co zrobiłeś, jest naprawdę bezduszne. Godne spoconego, skorumpowanego polityka produkującego się w wieczornych wiadomościach. Nie jesteś ze mną ani trochę szczery. A jeszcze bardziej martwi mnie, że nawet nie przyszło ci do głowy zadać sobie pytanie, dlaczego tak postąpiłeś. Masz wszystko w głębokim poważaniu.

Boże, no tak, trafiła w sedno. Krótko mówiąc, nawet widząc, jak bardzo jego dziewczyna jest z tego powodu przybita, Joe nawet nie próbował się zastanowić, jak w ogóle mógł uważać, że to w porządku. Ona w każdym razie nie zauważyła, żeby był jakoś skruszony czy zmartwiony. Od razu przełączył się w tryb ograniczania szkód, próbując ją zbyć przeprosinami rzuconymi na odczepnego. Nie gryzło go to na tyle, żeby zrobić szybki rachunek sumienia. Coś takiego nie przyszło mu nawet do głowy.

– Dlaczego uważasz, że nie jestem z tobą szczery? – spytał.

– Bo prawda jest taka, Joe, że wiedziałeś, że wykorzystujesz coś, co jest dla mnie bardzo drażliwym tematem. Gdybyś mi o tym powiedział, nie zgodziłabym się i musiałbyś wyciąć tę scenę. Dlatego tego nie zrobiłeś i zaryzykowałeś, myśląc, że jeśli ci się upiecze, to fajnie. A jeśli nie pójdzie po twojej myśli i wpadnę w szał, to i tak było warto. Co więcej, wiedziałeś, że ja też będę oglądać ten serial razem z naszymi przyjaciółmi, a mimo to nie pomyślałeś, że może dobrze byłoby mnie ostrzec, zanim wpakujesz mnie na minę, bo po co dawać mi okazję do awantury? Cała ta kłótnia i tak jest na nic, bo masz w dupie, jak bardzo czuję się zraniona. Jedyne, co się dla ciebie liczy, to twoja kariera. Mój ból jest jedynie drobną niedogodnością, z którą musisz się jakoś uporać, zanim zajmiesz się ważniejszymi sprawami, takimi jak brunche w Los Angeles z facetami w designerskich okularach, podczas których nikt niczego nie je.

Kiedy skończyła mówić, Joe wyglądał trochę tak, jakby był udręczony, ale też – o dziwo! – pod lekkim wrażeniem. Wreszcie zwrócił na nią uwagę. Najwyraźniej jej wybuch wściekłości sprawił, że po raz pierwszy od dawna naprawdę jej słuchał.

Zastanawiała się, czy zarchiwizował to wszystko w pamięci, aby wykorzystać w przyszłości. Czy prywatność była już tylko iluzją.

„Między nami" przestało cokolwiek znaczyć.

24

Roisin nie zamierzała przerywać ciszy, która zapadła po jej słowach.

– No cóż. Muszę się zbierać na lotnisko, więc nie mamy zbyt dużo czasu – powiedział po chwili Joe. – Zanim się bardziej nakręcimy, chciałbym zasugerować, żebyśmy dokończyli tę rozmowę po moim powrocie. Trochę za dużo tego wszystkiego naraz. Zwłaszcza tutaj. – Skinął na dom.

– No tak, wykręt w stylu: „Ochłoń, wariatko".

– Nie, chodzi mi raczej o brak czasu i fakt, że nie jesteśmy tu sami. Dla Deva to szczególny weekend.

– Ja też bym wolała, żeby to wszystko nie wydarzyło się w ich obecności.

– Posłuchaj, tak naprawdę nie ujawniłem żadnej tajemnicy. Nikt oprócz nas nie wie, że ta scena została zaczerpnięta z twojego dzieciństwa.

Słowa Joego mówiły o nim więcej, niż mu się wydawało. Liczą się tylko pozory, a jej wizerunek na tym nie ucierpiał. Ponieważ tylko ona dostrzegła, że dopuścił się zdradzieckiego plagiatu, to wszystko w zasadzie nie miało znaczenia. Bo ona też już nic nie znaczyła.

– Nawet jeśli tak, to moja mama pewnie się zorientuje, jak obejrzy ten odcinek, nie sądzisz? – Głos jej zadrżał. Ta myśl była dla niej nie do zniesienia.

– Nie obejrzy. Zresztą *WIDZIANYCH* też nie skończyła oglądać.

Joe żywił urazę do swojej przyszłej teściowej, bo miała obojętny stosunek do jego pracy. Lorraine, jak to ona, nie zawracała sobie głowy uprzejmościami, tylko rzuciła bez ogródek: „Nie moja bajka". Boże, czyżby tak chciał się na niej odegrać?

– Nigdy nie wiadomo. Co mam jej powiedzieć, jeśli mnie spyta o tę scenę?

– To raczej mało prawdopodobne – stwierdził, unosząc brew.

– Co masz na myśli?

– Dla niej ta sprawa jest dość krępująca.

Roisin miała wrażenie, że jego hipokryzja zaraz wyjdzie jej uszami.

– Wow, nagle cię olśniło, że to może być naprawdę drażliwy temat? W sumie lepiej późno niż wcale. A nie, czekaj, dla ciebie „późno" i „wcale" znaczy to samo.

– Dobrze wiesz, co mam na myśli! Nie będzie wnikać.

– Tak, wiem, co masz na myśli, bo w przeciwieństwie do ciebie nigdy nie cierpiałam na jakże dogodne zaćmienie umysłu. Wiem, że mama czułaby się strasznie niezręcznie, gdyby miała mnie zapytać, czy przypadkiem dwadzieścia lat temu nie dowiedziałam się o jej otwartym związku i nie opowiedziałam o wszystkim swojemu partnerowi, który następnie zrobił z tego serial, a ona w jednej ze scen rozpoznała siebie.

Joe pokręcił głową.

– Żałuję, że tego lepiej nie przemyślałem, serio. Wtedy w ogóle bym tego nie tykał.

Wal się! – pomyślała Roisin. Jesteś parszywym kłamcą. Żałujesz tylko, że nie przewidziałeś, jak ostro się temu sprzeciwię.

– Czy zważywszy na fakt, że ostatnie trzydzieści sekund odcinka opowiada o prawdziwych wydarzeniach z mojego życia, mogę zapytać, czy ta scena z taksówką również wydarzyła się naprawdę?

– Że co?

– Zostawiłeś szalik w restauracji i wróciłeś tam pieszo, kiedy reszta pojechała taksówką. Dotarłeś do domu późno. To było ze dwa lata temu, prawda? Tamta włoska knajpka, Sesso? Właściwie to równo dwa lata temu, Gina miała chyba wtedy urodziny.

– O co konkretnie pytasz? Czy tamtego wieczoru wróciłem do lokalu i przeleciałem kelnerkę? – rzucił Joe.

– Otóż to.

– Niesamowite. Czy ja mogę się obrazić, że w ogóle o to pytasz, czy nie bardzo?

– Nie pomyślałeś, że ta scena może mnie zirytować i zaniepokoić, skoro już raz wykorzystałeś w scenariuszu prawdziwą historię z mojego życia?

Biorąc pod uwagę ich monogamiczny związek, wykorzystywanie ich wspólnego życia jako materiału do budowania fabuły było naprawdę poniżej krytyki i świadczyło o niepokojąco wielkich, niezaspokojonych samczych pragnieniach. Naprawdę nie przyszło mu do głowy, że może ją tym urazić? Zupełnie jakby z pierwszym podpisanym kontraktem pozbawiono go chirurgicznie empatii.

– Nie, bo sądziłem, że rozumiesz, że to wyłącznie świat fikcji. Ale jeśli koniecznie chcesz, żebym ci to przeliterował, proszę bardzo: wszystko tam jest z-m-y-ś-l-o-n-e, Roisin – odparł Joe. Wyprostował się przy tym na całą wysokość, jakby chciał w ten sposób spotęgować wrażenie, że jest dotknięty do żywego. – W przeciwieństwie do mojego antybohatera nie jestem jakimś seksoholikiem, którego kręci ryzyko. W przeszłości nie dowodziłem też brygadą policjantów obdarzonych niezwykłą percepcją wzrokową.

– Uważam, że moje pytanie było uzasadnione – stwierdziła Roisin. – Ten wątek poboczny z seksowną przyjaciółką dziewczyny głównego bohatera też był trochę poniżej pasa. Jak niby miała się poczuć Gina?

– Nijak, bo to nie o nią chodzi. I nie o mnie. Tam nie było żadnego z nas. Wow. Zaczynam żałować, że nie było mi dane napisać *Emmerdale*. Mogłabyś wtedy zażądać wyjaśnień, kto był pierwowzorem owiec.

– Super. Wspaniale być twoją dziewczyną po tych wszystkich upokorzeniach.

– Twoje pytania są niedorzeczne, więc zasługują na niedorzeczne odpowiedzi. Mnie też nie jest fajnie, kiedy moja dziewczyna tak ostro krytykuje moją pracę. Nie uważasz, że może być mi przykro, że ci się nie podobało?

Jego odzywka była tak egoistyczna, że Roisin mogła jedynie parsknąć.

– Wiesz, co ci tak naprawdę przeszkadza? – kontynuował Joe. – To, że twoje pięć minut minęło.

– Słucham?!

– Oboje wiemy, że przez dłuższy czas miałaś przewagę. Nie dorastałem ci do pięt. Urocza, zabawna, pewna siebie Roisin, świetna w swoim fachu, zawsze w centrum uwagi… Jakim cudem ten spłukany, sarkastyczny pisarzyna od siedmiu boleści ją usidlił? A teraz szum jest wokół mnie. Układ sił się zmienił i tobie się to nie podoba, więc wymyślasz jakieś głupoty.

Niektóre zarzuty płynące z ust osoby, którą się dobrze zna, potrafią być jak dźgnięcie nożem między żebra, jak atak zawodowego zabójcy, który dokładnie wie, jak jednym sprawnym ruchem przebić ważny narząd – zwłaszcza wtedy, gdy człowiek zdaje sobie sprawę, że są prawdziwe. Inne z kolei spadają jak grom z jasnego nieba, pojawiają się znikąd, zupełnie jak frisbee, które przeszywa powietrze, lecąc prosto na nas.

To właśnie było takie frisbee.

– Nie dość, że gadasz od rzeczy, to jeszcze mnie obrażasz. Jestem niezwykle dumna z tego, co osiągnąłeś.

– I dlatego tak się na mnie boczysz, odkąd tu przyjechaliśmy? Twierdzisz, że to *Łowca* tak cię rozzłościł, ale już wcześniej unikałaś mojego spojrzenia. Mam wrażenie, jakbyś tylko szukała pretekstu do kłótni.

– Nie jestem zazdrosna, Joe. Chodzi raczej o to, że nasz związek przestał właściwie istnieć. Zupełnie jakbyś się spakował i wyprowadził. Przez większość czasu traktujesz mnie jak powietrze.

– Masz na myśli fakt, że w tym zwariowanym dla mnie... dla nas... okresie, kiedy walczyłem o zapewnienie nam jakiegoś bezpieczeństwa finansowego, nie okazywałem ci wystarczająco dużo uwagi? Nie skakałem wokół ciebie?

Roisin już się zastanawiała, w którym momencie poruszy temat pieniędzy. Nie zamierzała mu wytykać, jak bardzo mu pomagała przez te wszystkie lata. W miłości nie chodziło o rozliczanie sald.

– Już sam sposób, w jaki o tym mówisz, świetnie obrazuje, co mam na myśli. Nazywasz to „skakaniem wokół mnie", jakbym była jakąś smarkulą. Gówno cię obchodzi, że jestem nieszczęśliwa.

– Kurwa mać! Ta cała kłótnia, do której, w przeciwieństwie do mnie, najwyraźniej się przygotowałaś, jest jedną wielką pułapką. Co mam zrobić? Przyznać się, że jestem zimnym draniem? – zapytał, ale zanim zdążyła odpowiedzieć, dodał: – Naprawdę nie potrzebuję teraz rozdzierania szat, Roisin. Mam przed sobą dziesięć godzin lotu, a potem ciężkie spotkania, które mogą odmienić moje życie. Nasze życie. A ty akurat serwujesz mi coś takiego? Serio? Nie mogłaś z tym poczekać do mojego powrotu?

No i proszę. Joe nawet się nie zorientował, że narzekając na to, że Roisin wtrąca się do jego pracy, sam się podkłada i przyznaje, że stawia pracę wyżej niż ją.

– Gdybym z tym poczekała, powiedziałbyś, że pewnie aż tak mi to nie przeszkadzało i że nakręciłam się podczas twojej nieobecności. Joe, stałeś się dla mnie zupełnie niedostępny. Takie są fakty.

– Okay, cóż, bez względu na to, co mogłem powiedzieć lub zrobić w alternatywnym wszechświecie – zaczął ponownie bez chwili namysłu i spojrzał na zegarek – zaraz będzie tu moja taksówka, a muszę jeszcze napisać liścik z podziękowaniami dla Deva. Czy możemy już na tym zakończyć?

– Ja chcę to zakończyć całkowicie, Joe – rzuciła Roisin, słysząc w uszach szum pulsującej krwi.

Chwila ciszy.

– Chcesz się rozstać?

– Tak.

Letnie powietrze zgęstniało wokół nich.

– Już mnie nie kochasz?

– Nie wiem, czy znam cię jeszcze na tyle dobrze, żeby cię kochać – odparła, próbując z całych sił powstrzymać cisnące się do oczu łzy.

– Ha! Niezły unik.

Joe nie skompromitowałby się, okazując zaskoczenie, a jednak ku swojemu zdziwieniu Roisin czuła, że go zaskoczyła. Dlaczego w ogóle o tym nie pomyślał?

Owszem, spędzili ze sobą prawie dziesięć lat. Ale wciąż byli młodzi, nie wzięli ślubu, nie mieli dzieci. A w tonie tej kłótni, w której żadna ze stron nie szła na ustępstwa i nie siliła się na delikatność, słychać było pewną ostateczność. Jeśli to jeszcze nie był koniec, na pewno się zbliżał. Czy Joe sam do tego nie dążył? Czy sam się z tym nie pogodził? A może chciał, żeby to wyszło od niego?

Ach, moment, pieniądze – pomyślała Roisin. Nawet jeśli Joe nie zachowywał się nigdy jak materialista czy macho, jeśli chodzi o kwestie finansowe, właśnie to było istotą problemu: nikt tak naprawdę nie przypuszcza, że ktoś, kto nie opływa w dostatki, będzie chciał się rozstać z kimś, kto jest bogaty. Do czterdziestki Joe dorobi się fortuny, a Roisin właśnie z niej zrezygnowała.

Pewnie dlatego był tak przekonany, że nie można go rzucić.

– Nie mam teraz do tego głowy. Nie sądziłem, że obudzisz się rano i nagle uznasz, że z nami koniec – stwierdził Joe.

– Wydaje mi się, że nasz związek rozpadł się już jakiś czas temu – odparła Roisin. – Tylko ja to ogłosiłam.

Spodziewała się złośliwej riposty, ostrego zaprzeczenia, ale Joe jedynie wbił w nią swoje ciemne oczy, w których niegdyś widziała tyle głębi.

Czy mogła się w nim ponownie zakochać? Na pewno nie bez jego pomocy.

– To naprawdę zły moment. Możemy o tym pogadać, jak wrócę ze Stanów? – odezwał się w końcu. – Za jakiś tydzień. Góra dziesięć dni.

Roisin przytaknęła ruchem głowy. I tak nie da się tego uniknąć.

Joe wypuścił przeciągle powietrze i podniósł swój kubek. Roisin nagle dopadły wyrzuty sumienia, więc po raz kolejny upomniała się w myślach: „To nie ty wybrałaś czas ani miejsce. To nie ty sprowokowałaś ten konflikt".

– Nie chcę, żeby ktokolwiek zobaczył nas teraz razem. Poczekasz z dziesięć minut?

– Jasne – odparła Roisin.

– Dam ci znać, jak wyląduję – dodał.

– Dzięki – rzuciła sztywno.

Pochylił się i przytulił ją przez chwilę – tak krótko, że nie miała nawet czasu zareagować. I odszedł.

Próbując określić swoje uczucia, patrzyła, jak Joe przemierza trawnik i kieruje się do domu.

Była szczęśliwa, że powiedziała, co miała do powiedzenia. Jednocześnie wstrząśnięta i smutna. Zdruzgotana, że jednak do tego doszło, w dodatku tak nagle, i mimo wszystko niepewna, czy rzeczywiście musiała mu powiedzieć.

Joe wszedł do domu i zamknął za sobą drzwi, a Roisin stała z lekko opuszczonymi ramionami, próbując oswoić się z nową rzeczywistością.

Ogarnęło ją jeszcze inne uczucie, którego w pierwszej chwili nie potrafiła nazwać. Przerażenie. Była przerażona, nawet bardziej niż wczoraj podczas seansu *Łowcy*. Dlaczego?

W brzuchu poczuła dziwny niepokój, towarzyszący przeświadczeniu tak osobliwemu i absurdalnemu, że jej mózg nie chciał go nawet przyjąć do wiadomości. Niemniej brzuch wiedział swoje.

Tamtego wieczoru, kiedy Joe wrócił pieszo z Sesso, wziął prysznic, a on nigdy nie brał prysznica przed snem. Roisin wydało się to wówczas bardzo dziwne. Potem wsunął się jakby nigdy nic pod kołdrę, a kiedy go zapytała zaspana, co się stało, odparł, że po drodze złapał go deszcz. Tyle że wtedy nie padało – no, chyba że Burton Road znajdowała się w najbardziej mikroklimatycznej strefie na ziemi; Roisin uwielbiała spać przy otwartym oknie, a noc była spokojna.

Poza tym podobno ten wieczór zainspirował Joego do napisania pierwszych scen serialu, co trochę kłóciło się z faktem, że w zasadzie nie wydarzyło się wtedy nic szczególnego. Coś jednak zapadło mu w pamięć.

Roisin na próżno próbowała sobie przypomnieć jakąś konkretną, rzucającą się w oczy kelnerkę.

Chociaż spytała go, czy ten epizod ze zdradą był autobiograficzny, nigdy poważnie nie brała tego pod uwagę. Niebezpodstawnie jednak zauważyła, że inni mogą dopuszczać taką możliwość.

A jeśli to się naprawdę wydarzyło? Czyżby zaczynała wariować? Jeszcze do wczorajszego wieczoru wyśmiałaby taki pomysł, uznałaby, że to niemożliwe. Joe nie jest tego typu facetem. Poza tym nie miał ku temu okazji, jak powiedziała swojej terapeutce. Ale nawet gdyby był do tego zdolny, chyba wiedziałby, że to duże ryzyko tak się z tym afiszować?

Tyle że… podobnie zrobił z jej przeszłością. I miał to gdzieś. Uznał, że zwykłe *mea culpa* wystarczy, jeśli zostanie przyłapany na gorącym uczynku. Zdał się na los.

Nagle zalała ją fala mdłości – tak silna, że Roisin myślała, że zwali ją z nóg.

A jeśli Joe nie wejrzał w swoje sumienie, bo go po prostu nie ma?

Co, jeśli najgorszą zdradą, jakiej się dopuścił, wcale nie było to, o czym myśli? Co, jeśli Joe to Jasper?

„Trzeba o mnie wiedzieć dwie rzeczy. Nie mam wyrzutów sumienia. I zrobię to ponownie".

25

– A oto i ona! Czytałaś dzisiejszą gazetę?! – spytał śpiewnym tonem Dev, wręczając Roisin kanapkę z bekonem. Z przenośnego głośnika rozbrzmiewało *Chaise Longue* Wet Leg.

Anita siedziała przy stole i pochłaniała jajka z dużą ilością sosu. Uwielbiała jeść, a Dev uwielbiał gotować – kolejny dowód na to, jak dobrze się dobrali. Roisin miała nadzieję, że jakoś wybrną z tego prokreacyjnego impasu.

Skład Klubu Briana pomniejszył się o dwóch członków, z których jeden przebywał teraz w Londynie, a drugi był w drodze do Los Angeles. Pozostała dwójka jeszcze się nie pokazała.

Ciekawe, co stało się z Mattem, kiedy wsiadł do tego samochodu wyglądającego jak auto porywaczy. Roisin wyobraziła go sobie na czworakach w łazience typu wet room w Soho House, z kneblem w ustach, i Amelię Lee szczekliwym głosem wydającą komendy, podczas gdy Granville przygląda się temu wszystkiemu, zajadając przysmaki z suszonej sarniny.

– Nie… – odpowiedziała Roisin, siląc się na lekko zaciekawiony, choć pewny siebie uśmiech.

Nie chciała psuć ostatnich godzin wielkiego wypadu Deva, dając po sobie poznać, że pokłóciła się z Joem, ale niewykluczone, że miała to wypisane na twarzy. Obawiała się, że i ją ktoś zapyta: „O Boże, co się stało?!", tak jak ludzie odruchowo pytają na widok nieszczęśnika, który myśli, że wygląda normalnie.

Roisin nie potrafiła przekonująco udawać wielkiego entuzjazmu, poza tym byłoby to wątpliwe moralnie. Ograniczyła się więc do udawania stonowanej radości.

Okazało się jednak, że martwiła się niepotrzebnie.

– Hej, musisz posłuchać tych recenzji! – krzyknął Dev, nienaturalnie podskakując od momentu, gdy tylko zjawiła się w kuchni. Przez chwilę wydało jej się to trochę nietaktowne z jego strony, ale pewnie Dev zakładał, że Roisin będzie przeszczęśliwa, słysząc o sukcesie Joego.

Nagle dotarło do niej, że najwyraźniej tylko ona była zaniepokojona mnóstwem osobistych odniesień do ich życia w *Łowcy*. Czyżby Joe miał rację i naprawdę przesadziła z reakcją?

Czyżby fakt, że była nieszczęśliwa w związku, kompletnie wypaczył jej osąd? Czy właśnie dlatego tak wybuchła?

Dev otrzepał dłonie z okruchów, po czym oparł rękę na biodrze i w sposób nieznoszący sprzeciwu zaczął przesuwać palcem po ekranie telefonu.

– O, mam… Rosh, nic, tylko same zachwyty i pięciogwiazdkowe recki. Jedynie „Telegraph" kręcił nosem. Posłuchaj tego… – Dev wyciszył kawałek Wet Leg.

Roisin upiła kawy i spojrzała na kanapkę z chleba na zakwasie pokrytego bekonem, która wyglądała jak gruba poducha wysmarowana ciemnym ostrym sosem.

Świat po prostu śmiał jej się w twarz.

– Okay… okay, no więc niejaki Niall Thingy z „Observera" napisał tak… – zaczął Dev i nabrał powietrza. – „Ja po prostu szufladkuję. Wszyscy to robimy. Każdy ma pewne sfery życia, które oddziela od innych. Tyle że moje są bardziej interesujące od twoich". Tak do kamery mówi tytułowy bohater Jasper Hunter (w tej roli nieprzyzwoicie charyzmatyczny Rufus Tate). Okazuje się, że tylko on, jako jedyny z detektywów, jest w stanie odkryć, kto stoi za serią makabrycznych zabójstw atrakcyjnych młodych kobiet. Jedyną rzeczą łączącą ofiary jest praca na stanowisku kelnerki lub barmanki w jakimś barze czy restauracji. „Najwyraźniej jest ktoś, kto nawet bardziej niż ja nie lubi się dzielić jedzeniem z drugą osobą", żartuje z jawną satysfakcją mrukliwy i szowinistyczny szef Jaspera Nev, w którego rolę wcielił się piosenkarz Shaun Ryder z Happy Mondays. Nawiasem mówiąc, w serialu dowcip ściele się gęsto. Jasper jest zaręczony i bardzo szczęśliwy ze swoją dziewczyną Beccą, ale ma pewien sekret: lubi ryzykowny seks z obcymi kobietami. „Dlaczego to niby takie podniecające, pytają tylko ci, którzy nigdy tego nie próbowali", mówi Hunter po wyjątkowo sprośnej scenie na parkingu, gdzie uprawia seks z zabójczo piękną pracownicą restauracji.

Roisin miała nadzieję, że Dev w tym miejscu przerwie, ale czytał dalej jak natchniony:

– …Gdyby *Łowcę* stworzył mniej doświadczony scenarzysta niż Joe Powell, któremu sławę przyniósł serial *WIDZIANI*, wyszłaby z tego typowa, sztampowa historia nietuzinkowego detektywa borykającego się z osobistymi problemami. Ale Jasper ma (przepraszam za wyrażenie!) jaja i świetnie mu idzie żonglowanie kilkoma rzeczami naraz. *Łowca* stawia przed widzami prawdziwie filozoficzne pytanie: czy zdrada istotnie ma jakiekolwiek znaczenie, jeśli skutecznie się ją ukrywa? Naprawdę dobre filmy gangsterskie skłaniają do zadumy nad naszą fascynacją urokami takiego właśnie stylu życia i radością, jaką czerpiemy, choćby pośrednio, z niekiedy wręcz przyprawiających o mdłości występków...

Dev podniósł wzrok.

– „Przyprawiające o mdłości występki", fajne.

Roisin uśmiechnęła się cierpko.

– ...Podobną fascynację budzi rozkosznie niemoralne podejście Jaspera do przygodnego seksu, choć z początku jego rozwiązła podwójna gra może nas szokować, a nawet brzydzić. Jak twierdzi Jasper, monogamia to cena, jaką społeczeństwo każe nam płacić za spokojne, ułożone życie u boku pokrewnej duszy. Jednak dla niektórych ta cena jest po prostu zbyt wysoka. Po tym godzinnym, trzymającym w napięciu i jakże oryginalnym show wielu z nas z pewnością uzależni się chorobliwie od Jaspera Huntera.

Dev podniósł wzrok.

– I co ty na to?

– Niesamowite – odparła Roisin, choć w duchu dodała: Niesamowite, że tego rodzaju żałosne męskie fantazje wydają się niektórym usprawiedliwione, prawda? I owszem, odpowiem ci Niallu Thingy – otóż ukrywanie skoków w bok bynajmniej nie jest bez znaczenia. A co z prawem Bekki do tego, żeby nie być zdradzaną? Nie chodzi przecież o oczekiwania, jakie ma wobec niego społeczeństwo, ale o to, co on przyrzekł swojej partnerce.

Becca. W jej gardle wezbrała fala mdłości. Potrzebowała czasu i spokoju, żeby uporządkować w głowie wszystko, czego się dowiedziała o Joem. Istniało całe spektrum możliwych rewelacji – poczynając od jego wyjątkowego braku empatii, kiedy nie przygotował jej na wrażliwe treści, zwłaszcza że zaczerpnął różne szczegóły z jej prywatnego życia, a kończąc na tej chorej formie spowiedzi, najgorszej z możliwych zniewag perfidnie ukrytej w świetle reflektorów. Musiała jednak przyznać, że ten ostatni wniosek był dość naciągany i chyba zbyt nierealistyczny, aby dać mu wiarę. W końcu, jak sam powiedział, w przypadku *WIDZIA-NYCH* Joe nie wzorował się na własnych doświadczeniach.

Ale ten prysznic... Po wieczorze w Sesso.

Czyżby po prostu potrzebował zimnego prysznica, żeby wyciszyć skołatany umysł? Hmm. Pewnie o to właśnie chodziło.

O innej możliwości lepiej nawet nie myśleć, jak by powiedziała Lorraine. A jednak Roisin o niej myślała.

26

Roisin usłyszała za sobą hałas, a kiedy się odwróciła, zobaczyła Meredith, jak stoi z założonymi na piersi rękami i najwyraźniej wszystkiemu się przysłuchuje. Miała na sobie jasnobłękitny sweter z naszytymi kreskówkowymi chmurkami jak z czołówki *Simpsonów*. Roisin wyglądałaby w nim pewnie strasznie pretensjonalnie, ale Meredith przypominała ucieleśnienie świeżego powietrza.

— Skoro Dev przekazał już dobre wieści, przejdę do tych złych — oznajmiła, biorąc ze stołu dzbanek i nalewając sobie szklankę soku pomarańczowego. Wprawnym ruchem wycisnęła z blistra dwie tabletki przeciwbólowe, wrzuciła je sobie do szeroko otwartych ust i popiła dużym łykiem Tropicany z miąższem. Kiedy je już połknęła, powiedziała:

— Nie mamy kierowcy na dzisiaj. Gina nie może prowadzić, bo chyba wciąż jest nawalona. Nic dziwnego, skoro wczoraj tyle wypiła, a przecież nie chcemy skończyć jak księżna Di w paryskim tunelu.

— O nie! — odezwała się Roisin, choć w duchu bezczelnie się ucieszyła, że niedyspozycja Giny skutecznie odwróciła zbiorową uwagę od niej.

— Naprawdę jest z nią aż tak źle? — spytała Anita. — W sumie nawet się zastanawiałam, czy się za bardzo nie narąbała, kiedy wyskoczyła z tą propozycją, żebyśmy spędziły mój wieczór panieński w Caesar's Palace, pluskając się w basenie, gdzie można też od razu grać w blackjacka.

– I zamiast Caesar's Palace powiedziała Pisa's Salad. Nie pamięta zbyt wiele z wczorajszego wieczoru – dodała Meredith. – I... może lepiej. – Skrzywiła się.

– Wiecie co, zanim skończyłem z piciem, nie zdawałem sobie sprawy, jak wspaniale jest budzić się bez kaca – wtrącił Dev. – Pamiętam jeszcze te dni, kiedy czułem się tak, jakby ktoś mnie dźgnął zatrutym bułgarskim parasolem.

– Ja w sumie też nie czuję się najlepiej. Chyba wezmę swoją kanapkę na wynos – powiedziała Meredith, wskazując ruchem głowy na talerzyk w ręku Deva.

– Nie ma sprawy.

– Chodź, odwiedzimy ją w kaplicy. – Meredith zwróciła się do Roisin i poprowadziła ją strzelistym korytarzem w kierunku salonu. – Muszę cię ostrzec. Zrobiłam, co w mojej mocy, ale Gina może nie wyglądać tak, jak ją zapamiętałaś. Proces balsamowania zebrał żniwo.

– Słyszałam! – wychrypiała gdzieś z głębi Gina.

– Ale skrzeczy tak samo – skwitowała Meredith.

Roisin się roześmiała.

Gina była ubrana w luźny T-shirt i sięgające kolan bawełniane spodenki. Wydawała się naprawdę maleńka, kiedy tak leżała rozciągnięta na ogromnej sofie – coś jak modna instalacja artystyczna o celowo zachwianych proporcjach. Miała białą, woskową cerę i przylizane włosy.

– Obawiam się, że nie zostało jej dużo czasu – stwierdziła Meredith.

– Daję słowo, w życiu nie miałam gorszego kaca – powiedziała Gina, spoglądając na Roisin. – Nigdy więcej nie tknę alkoholu. Obudziłam się o czwartej nad ranem i nie wiedziałam, gdzie jestem. Potem pasek szlafroka zaczepił mi się o klamkę, tak że nie mogłam się ruszyć, i myślałam, że dostałam zawału.

Roisin parsknęła śmiechem.

– Skup się na dochodzeniu do siebie. Roisin i ja będziemy się zmieniać za kierownicą – zasugerowała Meredith.

Roisin przytaknęła ruchem głowy, choć w duchu się skrzywiła. W swoim wzburzonym stanie bynajmniej nie nadawała się do prowadzenia kapryśnego skansenu na kółkach. Jak tym w ogóle wyprzedzać? Przyjść z kwiatkami i ładnie poprosić?

– O nie, Ethelred nie pozwoli się dotknąć nikomu obcemu. Tylko mnie – zawyrokowała Gina. – Pozbieram się, ale dajcie mi jeszcze godzinę.

– Czy Sunny von Bülow chce się jeszcze napić?

– A kto to taki? Nie, dzięki. I tak zwymiotowałam fantę.

– Mam opłukać miskę?

– Nie, zdążyłam dotrzeć do kominka.

– Co takiego?

– Hi, hi. – Gina zdobyła się na złośliwy uśmieszek. – No, nie do końca... do toalety.

– Skoro humor ci dopisuje, to chyba nie jest z tobą najgorzej – zauważyła Meredith. – Dlaczego właściwie robię za salową?!

Zmrużyła oczy i ściągnęła usta jak mamuśka, której powiedziano, że nachosy, o dziwo, nie wyleczą jej dziecka z grypy żołądkowej.

– Nie, Mer. Czuję się okropnie – odparła Gina. – Pod każdym względem. Poza tym wielu rzeczy nie pamiętam, na przykład serialu Joego!

– Będzie na iPlayerze – pocieszyła ją Roisin, licząc, że jej słowa nie zabrzmiały zbyt lakonicznie.

Gina zniżyła głos.

– Byłam bardzo wredna dla Matta?

– Nie! Tylko… bezpośrednia – wyjaśniła Meredith.

– Ale byłaś wredna dla jego dziewczyny, ha, ha.

– Dla dziewczyny, która wygląda jak Amelia Lee – przypomniała sobie mgliście Gina, zamykając oczy. Leżała zupełnie nieruchomo, jakby wiedziała, że jeśli się poruszy, zwymiotuje.

Meredith i Roisin wymieniły spojrzenia.

– Yyy… ona… – zaczęła Meredith.

– Co? – odezwała się Gina.

– No cóż, zachowywała się jak wielka gwiazda – wtrąciła Roisin. – Jak totalna diwa. Na twoim miejscu nie przejmowałabym się, że ją uraziłam.

Roisin wyjęła ukradkiem telefon i szybko napisała do Meredith na WhatsAppie:

Skoro tego nie pamięta, lepiej jej nie przypominać.
Poczekajmy, aż wrócimy bezpiecznie do domu,
a Gina wyjdzie z intensywnej terapii x

Bardzo słusznie, przeczytała w odpowiedzi.

Zostawiły Ginę w spokoju, a same poszły grać w krykieta na trawniku przed domem. Kije i piłkę znalazły w szafce.

W końcu, mniej więcej po godzinie, zjawiła się Gina – ubrana, spakowana, w chustce na głowie – i oświadczyła:

– Dziewczyny, chyba mogę już jechać, ale musimy wyruszyć teraz, zanim mój żołądek albo tyłek się rozmyślą.

Na te słowa pobiegły po swoje bagaże i szybko pożegnać się z Devem i Anitą. Roisin nie chciała jednak wyjść na nieuprzejmą, więc nie pozostało jej nic innego, jak wylewnie podziękować gospodarzowi.

– Jesteś i zawsze będziesz naszym najukochańszym kierownikiem oddziału – powiedziała, cmokając Deva w policzek.

– O tak, różą Bolton. Żadne podziękowania nie oddadzą naszej wdzięczności – dodała Meredith.

– Ach, bez przesady. Tylko dzięki wam ten wypad był taki niesamowity. Zwariowany, ale niesamowity.

Roisin zrozumiała, że w sumie dobrze się stało, że *Łowca* przypadł Devowi do gustu. Musiała przyznać, że była samolubna.

– Żadnej muzyki – odezwała się Gina, odpalając silnik. – Potrzebuję spokoju i absolutnej ciszy. Na tyle, na ile to możliwe.

Wrzuciła ze zgrzytem bieg i wprawiła niezbyt skory do współpracy pojazd w ruch. Pomachały Devowi i Anicie.

– Do widzenia, Benbarrow – powiedziała Meredith i odwróciła się ponownie w kierunku drogi. – Do następnego razu.

Rzadko się zdarza, żeby ktoś wypowiadał te słowa, mając świadomość, jak bardzo mijają się z prawdą. Niemniej w przeciwieństwie do malowniczej wyspy czy też domu wczasowego, czy jakiegokolwiek innego miejsca, do którego potencjalnie można by w każdej chwili powrócić, pobyt w Benbarrow Hall był niewątpliwie jednorazową przygodą.

Kiedy oddalały się drogą biegnącą w dół zbocza, Roisin znowu się odwróciła i po raz ostatni objęła wzrokiem to architektoniczne cudo, starając się oswoić z ostatecznością tego pożegnania.

Ciekawe, jak za kolejne dziesięć lat będą wspominać ten weekend. Ona z całą pewnością wiedziała, jak go zapamięta.

Jak brzmiała ta klątwa? *Wszyscy kochankowie, którym przyjdzie tu ochota na amory* – cokolwiek to znaczy – *skończą tragicznie?*

Roisin pomyślała o swoim rozstaniu z Joem, o sprzeczce Matta i Giny i o niespodziewanej wizycie Ruby. Wydawało jej się, że tylko Dev i Anita wyszli z tego bez szwanku… dopóki nie porozmawiała z Meredith. Starała się nie drżeć na samą myśl.

Czy ludzie naprawdę się tu pobierali, nie sprawdziwszy wcześniej tej historii o duchach? Nie żeby się tym jakoś specjalnie przejmowała. Ale przecież żyją w świecie, w którym w hotelach nie ma trzynastego piętra.

Odblokowała telefon i wpisała w wyszukiwarce Google „Klątwa Benbarrow Hall", robiąc przy tym kilka literówek, kiedy volkswagen podskakiwał na wybojach. O dziwo, nie znalazła ani jednego wpisu, który zawierałby tę frazę.

27

Mniej więcej na wysokości Preston wszystkie telefony zabrzęczały jednocześnie, co zwykle oznaczało, że ktoś z Klubu Briana wysłał wiadomość na ich WhatsAppowym czacie.

Roisin spojrzała na powiadomienie.

Matt McKenzie opuścił grupę: KLUB BRIANA

Mimowolnie wciągnęła gwałtownie powietrze i przeniosła wzrok na Meredith.

– Co jest? O co chodzi? – spytała Gina, po czym zerknęła na swój telefon zamocowany w uchwycie na desce rozdzielczej.

– O nic – odparła Meredith. – To tylko Dev. Chciał się jeszcze raz pożegnać.

– To dlaczego Roisin ma taką smutną minę? – Gina zmierzyła ją wzrokiem w lusterku wstecznym.

Cholera, moja głupia twarz – pomyślała Roisin.

– Okay, no więc Matt opuścił grupę. Zwykły foch, wróci – stwierdziła Meredith.

– Opuścił Klub Briana? – spytała wyraźnie zdziwiona Gina.

Samochód odbił gwałtownie w lewo i prawie zjechał z pasa.

Meredith się skrzywiła.

– Ano – rzuciła, siląc się na nonszalancję.

– Cóż, krzyżyk na drogę, Matt – powiedziała po chwili Gina z niespodziewaną przekorą. Najwyraźniej szła w zaparte. Roisin i Meredith nie odezwały się ani słowem, nie chcąc drażnić Giny, która wiozła je do domu i była już wystarczająco rozdrażniona.

– Na pewno spławia wszystkich starych znajomych na życzenie tamtej kobiety. To, że się na to godzi, wiele o nim mówi.

Zważywszy na fakt, że Gina nie pamiętała, kim właściwie jest Ruby, mogło być w tym więcej prawdy, niż sądziła. Niewykluczone, że na czas trwania ich romansu Amelia kazała mu się trzymać z daleka od zgrai lubiących wypić, niedyskretnych i w różnym stopniu wrogo nastawionych do niej przyjaciół.

Ale żeby od razu wypisywać się z grupowego czatu?

Myśl, że Matt mógł ich opuścić na zawsze, była dla Roisin bardzo bolesna. Aż do tej chwili miała nadzieję, że wszystko da się jeszcze naprawić. Cały konflikt z początku wydawał się dość prozaiczny, ale może zbyt łatwo pozwolili, żeby sytuacja wymknęła się spod kontroli – coś jak wózek golfowy pozostawiony bez hamulca. Może jeszcze dałoby się go złapać, gdyby puścić się biegiem, tyle że akurat zmierzał prosto na zderzenie z pędzącym pociągiem.

Roisin czuła się trochę jak zdrajczyni, ale naprawdę nie uważała, że Matt zasługuje na takie pogardliwe traktowanie. Gdyby Gina spała w koszulce nocnej, bez wątpienia zostałby uznany za bohatera. I na pewno każdy, przynajmniej raz w życiu, wysłał coś przypadkowo przez telefon schowany w kieszeni. Gdyby Gina nie była tak przewraźliwiona, tamta lawina obrazkowych kup wydałaby się jej przezabawna.

Owszem, dziewczyna Matta zjawiła się bardzo nie w porę. Gdyby jednak Matt zapytał Deva, czy może z nią przyjechać, ten na pewno nie miałby nic przeciwko. Czym więc tak naprawdę zawinił? Tym, że nie przewidział kapryśnych humorów „celebrytki z branży artystycznej" i nieograniczonej dyspozycyjności szofera, który był do jej usług o każdej porze? Roisin miała wrażenie, że nie popełnił aż tak dużej gafy, jak się wszystkim wydawało. Po prostu ich grono po cichu stwierdziło, że przez wzgląd na uczucia Giny nie powinien przyprowadzać swoich panienek na spotkania Klubu Briana, bo według niej to było bardzo nie fair.

Poza tym Matt próbował im powiedzieć o Ruby z Hinge'a – ale przez swoją całkowitą, godną podziwu niechęć do przechwałek, a także gruboskórność Joego nie udało mu się ostrzec przyjaciół.

W głowie już słyszała kpiący głos Joego: „Powiedz, czym konkretnie ten dandys tak cię ujął?".

W tej kwestii Roisin również doszła do pewnego wniosku. Awersja Joego do Matta, który był w jego oczach zwykłym aroganckim bubkiem zabiegającym o uwagę, służyła jedynie do tego, aby ukryć, jak bardzo go dotyka, że tak naprawdę Matt wcale o nią zabiegać nie musiał.

Niewykluczone, że u podstaw tej serii niefortunnych zdarzeń leży jakaś głębsza prawda, jakiś poważniejszy problem. Być może Joe ma rację: jeśli ktoś, jak w tym przypadku Gina, zbyt często przebywa w towarzystwie osoby, którą kocha i której nie może mieć, to nieuniknione jest, że będzie cierpiał.

Roisin mimo wszystko nie pochwalała rezygnacji Matta z ich klubu akurat teraz. To było zupełnie nie w jego stylu – z pewnością nie chciałby urazić Deva, dając mu odczuć, że wypad do Benbarrow zepsuł ich relacje.

Cała ta sprawa musiała go bardzo zaboleć, skoro posunął się do takich kroków. Roisin pamiętała, jak Dev powiedział, że nie będzie problemu, jeśli pojedzie z Ruby. Żadne z nich nie poprosiło też, żeby jednak został.

Kiedy dotarły do przedmieść Manchesteru, ekran w telefonie Roisin znowu się rozświetlił. Tym razem tylko u niej.

Cześć, R. Rozmawiałem już z Devem, ale chciałem ci osobiście wszystko wyjaśnić: na jakiś czas wycofam się z życia naszej paczki. Naprawdę strasznie mi przykro, że spieprzyłem ten weekend, i myślę, że wam wszystkim przyda się krótki odpoczynek ode mnie ☺ Oczywiście pozostanę w kontakcie. Dev nalega, żeby się spotkać i wybić mi to z głowy. Wiem, że ma najlepsze intencje, ale naprawdę tego nie chcę — już postanowiłem. Nie chcę, żebyście za wszelką cenę próbowali mnie od tego odwieść. Serio, daleko mi do robienia dramatów, po prostu uznałem, że najlepiej będzie oddzielić wszystko grubą kreską. Trzymaj się. Matt x

Roisin nie dała się nabrać: gdyby Matt rzeczywiście chciał jedynie odpocząć, wyciszyłby ich grupowy czat albo skorzystał z opcji opuszczenia grupy po cichu i nikt by się nawet nie zorientował. On zwyczajnie nie chciał już z nimi gadać i nie chciał, żeby go zapraszano na wspólne wyjścia. Ta wiadomość była tylko bardziej rozbudowanym pożegnaniem, żeby nieco wszystko załagodzić.

— Nie obraź się, ale nie wysiądę — rzuciła Gina, kiedy zajechały przed eleganckie kamienne wazony po obu stronach schodów wiodących do dawnej kaplicy (objętej obecnie ochroną zabytków), w której teraz mieściło się mieszkanie Joego i Roisin. „Zróbmy coś szalonego, zanim przeniesiemy się na przedmieścia" — zaproponował Joe po wstępnych oględzinach. Ponieważ głównie on za to płacił, Roisin uznała, że decyzja i tak należy do niego.

Już na sam widok tego budynku poczuła się jak niegodziwy, zdemaskowany szarlatan. Oto jej dom, kupiony za pieniądze jej chłopaka, które ten zarobił na pisaniu o życiu erotycznym jej matki. I być może też swoim...

— Daj spokój, Gina, w końcu dowiozłaś nas cało do domu! – odparła Roisin, po raz kolejny kryjąc się za fasadą wymuszonej, fałszywej wesołości. – Zasługujesz na Krzyż Jerzego. Właściwie to powinni go jakoś przemianować na twoją cześć.

— Dzięki, Rosh – powiedziała Gina, posyłając jej znużone spojrzenie spod chusty na głowie. – Przyznam, że już się cieszę na myśl o gorącej kąpieli, kojącej maseczce na twarz i McDonaldzie z Uber Eats.

Meredith wysiadła z auta i odsunęła drzwi, po czym pomogła Roisin wygramolić się ze środka i wydobyć jej walizkę.

— Tobie też Matt przysłał wiadomość z wyjaśnieniem? – spytała bardzo cicho, celowo nie odwracając głowy, kiedy obie zmierzały w stronę frontowych drzwi.

— Tak! Wszystko wymknęło się spod kontroli.

— Musimy go jakoś udobruchać – stwierdziła Meredith. – Pewnie myśli, że jesteśmy wściekłe jak... – Tu skinęła nieznacznie głową w kierunku Giny. – Bardzo ją kocham, ale jeśli chodzi o McKenziego, musi trochę wyluzować.

— Racja – przyznała z ulgą Roisin. – Choć wątpię, żeby Matt dał się przekonać.

— Hmm.

Wyczuwając wahanie Meredith, Roisin przystanęła z kluczami w dłoni.

— Wpadnij do nas – rzuciła w końcu Meredith. – W przyszły piątek. Na kolację. I na porządną rozmowę. Bez Joego. Kiedy w ogóle wraca?

– Za tydzień. Wpadnę. Dzięki… – odparła Roisin. Po raz pierwszy w dziejach ich przyjaźni padły słowa: „bez Joego". Jego obecność była zawsze mile widziana i uważana za coś oczywistego.

– Świetnie. Trzymaj się. – Meredith zamknęła ją w mocnym uścisku.

Kiedy do Roisin dotarło znaczenie tej krótkiej wymiany zdań, starała się nie wybuchnąć płaczem, wtulona w jej ramię. Nie zdawała sobie sprawy, jak bardzo jest załamana, dopóki ktoś nie poruszył tego tematu.

28

Ukryła uczucia za szerokim, acz wymuszonym uśmiechem, machając im energicznie na pożegnanie.

Meredith wiedziała. Wiedziała już od jakiegoś czasu. Nie znała, rzecz jasna, wszystkich szczegółów. I na pewno nie wiedziała o decyzji podjętej przez Roisin. Właśnie o tym miały porozmawiać przy kolacji.

Roisin znajdowała się teraz w dziwnym stanie. Z jednej strony czuła ulgę, bo ktoś inny również dostrzegł chłód i obojętność Joego, z drugiej jednak było jej wstyd. Jak się tak zastanowiła, nie przypominała sobie, żeby Meredith miała coś do powiedzenia na temat *Łowcy*.

Popchnęła drzwi do mieszkania i aż krzyknęła, kiedy wpadła na postawnego mężczyznę w bluzie stojącego po drugiej stronie.

– TO JA! TO JA! NIE WZYWAJ GLIN! – rzucił dryblas. Facetem okazał się Cormac, elektryk, któremu powierzyli klucze do mieszkania, żeby pod ich nieobecność skończył wymieniać instalację.

– Przepraszam, sorki – odparła Roisin, kiedy w końcu przestała panikować.

– Została mi jeszcze jakaś godzina pracy – powiedział Cormac. – Wyjazd się udał?

– Tak, dziękuję. Było całkiem fajnie.

– A gdzie luby?

– Już w powietrzu – oznajmiła przepraszająco Roisin.

– Hollywood wzywa.

– Niewiarygodne. Po prostu niewiarygodne.

Cormac był wielkim fanem WIDZIANYCH i podczas pierwszego spotkania, kiedy przyszedł sprawdzić, co jest do zrobienia, przez dobre czterdzieści pięć minut zasypywał Joego pytaniami.

Normalnie Joe zareagowałby nerwowo na tego typu spontaniczny wywiad, ale Cormac był nim tak szczerze zafascynowany i wyjątkowo dobrze poinformowany, że ostatecznie wręcz się tym rozkoszował.

Roisin żałowała, że chwilowo nie może się tak porozkoszować prywatnością w swoim własnym domu.

– Porządnie zabezpieczyłem, bo raczej nie chciałabyś paradować z tym na szyi – powiedział Cormac, wskazując gestem kolosalny stylowy okrągły żyrandol. Joe zażyczył sobie, żeby zawisł nad stołem w jadalni.

– Ha, ha, racja – zgodziła się z nim Roisin.

Zostawiła bagaże na progu salonu, wymamrotała radośnie: „To zostawię cię z tym" i czmychnęła na górę, gdzie mogła się bezpiecznie zamknąć w sypialni.

Opadła na łóżko z telefonem w ręce i zapatrzyła się ponuro na ścianę.

Kiedy Joe zatrudnił Cormaca, uważała, że godzenie się na jego pracę w niedzielę i to za półtorej stawki jest głupotą, ale Joe uwielbiał grać „pana na włościach" i obstawał przy swoich planach remontowych.

Na stoliku nocnym, tuż obok paprotki, stało oprawione w ramkę zdjęcie. Jak wszystkie fotografie z gatunku tych niepozowanych i jednocześnie bardzo pochlebnych, ta również uwieczniała jedną z autentycznych chwil, kiedy wydawali się bardzo szczęśliwi.

Rok temu byli w Yorku na ślubie szkolnego kolegi Joego, któremu fotograf dostarczył setki zdjęć. Napstrykał je, krążąc między gośćmi i fotografując ich z zaskoczenia podczas wesela. Młoda para – Jim i Liddy – przysłała im właśnie to, dodając: „Wyglądacie na nim jak gwiazdy filmowe!". Zostało zrobione akurat wtedy, kiedy słuchali wygłaszanych kolejno przemów. Joe siedział przy stole w zrelaksowanej pozie z łokciami wspartymi na oparciu krzesła i na wpół otwartymi ustami, jakby się z czegoś śmiał, przez co jego kości policzkowe były wyraźnie zarysowane, a wokół oczu miał siateczkę drobnych zmarszczek. Roisin wyglądała wprost anielsko w greckim warkoczu zdobiącym jej głowę niczym wieniec. W tym konkretnym momencie była już trochę wstawiona i opierała głowę na ramieniu Joego raczej ze zmęczenia, a nie, jak mogłoby się wydawać, w wyrazie uwielbienia.

Tamten dzień nie należał dla nich do udanych, pomimo szczęśliwego trafu, dzięki któremu powstał ten portret. Joe był nie w sosie, bo musiał się zadawać z ludźmi z dawnych lat, „z którymi niewiele go już łączyło". Kiedy stał w pokoju hotelowym i wiązał sobie krawat, zacytował Tony'ego Soprano:

– Wspominki to najprymitywniejsza forma rozmowy.

Roisin najchętniej odwróciłaby zdjęcie frontem do ściany, żeby przestało z niej drwić, ale się nie ośmieliła. Pewnie zapomniałaby o tym, a kiedy Joe wróciłby w nocy z lotniska, uznałby to za jednoznaczny akt agresji.

Nagle przypomniała sobie o uścisku Meredith. Miała ochotę wyć i zalać się łzami, jednak z powodu wcześniejszych ustaleń Joego, które teraz wydawały jej się sprytną formą ucisku, wolała nie ryzykować. Nie mogła się pokazać z opuchniętą twarzą, pociągając nosem, kiedy Cormac zapuka do drzwi, żeby się pożegnać.

W mimowolnym odruchu odblokowała telefon, a potem bez większego entuzjazmu znalazła aplikację do śledzenia lotów, z której korzystała, żeby mieć łączność z Joem, kiedy ten przemierzał świat. Według niej obecnie znajdował się gdzieś nad północną Kanadą.

Uświadomiła sobie, że nie napisał do niej z lotniskowej poczekalni. Ale z drugiej strony takie zwykłe, codzienne interakcje już ich nie obowiązywały. Poza tym każde jego słowo byłoby obciążone balastem przeszłości, więc rozumiała, dlaczego wolał nic nie pisać.

Mimo wszystko nie mogła tego tak zostawić. Spojrzała na jego imię na liście WhatsAppowych kontaktów i przeczytała:

Widziano dzisiaj o 10:48

Zatem kilka godzin po ich rozstaniu na trawniku Benbarrow Hall rozmawiał z kimś innym. Czatował z tą osobą aż do boardingu o jedenastej. Tylko z kim? Chodziło o pracę? Pewnie tak. Czy raczej o sprawy prywatne? Może skorzystał z darmowego drinka przysługującego pasażerom biznesklasy i zadzwonił do swojego najlepszego kumpla Doma, żeby mu powiedzieć, że Roisin z nim zerwała. Chociaż nie, jego duma by mu na to nie pozwoliła. Na pewno nie teraz, kiedy wszystko było jeszcze takie świeże.

A co... jeśli kontaktował się z inną kobietą? Roisin poczuła się nagle tak, jakby weszła na ruchomy chodnik, ale źle oceniła jego prędkość, więc porwał ją do przodu, a ona ledwie się na nim trzymała.

Nie znała wcześniej tego uczucia. Mogła szczerze przyznać, że Joe nigdy nie dawał jej powodów do zazdrości. Jego podziw dla Giny nie budził jej obaw właśnie dlatego, że Joe nigdy nie przekroczył żadnej granicy ani nie okazywał niestosownego zainteresowania jej osobą.

A jednak twoja partnerka zawsze ma tę jedną szczególną przyjaciółkę...

Roisin tak naprawdę nie wiedziała, czy to, co czuje na myśl o Joem uwikłanym w romans z jakąś tajemniczą kobietą, to zazdrość. Powiedziałaby raczej, że strach przed nieznanym i dezorientacja podszyta niepewnością. Kto wie, może najpierw trzeba przejść przez te etapy, zanim człowiek poczuje się zazdrosny?

A może po prostu trochę świrowała, bo rozstała się z facetem, z którym była przeszło dziewięć lat, i jeszcze zbiegło się to w czasie z premierą jego erotycznego serialu? Całkiem możliwe.

Westchnęła głęboko: biedny Dev chciał uczcić dziesiątą rocznicę Klubu Briana, a tymczasem wyprawił mu stypę za bagatela dwanaście kawałków. Postanowiła nie wspominać nikomu o rozstaniu z Joem tak długo, jak się da, żeby tego nie łączyć z wypadem do Benbarrow.

Choć Dev pewnie i tak się zorientuje, że właśnie tam ostatni raz pokazali się wspólnie.

Roisin przewinęła listę kontaktów w telefonie do litery M i jeszcze raz przeczytała wiadomość od Matta. Jednak żadna poważna odpowiedź nie wydawała jej się odpowiednia.

Nagle przyszło jej do głowy coś głupiego i ostatecznie stwierdziła: „A co tam!".

Zaczęła przeszukiwać repertuar dostępnych emotek, aż w końcu znalazła kupę z sercami zamiast oczu i ją wysłała.

Odpowiedź przyszła natychmiast – tylko jeden znak:

29

– Wiem, że wydaje się, że do egzaminów końcowych jest jeszcze szmat czasu, ale to nieprawda – oznajmiła Roisin galerii pustych czternastoletnich twarzy zamarłych w katatonicznym stuporze.

Pamiętała, że ją kiedyś też tak straszono i efekt był podobny.

– Wiele rzeczy może wam stanąć... – na moment umilkła, szukając właściwego słowa – na przeszkodzie...

Słowo „stanąć" wywołało w klasie tłumione śmiechy i parskania, które Roisin spokojnie przeczekała.

– ...ale wystarczy, że dacie z siebie jeszcze tylko trochę... Znowu chichot.

– ...a w przyszłym roku opłaci wam się to z nawiązką.

– Chce pani powiedzieć, że jakoś z a l i c z y m y? – zapytał Amir, szturchany przez swojego kumpla Pauly'ego, który rzucił do niego: „Nie wierzę, stary!".

Roisin przechyliła głowę i posłała Amirowi swoje opatentowane groźne belferskie spojrzenie. Dzięki temu zyskała na czasie. Napięcie opadło i już nikt się nie wdawał w dalsze dyskusje.

Gdy Roisin była jeszcze nieopierzoną, entuzjastyczną nowicjuszką, przyrzekała sobie, że nie zacznie się uciekać do tak wyświechtanych metod. Wykazywała zapał jak nauczyciel ze *Stowarzyszenia Umarłych Poetów*. Zamierzała zmieniać uczniów i inspirować ich pomysłowością swoich zajęć, tak porywających, że sami z siebie zaczną się dyscyplinować. Ha, ha, ha, ha, ha.

Kiedy się już zahartowała po zderzeniu z rzeczywistością codziennej rutyny, odkryła też, skąd się w ogóle biorą stereotypy na temat nauczycieli. Jedynym prawdziwym celem, jaki im przyświecał, było bowiem skłonienie uczniów, żeby: 1. wreszcie się zamknęli i 2. uważnie słuchali. Wszystko, co udało się zrobić ponad to, uchodziło za wyczyn przekraczający wszelkie oczekiwania.

To była ostatnia lekcja tego dnia, ostatni tydzień przed wakacjami. Zaangażowanie było nikłe, zniecierpliwienie ogromne. W tej sytuacji utrzymanie kontroli nad uczniami było jak próba przeprawienia się z wózkiem sklepowym ze zwichrowanym kółkiem przez wąski most rozpięty nad basenem, w którym pływały rekiny.

– Pauly, jestem ciekawa, co myślisz na temat postawy Pipa w tym rozdziale. Im większą zyskuje świadomość społeczną, tym bardziej czuje się zażenowany zachowaniem Joego. Czy według ciebie Pip traktuje Joego z góry, czy…?

Kiedy Roisin zdała sobie sprawę, jaki popełniła błąd, było już niestety za późno.

– Psorko, a czy pani mąż nie nazywa się przypadkiem Joe? Przepraszam, pani chłopak – odezwał się Amir. – Widziałem jego nazwisko w napisach końcowych. Tego serialu.

Serce Roisin zaczęło walić jak młotem. Jakoś udało jej się przetrwać ten dzień bez choćby jednej wzmianki o *Łowcy* nawet podczas lunchu w pokoju nauczycielskim. Na szczęście okazało się, że gorączkowa końcówka półrocza, kiedy trzeba podopinać wszystkie sprawy, to jednak nie to samo, co cicha, spokojna połowa semestru.

— Nie twoja sprawa! – warknęła Roisin.

Amir rzucił pod nosem: „Łooo", wywołując tym samym efekt domina. Roisin od razu zrozumiała, że sama się podłożyła, zdradzając swoją drażliwość na punkcie tego tematu. Mogłaby wyznaczyć nagrodę za głowę każdego, kto jeszcze raz ośmieli się zakłócić jej lekcję. Takim jak oni nie wolno okazywać słabości.

— Pip kontra Joe… – powtórzyła, siląc się na stanowczy ton. – Czyj to telefon?

Jej wzrok powędrował w kierunku przerażająco asertywnej królowej balu Caitlin Merry.

Niektóre dzieci były swoimi zalążkowymi, tylko z grubsza zarysowanymi dorosłymi wersjami – Roisin też kiedyś podpadała pod tę kategorię. Była takim jakby nieśmiałym szkicem przyszłej Roisin. Z poczwarki przeobraziła się w motyla dopiero około dwudziestego roku życia, a swoje pewne siebie, buntownicze stadium osiągnęła mniej więcej wtedy, kiedy poznała Joego.

Inni z kolei mieli w pełni ukształtowane tożsamości już jako nastolatkowie. Caitlin Merry należała właśnie do tej grupy. Roisin jak najbardziej potrafiła ją sobie wyobrazić jako kobietę w średnim wieku; miała czternaście lat, a zachowywała się jak czterdziestosiedmiolatka.

Ociekała pełną znużenia pogardą dla nauczycieli, niemniej Roisin była pewna, że już za kilka lat dołączy do grona tych byłych uczniów, którzy będą ją wołać z drugiego końca sklepu, żeby się wylewnie przywitać, a na jej twarzy będzie się malowało szczere zdziwienie, że czas tak szybko minął, jak również skrucha, że dawniej była taką zołzą. Zabawne, jak schematy lubią się powtarzać.

— Nie mój! Na lekcjach mam zawsze włączony tryb samolotowy. Takie są zasady, prawda? – odparła Caitlin, jakby wyjaśniała trygonometrię komuś niezbyt lotnemu.

– To dlaczego słyszę głos Adele dobiegający mniej więcej z miejsca, w którym siedzisz? – spytała grzecznie Roisin.

– Może tak bardzo lubi pani jej muzykę, w sam raz dla mamusiek popijających prosecco, że w kółko gra pani w głowie? – rzuciła Caitlin zblazowanym tonem, wywołując zbiorowy śmiech.

– Ha, ha. Wyłącz go, proszę.

Caitlin przewróciła teatralnie oczami, nieprzerwanie żując gumę, i otworzyła torbę. Wygrzebała z niej telefon w etui ze zdjęciem jej mocno przefiltrowanej twarzy przytulonej do twarzy nachmurzonego starszego chłopaka, po czym odwróciła go ekranem do Roisin.

– Widzi pani? Nie mój. Doczekam się przeprosin?

– To czyj? – spytała Roisin.

Zapadła cisza, zakłócana jedynie przez metaliczne dźwięki piosenki *Set Fire to the Rain*.

Amir zaczął cicho podśpiewywać razem z Adele.

– No dobrze, albo zaraz to ucichnie, albo wszyscy zostaną po lekcjach. Jak będzie?

W klasie rozległy się gwizdy i głośne głosy sprzeciwu podobne do tych, które na ogół można usłyszeć w parlamencie, kiedy jakiś poseł zada premierowi absurdalne pytanie.

Roisin wiedziała, że to marna groźba: tuż przed wakacjami wdrażanie skomplikowanej procedury pisania listów do rodziców i powiadamiania ich o karze za nieuczestniczenie w lekcji nie miało po prostu sensu. Możliwości sprawcze zawsze były mniej istotne niż właściwa postawa. Tylko spokojnie.

Jak kiedyś zauważył jeden z jej patologicznie pesymistycznych kolegów z pracy imieniem Andy, przekonanie trzydziestu osób, że ta jedna, stojąca przed nimi, ma większą władzę, jest jedynie złudzeniem.

– Ta banda kurdupli mogłaby cię zabić, gdyby chciała – oznajmił z rozbawieniem.

– A potem każdy z nich trafiłby na wiele lat za kratki – dodała Roisin.

– Są za młodzi, żeby ich skazać, poza tym ich prawnicy rozdzieliliby ciężar winy, tak że dużo by nie zostało. Posiedzieliby w pace krócej niż ja na Krecie podczas urlopu.

– Dzięki Bogu, nasze dzieciaki z Cheadle nie są doszczętnie pozbawione sumienia, żeby bawić się z nami we *Władcę much*.

– Powiedział ktoś, kto nie uczył dziesiątej E…

To nie był dobry moment, żeby wracać pamięcią do tamtej rozmowy, zwłaszcza że właśnie kompletnie straciła posłuch u rzeczonej 10E.

– Ostatnia szansa. Czy ktoś się przyzna do puszczania Adele, czy wszyscy chcecie mieć kłopoty? – spytała z dłonią wspartą na biodrze.

– Psorko, psorko! – rzucił Amir. – Jaka piosenka leciała pod koniec serialu pani chłopaka…? To nie była przypadkiem Metallica?

– Wtedy, gdy tamten koleś zabawiał się z kelnerką za plecami swojej dziewczyny… – dodał w ramach wyjaśnienia Pauly, który czuł, że powinien pociągnąć wątek. – O co w tym chodziło?

Na ogół Amirowi i Pauly'emu nie udawało się wyprowadzić Roisin z równowagi. Teraz jednak miała problem ze znalezieniem na nich jakiegoś innego sposobu. Zwykła reprymenda najwyraźniej nie wystarczy, a jawny wybuch złości zdradziłyby tylko, że temat jest dla niej drażliwy.

O dziwo, w tej samej chwili piosenka Adele ucichła, a żołądek Roisin aż się skręcił, bo wiedziała, że to nie jest dobry znak.

30

– O Boże, jakie to było obleśne – zadrwiła z udawaną odrazą Zoe Farmer. – A fuuuj. Staruchy uprawiające seks, ha, ha, ha.

– No, a ta scena w toalecie? – rzucił ze śmiechem Logan Hughes.

O nie, Roisin kompletnie o nim zapomniała. Z początku nie był w jej klasie, ale niestety miesiąc temu został przeniesiony z innej, bo prawie z każdym się w niej pobił albo przespał. Ostatecznie jego wychowawca musiał zacząć przyjmować beta-blokery.

Na takich jak on Wendy Copeland też miała specjalną nazwę: PSSR, czyli „przyszła sprawa sądu rodzinnego".

– Psorko, pamięta pani, jak nam mówiła, że Charles Dickens pisał o swoim życiu? – odezwał się Amir. – Czy pani chłopak robił dużo sprośnych rzeczy z tego serialu?

Roisin powinna wiedzieć, jak zakończyć tę farsę; ale nie wiedziała. Nie zrobiła symulacji, jak zareagować, gdy grupa czternastolatków zacznie wypytywać ją o fantazje erotyczne jej partnera. Za późno na udawanie, że nic się nie stało.

Tak to jest, kiedy się traci kontrolę nad klasą: sprawa nabiera własnej dynamiki i albo się to w porę zatrzyma, albo nie ma już potem ratunku. Dzieciaki podbechtywały się nawzajem choćby dlatego, że znacznie trudniej jest wskazać winnego, jeśli wszyscy są zamieszani w ten sam proceder.

Roisin odwróciła się twarzą do tablicy pod pretekstem, że chce coś napisać. Jednak dłonie trzęsły jej się tak bardzo, że musiała zarzucić ten pomysł.

Właśnie w tej chwili wyczuła zbliżającą się katastrofę.

– Okay – powiedziała drżącym głosem, a kiedy znów odwróciła się do klasy, na twarzach uczniów ujrzała wyrazy zdumienia, fascynacji i złośliwej satysfakcji.

Mieli ją.

Logan wyjął iPhone'a i odpalił fragment serialu; nagle rozległo się sapanie i pojękiwanie. Podkręcił głośność na ful, tak że całą salę wypełnił głos Jaspera:

„Lubisz to? Powiedz, że to lubisz!".

Roisin jakby słyszała Joego, który tak właśnie mówił do niej w intymnych chwilach. Od czasu premiery serialu nie wracała pamięcią do tego trwającego kilka sekund „hołdu" dla jej osoby. Było tak wiele trudnych spraw, o których wolała nie myśleć, że nic dziwnego, że jej to umknęło.

Z trudem łapała oddech. W ramionach czuła kłujący ból i miała wrażenie, że zaraz ugną się pod nią kolana. Zaczęła tracić kontakt z rzeczywistością, a klasa, w której się znajdowała, stała się jakby scenerią. Przestała się przejmować swoim wyglądem, starała się już jedynie przetrwać. Chwyciła się mocno biurka i nagle zrozumiała, że ma atak paniki. To już drugi w jej życiu: pierwszego doświadczyła w wieku szesnastu lat, kiedy zobaczyła, jak jej brat Ryan biegnie w jej stronę ulicą, a za jego plecami przed pubem stał zaparkowany radiowóz.

– Psorko, dobrze się pani czuje? Pani Walters! – dobiegł do niej męski głos.

– Nie mówcie, że dostała zawału – rzuciła beznamiętnie jakaś dziewczyna.

Roisin przestała opierać się o biurko i zrezygnowana usiadła na zimnej, twardej podłodze.

Skup się na tym, co rzeczywiste – pomyślała. Podłoga jest rzeczywista.

– Pauly, idź po dyrektorkę! – usłyszała Amira.

– Nie, nic mi nie jest – zaoponowała bez przekonania; jej głos brzmiał jak echo dobiegające z końca długiego korytarza.

Po kilku minutach w drzwiach pojawiła się Wendy Copeland. Jej bystry wzrok zarejestrował siedzącą na podłodze Roisin, jak również sugestywne uśmieszki niektórych dziesiątoklasistów, podczas gdy pozostali unikali jej spojrzenia.

Przenikliwy dzwonek oznajmił nagle koniec lekcji. Uczniowie zarzucili plecaki na ramiona i ruszyli pośpiesznie w kierunku drzwi, licząc, że uda im się uciec przed konsekwencjami.

Roisin dźwignęła się chwiejnie na nogi.

– Proszę państwa, momencik! – krzyknęła Wendy.

Wszyscy zamarli w bezruchu jak podczas gry w posągi. Każdy wiedział, że z Wendy Copeland lepiej nie zadzierać.

– Chciałabym przypomnieć, że korzystanie z telefonów w trakcie lekcji jest surowo zabronione. Jeśli sytuacja się powtórzy, a ja się o tym dowiem, zostaną skonfiskowane i zamknięte w mojej szufladzie, gdzie pozostaną tak długo, jak będę uważała za stosowne. To moje pierwsze i ostatnie ostrzeżenie. Następnym razem będziecie się mogli z nimi pożegnać. Zrozumiano?

Potwierdzili zbiorowym mruknięciem.

– Dobrze. Odmaszerować!

Wendy wiedziała, co się stało: Pauly wtajemniczył ją po drodze. Wstyd Roisin poszybował tym samym na wyższy poziom.

– Przejdźmy do mojego gabinetu – zaproponowała Wendy, kiedy ostatni uczeń opuścił salę.

Gabinet dyrektorki był niczym chroniona immunitetem ambasada, za której murami toczyła się istna wojna domowa. Na ścianie wisiała reprodukcja autoportretu Tamary Łempickiej w zielonym bugatti, a na krzesłach leżały poduszki w azteckie wzory.

Wendy Copeland miała już prawie sześćdziesiątkę na karku: brązowe włosy obcięte szykownie na boba, idealnie skrojone ubranie i sposób bycia, który sugerował, że powinna stać na czele tajnych służb, jeśli nie całego państwa. Była niezwykle wyrozumiałą dyrektorką, zawsze gotową udzielić wsparcia, która jednak bezwzględnie nie tolerowała idiotyzmów. Roisin bardzo ją szanowała, próbowała naśladować, ale przede wszystkim pragnęła jej uznania.

– Zamieniam się w słuch – powiedziała, wskazując jej krzesło. – Co się stało?

Roisin przełknęła ślinę.

– Yyy… chyba czymś się strułam. Można by pomyśleć, że w wieku trzydziestu dwóch lat człowiek będzie wiedział, że na śniadanie lepiej nie jeść odgrzewanej chińszczyzny, a jednak… – Skrzywiła się komicznie.

Wendy pokiwała tylko głową, a cisza, która zapadła, była bardziej wymowna niż jakiekolwiek słowa sprzeciwu.

31

— Roisin, jesteś jedną z najbardziej żywiołowych, najzdolniejszych i najbardziej niezłomnych osób, jakie tworzą naszą kadrę nauczycielską. Wręcz tryskasz entuzjazmem i radością życia. Heathwood ma wielkie szczęście, że tu pracujesz. Jedno wiem na pewno: gdyby kurczak kung pao z orzechami nerkowca, którego zjadłaś, naprawdę chciał się wydostać z powrotem na wolność, kazałabyś tym smarkaczom czytać w spokoju, a sama pobiegłabyś do toalety — powiedziała Wendy.

Roisin pokiwała tylko głową, bo gdyby się odezwała, zalałaby się łzami. Ludzka życzliwość zawsze tak na nią działała.

— Domyślam się, że dokuczali ci z powodu serialu twojego partnera? Tego, który leciał w zeszły weekend?

Roisin przełknęła z trudem gulę wielkości chomika, która wyrosła jej w gardle, i ponownie przytaknęła skinieniem.

— To bardzo nieprzyjemne uczucie, kiedy twoje życie prywatne staje się tematem rozmów w klasie. Na coś takiego naprawdę trudno się przygotować — stwierdziła Wendy.

— Sęk w tym… — zaczęła niepewnie schrypniętym głosem Roisin, mając nadzieję, że nie będzie musiała skorzystać z chusteczek z pudełka, które Wendy dyskretnie umieściła obok swojego lewego łokcia. – Właściwie nie wiedziałam, jak to skomentować. Mam na myśli ten serial. Oczywiście cieszę się, że Joe odniósł taki sukces... – Zawiesiła głos.

– Ale trudno to pogodzić z twoim życiem zawodowym? – dokończyła za nią Wendy.

– Właśnie – potwierdziła z wdzięcznością Roisin. – Zaczęli o tym rozmawiać na lekcji, a ja nie spodziewałam się... – musiała zrobić pauzę, żeby się uspokoić – ...że aż tak się zdenerwuję. – Jej głos niebezpiecznie zadrżał.

– Smartfony na pewno nie pomagają, ale powiem ci jedno: to nic nowego. Takie rzeczy działy się zawsze i będą się nadal dziać – próbowała pocieszyć ją Wendy.

Roisin odchrząknęła.

– Tak. Wydaje mi się, że rozegrałabym to lepiej, gdybym była przygotowana. Głupio założyłam, że nie będą się aż tak interesować pracą mojego partnera.

– Och, oni są jak mewy, które zobaczyły frytki – stwierdziła Wendy. – Rzucają się na wszystko bez wybrzydzania i opamiętania. Nigdy nie przestanie mnie zadziwiać, jak szybko takie sensacje rozchodzą się pocztą pantoflową. W zeszłym roku odkryli, że wuefistka Pamela Mellen przeszła owariektomię. Teraz mają już dostęp nawet do dokumentacji medycznej.

Roisin całkiem o tym zapomniała. Okazuje się, że podobnie jak ten amerykański portal plotkarski TMZ ciało uczniowskie ma swoje wtyki w szpitalach.

– Chyba nie muszę dodawać, że źródłem informacji okazał się Jagger Riley z ósmej klasy. Jego ciotka pracuje w klinice The Christie. Niestety, nie mogłam mu niczego udowodnić. Muszę przyznać, że odetchnę z ulgą, kiedy ostatni przedstawiciele tej dynastii o idiotycznych imionach przebrną przez nasz system szkolnictwa. Mam głęboką nadzieję, że zanim zjawi się nowe pokolenie, zdążę już przejść na emeryturę.

– Och… to stąd się wzięła M a d o n n a Riley? – rzuciła Roisin. – Byłam ciekawa, czy jej imię ma związek z muzyką czy z katolicyzmem.

– Uhm. Doszły mnie słuchy o pewnej niesamowicie bezczelnej Miley Riley z podstawówki, która pomału szykuje się już, żeby przekroczyć nasze progi.

Roisin się roześmiała.

– Tak czy inaczej, nie możesz dać sobie w kaszę dmuchać – dodała Wendy.

Roisin znowu się zaśmiała. Jej szefowa miała naprawdę sarkastyczne poczucie humoru. W tej chwili Roisin była też wdzięczna, że szefowa jest kobietą. Podejrzewała, że mężczyzna na jej stanowisku mógłby podejść do tego problemu zdecydowanie mniej taktownie. Coś w stylu: „Aha, znaczy, że twój facet jest z tych sekspozytywnych, zgadza się?".

Wendy przestawiła zszywacz i położyła dłonie na biurku.

– Pozwól, że opowiem ci pewną historię. Podczas mojej pierwszej pracy w szkole podstawowej w Hampshire bezmyślnie wdałam się w romans z żonatym mężczyzną, nauczycielem geografii Neilem Hartleyem. Byłam wtedy naiwna i niedoświadczona, a on sprawiał na mnie wrażenie dominującego, lekko łysiejącego giganta. W klasie natomiast zachowywał się jak pawian. Kochał się podobnie.

Roisin prychnęła śmiechem zaskoczona.

– To było niesamowicie głupie, zarówno ze względów osobistych, jak i zawodowych. Miałam wtedy dwadzieścia pięć lat i szalała we mnie burza hormonów. Jak to mówią, nie prowadził mnie Jezus.

Upiła łyk wody z butelki, która stała na biurku.

– Podobała nam się tajemniczość naszej relacji. Ukrywanie się potrafi być całkiem ekscytujące, można nawet uczynić z tego sztukę, zwłaszcza w czasach, gdy nie było jeszcze internetu. Między innymi dlatego to takie fajne. Pokonywaliśmy całe kilometry i spotykaliśmy się w pubach albo restauracjach na jakimś zadupiu, żeby nas nie nakryto. Oczywiście, kiedy człowiek decyduje się na ryzyko, zdarza się, że w którymś momencie obrywa.

Roisin znów poczuła, że coś w niej wzbiera – fala zwątpienia, od której zawirowało jej w głowie.

– Pewnego wieczoru, jak by to ujęli moi rodzice, „migdaliliśmy się" w samochodzie na parkingu w takiej małej i, wybacz mimowolną dwuznaczność, nieco sztywnej z nazwy miejscowości w dystrykcie New Forest, zwanej Buckler's Hard. Tak się akurat złożyło, że w tym samym czasie przechodził tamtędy jeden z najbardziej podstępnych, oślizgłych gnojków z ostatniej klasy, któremu groziło wydalenie ze szkoły. Wiesz, taki typ łajdaka i dręczyciela, który lepiej, żeby nie miał na ciebie haka. – Nabrała powietrza. – Od razu wiedzieliśmy, że mamy przechlapane. Kiedy w poniedziałek przyszłam na pierwszą lekcję, wieści już tyle razy obiegły całą szkołę, że równie dobrze można by to ogłosić przez megafon. Dyrektor wezwał mnie na dywanik i dostałam surową reprymendę. Mogłam się jedynie zanieść szlochem, przyznać do winy i obiecać, że to zakończę. Czego, rzecz jasna, w głębi serca wcale nie chciałam.

– O Boże – powiedziała Roisin. – Nie wyobrażam sobie, jak się musiałaś czuć.

– Okropnie. Na każdej lekcji dzieciaki naśmiewały się z mojego beznadziejnie głupiego życia miłosnego. Na szczęście wkrótce Neilowi zaproponowano posadę dyrektora w Worcester. Teraz mówię „na szczęście", ale wówczas byłam zdruzgotana, bo miałam wielką nadzieję, że w końcu będziemy razem. Gdy tylko jego teść wyleczy się z nietypowej, wyniszczającej choroby, która odbijała się negatywnie także na jego żonie i karierze. – Wendy zsunęła okulary w czarnych oprawkach na czubek nosa i spojrzała wprost na Roisin. – Chyba nie muszę ci mówić, jaki był nieoczekiwany zwrot akcji na końcu?

Westchnęła ciężko.

Roisin uważała Wendy za silną, z gruntu pewną siebie i niezniszczalną kobietę, ale czuła, nawet jeśli tylko pośrednio, że dawna rana wciąż sprawia jej ból.

– Neil się przeprowadził. Po szkole zaczęły krążyć nowe plotki. Przyszedł kolejny rocznik. I kolejny. Poznałam mojego przyszłego męża i cały ten skandal przebrzmiał, stając się legendą. Nikt już nie pamiętał o moim romansie. Plotki szybko tracą na atrakcyjności, jeśli zna się tylko jedną z osób, których dotyczą. Pamiętaj o tym.

– Dobrze – odparła Roisin.

– To, co przytrafiło się tobie dziś, jest niczym w porównaniu z moją wpadką – zauważyła Wendy. – Ty nie jesteś niczemu winna. Nie przyłapano cię na obściskiwaniu się z facetem, który nosi sandały z nubuku.

Roisin wybuchnęła gromkim śmiechem.

– Przyjmij radę od mądrej starej sowy. Przejdź do ofensywy. Postaw sprawę jasno, że rozmowa o tym serialu, nie mówiąc już o wymachiwaniu telefonami, będzie automatycznie skutkować wizytą u dyrektorki. Wiem, że raczej nie trzymasz uczniów silną ręką, ale obawiam się, że czasem trzeba ich zdyscyplinować.

– Mam wrażenie, że jeśli tak zrobię, to przyznam, że mi dopiekli.

– Na pewno chwilowo będą tym zachwyceni. Jednak szybko im minie. Chcę powiedzieć, że będąc w oku cyklonu, a uwierz mi, tę sprawę trudno nazwać nawet burzą, człowiek ma wrażenie, że nigdy nie będzie lepiej. Ale w końcu będzie, i to szybciej, niż myślisz.

– Dziękuję, Wendy – powiedziała Roisin. – Tego mi było trzeba.

– Okay. Weź sobie wolne do końca tygodnia. Mam na zastępstwo kogoś, kto akurat nie ma co ze sobą począć... – Uniosła rękę, kiedy Roisin, zdumiona, otworzyła usta, żeby zaprotestować. – Nie, to nie będzie przyznanie się do porażki. Wiesz równie dobrze jak ja, że ten ostatni tydzień jest bardzo gorączkowy. Człowiek ma wrażenie, że jest raczej policjantem z oddziału prewencji, a nie nauczycielem. A twoi uczniowie zwęszyli krew. Niestety już ich nie zmusisz, żeby skupili się na omawianej lekturze.

Roisin była przerażona. Nie przypuszczała, że na domiar złego zostanie uznana za niekompetentną.

32

– Naprawdę nie ma takiej potrzeby... Serio. Jak sama powiedziałaś, rozejdzie się po kościach.

– Roisin – zaczęła pojednawczo Wendy – nie chodzi o to, że nie mam do ciebie zaufania. Mam jedynie na uwadze dobro moich pracowników. Nie chcę ci niepotrzebnie utrudniać życia. To tylko cztery dni. Zrelaksuj się! – Odchyliła się na krześle i machnęła ręką. – Poza tym niedługo pojawi się kolejny odcinek serialu twojego partnera. Kiedy konkretnie? Koniec ostatniego epizodu nastąpił w najbardziej emocjonującym momencie, no nie?

Roisin wzdrygnęła się w duchu, bo wyszło na jaw, że Wendy też oglądała *Łowcę*. Ależ była naiwna. Wcześniejszy program Joego stał się źródłem licznych powiedzonek i memów. Czasem skromność jest jedynie wytworniejszą formą głupoty.

– W przyszłą sobotę.

– Będą trailery i takie tam? Nadal mówi się „trailery"? TikTok to dla mnie zupełnie obcy temat.

– Kiedy wrócę w przyszłym semestrze, myślisz, że nie będą pytać, czemu tak nagle zniknęłam?

– To czternastolatki. Wychowali się na mediach społecznościowych. Zapewniam cię, że we wrześniu dyskusje z lipca będą dla nich tak odległym wspomnieniem jak Wojna Dwóch Róż.

Roisin nie była całkiem przekonana, ale niemądrze i na pewno nietaktownie byłoby sprzeczać się z szefową, która okazała jej życzliwość i najwyraźniej podjęła już decyzję.

– W takim razie okay. Dziękuję.

– Udanych sześciotygodniowych wakacji – dodała Wendy, po czym wstała, podobnie jak Roisin. – Wybierasz się dokądś?

– Nie mam jeszcze planów. Zamierzałam pomalować salon, ale nie wybrałam koloru – odparła Roisin. Ona i Joe rozmawiali o tym, żeby upolować jakąś ofertę last minute i wyskoczyć gdzieś do Europy. Teraz wszystko wskazuje na to, że się rozstaną.

– Malowanie może być całkiem relaksującym zajęciem. Pospotykaj się ze znajomymi, pochodź do restauracji i pomaluj salon, a jesienią znowu ruszymy z kopyta – powiedziała dyrektorka.

– Wendy – zaczęła Roisin w drodze do drzwi. – Czy w końcu pozbyliście się tego ucznia? Tego, który widział cię z Neilem?

– Nie – odparła. – Chytry gnojek miał szczęście. Gdybym go wyrzuciła ze szkoły, ktoś mógłby mi zarzucić, że się mszczę, a jego rodzice, którzy nie przebierali w słowach, pobiegliby prosto do lokalnej gazety. Zgadnij, gdzie ostatecznie wylądował.

– W więzieniu?

– W parlamencie. Jest wschodzącą gwiazdą torysów.

Roisin jęknęła.

Miała nadzieję, że wypadła wystarczająco przekonująco, udając, że jest wdzięczna za urlop i stabilna emocjonalnie. Pożegnała się i wróciła do klasy po swoje rzeczy. Na wszelki wypadek, idąc korytarzem, starała się nie nawiązywać z nikim kontaktu wzrokowego. Niemniej i tak czuła na sobie liczne ukradkowe spojrzenia.

Boże! Zaraz się zacznie. Będą opowiadać, jak to pokazali psorce Walters fragment erotycznego serialu jej faceta, a ona zemdlała.

Na tę myśl Roisin o mało nie zawyła ze wstydu.

Nie potrafiła sobie wyobrazić niczego, co byłoby bardziej kompromitujące. No, może z wyjątkiem jej nagich zdjęć, gdyby wpadły w ręce uczniów. Jedyne, co mogła zrobić, żeby wyjść z tej sytuacji z godnością, to udać, że nie przejęła się *Łowcą*. Tyle że nie było takiej możliwości.

Na biurku w pustej już klasie Roisin znalazła złożoną kartkę formatu A4 w linię. Rozłożyła ją z trwogą i ujrzała wykonany niebieskim długopisem prymitywny rysunek tryskającego spermą penisa oraz jąder, a pod spodem napis: *PANI CHOŁPAK* (sic!).

Roisin zgniotła kartkę w kulkę i cisnęła ją do kosza, po czym zaczęła wpychać do torby wszystkie niezbędne rzeczy zalegające w jej szafce i szufladach. Na koniec zgarnęła purpurową kalateę poznaczoną różowymi smugami, której liście na szczęście częściowo zasłoniły jej twarz.

To jedyne cholerstwo, które tu kwitnie – pomyślała i z wysoko uniesioną głową pomaszerowała do swojego samochodu. Gdyby ktoś po drodze odważył się ją zagadnąć, musiałby się liczyć z tym, że dostanie po głowie tropikalną rośliną.

Na parkingu przed budynkiem szkoły władowała doniczkę z kalateą na siedzenie dla pasażera i przypięła ją pasami niczym małe dziecko z liści, po czym sama wsiadła do auta. Przez chwilę patrzyła tępo przez przednią szybę fiata, starając się przetworzyć w myślach, co się właśnie wydarzyło.

Urlop z litości. Wow. Pan „naprawdę nie potrzebuję teraz takich dramatów, Roisin" napisał dramat, który oficjalnie i publicznie ją upokorzył. To już nie była czysta spekulacja.

Na cztery dni przed końcem semestru siedziała na parkingu, niezdolna do pełnienia swojej funkcji nauczycielki licealnej w epoce, w której każdy dzieciak nosił w kieszeni minikomputer.

Nagle ktoś zapukał w okno fiata. Roisin aż się wzdrygnęła. Amir.

Opuściła szybę.

– Do jasnej cholery, nie masz już dość jak na jeden dzień? – rzuciła. Przekleństwo miało go celowo zaszokować i onieśmielić. I chyba poskutkowało, bo Amir na chwilę zaniemówił i zrobił wielkie oczy. Znajdowali się właściwie poza terenem szkoły, a jej i tak było już wszystko jedno.

– Przepraszam – powiedział w końcu. Na twarzy malował mu się wyraz szczerej skruchy. – Tylko się wygłupiałem. Nie chciałem sprawić pani przykrości. – Zrobił pauzę, a po chwili dodał z troską: – Mam nadzieję, że już wszystko w porządku.

Roisin doceniała intencje Amira, chociaż niechcący dosypał tylko soli do rany. Wprawdzie przyszło jej to z trudem, ale musiała przyjąć jego szczere przeprosiny, nawet jeśli występek chłopaka spowodował naprawdę duże cierpienie. Teraz już rozumiała, jak czuła się Gina po aferze z golizną.

Przełknęła ślinę i wspięła się na wyżyny swojego belferskiego altruizmu.

– Dziękuję, Amir. Miło mi, że przepraszasz. Musisz być jednak świadom tego, że kiedy mnie tak podpuszczasz, podjudzasz też innych, którzy mogą zachować się jeszcze gorzej.

Chciała przez to powiedzieć: „Kiedy dałeś Loganowi Hughesowi zielone światło, to tak jakbyś wręczył szympansowi naładowany rewolwer".

– Wiem. Jutro przeproszę panią jeszcze raz przed całą klasą – oznajmił. – Zobaczy pani.

Roisin wiedziała, że jutro na pewno tego nie zobaczy, ale po namyśle uznała, że nie uprzedzi o tym Amira. Jego karą będzie poczucie winy, które go dopadnie, kiedy rano się dowie, że dostali kogoś na zastępstwo. Może to trochę nie fair, ale o niebo łatwiej jest ukarać ucznia posiadającego sumienie.

– Dziękuję – odparła Roisin.

– Naprawdę lubię pani zajęcia.

Z tymi słowami podał jej rękę przez okno – uroczo komiczny gest.

„Ukrywanie się potrafi być całkiem podniecające, można nawet uczynić z tego sztukę. Między innymi dlatego to takie fajne".

Ta myśl przyszła Roisin do głowy dopiero wtedy, gdy utknęła w korku nieopodal Congleton, wpatrując się ponuro w różowe bmw Z4 z naklejką STUPROCENTOWA SUKA na zderzaku i odtwarzając w myślach niedawną rozmowę.

Czy Wendy Copeland opowiedziała jej tę historię jeszcze z jakiegoś powodu?

„Oczywiście, kiedy człowiek decyduje się na ryzyko, zdarza się, że w którymś momencie obrywa".

33

Roisin przyglądała się właśnie aksamitnie owocowym i bogatym w smaku białym winom z Doliny Loary, kiedy poczuła wibrowanie iPhone'a w torebce. Wyjęła go i na ekranie zobaczyła napis: *MAMA (MAFIA)*.

Wielkie litery pasowały do stylu Lorraine. Joe kiedyś nazwał swoją niedoszłą teściową „chodzącym powiadomieniem push".

Roisin nie powiedziała mamie o rozstaniu, choć miała na to mnóstwo czasu podczas tych czterech okropnych, bezczynnych dni. Bała się zostawać sam na sam ze swoimi myślami, więc wyciągnęła składane drabiny i folię ochronną, po czym pomalowała pokój gościnny na neutralny kolor – supersatynowy Estate Eggshell w subtelnym odcieniu Mole's Breath marki Farrow & Ball. Takie tam zajmowanie się duperelami dla rozładowania tłumionych emocji.

Spała również w pokoju gościnnym; w zasadzie już się do niego przeniosła. Zajrzała przez drzwi do gabinetu Joego i obrzuciła nienawistnym spojrzeniem modne w połowie zeszłego wieku biurko na nogach z cienkich stalowych prętów, przy którym jej chłopak produkował te swoje potworności. Nie było tam komputera stacjonarnego, bo Joe wolał być „cyfrowym nomadą" i pracować na laptopie.

192

Mimo to Roisin podejrzewała, że znajdzie tam odpowiedzi na swoje pytania.

Zataiła prawdę przed matką nie tylko dlatego, żeby uniknąć konfrontacji. Dzielenie się z nią wieściami przed ustaleniem konkretnej strategii z Joem nie byłoby dobrym posunięciem. Lorraine miała numery telefonów do rodziców Joego, a media społecznościowe z założenia chłonęły wszystko jak gąbka – trudno w nich o dyskrecję.

Od premiery *Łowcy* minął prawie tydzień. Roisin miała nadzieję, że matka jeszcze nie widziała serialu, a nawet jeśli widziała, to nie poruszy tego tematu.

Od czasu ich rozstania na trawniku Benbarrow Hall Joe odzywał się w nieregularnych odstępach i przysyłał powściągliwe, utrzymane w neutralnym służbowym tonie wiadomości na WhatsAppie, w których informował ją, jak poszły spotkania (dobrze), jak jest z połączeniami z LAX do JFK (kiepsko), a także kiedy wróci (wieczorem w przyszły wtorek).

Pożegnał się małym buziakiem, który oznaczał życzliwą sympatię, ale nie czułość typową dla pary. Roisin się ucieszyła i odwdzięczyła tym samym.

Mam ci coś przywieźć, skarbie? X – to jedyna nieco dziwna wiadomość, którą dostała o pierwszej w nocy, ale uznała, że Joe po prostu się nudził, czekając na opóźniony lot, i pewnie zdążył wstawić się dżinem.

Tak, poproszę duży flakon perfum Elizabeth Arden 5th Avenue, puszkę ciągutek Bailey's i twoje ponowne zainteresowanie moją osobą – pomyślała, ale odpisała: *Nie, dzięki, zostało mi jeszcze sporo Toblerone!*

Teraz, stojąc w sklepie z winami przy Burton Road, poczuła, jak ogarnia ją złowieszcze przeczucie, zresztą jak zawsze przed rozmową z matką, bo po niej Lorraine często potrafiła zmieniać swoje nastawienie do córki. Roisin nie miała pojęcia, na czym stoi – jej notowania u matki cały czas a to spadały, a to znowu szły w górę; nie musiała nawet przykładać do tego ręki.

Przesunęła palcem po ekranie telefonu, żeby odebrać połączenie, zanim jej niechęć do rozmowy weźmie górę.

– Cześć, mamo.

– Cześć. Dzwonię nie w porę?

– Yyy, nie...?

– Odezwałaś się takim tonem...

– Jakim?

– Podniesionym i napiętym – wyjaśniła Lorraine. – Mogę zadzwonić innym razem. Nie chcę sprawiać kłopotu swoim dzieciom.

No i zaczęło się – pomyślała Roisin.

– Nie sprawiasz kłopotu – odparła, zaciskając szczęki. – Kupuję alkohol na dzisiejszą kolację z Meredith i Giną.

– Fajnie. Babski wieczór? Joe wyjechał?

– Tak, znowu poleciał do Ameryki. Wraca we wtorek.

– Aaaj, nie obejrzałam jeszcze jego nowego serialu. Przepraszam. Ale go nagrałam. Zdaniem Terence'a jest bardzo obsceniczny!

W żołądku Roisin zakotłowała się żółć; miała ochotę odkorkować wino, za które jeszcze nie zapłaciła, i wyżłopać je prosto z butelki.

– A jak tam Terence? – spytała z nietypowym dla siebie zainteresowaniem. Terence był barmanem, który od piętnastu lat pracował dla jej matki na dziennej zmianie. Trudno było o mniej odpowiednią osobę na tym stanowisku, gdzie najważniejszą rzeczą jest „gościnność".

– No wiesz. Jak to Terence. W tym tygodniu włączyłam do menu kanapki z salami, a on oskarżył mnie, że chcę u nas zrobić „jeden z tych gastropubów".

Roisin roześmiała się z ulgą.

– Tak w ogóle dzwonię właśnie w sprawie pubu...

Wreszcie wydusiła, po co tak naprawdę dzwoni. Chyba nigdy nie przeprowadziły niezobowiązującej rozmowy, która nie miałaby drugiego dna. Niemniej gdyby Roisin jej to wytknęła, Lorraine zarzuciłaby córce – zresztą słusznie – że ona też najwyraźniej nie ma ochoty na zwykłe pogaduszki.

– Wykruszył mi się personel. Dopóki kogoś nie znajdę, wieczorami jestem tylko ja, a oferty, które dostałam z agencji pracy, raptem kilka, są do niczego, jeśli mam być szczera. Od czasu brexitu nikt się nie garnie do roboty.

– Okaaay...? – powiedziała Roisin, pełna obaw, dokąd zmierza ta rozmowa.

– Zastanawiałam się, czy nie wpadłabyś trochę mi pomóc. Tylko do czasu, aż kogoś zatrudnię.

– Mamo, właśnie... dziś zaczęły się moje sześciotygodniowe wakacje – oznajmiła, z rozmysłem pomijając pewien szczegół.

– Wiem! Idealny moment, żebyś przyjechała i pomogła matce w opałach. Nie byłaś tu całe wieki. Będzie super.

Super... Płukanie ociekaczy, nalewanie ciemnego piwa, odpieranie zalotnych komentarzy sześćdziesięciolatków i wyrzucanie do kosza resztek jedzenia. No jasne, pora na emocjonalny szantaż! Roisin przeklęła się w myślach, że odebrała.

– Naprawdę oczekujesz, że przeprowadzę się na wakacje do Webberley i będę pracować akurat wtedy, kiedy wreszcie mogę odpocząć od i tak stresującej pracy?

Roisin już chyba po raz setny przypomniała sobie swój atak paniki. Znów miała ochotę zwinąć się w kłębek i umrzeć.

– A kto mówi o przeprowadzce?! Jeśli chcesz, możesz co wieczór wracać do domu.

– Raju, dzięki.

– Gdybyś jednak chciała zostać, twój stary pokój wciąż jest do dyspozycji.

– Kusząca propozycja, ale nie, mamo, dziękuję – odparła Roisin, trochę jak bezczelna nastolatka. W rzeczywistości jednak zalało ją poczucie winy, jak zwykle, kiedy chodziło o kogoś z rodziny. A szczególnie kiedy owdowiała matka przypierała ją do muru. To taki odpowiednik uderzenia młoteczkiem w kolano, po którym noga mimowolnie się prostuje.

– No dobrze. Nie chciałam ci mówić przez telefon, żeby cię nie martwić. Ale trochę się wystraszyłam. Chodzi o guzek w piersi.

– Guzek? – powtórzyła Roisin, odsuwając się nieco od innych klientów. – Co się stało?

– Wyczułam zgrubienie, lekarz mnie zbadał i stwierdził, że to pewnie nic takiego. Ale najadłam się strachu.

– Od razu wiedział, że to nic takiego?

– Nie… miałam biopsję.

Roisin ścisnął się żołądek.

– Biopsję? Kiedy? I kiedy będą wyniki?

– Powinny być jeszcze dzisiaj, tak powiedzieli. W ostatnim czasie czułam się przemęczona, ale zrzucałam to na karb pracy. Bo wiesz, muszę robić wszystko sama.

Roisin zignorowała tę uwagę.

– Powiedziałaś o tym Ryanowi?

Było bardzo prawdopodobne, że powiedziała Ryanowi, ale ten nie skontaktował się z siostrą. Siedem lat temu Ryan przeprowadził się do Toronto, choć Roisin miała wrażenie, jakby Ryan zawsze mieszkał w Toronto. Mama była z nim bardziej zżyta i oczywiście Ryan nigdy nie popełniał błędów.

– Nie. Zaraz do niego zadzwonię.

– Okay. – Roisin zdziwiła się, że matka potraktowała ją priorytetowo, ale najwyraźniej jak mus, to mus.

– Pamiętaj, proszę, że najpierw poprosiłam cię o pomoc, a dopiero potem wspomniałam o zdrowiu, więc nie możesz mi zarzucić, że chciałam to wykorzystać.

– Ale i tak wychodzi na to samo.

– Och, na litość boską, Roisin. Z tobą nie można wygrać! Czyli co, nie powinnam ci o niczym mówić?

– Uważam, że nie można oczekiwać od dzieci, że ot tak zastąpią twój personel.

– Można, jeśli prowadzi się rodzinny interes. Wiesz, że nie jest to praca jak każda inna. Nie mogę pójść na zwolnienie lekarskie; gdybym mogła, poszłabym. A jeśli pub zbankrutuje, stracę dach nad głową.

To był motyw przewodni jej młodości; poniekąd właśnie dlatego tak nie cierpiała tego miejsca. The Mallory: kamień młyński u szyi, siedziba główna wszelkich dramatów, otwarty dom, do którego każdy mógł się władować w buciorach, zresztą tak samo jak do otwartego małżeństwa jej rodziców... Boże, nic dziwnego, że fakt, że Joe przeniósł tę część jej życia na ekran, aż tak ją straumatyzował.

Tak czy inaczej, Roisin wiedziała – i Lorraine z całą pewnością też – że nie będzie mogła ze sobą żyć, jeśli wyniki biopsji okażą się złe, a jej matka będzie musiała sama harować za barem. Wówczas i tak by ją jutro odwiedziła. Choć powinna to zrobić, nawet jeśli wyniki będą w porządku.

– Dobra, posłuchaj. – Skrzywiła się, robiąc dziwną minę, której jej matka na szczęście nie widziała. – Pomogę ci jutro. Ale, mamo, koniecznie musisz sobie kogoś znaleźć. To jednorazowa akcja.

– Tak, oczywiście! Wszystko rozumiem.

– Przyślesz mi wyniki?

– Czego?

– Twojej biopsji? – powiedziała Roisin.

– A, tak! Jasne.

Ech. Roisin wiedziała, że w tej sytuacji optymizm był jak najbardziej wskazany, ale „optymizm" i „Lorraine" to dwa wykluczające się pojęcia.

34

– O, jakie dobre wino! Możesz zostać! Dzisiaj zjemy na świeżym powietrzu – oznajmiła Meredith, odbierając od Roisin prezenty, kiedy ta weszła do wąskiego holu. Z kuchni dolatywały ładne zapachy i muzyka Chvrches.

Roisin uwielbiała wpadać do nich z wizytą. Meredith znalazła zaniedbane mieszkanie do remontu i naprawdę pięknie je urządziły.

Z sufitu wykończonego śnieżnobiałymi fasetami i zdobionego wolutami zwisała wielka kula dyskotekowa, a na czarnych wypolerowanych na połysk schodach leżał pasiasty tęczowy chodnik.

– Wzorzyste desenie znów są w modzie – upierała się swego czasu Meredith, próbując przekonać sceptycznego Joego.

Ściana po lewej była pokryta oprawionymi w ramki zdjęciami Meredith i Giny. Wśród nich na fotografiach uwieczniono wiele wspólnych wieczorów spędzonych w gronie członków Klubu Briana.

Kiedy Roisin odłożyła torbę, jej wzrok nieszczęśliwie spoczął na wyrazistych kościach policzkowych roześmianego Matta McKenziego; Gina wskoczyła mu na barana i założyła dźwignię na głowę. Roisin będzie brakowało ich przyjaźni. Oby to była tylko przejściowa sytuacja. Zbyt wiele dla siebie znaczyli.

Gina zapalała akurat świece ustawione na stole na małym tarasie za kuchnią, który wyglądał jak „idealna na wieczorne przyjęcia miejska oaza" z czasopisma poświęconego wystrojowi wnętrz. Błękitne i różowe hortensje, ściany porośnięte glicynią i łańcuchy lampek solarnych o fikuśnych kształtach.

W swoim wąskim gronie nazywały go Wiszącym Ogrodem, bo po długich, trwających nawet pięć godzin, suto zakrapianych kolacjach, które nieraz tu spożywały, często kończyły półprzytomne, zwisając bezwładnie z krzeseł.

W oczekiwaniu na główne danie delektowały się paluszkami chlebowymi z humusem, aż w końcu podano do stołu. Tym razem gotowaniem zajęła się Meredith, która zaserwowała jagnięcinę po grecku według przepisu Jamiego Olivera, a do tego przystawkę w postaci fenkułu zapiekanego z pomidorami i oliwkami. Gina oznajmiła, że zadowoli się tą ostatnią potrawą oraz wegetariańskim zamiennikiem steku.

Roisin znów usłyszała w głowie upiorne, szydzące słowa Joego: „Twoja partnerka zawsze ma tę jedną szczególną przyjaciółkę…". A jeśli te wszystkie kpiny i żarciki miały jedynie zatuszować fakt, że jest na zabój zakochany w Ginie?

Towarzystwo, jedzenie i otoczenie niewątpliwie były świetne, jednak Roisin wiedziała, że to wszystko stanowi tylko wstęp do właściwego tematu.

Kiedy tak siedziały w blednącym świetle nad resztkami kolacji, sącząc wino, Gina – jedyna osoba, która nie była świadoma prawdziwego celu tego spotkania – mimowolnie sama go poruszyła.

– Rosh, chciałam ci już dawno powiedzieć: obejrzałam *Łowcę*! Na trzeźwo! Świetny serial! Tak świetny jak te amerykańskie. Na pewno jesteś dumna z Joego.

– No, niezbyt – odparła z uśmiechem Roisin. Cieszyła się, że miała opracowany gotowy plan. Wcześniej ustaliła najlepszą logiczną kolejność, w której zamierzała zaserwować wszystkie rewelacje, bo było tego sporo. – Ale przekażę mu twoje słowa uznania, G. Tak w ogóle to mam nowinę. Rozstałam się z Joem – obwieściła.

Przekazanie tych wieści rodzicom wymagało zgrania w czasie i pewnej dyplomatycznej ogłady, ale jeśli chodzi o przyjaciółki, nie musiała się na nikogo oglądać.

Rzuciwszy granat, patrzyła, jak twarz Giny przybiera wyraz totalnego niedowierzania. Meredith zamrugała kilkakrotnie zaskoczona, potem uniosła jedną brew i dolała Roisin wina.

– O nie! Mój Boże! Jak to? Bez jaj! Dlaczego? – spytała Gina.

– Od dawna nam się nie układało. A konkretnie od kiedy kariera Joego nabrała rozpędu. Nie chciałam nic mówić właśnie z tego powodu. Myślałam, że z czasem będzie lepiej, że to tylko taka przejściowa faza. Gdybym miała zgadywać... – Nabrała powietrza. – A nie pozostaje mi nic innego, bo nie mogę go zmusić, żeby wreszcie przestał udawać i był ze mną szczery... to powiedziałabym, że najpierw wymeldował się z tego związku tylko niechcący. Ten nowy ekscytujący świat tak go wciągnął, że zupełnie o mnie zapomniał. A teraz ma na to wywalone, po prostu nie chce mu się zejść z piedestału i sobie przypomnieć. Właściwie już przed Benbarrow wiedziałam, że to koniec. A potem obejrzałam Łowcę...

Teraz przyszła pora na tę trudną część. Niełatwo wyjaśnić, jak okropnie zachował się Joe, i jednocześnie nie poruszyć spraw rodzinnych. Ostatecznie postanowiła uchylić tylko rąbka tajemnicy.

– Pomijając te sceny, które były w zasadzie żywcem zerżnięte z życia naszej paczki, wykorzystał też inne, bardzo osobiste sprawy, o których mu opowiedziałam. I dlatego mam wiele zastrzeżeń. Powiedziałabym nawet, że zdradził moje zaufanie.

Patrząc na osłupiałe miny przyjaciółek w blasku świec, Roisin pomyślała, że ma prawdziwe szczęście, że żadna z nich nie jest plotkarą. Przynajmniej później nie będą się bawić w zgadywanki, snując domysły, co konkretnie miała na myśli. Kto wie, być może każda dojdzie do tego na własną rękę. Jak będzie, tak będzie, trudno.

– Któregoś dnia może wam o tym opowiem. Teraz jednak jestem zbyt wściekła na Joego, że postawił mnie w tak trudnej sytuacji.

– Rozumiemy, nie martw się – powiedziała stanowczo Meredith. – Właściwie miałam nie mówić nic złego o tym serialu, chyba że sama to zrobisz, ale jeśli cię to pocieszy, to czułam się bardzo niezręcznie, oglądając *Łowcę*. Mam na myśli fakt, że umieścił w nim nas wszystkich bez jakiegokolwiek uprzedzenia. No i jeszcze ten główny bohater, który jest wierną kopią Joego i zdradza wierną kopię Roisin. Szczerze mówiąc, bardzo tandetne.

– To byliśmy my? – zdziwiła się Gina. – Myślałam, że owszem, może skopiował jakieś wydarzenia, ale tak naprawdę to nie jest o nas.

Roisin nie wiedziała, co powiedzieć. Jeśli serial był oparty na ich życiu, Joe najwyraźniej leciał na Ginę.

Chyba wolała pozostawić to w sferze domysłów.

– No cóż, kiedy spytałam Joego, rzucił jedynie coś w stylu: „Krytykujesz moje wielkie dzieło, bo zwyczajnie nie rozumiesz, na czym polega sztuka". Może i nie rozumiem, Joe. Ale wiem, na czym powinny polegać związki, zaufanie i przyzwoitość.

– To naprawdę okrutne z jego strony – stwierdziła Meredith. – Tak mi przykro, Roisin. Jak długo ze sobą byliście, z dziesięć lat? Zależy nam na was obojgu. Domyślam się, jak bardzo ci dopiekł, skoro zdecydowałaś się na taki krok.

– Dzięki. Chyba nie muszę wam mówić, że jutrzejszy odcinek obejrzę dopiero wtedy, gdy znajdę w sobie siłę.

Na twarzy Giny odmalowała się istna udręka: zawsze głęboko przeżywała cierpienie innych i chyba bała się odezwać, żeby nie zanieść się szlochem. Kiedyś potrąciła autem borsuka i po tym wydarzeniu musiała chodzić na terapię. Joe, jak zwykle, uznał, że to przezabawne, i zaśpiewał przy tej okazji jakąś ckliwą pieśń pożegnalną do melodii *Candle in the Wind* Eltona Johna, udając przy tym, że gra na pianinie.

Roisin zdawała sobie sprawę, że piętnowanie Joego było dla niej przykre, i naprawdę nie chciała tego robić. Ale jaki miała wybór? Przycisnęła palce do twarzy tuż pod powiekami, żeby powstrzymać się od łez. Jeszcze przyjdzie czas na płacz; ten wieczór chciała spędzić inaczej.

– To jeszcze nie jest najgorsze. A może tylko tak mi się zdaje, sama nie wiem…

Meredith i Gina zamarły w napięciu; bały się nawet oddychać.

– W każdym razie, kiedy pokłóciliśmy się o *Łowcę*, on nawet nie drgnął. Nie okazał skruchy ani żalu z powodu tego wszystkiego. Nie mogłam się oprzeć wrażeniu, że… – Zrobiła pauzę. – Że wcale się tym nie przejął, zupełnie jakby oszukiwanie mnie weszło mu już w krew. Myślę, że Joe to zrobił. Myślę, że mnie zdradził. I to nieraz.

35

– Nie! – krzyknęła Gina, jakby chciała zaprzeczyć. Po chwili jednak powtórzyła mniej pewnym siebie tonem: – Nie.

– Wiem, brzmi niedorzecznie, ale nie mogę przestać o tym myśleć. To tak, jakbym odwróciła teleskop i teraz widzę wszystko zupełnie inaczej. Ta scena z restauracją i szalikiem? Tak właśnie było… w Sesso, dwa lata temu, w twoje urodziny, Gina, pamiętasz? Nie dość, że Joe tam wrócił, to jeszcze po powrocie do domu wziął prysznic, a zwykle przed snem nigdy tego nie robi. Podobno tamtego wieczoru wpadł na pomysł pierwszej sceny zdrady w *Łowcy*. Jak mam uwierzyć, że nic takiego się nie wydarzyło?

Wszystkie milczały, nie wiedząc, co powiedzieć. I nic dziwnego.

– Rosh, zaraz pęknie mi pęcherz. Muszę skoczyć do kibelka. Obiecaj, że nie będziecie poruszać żadnych ważnych tematów, dopóki nie wrócę – odezwała się wreszcie Gina.

– Obiecuję – odparła ze śmiechem Roisin, a Gina zerwała się z krzesła.

– Czy przed obejrzeniem *Łowcy* miałaś już jakieś podejrzenia? – spytała Meredith.

– Nie, nigdy.

203

– W takim razie widok telewizyjnego dublera Joego bzykającego rzeszę aktorek w chwili, kiedy czułaś się nieszczęśliwa z jego powodu, mógł na ciebie wpłynąć.

Cała Meredith – jak zwykle zbyt dyplomatyczna, żeby powiedzieć: „wpłynął na twoją zdolność jasnego osądu".

– Wiem, że nasuwa się taki logiczny wniosek. Patrząc z boku, mam wrażenie, że zachowuję się absolutnie niedorzecznie. Ale intuicja uparcie mi podpowiada: „On to zrobił i była to najbardziej chamska zagrywka w historii chamskich zagrywek". Cała ta gadka Jaspera o monogamii, że jest niby narzucona, a on nie ma wyrzutów sumienia. Albo że on i „Becca" mają taki cudowny związek, a jej wcale nie przeszkadza, że bzyka inne, bo nic do nich nie czuje, a więc jego niewierność wcale nie jest niemoralna. Meredith, serio, potrafię sobie wyobrazić Joego wypowiadającego takie słowa.

– Naprawdę? Zawsze uważałam go za faceta wiernego jednej kobiecie. Na pewno nie za kogoś, kto się ogląda za spódniczkami.

– Uhm, racja. Na dodatek zawsze wypowiadał się krytycznie o Matcie i jego stylu życia.

– Otóż to.

– Jasper Hunter, tytułowy łowca, też jest postrzegany przez innych jako monogamista, no nie? – nie dawała za wygraną Roisin. – Co więcej, sam twierdzi, że nim jest. Może i kocha Beccę, ale według niego miłość nie oznacza, że nie może uprawiać seksu z innymi kobietami.

– Ale... to tylko wymyślona historia...? – Meredith zacisnęła zęby. – Nie wiem.

– Pewnie nie doszukiwałabym się podobieństw, gdybym nie porozmawiała z Joem. Zaatakował mnie kąśliwymi uwagami, lekceważąc całą sprawę, bez cienia skruchy. Obawiam się, że Joe kłamie na okrągło, jak z nut, i nawet się przy tym nie poci. Szczerze mówiąc, jestem przerażona. Z kim właściwie byłam przez te wszystkie lata? Jak mogłam tego nie zauważyć?

Wróciła Gina. Odsunęła krzesło z kutego żelaza, zgrzytając nim po betonowych płytkach, i powiedziała:

— Myślę, że Joe by ci tego nie zrobił. Jakoś tego nie widzę. Zostałabyś z nim, gdybyś miała absolutną pewność, że cię nie zdradził? Czy wasz związek definitywnie dobiegł końca?

Dobre pytanie. Roisin się go spodziewała, ale i tak nie miała dobrej odpowiedzi.

— Chyba tak. Nie wiem. Kiedy powiedziałam mu, że to koniec, nie podejrzewałam go jeszcze o niewierność. Czułam tylko, że w ostatnim czasie stał się bardzo oziębły i zdystansowany…

Głos nagle uwiązł jej w gardle. Odkąd skończyła dwadzieścia trzy lata, to zawsze on leżał obok niej w łóżku. Rozstanie z nim wydawało się czymś potwornym.

— Myśl, że zdradza mnie z kim popadnie, zaczęła mnie zżerać dopiero później… Muszę po prostu wiedzieć, czy mam rację.

— Na pewno? — spytała łagodnie Meredith. — Jeśli według ciebie to koniec, nawet jeśli cię nie zdradził, po co ci ta wiedza? Yyy, nie żeby była bez znaczenia, ale już raczej niczego nie zmieni, no nie?

Ze zmartwionych min przyjaciółek Roisin wywnioskowała, że Meredith i Gina na pewno jej współczują, ale uważają też, że chwilowo postradała zmysły. Kto wie, może rzeczywiście tak było.

— Po co? Muszę wiedzieć, i już — odparła kategorycznie Roisin. — Muszę się dowiedzieć, czy moje życie było takie, za jakie je miałam. Muszę się dowiedzieć, czy Joe zrobił ze mnie idiotkę. Muszę się dowiedzieć, kim on właściwie jest.

– Myślisz, że jesteś w stanie zmusić go do wyznania prawdy? – spytała Gina.

– Ha, nie! Myślę, że nikt i nic nie jest w stanie zmusić Joego do niczego, czego on sam nie chce. Ale *Łowca* to serial detektywistyczny, prawda? Może sama zabawię się w detektywa i podążę tropem wskazówek? Zaczynając od tego nieszczęsnego szalika.

Gina zawahała się chwilę.

– Chcesz pójść do Sesso i zapytać, czy dwa lata temu Joe zaliczył tam jedną z kelnerek?

– Nie! No cóż… chyba tak.

Zapadła cisza.

– Kilka kwestii… – rzuciła nagle Meredith tonem nieśmiałej biurokratki. Wymieniły spojrzenia i wybuchnęły śmiechem. – Na jakiej podstawie zakładasz, że kelnerka, która przespała się z facetem klientki, teraz się do tego przyzna? Patrząc z jej perspektywy, to ma same minusy.

– Racja – stwierdziła Roisin, upijając łyk wina. – Jeszcze nie opracowałam strategii. Dajcie mi szansę.

– Mogę zadać głupie pytanie? – odezwała się Gina.

– Na pewno nie jest głupie – powiedziała Roisin.

– Dlaczego Joe miałby to zrobić? Gdyby przyprawiał ci rogi, na pewno nie pisałby o tym i nie przenosił na ekran, żebyśmy wszyscy się dowiedzieli.

Meredith przytaknęła skinieniem.

– Też tego nie rozumiem.

– Może dla dreszczyku emocji, jaki daje jednoczesne afiszowanie się z tym i ukrywanie? – zasugerowała Roisin. – A dlaczego ludzie obstawiają całą miesięczną wypłatę w zakładach sportowych? Bo podobnie jak w seksie, o którym pisze Joe, najbardziej podnieca ryzyko, że można zostać przyłapanym. Cała pokręcona logika polega właśnie na fakcie, że to takie oczywiste. Jeśli mówisz: „Nie mógł tego zrobić, skoro o tym napisał", to wówczas potwierdzasz, że napisanie o tym daje mu solidne alibi. I właśnie takie pułapki Joe uwielbia zastawiać.

– Rozumiem – powiedziała wolno Meredith – choć nadal jestem zdania, że to jeszcze nie czyni z niego superzłoczyńcy. Owszem, uważam, że zachował się bardzo nie w porządku w stosunku do ciebie, ale to jeszcze nie znaczy, że sypia z innymi.

– Właśnie. Joe nigdy nie wydawał mi się kobieciarzem – zawtórowała jej Gina, opierając brodę na dłoni.

– Poza tym, szczerze mówiąc, do czasu, aż jakimś cudem cię wyrwał, nigdy nie sprawiał wrażenia pewnego siebie w kontaktach z kobietami – zauważyła Meredith. – W Waterstones zawsze był bardzo nieśmiały.

– Masz rację – przyznała Roisin, przypominając sobie moment, kiedy w końcu zebrał się na odwagę i zaprosił ją na randkę. – Albo może nigdy tego nie wyczułam, bo mam raczej stereotypowe wyobrażenie o tym, po czym poznać, że ktoś wdał się w romans. Wiecie, zapach obcych perfum na kołnierzyku czy wiadomości wysyłane potajemnie do sekretarki. Dla mnie romansowanie ma wymiar interpersonalny. Jak miałam się zorientować, że mnie zdradza, jeśli dochodziło tylko do przypadkowych numerków w kiblu? Od lat chałturzy z domu, a ja jako nauczycielka nie mam elastycznego czasu pracy.

– Wow. Zaraz posprzątam talerze i przyniosę sernik, ale najpierw muszę się otrząsnąć z szoku – powiedziała Meredith.

– Ja to zrobię, Mer, ty gotowałaś. O Boże... – rzuciła Gina, wstając. – Już wiem, jak możesz wysondować, co wydarzyło się w Sesso.

– Uhm. Jak Joe nazywa Matta? Pan służbowe wi-fi? Wyślij Matta, żeby pogadał z kelnerkami. Pewnie pod koniec wieczoru poda ci jeszcze szyfr do sejfu.

Roisin poczuła mrowienie na skórze. Pomysł Giny nie był taki niedorzeczny. Wyraziła dość pretensjonalne podejrzenie, nie mając pojęcia, jak je zweryfikować. Lecz oto Gina podsunęła jej oczywisty pierwszy krok.

Ponieważ jednak przywołane zostało widmo Matta McKenziego, zarówno Roisin, jak i Meredith zamilkły, zdając się na Ginę, czy kontynuować ten temat, czy lepiej odpuścić.

W mieniącym się kolorami późnym zmierzchu po ciemnym błękicie nieba przemknęło kilka nietoperzy, a one cierpliwie czekały.

Gina dała sobie spokój z naczyniami i znowu usiadła. Ciężko westchnąwszy, podniosła wzrok i spojrzała im w oczy.

– Wiecie co? W Papui-Nowej Gwinei mają takie określenie: *mokita*.

Zapadła cisza, a po chwili Roisin i Meredith wybuchnęły śmiechem.

– Gina, nigdy, przenigdy się nie zmieniaj – powiedziała Meredith, kiedy już mogła normalnie oddychać. Gina wyglądała na zmieszaną, ale także zadowoloną.

36

– *Mokita* to inaczej znana wszystkim prawda, o której się nie mówi – wyjaśniła Gina. – Dowiedziałam się tego w pracy od jakichś zagranicznych studentów.

Meredith i Roisin nie odezwały się słowem.

– Moja miłość do Matta to właśnie *mokita*… – Spojrzała na każdą z nich po kolei. – Nie musicie udawać, że nie wiedziałyście. Wszyscy wiedzą, a ja wiem, że oni wiedzą. Jeśli chodzi o moje uczucia do niego… cóż, kiedy mam lepsze momenty, da się z nimi jakoś żyć. Czasem bywa nawet fajnie. Ale kiedy mam gorszy dzień albo gdy Matt poznaje kogoś nowego, za każdym razem boję się, że to się przerodzi w coś poważnego. Że będę się musiała przyjaźnić z jego nową dziewczyną. W takich chwilach mam wrażenie, jakby mnie ktoś walił od środka w bebechy.

Meredith położyła dłoń na ramieniu Giny.

– Przez długi czas… a raczej przez cały czas myślałam, że przyjaźnienie się z nim jest najlepszą opcją. Że najgorzej to się z nim nie widywać. Teraz jednak myślę, że tak właśnie powinnam zrobić.

– Och, Gina – rzuciła ze współczuciem Roisin.

– Tak, wiem, że to samolubne. Nie chciałabym rozbijać naszej grupy i was krzywdzić. Ani Deva, ani Joego, ani nawet

Matta. Nigdy, przenigdy nie chciałam, żebyście musieli wybierać między nim a mną. Ale chyba inaczej się nie da.

Meredith już miała dodać coś od siebie, ale Gina pokręciła głową, jakby chciała powiedzieć: „Daj mi dokończyć". Odchrząknęła i kontynuowała:

– Robię sobie taki test. Chwilowo nie obserwuję Matta w mediach społecznościowych. On o tym nie wie, bo wystarczająco często wchodzę na jego profil i lajkuję losowo różne posty, żeby się nie zorientował. W każdym razie przestałam go obserwować dlatego, że gdy widzę go na zdjęciu z jakąś dziewczyną, to od razu mam spaprany dzień. Mój organizm natychmiast reaguje wtedy nudnościami. Kiedy mam lepszy okres i wydaje mi się, że już go przebolałam, zaglądam na jego Instagram. Znajduję jakieś jego zdjęcie z laską i sprawdzam, czy jestem w stanie na nie patrzeć bez obrzydzenia. Ale nigdy mi się nie udaje. A co dopiero, jeśli będzie się spotykał ze słynną aktorką?! Już w ogóle nie będę mogła czytać ani oglądać wiadomości! Masakra!

– O to niech cię głowa nie boli – powiedziała Meredith. – Mam taki paskudny nałóg: lubię czytać amerykańskie gazety plotkarskie, i podobno Amelia jest teraz z Jonem Hammem. Napisałam do Matta, żeby zapytać, czy to prawda, a on odpisał: *Bóg jeden wie, na pewno nie jest ze mną.* Tak się sprawy mają…

– Aha, okay. – Gina próbowała jakoś przyswoić tę wiadomość. – Ale Matt i tak nigdy nie będzie się spotykał z kimś normalnym, prawda?

Meredith i Roisin pokiwały zgodnie głowami, świetnie rozumiejąc, co w tym kontekście znaczy słowo „normalny".

– Miłość do niego jest jak przewlekła choroba. Trwa już dziesięć lat i chyba nigdy się z niej nie wyleczę.

– A jeśli spotkasz kogoś, kto jest naprawdę super? – zasugerowała ostrożnie Meredith.

– Otóż to! Przez niego nigdy nikogo nie poznam! Taki jeden koleś z pracy zaprosił mnie na randkę. Wydaje się całkiem fajny, ale…

– Nie jest Mattem – dokończyła za nią Meredith.

– Wiem, że w Benbarrow Hall mi odbiło. Wiem też, że Matt nie zrobił nic złego. I tak zawsze czuję się przy nim naga, więc kiedy dosłownie zobaczył mnie nagą, to wszystko mnie po prostu przerosło. Nie ma sensu obiecywać, że będę dla niego miła. Przez niego przeżywam istne katusze. Matt stał się moim oprawcą, tyle że on wcale nie chce mnie torturować. Ja zresztą też nie chcę, żeby tak się działo. Żadne z nas tego nie chce. Po prostu tak już jest.

Kiedy Gina skończyła mówić, po policzkach spłynęły jej łzy, więc dodała pośpiesznie:

– Jest okay, wszystko gra. Cholera, dobrze się wreszcie przyznać. Mój nagi epizod jednak nie był na darmo, jeśli dzięki niemu wreszcie będę mogła zamknąć ten temat. Z jednej strony nie chcę go zamykać, ale z drugiej czuję, że cały problem polega właśnie na tym, że czekałam, aż w końcu nadejdzie taki moment, kiedy zechcę go zamknąć. Bo inaczej się nie da. Muszę to zrobić. Nawet jeśli w tej chwili okropnie boli. Czy jest w tym jakikolwiek sens?

Akurat dla Roisin, która nie potrafiła zająć jasnego stanowiska wobec Joego, wypowiedź Giny miała zaskakująco dużo sensu. Zarówno jej, jak i Meredith zaszkliły się oczy; żadna z nich nie była świadoma cierpienia przyjaciółki.

W głębi duszy Roisin uważała, że Matt postąpił zbyt stanowczo i nietaktownie, odchodząc z ich grupy, ale może po prostu wykazał się przezornością. Odszedł, żeby nie musiała tego robić Gina.

Nagle naszła ją pewna myśl.

– Odezwał się do ciebie? Zanim napisał do wszystkich na czacie?

Gina wyglądała na zmieszaną.

– Tak. Przysłał mi wiadomość. Odczytałam ją, gdy zatrzymałyśmy się na stacji. Spytał, czy będzie lepiej, jeśli odejdzie z Klubu, a ja przytaknęłam. Wciąż byłam na niego zła. Teraz jest mi smutno. Macie mi za złe, że zachowałam się jak dzieciak i rozwaliłam naszą paczkę?

– Nie – zaprzeczyła Roisin. – Nie zachowałaś się jak dzieciak i niczego nie rozwaliłaś. Klub Briana przybierze po prostu nieco inną formę.

– Okay, bo chciałabym, żebyście nadal się z nim spotykali! Nie unikajcie go – poprosiła Gina.

– Ani Joego. To nie było jakieś nieprzyjemne rozstanie – rzuciła bez namysłu Roisin. Po chwili jednak zorientowała się, jak dziwnie to zabrzmiało w świetle wszystkiego, co im opowiedziała. Właściwie powinna dodać, że dopiero może się takie okazać.

Kiedy wracała taksówką do West Didsbury, nagle zdała sobie sprawę, że nie dostała żadnych wieści od matki. Gorączkowo wygrzebała z kieszeni iPhone'a.

Masz już wyniki biopsji? X

Na szczęście od razu pojawiły się dwa niebieskie znaczki, oznaczające, że wiadomość została wyświetlona.

MAMA (MAFIA) pisze...

MAMA (MAFIA) pisze...

MAMA (MAFIA) pisze...

MAMA (MAFIA) pisze...

Trochę dużo tego pisania jak na dobre newsy. Roisin zaczęła targować się z losem, rozważając w myślach możliwe scenariusze. Robiła to samo w przypadku ojca, zanim dotarła do radiowozu. „Jeśli to X, damy sobie radę, jeśli Y, zmierzymy się z tym. Proszę, proszę, tylko żeby to nie było Z".

W jednej chwili ogarnęło ją niemal zwierzęce przerażenie, jakie dopada człowieka, gdy na horyzoncie pojawia się wizja śmierci.

Tak! Wszystko w porządku. Kamień z serca. Do zobaczenia jutro. Najlepiej o 17:30.

Uff, choć z drugiej strony – jak to? Zadzwonili do niej z kliniki i nie pomyślała, żeby od razu powiadomić swoje dzieci?

Coś musiało być na rzeczy: Lorraine nie była na tyle nikczemna, żeby wyssać coś takiego z palca. Nie można było jednak wykluczyć, że alarm został odwołany, jeszcze zanim zadzwoniła do córki. Celowo wstrzymała się z przekazaniem jej dobrych wieści, żeby coś na tym ugrać.

Roisin nie była pewna, czy wierzyć w wersję matki, ale uznała, że nie będzie tego roztrząsać.

Przyłapanie jednej bliskiej osoby na kłamstwie na razie jej wystarczyło.

37

Roisin włączyła kierunkowskaz i głośno westchnęła, skręcając w lewo w znajomą malowniczą drogę. Westchnieniem zagłuszyła nawet prezentera radiowej Szóstki. Jechała w upale z opuszczoną szybą. Po drodze minęła dużą grupę trajkoczących dziewcząt w welonach; wszystkie były w strojach do jazdy konnej i wyglądały jak z okładek kiczowatych powieści Jilly Cooper. Roisin już przeczuwała, że matka uraczy ją kolejną tyradą na temat plagi Airbnb.

Rodziny, które w Webberley miały swoje letnie rezydencje, wynajmowały je na ekstrawaganckie wieczory kawalerskie i panieńskie.

– Myślałby kto, że przynajmniej dadzą mi trochę zarobić, ale nie, ponieważ chodzą do The Bulls z tymi wszystkimi końskimi ozdobami i tandetnymi skrobakami do kopyt, bo to wygląda bardziej rustykalnie – powiedziała kiedyś Lorraine.

Zawsze się wściekała, kiedy ludzie korzystali z należnego im prawa do wydawania nadwyżek dochodów gdzie indziej niż u niej.

Rodzice Roisin przejęli to miejsce na początku lat dziewięćdziesiątych, kiedy The Mallory był także zajazdem z pokojami na wynajem, ale jako że mieli już jedno dziecko

– Roisin – i drugie w drodze, postanowili, że sami zamieszkają na górze.

Pub został nazwany na cześć najsłynniejszego wychowanka wioski, wspinacza górskiego, który zginął podczas jednej ze swoich niezbyt słynnych wypraw. Gdy była krnąbrną nastolatką, Roisin uznała, że do tego miejsca bardziej pasuje inna nazwa, i wymyśliła – The Malaise, czyli „marazm".

W tej coraz zamożniejszej okolicy państwo Walters stanowili swego rodzaju anomalię – owszem, posiadali nieruchomość, ale jako właściciele pubu nie byli zbyt majętni.

Nabyli ten lokal, zaciągając ogromny kredyt hipoteczny, który teraz był już wprawdzie znacznie mniejszy, ale na koniec miesiąca i tak zostawało niewiele. Lorraine nie była w stanie sprzedać go za cenę, która zapewniłaby jej godną emeryturę, bo ojciec Roisin miał za życia dość nonszalancki stosunek do pieniędzy i nie pozostawił po sobie żadnego kapitału.

Roisin podejrzewała jednak, że matce nie chodzi tylko o kwestie finansowe: to właśnie tu Lorraine wychowała swoje dzieci i tu straciła męża; tu też odnalazła swoją tożsamość i swoje powołanie jako filuterna gospodyni. Webberley było jej domem.

Gdyby sprzedała The Mallory, musiałaby się stąd wyprowadzić. W Cheshire, popularnym wśród sławnych piłkarzy, nigdy nie znalazłaby niczego w przystępnej cenie, byłaby więc skazana na wygnanie i – jak to mawiała – dystyngowane ubóstwo. Liczyła, że wyjdzie ponownie za mąż, jednak jak na złość potencjalni bogaci kandydaci nie pojawili się jeszcze na horyzoncie – bez wątpienia dlatego, jak powiedziała swoim dzieciom, że żaden nie chce mieć ich na karku.

Więc tak tutaj tkwiła, broniąc ostatniego obskurnego przyczółku w tej świetnie prosperującej, pogrążonej w błogostanie wiosce służącej za sypialnię Manchesteru – i mimo wszystko miała się za królową Wiktorię.

Modny pub The Burnt Stump szczytową ścianę miał teraz w chabrowym kolorze, a na bocznej wypisano wielgachną nazwę; pod jego białymi markizami latem zbierały się tłumy. Z kolei pub Bull's Head z polanami trzaskającymi w kominku, ozdobnymi pnączami chmielu i specjalnością zakładu, czyli niesamowitym plackiem, trafił do przewodnika kulinarnego dla smakoszy.

The Mallory tymczasem pozostał tą samą zapyziałą knajpą, o której wierni klienci mówili, że „nie zmieniła się dla turystów ani miastowych". Zupełnie jakby brak zmian był jakąś zaletą, zwłaszcza jeśli od początku nie było się czym chwalić.

Roisin zaparkowała przed pubem i po żwirowej ścieżce ruszyła w kierunku znajomych drzwi ze sklepionym murowanym daszkiem – paszczy bestii rodem z epoki Tudorów. Za każdym razem ten budynek wydawał jej się mniejszy, niż go pamiętała.

– Moja córcia! – wykrzyknęła radośnie Lorraine, wyłaniając się z wnętrza. Miała na sobie sukienkę w deseń z liści palmowych, zebraną wysoko pod szyją niczym plażowy sarong. Jej gęste, ciemnobrązowe włosy związane były w duży koński ogon, spływający na plecy. Poza tym po ich ostatnim spotkaniu zafundowała sobie sztuczne, przedłużane rzęsy, które przypominały raczej rozdeptane muchy, przez co zamiast wyglądać zmysłowo, miała wyraz twarzy zaskoczonej erotycznej lalki.

– Cześć, mamo. Wyglądasz bosko! – Roisin pochyliła się, żeby dać jej buziaka.

– Ach, dziękuję. Utuczony brojler przebrany za młodego kurczaka, cała ja! – rzuciła dowcipnie. – Podobają mi się twoje włosy w kolorze czarnej porzeczki. Może też sobie takie sprawię.

No tak, zawsze o tym zapominała: Lorraine „potrafiła się sprzedać", jak mawiał Joe o niektórych pisarzach. Roisin uważała, że to kwestia jowialnej osobowości matki i jej ciętego dowcipu, które rekompensowały inne niedociągnięcia.

Jej matka była urocza – do czasu, aż ktoś czegoś od niej potrzebował.

Teraz jednak Lorraine potrzebowała jej.

Roisin zostawiła bagaże w swojej dawnej sypialni i zeszła od razu do baru, zanim zbierze jej się na przemyślenia. Na dole pub powoli się zapełniał, jak zwykle w sobotni wieczór.

Znała to miejsce doskonale jeszcze z czasów, kiedy głową sięgała raptem do tac ociekowych: obskurne nakrapiane beżowe linoleum, głębokie kubły na kółkach, lepkie butelki z syropami – limonkowym i cytrynowym – i nalewaki. Rząd dozowników do mocnych alkoholi oraz tekturka, z której można było odrywać paczki z fistaszkami i chrupkami krewetkowymi.

Jako nastolatka Roisin była bardzo lubiana wśród rówieśników, bo miała fajnych, zabawnych rodziców, no i możliwość sprzedawania alkoholu nieletnim.

Zakasała rękawy i rzuciła jak rasowa barmanka:

– Witam, co podać? Dwa jasne? Już się robi. – Sięgnęła nad głowę po szklankę do piwa, która stała na półce na plecionej gumowej podkładce.

Z szafy grającej w rogu leciało *Fantasy* Mariah Carey; wyboru utworów, które można było tam znaleźć, nie uaktualniono chyba od dwa tysiące piątego.

Lorraine serwowała gościom napoje, kołysząc do rytmu biodrami i śpiewając bezbłędnie razem z piosenkarką. Co chwila przy wysokich nutach wymachiwała rękami i zamykała oczy, jakby była Mariah. Cała Lorraine: chodząca autoreklama, pół żartem, pół serio. Miała też swoją publikę

– kilku oczarowanych mężczyzn, którzy siedzieli w pobliżu, żeby na nią popatrzeć.

– Zespół znowu w komplecie. Dzisiaj jest ze mną moja córka Roisin – oznajmiła niczym George Michael przedstawiający na scenie Eltona Johna, po czym dwoma palcami wskazała nad głową na Roisin, co spotkało się ze słabym aplauzem i zainteresowaniem kilku osób po drugiej stronie baru.

– Widać, po kim masz urodę – rzucił jakiś stary wiarus w golfie, pożądliwie łypiąc na nią okiem, a Roisin pomyślała: Tak, jestem na gościnnych występach w supergrupie The Mallory.

38

– Twoja mama twierdzi, że twój facet kręci *WIDZIA-NYCH*. To prawda? – spytał jakiś trzydziestolatek w okularach narciarskich mieniących się tęczowo jak kałuża ropy naftowej.

– Tak – odparła z rezerwą Roisin. – Dziewiętnaście funtów i dziewięćdziesiąt osiem pensów, poproszę.

– A Harry Orton zginął? – spytał, zbliżając kartę do terminala.

Roisin przypomniała sobie, że to tajemnica, której miała nie zdradzać przez wzgląd na Joego. On jednak miał w nosie jej tajemnice.

– Naprawdę chcesz wiedzieć? – powiedziała zaczepnie. – Serio, mam zaspoilerować?

– Tak!

– Nie, wyłowią go żywego z Tamizy. Okaże się, że pocisk cudem ominął kluczowe narządy. Mają nakręcić jeszcze co najmniej dwa sezony, więc raczej nie liczyłabym na jego rychłą śmierć.

– Łooo, dzięki!

Roisin patrzyła, jak koleś wraca do dużego stołu, żeby z rozkoszą podzielić się tajnymi informacjami.

Tego wieczoru w telewizji miał lecieć kolejny odcinek *Łowcy*. Roisin już się obawiała, co tym razem ujawni. Być może „Becca" postanowi pójść na podyplomowy kurs pedagogiczny i przefarbować włosy na fioletowy róż. Wyjątkowo cieszyła się, że ona i mama będą miały mnóstwo roboty podczas jego emisji.

A co z Sesso? Powinna posłuchać sugestii Giny i wysłać Matta na przeszpiegi?

Kiedy pomyślała o tym na trzeźwo, nie była już pewna, czy w ogóle angażować w tę sprawę osoby trzecie.

Później jednak wyobraziła sobie spotkanie z Joem za kilka dni. Pewnie znów zmanipuluje ją swoją gadką i w podły sposób zrobi jej wodę z mózgu. Była absolutnie pewna, że Joe ma na sumieniu przynajmniej jeden grzech, i tylko dlatego tak zuchwale stawiła mu czoło tamtego dnia na trawniku. Przyparcie go do muru wymagało odwagi i błyskotliwości, niemniej wciąż wątpiła, czy dopięła swego. Kiedy ktoś już raz cię oszukał w tak poważnej kwestii, a potem próbował się z tego wyłgać, to jak masz mu jeszcze kiedykolwiek uwierzyć?

Pod jednym względem Roisin stała się chyba podobna do Joego. Czuła, że musi udowodnić, że kłamał, bo tym razem po prostu musi wygrać.

Wyjęła telefon z torby pod barem.

Cześć, Matt! Tylko nie wysyłaj mi emotki zakochanej kupy — no, chyba że bardzo chcesz. Muszę cię poprosić o przysługę, i to wielką, choć zdaję sobie sprawę, że moment pewnie nie jest najlepszy. Oczywiście masz wszelkie prawo odmówić. Kontekst jest trochę zawiły, więc będę ci musiała wyjaśnić wszystko przy piwie. Zechcesz mnie wysłuchać, jeśli postawię ci kilka browców? R x

PS Nie potrzebuję twojej spermy.

Piętnaście minut później, gdy ponownie zerknęła na telefon, nalewając szklankę lagera z lemoniadą, odpowiedź już czekała.

Cześć, R! CZYLI CHCESZ MOJĄ SPERMĘ, TAK?
W porządku, o ile to nie jakiś podstęp, żeby nakłonić mnie do powrotu do Klubu. W tej kwestii zdania nie zmienię. Mx

Roisin poprosiła, żeby kolejnych klientów obsłużyła matka, a sama odpisała:

Nie, bynajmniej. Jeśli chcesz, możemy w ogóle nie poruszać tego tematu. Jestem dziś w Webberley i pomagam mamie w pubie, bo brakuje tu rąk do pracy, ale jutro wracam do Manchesteru. Dasz się wyciągnąć na drinka w przyszłym tygodniu?

Hmm... a może wpadnę jutro do Webberley?
— zasugerował w odpowiedzi Matt. *Przyda mi się trochę świeżego powietrza. Przyjadę późnym rankiem, powiedzmy o 10:30, a ty mnie później odwieziesz. Możemy wyskoczyć na miły niedzielny spacerek. X*

PS Proszę, znajdź jakiś zamykany pojemnik na spermę.

Zaskoczyła ją ta propozycja. W pierwszym odruchu chciała go jakoś zniechęcić; nigdy nie zapraszała tu swoich znajomych. Do głowy nie przyszedł jej jednak żaden sensowny powód, dla którego miałaby się nie zgodzić, a zamierzała poprosić o naprawdę wielką przysługę.

Jasne, jeśli naprawdę masz ochotę przyjechać do tej dziury. Prześlę ci link do pubu mojej mamy. Zadzwoń do drzwi. I daj znać, proszę, jeśli zamierzasz się zjawić w towarzystwie jednej ze stu najładniejszych osób według magazynu „People", żebym się przynajmniej uczesała. x

Będę tylko ja, jeden z najładniejszych według magazynu „Amatorscy hodowcy ziemniaków". Zatem do jutra! Mx

Zaintrygowała ją ta nieoczekiwana chęć Matta, żeby wyskoczyć na wieś. Czyżby jednak, wbrew temu, co powiedział Meredith, obawiał się ataku paparazzi?

Od niechcenia wpisała w Google'u: *Amelia Lee chłopak*. Wśród najnowszych wyników wyszukiwania znalazły się zdjęcia, na których Amelia buszuje po sklepach w Santa Barbara ze swoją nową miłością Jonem Hammem: oboje w ciemnych aviatorach. „Zakochani poznali się na planie ich nowego filmu, będącego adaptacją powieści *Piękni przeklęci*. Ja cię kręcę! Roisin aż parsknęła pod nosem, kiedy sobie przypomniała słowa Ruby o chęci poznania jakiegoś normalnego faceta.

Och, Matthew, szybujesz wysoko jak Ikar: zbyt blisko słońca, zdany jedynie na łaskę swojej wydatnej szczęki.

Roisin miała nadzieję, że jest tylko piękny, a nie przeklęty.

Starała się nie myśleć, że w najbliższym czasie nie będzie uświetniał ich grupowych spotkań swoją obecnością. Miała nadzieję, że Gina znajdzie fajnego faceta, wyleczy się z Matta i wkrótce Klub Briana znów się zjednoczy. Choć wtedy będzie już inaczej. I może bez Joego? Co też jeszcze chciał jej powiedzieć po powrocie z Ameryki? Czy był to tylko zwykły oficjalny banał w stylu „bądźmy w kontakcie", który przeniósł na prywatny grunt? Stała nieruchomo, patrząc tępo przed siebie, a w żołądku przewracało jej się jak w betoniarce.

Z zadumy wyrwał ją obcy głos.

– Złotko, dostanę kufel Harvest Pale'a czy mam się sam obsłużyć?

39

Punktualnie o dziesiątej trzydzieści rozległ się dzwonek do drzwi i Lorraine zawołała:

– Pewnie dostawa schweppesa.

– Nie, to mój kumpel, pamiętasz? – wyjaśniła Roisin. – Na twoim miejscu zdjęłabym tę dekorację, ale rób, co chcesz.

Lorraine stała w olśniewającym perłowym szlafroku z japońskim deseniem, uwaga Roisin odnosiła się jednak do puchatej opaski na oczy w kształcie jednorożca, którą jej matka nasunęła sobie na czoło. Szary materiałowy róg był skierowany ku niebu, poniżej zaś znajdowała się para wyłupiastych, stylizowanych plastikowych oczu. (Lorraine położyła się później niż Roisin, bo oglądała jeszcze serial *I tak po prostu*, sącząc wódkę z colą).

Roisin zdążyła już zapomnieć, że matka uwielbia zestawiać ze sobą luksusową odzież z „humorystyczną" tandetą.

Zbiegła po wąskich schodach, minęła bar i otworzyła drzwi, w których pobrzękiwał ciężki pęk kluczy, jakiego nie powstydziłby się strażnik więzienny.

Wcześniej wspomniała matce, że zjawi się stary kumpel z księgarni, bawiący akurat w okolicy. Na szczęście mogła być spokojna o to, że Lorraine nie dołączy do niej, żeby powitać Matta w drzwiach. Jej matka nie widziała potrzeby, żeby ruszać się z miejsca, o ile na końcu drogi nie czekał dobry dom handlowy albo koktajl French 75.

W nocy przez Webberley przeszła ulewa. Niebo przybrało złowróżbną szarobeżową barwę, podobną do herbaty, w której ktoś opłukał umazany farbą pędzel. Pomimo lepkiej późnoletniej duchoty Roisin musiała włożyć przeciwdeszczową parkę.

– Dobry! – rzuciła na widok rozpromienionego Matta. Miał na sobie zapiętą pod szyję ciemną dżinsową kurtkę, czarne spodnie i te same znoszone brązowe buty z kanarkowymi sznurówkami, w których widziała go ostatnio.

Roisin niemal parsknęła śmiechem, bo wystroił się na wyjazd na wieś tak, jakby miał pozować do wielkoformatowego dodatku o modzie. Brakowało tylko, żeby stojąc z jedną nogą opartą o ściętą kłodę drewna, śmiał się do czegoś poza kadrem.

– Dobry. Czyli tu się wychowałaś? Musiało być fajnie dorastać w takim miejscu, no nie? Ogród wygląda na całkiem spory. – Przesunął wzrokiem po budynku, po czym odchylił się z dłońmi w kieszeniach i zajrzał na tyły.

– Taaa, dom pełen pijaczków, ale poza tym było znośnie – powiedziała. – Chodź, przedstawię cię mamie i możemy się zbierać. Opracowałam dla nas trasę i takie tam.

Zaprowadziła Matta do pubu. Lorraine siedziała na dole, podliczając utarg z poprzedniego wieczoru.

– Mój Boże! – rzuciła. W ułamku sekundy zlustrowała gościa i pośpiesznie ściągnęła opaskę. – Kto zamówił młodego Harrisona Forda?

– Chyba takiego z AliExpress – zripostował błyskotliwie Matt.

Oboje wybuchnęli śmiechem, a Roisin nie była w stanie stwierdzić, czy ich pierwsze spotkanie wypadło wyjątkowo dobrze czy wyjątkowo źle. Wolała, żeby nie zakładali wzajemnego fanklubu.

– Mamo, to Matt. Matt, to moja mama, Lorraine – powiedziała, a Matt wyciągnął rękę ponad kasą, żeby się przywitać.

– Dobrze cię ukrywała – rzuciła Lorraine, której twarz nagle się rozpromieniła, przybierając ciepły, przyjazny wyraz niczym kwiat słonecznika. Miała słabość do przystojniaków, którzy potrafili się przekomarzać.

Roisin pospiesznie wyszła z Mattem, zanim Lorraine zacznie nalegać na wspólny lunch.

Ruszyli przed siebie nierównym poboczem wśród niezbyt typowej jak na tę okolicę absolutnej ciszy. Gałęzie starych drzew zbiegały się nad ich głowami, a splecione ze sobą liście nadawały przenikającemu przez nie światłu szmaragdowozielony odcień.

– Nie przypuszczałam, że lubisz spacery i w ogóle chodzenie – zwróciła się do Matta Roisin, zerkając na niego z wdzięcznością i ciesząc się z miłego towarzystwa. Mimo że przyjaźnili się od lat, taka wspólna przechadzka w zupełnie innym niż zwykle otoczeniu mogła okazać się trochę krępująca, a jednak nie była.

– Trudno gdziekolwiek dotrzeć bez chodzenia – stwierdził Matt. – Nie jestem totalnym mieszczuchem! Pamiętasz, byliśmy kiedyś w Center Parcs?

Roisin się uśmiechnęła. Zdała sobie sprawę, że naprawdę przyjemnie mija jej czas w Webberley, co było też nie lada zaskoczeniem. W pubie roiło się wprawdzie od duchów przeszłości, ale krajobraz wokół wioski nie nasuwał negatywnych skojarzeń. Na chwilę uciekła od klaustrofobicznego West Didsbury i psychologicznych gierek Joego Powella.

– Paproć po deszczu! Nie wiesz, jakim jesteś mieszczuchem, dopóki nie uświadomisz sobie, że nigdy w życiu nie widziałeś krzaka paproci – oznajmiła Roisin, wskazując na roślinę przy drodze.

– Masz rację. Tylko popatrz, jak potrafimy delektować się chwilą. A dookoła ani jednego negroni! – zauważył Matt. – Takie paprocie zdarza mi się oglądać jedynie w telewizyjnych kryminałach, w miejscach odgrodzonych taśmą policyjną.

– Ha! Ostatnio mówiliśmy tak o Benbarrow Hall. Dlaczego wszystkie fajne rzeczy muszą się nam kojarzyć z morderstwem? – Roisin trochę za późno zdała sobie sprawę, że ta rozmowa grozi zejściem na temat *Łowcy*, a na to nie była jeszcze gotowa. – Nie spotykasz się już z Amelią? Co się właściwie stało? – rzuciła ni stąd, ni zowąd.

– Uch, nie pytaj.

– Przepraszam! Nie wiedziałam, że myślałeś o niej poważnie.

– Ani trochę, ale i tak wyleciałem przez nią z pracy, przy czym daliśmy sobie spokój po całych dwóch randkach, więc… – Zrobił pauzę. – Nie, to nie tak. Sam się podłożyłem, z jej pomocą. Jak to się mówi? Jeśli raz wpadasz na palanta, trudno, po prostu trafił ci się palant, ale jeśli przez cały dzień się na nich natykasz, to znaczy, że sam jesteś palantem. W zeszły weekend dotarło do mnie, że jeśli wszędzie, dokąd pójdę, podąża za mną katastrofa, to znaczy, że sam jestem chodzącą katastrofą.

– Wyleciałeś z pracy? Jesteś bezrobotny?

– Uhm, na sześciotygodniowym zwolnieniu z obowiązku świadczenia pracy.

– Serio? – Roisin odczekała chwilę, aż miną innych spacerujących, którym skinęli głowami na przywitanie, uśmiechając się przy tym zdawkowo. – Istnieje coś takiego u ciebie? Myślałam, że takie zwolnienia są tylko w korporacjach. Nie żebym drwiła z tego, czym się zajmujesz! Po prostu nie wiem.

– Ty nigdy ze mnie nie drwisz. W przeciwieństwie do pewnych osób, których nie będziemy teraz wspominać. – Matt posłał jej uśmiech, a Roisin go odwzajemniła, choć z pewnym skrępowaniem.

– Ten wypad do Lizbony miał charakter służbowy. Warunek był taki, że mam zabrać ze sobą przyjaciółkę lub dziewczynę i wrzucać posty z naszymi zdjęciami. No więc czatuję sobie z tą tajemniczą rudą laską na Hinge'u i nagle późnym wieczorem ona pisze: *To spotkajmy się na pierwszej randce w Lizbonie. Dolecę do ciebie.* Moja pierwsza myśl: Super, tak, czemu nie? Idź na żywioł. Jej fotki są bardzo lifestyle'owe, a ona ma w sobie coś z modelki, więc nawet przez chwilę nie pomyślałem, że może mieć coś przeciwko robieniu selfie z kieliszkami brandy...

– Naprawdę nie miałeś pojęcia, kim jest?

– Nie, była cwana. Na zdjęciach zawsze pozowała w masce albo stała gdzieś w oddali wygięta jak joginka, albo częściowo zasłaniał ją pies. Sparowało nas ze sobą dopiero tydzień wcześniej i szczerze mówiąc, nie przyjrzałem się jej zbyt dokładnie.

Niektóre rzeczy nigdy się nie zmieniają: Matt i jego panienki – pomyślała Roisin, ale nie powiedziała tego na głos.

– Rozumiem. Czyli spotykacie się w Lizbonie, a ona mówi: „Żadnych zdjęć"?

Roisin przystanęła, wyjęła ręce z kieszeni kurtki i poruszała palcami wskazującymi, jakby wskazywała światła ewakuacyjne w samolocie.

Matt się zaśmiał, a potem jęknął.

– Trochę jak przed startem Ryanaira, no nie? – zauważyła Roisin. – „Jeśli ciśnienie w kabinie gwałtownie spadnie, maski tlenowe wypadną automatycznie".

– Powiem ci, że pod koniec naprawdę potrzebowałem maski tlenowej.

– Ha, ha, ha, ha.

– Taa, no więc zjawia się i odkrywam, kim jest. Najpierw myślę sobie, że trudno o lepszą reklamę dla winnicy, ale potem dociera do mnie, że wszystko psu na budę, bo Amelia pozwala jedynie, żeby na zdjęciach była widoczna jej ręka. I co mam zrobić? Kazać jej wracać? Ściągnąć do Lizbony kogoś innego? Zadzwonić do szefa i powiedzieć: „Bardzo mi przykro, ale zaprosiłem kobietę, której wcześniej nie znałem, i okazało się, że jest tak sławna, że przyleciała w obstawie dwóch byłych komandosów, na co niestety nie będę miał żadnych dowodów"?

Roisin zasłoniła usta dłonią i się zaśmiała.

– Przepraszam.

– W porządku. Wiem, totalny absurd. Zrobiłem z siebie idiotę. No więc wracam do domu bez zdjęć, za to z tą kompletnie niedorzeczną historyjką. A żeby było jeszcze śmieszniej, to ja odpowiadam za naszą obecność w internecie. Niedawno stery w firmie przejął syn dyrektora naczelnego i od samego początku próbuje się mnie pozbyć. Stary prezes mnie uwielbiał i dobrze mi płacił. Moje wynagrodzenie na liście płac kłuje boleśnie w oczy, więc synalek wykorzystuje ten bzdurny pretekst, żeby mnie zwolnić. W poniedziałek wezwał mnie do siebie i palnął mowę w stylu: „Bez urazy, odejdź po cichu, a nie pożałujesz. Ale jeśli nas pozwiesz, my już zadbamy, żebyś nigdy nie znalazł żadnej roboty w północnozachodniej Anglii, nieważne, czy wygrasz czy nie". Poza tym wyobraź sobie tylko ten proces przed sądem pracy! Musiałbym się tłumaczyć, że przecież nie mogłem wiedzieć, że zaproszona przeze mnie osoba jest celebrytką. To by dopiero był temat dla „Manchester Evening News"!

Roisin zaczęła chichotać, jakby miała czkawkę.

– Myślę, że nawet dla każdej gazety w tym kraju. „Niesłusznie zwolniony z pracy, bo niechcący randkował z Amelią Lee".

— Pewnie tak. Tyle mojego, że dostałem sowitą odprawę. Zwolnili mnie z obowiązku świadczenia pracy, bo byłem tuż przed dopięciem bardzo lukratywnego kontraktu z małą siecią restauracji. Nie chcą, żebym robił im koło pióra, kiedy negocjują warunki.

— Bez trudu znajdziesz coś innego – stwierdziła Roisin. — W końcu ty to ty.

— Tak – westchnął Matt. – Ja to ja.

40

Przez chwilę słychać było jedynie ich kroki i szelest ubrań, kiedy tak szli.

– Chyba powinnam z siebie wreszcie wydusić, o jaką szaloną przysługę chodzi – rzuciła Roisin. – Najpierw nakreślę kontekst. To, co ci powiem, jest absolutnie poufne. Wiedzą o tym tylko Gina i Meredith.

Opisała mu sprawę z *Łowcą*, opowiedziała o ostrej kłótni z Joem, po której właściwie się rozstali, i o swoich podejrzeniach. Na zakończenie wywodu cała w nerwach stwierdziła, że być może dowodu jego winy należy szukać w Sesso.

Matt słuchał jej uważnie w milczeniu.

– Myślisz, że któraś z tamtejszych kelnerek mogła mieć z nim małe tête-à-tête? – spytał w końcu.

– Tak – przyznała.

– Okay. No więc o co chcesz mnie poprosić?

Roisin nie umknęło, że nie uznał jej teorii za mało prawdopodobną, czy tym bardziej za niemożliwą, niemniej on i Joe już wcześniej nie pałali do siebie sympatią.

– Może wykorzystałbyś swoje umiejętności interpersonalne i talent do zaklinania kelnerek… i zasięgnąłbyś tam języka?

231

Roisin cieszyła się, że szli obok siebie, bo była zbyt zawstydzona, żeby spojrzeć mu w oczy. Mijali akurat kościół, którego mury pewnie nie słyszały niczego równie idiotycznego, odkąd go zbudowano w trzynastym wieku.

– W Sesso zatrudniani są dość młodzi ludzie. Wątpię, żeby wciąż pracowali tam ci sami, co dwa lata temu.

– Słuszna uwaga. – Roisin nie zamierzała się targować. Zastanawiała się, czy przypadkiem nie jest to całkiem poroniony pomysł, co zresztą próbowały jej uzmysłowić Gina i Meredith. Niemal jej ulżyło, kiedy usłyszała, że to w zasadzie niewykonalne.

– Niemniej jednak Rick, szef sali, pracuje tam całe wieki, a ja i tak muszę zadbać teraz o swoje kontakty. Umówię się z nim na drinka i spróbuję dyskretnie wypytać.

– Och! Okay. Dzięki.

– Ale musisz coś wiedzieć, Rosh... Skoro już rozmawiamy szczerze i Joe jest twoim byłym...? – Matt spojrzał na nią, licząc, że potwierdzi, na co ona skinęła głową. – Nie opuściłem Klubu wyłącznie z powodu spięcia z Giną. Tamta sprawa zaważyła w osiemdziesięciu pięciu procentach, ale pozostałe piętnaście procent to wina Joego.

– Wcale... mnie to nie dziwi.

– Nie wiem, jak mu zalazłem za skórę, ale w którymś momencie uznał, że jestem jego wrogiem. Ta afera z Giną sprawiła mu nie lada radochę, co uważam za wyjątkowo podłe.

– Tak, masz rację.

– Gdybym sam nie był taki skuteczny w zrażaniu do siebie ludzi, pomyślałbym nawet, że próbuje mnie wysiudać z Klubu Briana.

– Zabawne, że to mówisz; myślałam, że przyjął taką taktykę, żeby samemu mieć pretekst do odejścia.

– Ale tego nie zrobił, prawda?

– Hmm, jeszcze nie. Słuszna uwaga.

– Co zarazem ułatwia sprawę i jeszcze bardziej ją komplikuje. Nie muszę się obawiać, że pomagając ci, zrujnuję przyjaźń, bo ona i tak już właściwie nie istnieje. O tyle to jest łatwiejsze.

– Rozumiem.

– Ale trudniej jest mi przyznać, że nie kieruje mną także chęć zemsty. Na pewno nie toczę walki z sumieniem.

– Wiesz co, Matt, niepotrzebnie cię prosiłam.

– Nie! – Zatrzymał się i spojrzał na nią; jego twarz i włosy otaczała wodna mgiełka, jakby rosa. – Nie chcę cię wpędzać w poczucie winy. Chcę być po prostu szczery. Nie jestem całkiem bezstronny i chyba lepiej, żeby to wybrzmiało, nawet jeśli tylko między nami.

– Rozumiem. Dziękuję – powiedziała stanowczo Roisin, chociaż w duchu się wahała.

Czuła się trochę tak, jakby wynajmowała płatnego zabójcę. Dopiero teraz, kiedy początkowy szok i złość z powodu *Łowcy* wyparowały, a spowijająca jej umysł ciemność ustąpiła, Roisin zdała sobie sprawę z powagi swojej prośby. Nie chodziło jedynie o wplątywanie w to wszystko Bogu ducha winnego Matta – ale ogólnie o całokształt przedsięwzięcia. Jeśli zacznie działać za plecami Joego, żeby go zdemaskować, werbując przyjaciół jako szpicli, jakiekolwiek zaufanie pójdzie w diabły. Wiara w drugą osobę też pójdzie w diabły. I szlag trafi jej przewagę moralną.

Po kłótni w Benbarrow ogarnął ją iście biblijny gniew – oko za oko, ząb za ząb. Teraz jednak nie była już taka pewna, czy rzeczywiście chce się zniżać do takiego poziomu i tarzać w błocie. Joe miałby wszelkie prawo, żeby się wściec. Ale z drugiej strony upublicznił jedną z jej najskrytszych tajemnic, jaką było otwarte małżeństwo jej rodziców, umieszczając ją w serialu. To nie ona wypowiedziała mu wojnę, tylko on jej.

– Myślisz, że nie powinnam tego robić? – spytała.

Matt się zatrzymał.

– To, co ja o tym myślę, jest bez znaczenia. Co podpowiada ci intuicja?

– Intuicja podpowiada mi, że… – Roisin nabrała głęboko powietrza. – Że Joe ukrywa coś wielkiego, o czym nie wiem. Dopóki nam się układało, niczego nie dostrzegałam. Kłótnia o *Łowcę* sprawiła, że wszystko nagle zaczęło wyglądać inaczej. Pewnie to jedyna taka okazja, żeby poznać prawdę. Nie chcę do końca życia zastanawiać się nad znaczeniem tych dziesięciu wspólnie spędzonych lat. – Spojrzała na Matta. – Czy wiesz, jak to jest, kiedy jakiś pomysł wydaje ci się głupi i lekkomyślny, ale od pierwszej chwili czujesz, że i tak musisz go zrealizować? Że rozmyślanie nad tym jest stratą czasu? Że działanie ma charakter czysto terapeutyczny i że… i tak nic cię nie powstrzyma?

– Dobrze wiem, o czym mówisz – przyznał z szerokim uśmiechem. – Chyba nawet jestem specjalistą w tej dziedzinie. No dobra, Rosh. Zatem jeśli się okaże, że szukam na próżno, to nie będzie miało znaczenia. Jeśli jednak coś znajdę, wówczas jego uczucia nie będą miały znaczenia.

– Jest jeszcze przerażająca trzecia opcja: że nie ma niczego, co można by znaleźć, a on się dowie, że go szpiegowaliśmy.

– Nie mogę dać ci stuprocentowej gwarancji, ale postaram się być bardzo dyskretny. Bądź co bądź, pracuję w branży winiarskiej, więc mam uzasadniony powód, żeby zajrzeć do baru. Poza tym jeśli dojdzie do najgorszego, mogę służyć za kozła ofiarnego, nie ma sprawy. Powiemy, że ty nie miałaś z tym nic wspólnego, że węszyłem na własną rękę.

– Wykluczone! Nie mogłabym ci tego zrobić – zaoponowała Roisin. – To ja cię poprosiłam. Wszystko idzie na mój rachunek.

– Ustalmy, że na nasz wspólny – zaproponował Matt.
– Trzeba to przybić. Oto chwila naszej niesławy, której świadkami będą tylko wiewiórki.

Wyciągnął dłoń w stronę Roisin, a ona ją uścisnęła.

Kiedy tak szli, zaczęła się zastanawiać – dziwiąc się, że dopiero teraz o tym myśli – jak się poczuje, jeśli Matt dostarczy jej niezbitych dowodów na niewierność Joego.

W głębi ducha nadal uważała, że to niemożliwe, choć wbrew rozsądkowi zachowywała się tak, jakby posądzała go o najgorsze. A przecież prawda była taka, że potrzebowała dowodów z przyczyn zgoła odwrotnych: dopóki ich nie miała, nie mogła naprawdę uwierzyć.

A jeśli rzeczywiście to zrobił? Co wtedy? Jak reagują patologiczni kłamcy, kiedy wreszcie pada na nich światło oskarżenia i już nie mają gdzie się ukryć?

41

Okrężna trasa, którą wybrała Roisin, wiodła wokół pól, ścieżkami spacerowymi wzdłuż strumienia, do którego w dzieciństwie ciskała z ojcem kamienie. Mieli do przejścia łącznie pięć kilometrów. Kiedy schodzili po łagodnym zboczu w kierunku pubu, czuli się ożywieni i tryskali energią.

– Miałaś szczęście dorastać w takim miejscu – powiedział Matt, a Roisin tylko pokiwała głową z uśmiechem, bo to nie był odpowiedni moment na taką rozmowę.

Gdy tylko ich kroki zachrzęściły na żwirze, z baru wypadła Lorraine, odstawiona jak na procesję: miała na sobie bufiastą przeźroczystą bluzkę z marszczeniami, wpuszczoną w wąskie bordowe spodnie, i szpilki od Louboutina. Włosy związała w luźny kok. Roisin niemal z miejsca wybuchnęła śmiechem. Matka wyglądała tak, jakby miała dziś zmianę podczas niedzielnego lunchu, po którym o trzeciej serwowała koktajl krabowy na jachcie miliardera.

– Muszę was ostrzec – oznajmiła, przywołując do siebie Matta i Roisin. – Terence zagęścił sobie włosy. Nie dajcie po sobie niczego poznać, jest przewrażliwiony na tym punkcie. Kilku stałych klientów puściło *Wig Wam Bam* z szafy grającej, żeby go... yyy, jak to się mówi? Chciałam powiedzieć

„zgnomować", ale chyba jednak nie tak. Wiecie, kiedy chce się kogoś sprowokować na komputerze?

– Strollować? – podsunął Matt.

– O to, to!

– Zagęścił włosy? – zdziwiła się Roisin. – Zrobił sobie przeszczep? Terence od wielu lat pracuje jako barman na dzienną zmianę – wyjaśniła Mattowi.

– Ma doczepione kępki – powiedziała Lorraine. – Ale nie wygląda najlepiej. Trochę przesadził. W miejscu zakoli w kształcie starej piłki do tenisa ma teraz coś, co wygląda, jakby się miało zerwać i przybiec na dźwięk wsypywanych do miski kocich smaczków.

Matt wybuchnął śmiechem. Roisin też nie mogła się powstrzymać, choć wiedziała, że jej matka tylko się zgrywa przed gościem.

– Zachowujcie się normalnie – wychrypiała szeptem Lorraine, zapraszając ich gestem do pubu. Roisin czuła, że Matt jest nią absolutnie oczarowany. Jej matka wciąż miała w sobie to coś.

– Matt, może skusisz się na małe piwko przed wyjazdem? Nie możesz być w pubie i niczego się nie napić – dodała Lorraine, kiedy weszli do środka.

– Chętnie, bo nie muszę dziś prowadzić. O ile Roisin nie ma nic przeciwko? – odparł Matt.

– Tylko jedno! – Roisin naburmuszyła się w żartach.

Lorraine nalała Mattowi carlsberga, a córce dietetyczną colę w wysokiej szklance, do której szczypczykami wrzuciła kostki lodu z kubełka. Z szafy grającej dobiegał kawałek The Verve – *Sonnet*.

Jedyną pozycją w pubowym menu były kanapki z frytkami (to, jak Lorraine trząchała we frytkownicy koszykami pełnymi krojonych ziemniaków, od lat przerażało Roisin), więc w porze lunchu było tu stosunkowo spokojnie. Nawet wierna grupa zaprawionych w piciu fanów, stale przychodząca do The Mallory, zaczynała się schodzić dopiero późnym popołudniem.

– O, nasza zbłąkana owieczka! Wreszcie znalazłaś drogę do domu? – rzucił Terence, który wyłonił się z zaplecza, dźwigając skrzynkę.

– Cześć, Terry – odparła Roisin przyjaznym, choć niezbyt entuzjastycznym tonem. Starała się patrzeć mu prosto w oczy i nie wędrować wzrokiem ku jego nowej czuprynie. – To mój przyjaciel Matt.

Lorraine zawsze powtarzała, że Terence jest „nieszkodliwy". Brytyjczycy zwykle używają tego określenia, kiedy mają na myśli kogoś irytującego, ale niekoniecznie złośliwego. Poza tym jedną z jego istotnych zalet, której brakowało wielu ludziom, była umiejętność dogadywania się z matką Roisin – rzecz o tyle trudniejsza, że jego żona Julie ciągle ciosała mu kołki na głowie, namawiając, żeby poprosił o podwyżkę za swoje wybitne zasługi na rzecz pubu, zupełnie jakby Terence był niedocenianym wiceprezesem jakiejś niezwykle dochodowej londyńskiej firmy.

– Ach, miło cię widzieć. – Odstawił ciężką skrzynkę i przyjrzał się Roisin uważnie. – Nie zmieniłaś się ani trochę od czasu, kiedy byłaś nadąsaną nastolatką krótko przed zakończeniem szkoły. Masz takie same włosy, sweter i buty. Pamiętasz, jak pomazałaś swoje toporne buciory korektorem?

Nie było takiego młodzieżowego trendu, który by go nie zadziwiał.

– Namalowałam stokrotki na martensach – wyjaśniła Mattowi Roisin.

– I jakieś hieroglify.

– Symbole pacyfki, yin-yang – zwróciła się ponownie do wyraźnie rozbawionego Matta.

– Poza tym inicjały chłopaków!

— MH w serduszku, bo największy przystojniak z mojego rocznika nazywał się Mike Hennessey – potwierdziła. Cieszyła się, że nie można było jej już tak łatwo zawstydzić, jak wtedy, kiedy miała siedemnaście lat.

— Ach, ten łajdak! – rzucił Matt, a Roisin się roześmiała. Usiedli przy narożnym stoliku pod zdjęciem w odcieniach sepii, przedstawiającym tragicznie zmarłego mieszkańca wioski, który wspiął się na Mount Everest. Och, jakże często w młodych latach Roisin zdawał się na nią spoglądać z dezaprobatą, kiedy siedziała w tym miejscu skacowana.

— Ten pub to dla mnie rewelka. Bardzo mi się tu podoba – powiedział Matt, rozglądając się po lokalu. – Pewnie cieszy się dużą popularnością?

Roisin spojrzała, jak spokojnie pociąga łyk lagera, i ku swojemu zdziwieniu stwierdziła, że w jego słowach nie było ani grama sarkazmu. Kto wie, może zbyt długo zadawała się z Joem.

— Nie bardzo – odparła cicho, żeby nikt inny jej nie usłyszał. – W naszej wiosce jest jeszcze gastropub ze znakiem Bib Gourmand i jeden modny pub, w którym serwują espresso martini, no i The Mallory.

— I chyba w tym cały jego urok, no nie? Jest, jaki jest. Tradycyjny bar z prawdziwego zdarzenia. Nie próbuje uchodzić za coś innego, żeby zrobić wrażenie na dzianej klienteli. Nie ma czarnych ścian ani idiotycznych dzieł sztuki z Wonder Woman jako Joanną d'Arc, ani kart dań wydrukowanych na szarym papierze i przypiętych do tekturowych podkładek czy koktajli z plasterkami suszonych owoców z uczepionym kawałem jakiegoś krzaczora.

Roisin się uśmiechnęła.

— Taa, to z całą pewnością nie taki lokal.

Kiedy wypili, Roisin poszła do pokoju po torbę. Miała zamiar szybko pożegnać się z matką i Terence'em. Niestety

Lorraine nieoczekiwanie postanowiła odprowadzić córkę do auta. Nie było sensu się z nią spierać.

– Naprawdę nie dasz się przekonać i nie zostaniesz jeszcze parę dni, żeby mi pomóc? Wszyscy są tobą zachwyceni. – Zrobiła nadąsaną minę. – Dennis powiedział, że czuje się tak, jakby na antenę wrócił jego ulubiony show! Coś jak *Przyjaciele: Spotkanie po latach*. Szczerze mówiąc, jestem w dupie i nie wiem, co robić.

– Taa, „show" to właściwe słowo – mruknęła Roisin.

– Jest aż tak źle? – spytał Matt.

– Zobaczę, co da się zrobić – wtrąciła się Roisin. – Pa, mamo. Na razie!

Lorraine osłoniła oczy przed popołudniowym słońcem.

– I co mam począć, Matt? Jest dla mnie zwyczajnie okropna – stwierdziła, po czym zwróciła się do córki: – Pozdrów ode mnie Joego, dobrze? Kiedy wraca, we wtorek? Matt, naprawdę miło było cię poznać.

Roisin aż stężała, kiedy matka nachyliła się, żeby cmoknąć w policzek najpierw ją, a potem Matta.

Gdy wytoczyła się z parkingu, Matt powiedział:

– Jakby co, możesz mi kazać się bujać, ale… nie powiedziałaś mamie? O tobie i Joem?

Nie żeby miała taki zamiar, ale jako że mierzący metr osiemdziesiąt Matt siedział wciśnięty w fotel pasażera, trochę trudno byłoby mu kazać się bujać.

– Nie. Po naszej kłótni poleciał od razu do Kalifornii. Nie ustaliliśmy, jak ani kiedy najlepiej to ogłosić.

Matt nie skomentował jej słów i zapadła grobowa cisza. Na ogół to on pierwszy się odzywał i łagodził sytuację, więc Roisin uznała, że pomyślał o czymś, czego nie chciał wyrazić na głos.

– Uważasz, że nie powinnam z tym zwlekać? – spytała wreszcie.

– Uważam, że... powinnaś być świadoma, czego chcesz, bo inaczej to Joe ci uświadomi, czego chcesz.

– Dzięki, ale osiągnęłam taki poziom cynizmu, że chyba nic już nie wpłynie na zmianę mojej decyzji. – Na skrzyżowaniu Roisin włączyła kierunkowskaz i skręciła. – Może i lepiej, że tak jest.

42

Człowiek zewsząd otrzymywał mądre i uskrzydlające rady, jak podejmować ważne decyzje w sprawach sercowych – pomyślała Roisin – choć niewiele z nich dotyczyło tego, jak postępować krok po kroku. Nie brakowało T-shirtów z napisami *RZUĆ GO!* i piosenek z podżegającymi do działania refrenami, których należało słuchać z ozdobionym crustą z soli kieliszkiem margarity w ręku, podnoszonym do ust umalowanych jaskrawoczerwoną szminką. Jednak zdecydowanie mniej mówiło się o tym, jaki przybrać ton, kiedy twoi kochający prawie-teściowie Kenneth i Fay niespodziewanie zadzwonią w niedzielne popołudnie, żeby porozmawiać z tobą przez system głośnomówiący o postępie prac nad wspólnym, przydomowym ogródkiem, przy którym ci pomagali. Ostatecznie Roisin postawiła na sztuczną, nic nieznaczącą wesołość, z którą na ogół rozmawiała z Lorraine. Jednak czuła się z tym niezręcznie, jakby ich oszukiwała. Musiała odpowiednio dostosować tembr głosu, żeby nie brzmieć zbyt sztucznie ani niepokojąco albo nieuprzejmie i obojętnie.

Gloria Gaynor ze swoim przebojem *I Will Survive* nie była w tej kwestii zbyt pomocna; jeśli chodzi o te kluczowe momenty między momentami, niezręczne dygresje oraz szare strefy dotyczące etykiety i rozmów, które już się nie kleiły, człowiek był zdany tylko na siebie.

We wtorkowy wieczór, kiedy Joe miał wrócić z podróży, Roisin znowu stanęła przed niewielkim, lecz dręczącym ją dylematem: zerwać się i pobiec do drzwi, kiedy usłyszy, że przyjechał, czy pozostać na sofie i czekać na jego wejście? Pierwsza opcja wydała jej się zbyt entuzjastyczna i co najmniej dziwna – w końcu dała mu jasno do zrozumienia, że nie interesuje się zbytnio, jak mu idzie. W połowie jego pobytu dostała wiadomość: *Newsy: wytwórnia „Bad Robot Productions" J.J. Abramsa chce nakręcić WIDZIANYCH; nic jeszcze nie podpisaliśmy.* Na co odpowiedziała: *Świetne wieści! Pewnie się cieszysz.* Życzliwie, ale zdawkowo. Jakby był kolegą z pracy.

W każdym razie głupio by się czuła, czekając w drzwiach, zupełnie jakby chciała natychmiastowej konfrontacji. Natomiast druga reakcja mogłaby niepotrzebnie zostać odebrana jako agresywna.

Wypiwszy pół kieliszka czerwonego wina, podenerwowana napisała na WhatsAppie do Giny i Meredith, żeby pomogły jej rozwiązać ten najgłupszy na świecie mikrodylemat.

Meredith
Zamknij się w kibelku i krzyknij przez drzwi, że masz tu z kimś rozkminkę o stawianiu klocków.

Gina
A jeśli Joe pomyśli, że jest tam z jakimś facetem?

Meredith
No to, że wypuszczasz kreta z nory.

Roisin
Dzięki za nieocenioną pomoc.

Roisin czuła presję, bo miała się z nim spotkać po raz pierwszy – na szczęście bez świadków – odkąd przestali być parą. Jego zachowanie zdecyduje o atmosferze na przyszłe dni, kiedy będą musieli przejść proces finansowego, praktycznego, towarzyskiego i emocjonalnego rozdzielania wspólnego dotąd życia. Co znaczyło, że Joe będzie miał znaczny wpływ na to, jak będą wyglądać jej najbliższe dwa miesiące.

Do rozstań po wieloletnim związku dochodzi nieustannie – kiedy jednak coś takiego przytrafia się tobie, problem urasta do gigantycznych rozmiarów. Roisin pamiętała, że słowa: „Mój tata umarł" wydawały jej się zbyt banalne i powszednie, jak na doniosłość tego wydarzenia równą niemal trzęsieniu ziemi i dziwność jak nie z tego świata. Teraz, po niemal dziesięciu latach spędzonych z Joem, czuła się podobnie.

Żeby o tym nie myśleć, zajęła się renowacją domu, próbując skupić się bez reszty na wybieraniu płytek do spiżarni, co wcale nie było takie proste. Tymczasem iPlayer uparcie jej przypominał, że nie obejrzała jeszcze drugiego odcinka *Łowcy*, co nie było łatwe, bo co rusz pokazywał się na iPlayerze. Podejrzewała, że Joe nie będzie aż tak bezczelny, żeby mieć o to do niej pretensje.

W każdym razie chwilowo absolutnie nie miała siły, żeby się z tym zmierzyć.

Ostatecznie, jak to zwykle bywa, decyzja o otwarciu drzwi została podjęta za nią. Najpierw usłyszała podjeżdżający samochód, a potem na schodach rozległy się kroki Joego, który następnie zaklął, najwyraźniej nie mogąc znaleźć kluczy. Wyciszyła telewizor i poszła mu otworzyć.

– Cześć – rzuciła w progu z walącym sercem. – Za dużo bagaży i kieszeni?

– O, hej. Tak, dzięki – odparł i podniósł wzrok. Pod niebem Manchesteru jego muśnięta słońcem skóra znów dziwnie nie pasowała do reszty. Najwyraźniej często bywał tam w tych kalifornijskich barach na dachu.

Dźwignął swoją srebrną rowkowaną walizkę na kółkach i wniósł ją do holu.

– Mieszkanie wygląda jak spod igły. Nie było problemów z Cormakiem?

– Nie, nie. Żadnych. Ja też nie próżnowałam. Dostałam kilka dodatkowych dni wolnego – powiedziała trochę głupkowato Roisin. Nie o tym chciała teraz rozmawiać.

– Ach tak?

– Tak.

Joe chyba wyczuł, że z tymi wolnymi dniami było coś nie tak, i roztropnie nie drążył tematu.

– Wezmę prysznic i się przebiorę, a potem możemy pogadać, okay? – zasugerował.

Roisin aż zdrętwiała.

– Jeśli czujesz się na siłach – odparła.

– Co masz zrobić jutro, zrób dzisiaj, no nie?

Roisin nie potrafiła niczego wywnioskować z jego tonu. Nalała sobie jeszcze trochę czerwonego wina. Po chwili namysłu wzięła całą butelkę i postawiła dodatkowy kieliszek po drugiej stronie stolika kawowego.

Joe wyłonił się ponownie z łazienki – miał mokre włosy, czysty T-shirt i spodnie dresowe. Usiadł i od razu nalał sobie shiraza.

– Dobrze wrócić do domu – stwierdził, upiwszy spory łyk. Już dawno nie przyglądał się Roisin tak intensywnie. – Zajęłaś pokój gościnny?

Roisin przytaknęła skinieniem. Nie chciała sprawiać wrażenia nieczułej, ale nie wiedziała, co powiedzieć. Czekała, aż Joe wyłoży karty na stół.

– Co do ostatniej niedzieli, to przepraszam, że... Próbuję znaleźć jakiś bardziej odpowiedni tekst niż „nie stanąłem na wysokości zadania". W każdym razie przepraszam, że nie wiedziałem, co powiedzieć. Zaskoczyłaś mnie. Miałem lecieć do Ameryki na ważne spotkanie i myślami byłem już gdzie indziej. Przepraszam, że cię nie słuchałem.

Roisin nic nie odpowiedziała; cieszyła się, że przybrał raczej pojednawczy ton, ale mimo wszystko była pełna obaw. Joe zarabiał na życie, pisząc fajne slogany, więc postanowiła poczekać, aż poczuje, że mówi szczerze.

– Przepraszam też, że wykorzystałem w serialu bolesne wspomnienie z twojego dzieciństwa i nie przewidziałem, jak bardzo może być to dla ciebie przykre. Zamierzałem z tobą o tym porozmawiać, ale potem wypadł weekend kawalerski Doma, pamiętasz? Trzy noce w Budapeszcie.

– Tak. Dzień wcześniej wyjechałeś do Yorku. Teraz sobie nagle przypomniałeś?

– Miałem sporo czasu do przemyśleń, którego wcześniej mi brakowało: kilkanaście godzin patrzenia w chmury i myślenia. Podczas naszej ostatniej rozmowy włączył mi się defensywny tryb dupka. Próbowałem się wtedy przygotować na spotkanie z tymi wszystkimi potentatami i dyrektorami z branży filmowej, którzy potrafią przerwać człowiekowi w pół zdania i wrzasnąć: „NUDA!".

Nabrał powietrza.

– Po powrocie z imprezy Doma musiałem się zająć furą notatek i jakoś wyleciało mi z głowy, żeby zapytać cię o pozwolenie. Kiedy piszę, bardzo szybko usuwam z pamięci jedną rzecz i przechodzę od razu do kolejnej. Zawsze uważałem, że to moja supermoc, dzięki której jestem tak produktywny. Nie wziąłem pod uwagę, jak bardzo mogę cię przez to zranić, Rosh. Bynajmniej nie próbuję usprawiedliwiać teraz swojego postępowania i swoich reakcji, bo były zdecydowanie nie w porządku. Chcę jedynie wyjaśnić szczerze i bez ogródek, jak do tego doszło.

– Serio? Myślałeś, że jeśli zapytasz mnie o pozwolenie, to powiem: „Jasne, wykorzystaj co chcesz"?

– Ech… – Joe zmarszczył czoło. – Myślałem, że w końcu się zgodzisz, nawet jeśli wcześniej zasypiesz mnie wieloma w pełni uzasadnionymi pytaniami w stylu: czy to ma jakikolwiek związek? Wtedy nie byłem jeszcze gotowy, żeby rozmawiać o *Łowcy*. Owszem, przyznaję, bardzo egoistyczny powód. Nawet się nie zastanowiłem, czy wystarczająco dobry. Czułem się jak maratończyk, który przed oczami widzi tylko metę. A potem wszystko było już dopięte i nagrane; nie mógłbym niczego zmienić, nawet gdybyś mnie poprosiła. Sam z kolei coraz bardziej wypierałem ten temat i unikałem go. Cholera, teraz czuję się jak prawdziwa kanalia w owczej skórze.

Roisin nie potrafiła zmusić się do uśmiechu. Nie spodziewała się tego wszystkiego.

– A mówiąc generalnie o *Łowcy*… – kontynuował Joe. – Po *WIDZIANYCH* mój agent powiedział: „To idealny moment na przesunięcie dopuszczalnych granic. Nigdy nie będziesz w lepszym położeniu, żeby napisać coś naprawdę śmiałego". W żargonie agentów to znaczy tyle co: „Masz wolną rękę, więc idź na całość". Pomyślałem o facetach, których znam: od największych pantoflarzy, takich jak Dom, który jest z Victorią od czasów college'u, przez bezwzględnych kobieciarzy, wykręcających numery w stylu Micka Jaggera, takich jak nasz kumpel Matt, po nudnych seryjnych monogamistów, takich jak ja. Między innymi chciałem napisać o tym, jak heteroseksualni mężczyźni traktują kobiety.

Roisin aż zesztywniała, słuchając tej wyliczanki.

Nasz kumpel? – powtórzyła w myślach. Czy Joe zdaje sobie sprawę, jak bardzo oczernił Matta? Czy w ogóle go to obchodzi? A może ma rację i za swoją atrakcyjną powierzchownością Matt rzeczywiście ukrywa coś znacznie mroczniejszego, niż była w stanie dostrzec?

– Początkowo myślałem o zrobieniu kolejnego serialu detektywistycznego, co wydawało się trochę banalne. Wpadłem na pomysł, żeby stworzyć coś bardziej realistycznego, lepiej mi znanego, aby przekaz był silniejszy. Tak więc osadziłem go w tej scenerii. Ani przez moment nie przyszło mi do głowy, że możesz się w nim doszukać jakichś odniesień do naszego życia. To było naprawdę głupie z mojej strony. Teraz widzę, jakim frajerem się okazałem.

Roisin nadal milczała.

– ...Ten serial porusza też temat kryzysu męskości. Wtedy w niedzielę chciałem powiedzieć, że powinnaś najpierw zobaczyć wszystkie trzy odcinki, żeby zrozumieć, że postępowanie Jaspera wcale nie jest gloryfikowane. Nie wychodzi na tym dobrze; na samym końcu zostaje upokorzony. Ale chyba potrafisz sobie wyobrazić, że powiedzenie ci w zeszły weekend: „Nie, Roisin, uspokoisz się, jeśli obejrzysz kolejne odcinki", wydało mi się raczej nie na miejscu.

– A co z postacią Giny?

– To nie jest Gina. Owszem, uważam, że Gina jest bardzo atrakcyjna, ale traktuję ją jak młodszą siostrę. Mogę ci coś zdradzić w zaufaniu?

– Śmiało – rzuciła Roisin. Niebywałe, że teraz prosi o dyskrecję.

– Staram się przestrzegać męskiego kodeksu honorowego. Dlatego właśnie nigdy nie próbowałem strącić Matta z piedestału i pozwoliłem, żebyście wy, drogie panie, nadal uważały, że jest czarujący, w całym tego słowa znaczeniu. To, o czym my, faceci, rozmawiamy przy dobrej whisky, zostaje między nami, facetami. Ale podczas tego wypadu kawalerskiego wyszło na jaw, że Dom od dawna podkochuje się w Amber, najlepszej przyjaciółce Vic. Dom nigdy, przenigdy niczego by z nią nie próbował i wręcz czuje do siebie wstręt, że w ogóle myśli o niej w ten sposób. I właśnie to umieściłem w scenariuszu. Dość zuchwale założyłem, że wszystko mi wolno, bo mam najbardziej wyluzowaną dziewczynę na świecie. I jednocześnie najnudniejsze życie prywatne, bo całymi dniami nic, tylko przesiaduję u siebie za biurkiem.

Joe sprawiał wrażenie, jakby nie był mu straszny żaden wariograf, kiedy spojrzał jej w oczy. Nawet nie mrugnął okiem. Jego wcześniejsze próby usprawiedliwienia swoich czynów brzmiały jak nędzne wymówki i PR-owa gadka, ale przyznanie się do egoistycznego i bezmyślnego zachowania brzmiało naprawdę szczerze. Tak szczerze, że Roisin wreszcie mu uwierzyła.

Nadal nie podobało jej się to, co zrobił, ale przynajmniej zyskała spokój ducha, kiedy zrozumiała, dlaczego osoba, która rzekomo ją kocha, postąpiła w ten sposób.

Poza tym przestała go o cokolwiek podejrzewać i znowu nabrała niezbędnego dystansu. Wcześniejsze przeświadczenie, że Joe ją okłamał, najwyraźniej tak nią wstrząsnęło, że wyciągnęła pochopne wnioski.

Czy było już za późno, żeby odwołać śledztwo Matta?

43

— Teraz już rozumiem, jak zrodził się pomysł na *Łowcę* — powiedziała Roisin. — Ale nadal nie mam pojęcia, gdzie byłeś mentalnie przez ostatni rok. Zachowywałeś się tak, jakbym nie istniała. Kiedy na ciebie naskoczyłam w Lake District, po raz pierwszy od dawna spojrzałeś mi prosto w oczy. Tak jak teraz.

— Wiem. Przez długi czas myślałem, że mogę uciec w pracoholizm, skoro jeszcze nie mamy dzieci. Że mogę poświęcić te lata na budowę wspaniałego imperium dla nas. To było nie fair, że ci tego nie wyjaśniłem i poniekąd kazałem czekać w gotowości. Źle zrobiłem. Nie zachowałem się, jak przystało na partnera.

To „jeszcze nie mamy" przed słowem „dzieci" było bardzo podejrzane — pomyślała Roisin. Wręcz dziwne i aroganckie, zważywszy na fakt, że się rozstali.

„Bądź świadoma tego, czego chcesz, bo inaczej to Joe ci uświadomi, czego chcesz".

— Roisin. Czy nie ma już dla nas ratunku? Bo ja cię kocham i kocham nasze wspólne życie. Chcę przeżyć tę przygodę z tobą. Od samego początku nie chodziło mi o nic innego. Przyznaję, że zboczyłem z obranej drogi i dałem ci odczuć, że się dla mnie nie liczysz. Jesteś taka... niewymagająca. No tak, to zabrzmiało źle, ale potraktuj tę uwagę jako dowód najwyższego uznania. Nigdy nie byłaś roszczeniowa i właśnie dlatego w ostatnim czasie cię nie dostrzegałem.

– Już nie uważasz, że nie mogę znieść tego, że jesteś w centrum uwagi, a ja nie? – spytała.

– Byłem skończonym idiotą. Nie powinienem tak mówić. Jasne, że nigdy tak nie myślałem.

– To czemu tak powiedziałeś?

– Bo kiedy ktoś zadaje ci ciosy, to mu oddajesz, nieważne, jak bardzo zasłużyłeś na łomot. I tyle.

Joe opróżnił kieliszek i nalał sobie jeszcze jeden. Najpierw jednak poczęstował winem Roisin. Odmówiła.

Cała ta sytuacja wydawała się trochę absurdalna, bo Roisin nie sądziła, że Joe nie będzie chciał się z nią rozstawać i jeszcze okrasi to wyznanie szczerymi, niezwykle przekonującymi przeprosinami.

Nie wiedziała, co odpowiedzieć.

– Słuchaj, możemy się udać na terapię dla par i zacząć wszystko od nowa – zasugerował.

– Myślałam, że to „zwykła ściema dla osób, które nie dostrzegają oczywistych znaków” – skomentowała z uśmiechem Roisin, cytując jeden z tekstów Joego z dawnych, beztroskich czasów. Ach, ta młodzieńcza pycha.

– Ha, ha! Pani mądralińska! To byłem dawny ja. Owszem, nie mam pewności, jak będzie, ale chcę ci udowodnić, że potrafię być odpowiedzialny.

Ech, tego nie powiedział Joe z Yorku; to brzmiało bardzo po kalifornijsku. W kogo właściwie się zmieniał?

– Aha, jeszcze coś. Kwoty, którymi żonglowano podczas tej podróży, są naprawdę kosmiczne, więc jeśli rzeczywiście wyprodukują coś na podstawie moich scenariuszy, wszystko stanie się jeszcze bardziej zwariowane. Bez względu na to, czy się rozstaniemy czy nie, Rosh, chcę, żebyś wzięła moją połowę mieszkania, ot tak, po prostu. Przepiszę ją na ciebie i będzie twoja, nieważne, co postanowisz.

– Joe, dziękuję, ale nie mogę… – zaczęła.

– Możesz, mówię poważnie. Twoja praca w szkole jest znacznie trudniejsza od mojej, ale nigdy nie dostaniesz za nią milionów. Dałaś mi dach nad głową i przez pięć lat płaciłaś za moje ciepłe posiłki. Nic z tego, co dzieje się teraz w moim życiu, nie byłoby możliwe, gdyby nie to, jak mnie wtedy wspierałaś. Jeśli każde z nas ma pójść własną drogą, chcę, żeby to był mój prezent dla ciebie. Taka pamiątka naszego związku. Spóźniony dowód wdzięczności.

– Dziękuję, ale to jakiś obłęd. Nie mogę się zgodzić.

– To i tak raczej nagroda pocieszenia. Bądź co bądź, rezygnujesz z życia w Santa Monica i towarzyszenia mi podczas gali rozdania Złotych Globów – stwierdził Joe ze smutnym uśmieszkiem.

– Chcesz się tam przeprowadzić?

Wzruszył ramionami.

– Na pewno tego nie wykluczam. Jeśli będę singlem, czemu nie? Albo do Los Angeles. Możliwości są praktycznie nieograniczone, Walters.

Nie używał jej nazwiska w ten sposób od czasu, gdy z nią flirtował na zapleczu księgarni.

Singiel. Joe jako singiel. Ich dwoje oddzielnie. Roisin została właśnie skonfrontowana z przyziemnymi konsekwencjami swojej decyzji.

Nie wiedziała, co ma sądzić o tej nagłej zmianie nastawienia Joego: o jego szczodrości i pokorze, i o tym nęceniu marchewką. Po jego nieskruszonej postawie i przykrych słowach, jakie od niego usłyszała w Benbarrow Hall, to było niemal oszałamiające.

– Mogę się zastanowić? Sporo tego naraz.

– Jasne.

– W najbliższych tygodniach będę trochę kursować między Manchesterem a Webberley. Mamie udało się doprowadzić do tego, że wieczorami zostaje bez pracowników, więc obiecałam jej pomóc w pubie.

Dopóki nie otworzyła ust, Roisin nie spodziewała się, że to powie.

Rozwiązanie nasunęło się nagle samo. Mogła wykorzystać The Mallory jako kryjówkę, żeby trochę odetchnąć od wizyt Cormaca i nabrać dystansu do Joego oraz ich niby-związku. Po miłej przechadzce, którą odbyła z Mattem, i wyzwalającej ucieczce na wieś ten pomysł nie wydawał się wcale taki niedorzeczny.

– O rany. Lorraine znowu zaliczyła ostre starcie z jakimś dwudziestodwulatkiem na zmywaku? – spytał Joe.

– Coś w tym stylu – odparła Roisin, choć w duchu dodała: Chwilowo nie masz prawa nabijać się z mojej matki.

– Ach, za pamięci, mam pewną sugestię… – zaczął Joe, mierząc ją spojrzeniem ciemnych oczu. Tym samym, które na początku ich związku przyprawiało ją o szybsze bicie serca. – Może na razie nie będziemy rodzicom zawracać głowy naszymi problemami? Chcę ich poinformować dopiero, gdy już wszystko między sobą ustalimy.

– Okay.

Roisin nie przyznała się, że powiedziała już Mattowi, Ginie i Meredith, czyli połowie Klubu Briana, i nawet była trochę zdziwiona, że Joe jej o to nie zapytał. Czyżby myślał, że cisza na ich grupowym WhatsAppie oznacza, że ten temat nie został poruszony?

Później, kiedy leżała na łóżku w pokoju gościnnym i wpatrywała się w rozetę sufitową, doszła do wniosku, że Joe i tak ma gdzieś, czy ich wspólni znajomi o wszystkim wiedzą.

44

Roisin zastanawiała się, czy jej nagła zmiana zdania, jeśli chodzi o pomoc w barze, nie wyda się Lorraine podejrzana. Zapomniała jednak, że jej matka należy do tych, którzy nie dość, że nie zaglądają darowanemu koniowi w zęby, to jeszcze nigdy by nawet nie pomyśleli, żeby dopytywać, dlaczego ktoś im go podarował.

– Dzięki Bogu! Już myślałam, że będę musiała zapieprzać jak głupia – powiedziała bez ogródek Lorraine, kiedy córka zadzwoniła do niej z informacją, że przyjedzie na trochę do Webberley, ale od czasu do czasu będzie wyskakiwać do Manchesteru, żeby wywiązać się ze swoich zobowiązań towarzyskich. – Choć nawet we dwójkę przy takim ruchu można się nieźle urobić.

– Zamierzałaś chyba powiedzieć: „Dziękuję"?

– Dziękuję! Jeśli chcesz, mogę ci paść do nóg.

Roisin się rozłączyła i westchnęła. Dość łatwo było uciec od tego wszystkiego.

Joe znów zaszył się w swoim gabinecie, za co tym razem wylewnie przeprosił, i brał udział w spotkaniach na temat ostatnich spotkań, przechadzając się po pokoju uzbrojony w słuchawki z mikrofonem, jakby występował przed setkami widzów na konferencji TED.

– Spławiłbym ich, żebyśmy mogli dziś wyjść na kolację, ale tacy ludzie jak oni nie dadzą ci spokoju, chyba że leżysz na OIOM-ie. A pewnie nawet wtedy chcieliby wiedzieć, czy w szpitalu jest szybkie wi-fi.

Roisin zmusiła się do uśmiechu, jakby już wcześniej nie słyszała tej gadki. Odparła: „Jasne, nie ma sprawy", i dodała tylko, że i tak musi już jechać.

W drodze do Webberley nieustannie pytała się w myślach: Kochasz go jeszcze? Czy to miłość do końca życia, która przechodzi jedynie trudny okres? Czy może miłość, która już przebrzmiała?

Dlaczego Joe chce to w ogóle naprawić? Każdy, kogo zna, odparłby pewnie: „No bo cię kocha! Co w tym dziwnego?".

Tego wieczoru podczas zmiany w pubie zobaczyła, że ma nieodebrane połączenie – od Matta. Jeszcze nigdy tak się nie przelękła na widok jego imienia.

Nie chciała do niego oddzwaniać, ale wiedziała, że dopóki tego nie zrobi, nie będzie w stanie się skupić.

Poczekała na spokojniejszą chwilę i wyszła przed pub na żwirowy plac, który służył za parking. Stały tam tylko cztery stoliki, niezawodnie oblegane przez palaczy. Sierpniowe powietrze było ciepłe i ciężkie, jak przystało na ostatnie podrygi lata.

– Cześć, Matt – rzuciła, przytrzymując telefon brodą, żeby podnieść dwie puste, pokryte smugami piany szklanki po piwie, które ktoś zostawił w kwietniku.

– Cześć! Byłem na drinku z Rickiem.

– O, działasz jak błyskawica! – stwierdziła, poprawiając komórkę. – Dzięki.

– Mam teraz sporo wolnego czasu. Obejrzałem nawet *Łowcę* w ramach pracy domowej. Nie chcę budować napięcia jak prowadzący teleturniej, więc od razu powiem, że dowiedziałem się czegoś i zarazem niczego. W dziewięćdziesięciu procentach jest to nic.

To pozostałe dziesięć procent przestraszyło Roisin. Wprawdzie brała pod uwagę, że Joe mógł ją zdradzić, jednak teraz, kiedy była bliska poznania prawdy, nie chciała się z tym pogodzić.

– No więc Rick nie przypomina sobie żadnych szalików pozostawionych w lokalu i nie rozpoznał Joego.

– Pokazałeś mu jego zdjęcie?

– No... musiałem. Miałem tego nie robić?

– Nie, ja... po prostu o tym nie pomyślałam.

Właśnie. Adrenalina zaczęła buzować jej w żyłach. Jest okay, Joe nigdy się nie dowie. Nie ma takiej opcji. Ale jeśli się dowie, to czy będzie to mogła usprawiedliwić odwetem za *Łowcę*? Uświadomić mu, jak bardzo musiała być tym wszystkim wstrząśnięta, skoro postanowiła go sprawdzić? Mogła spróbować, ale okazanie swojemu partnerowi tak dużego braku zaufania raczej nie obyłoby się bez konsekwencji. Ich relacje na pewno uległyby zmianie. Tylko czy pozostaną takie same, jeśli będzie to w sobie dusić?

– Niemniej – kontynuował Matt, a żołądek Roisin wywrócił się na drugą stronę – jakieś dwa lata temu podobno pracowała u nich jakaś Chorwatka o imieniu Petra. Według Ricka lubiła robić sobie długie przerwy na dymka i wciąż gdzieś znikała. Z tego powodu dorobiła się nawet przezwiska Szlugatha Christie. Kiedyś zwierzyła się innym kelnerkom, że kręci ze starszym żonatym facetem. Dziewczyny uznały, że ściemnia, bo nie miała żadnych jego zdjęć, na co ona odparła, że nie zna nawet jego prawdziwego nazwiska, żeby go wygooglować. Koleś podobno starał się nie wychylać z powodu swojej pracy. Ja bym raczej obstawiał, że z powodu żony, ale...

Roisin głośno wypuściła powietrze z płuc. Czyli to wcale nie byle jakie dziesięć procent.

– Ten facet pierwotnie był ich klientem?

– Uhm, tak przynajmniej twierdziła. Podobno pracował w żandarmerii, a obowiązujące go protokoły bezpieczeństwa nie pozwalały, żeby przebywał gdziekolwiek, gdzie jest Alexa.

– Co za Alexa?

– No, A l e x a. Wiesz, ten inteligentny głośnik i wirtualna asystentka w jednym, za który płaci się Amazonowi, żeby podłączyli ci to w domu.

– Ach, „Alexa, puść Cher!". Racja. To raczej nie mógł być Joe. – Napięte jak postronki nerwy Roisin powoli się rozluźniały.

– Zgadza się. W każdym razie Rick powiedział, że ostatecznie zwolnili ją z Sesso, kiedy któregoś wieczoru przed zamknięciem wyszła na szluga podczas sprzątania i wróciła dopiero następnego dnia. To był środek lata, z tego, co pamiętał. Spytałem go, jak wygląda ta Chorwatka, a on wyszperał w telefonie jakieś stare zdjęcie z imprezy firmowej. Miała włosy ostrzyżone na boba i była całkiem podobna do tamtej aktorki.

– Aha – rzuciła bez emocji Roisin. Nerwy, które już się wyciszały, znów dały o sobie znać.

– Nie ma jak jej namierzyć. Podała fałszywe nazwisko do wypłat. Zacytuję Ricka: „To taka laska, która nie istnieje dla skarbówki ani dla social mediów. Pewnie ma teraz inny kolor włosów, pracuje w jakimś barze w Dubrowniku i spotyka się z Jasonem Bourne'em".

– Ha!

– Zatem wszystko, co ją łączy z serialową postacią, to popularna fryzura i podejrzane życie prywatne, a takie prowadzi wiele kelnerek, które poznałem. Nie oskarżałbym jej na podstawie tych wątpliwych poszlak.

Wobec braku rozstrzygających dowodów starał się to wszystko jakoś załagodzić. Biorąc pod uwagę fakt, że Matt i Joe nie pałali do siebie sympatią, było to wręcz szlachetne. Przede wszystkim myślał o niej.

– A czy w zamian ty wyświadczyłabyś mi pewną przysługę? – spytał. – Nie mam co ze sobą zrobić, a nie mogę się jeszcze nigdzie zatrudnić. Spodobało mi się w pubie twojej mamy i wspominałaś, że brakuje jej rąk do pracy. Może bym jakoś pomógł?

– O, nie! – pisnęła Roisin nieco zażenowana, ale też szczerze rozbawiona. – Serio? Chcesz nalewać carlsberga w The Mall? To wioska. Taki dżentelmen jak ty nie znajdzie tu dla siebie nic ciekawego. No, może z wyjątkiem wieczorów panieńskich…

Matt się roześmiał.

– Nie będę nalegał, jeśli uważasz, że to dziwne. Po prostu chciałbym się poczuć potrzebny…

W jego słowach pobrzmiewał szczery smutek; Roisin nie miała serca odmówić.

– Okay. Dzięki. Ale ostrzegam, że moja mama będzie z tobą flirtować na każdym kroku. Proszę, znoś to z uśmiechem, tylko na Boga, nie ulegaj jej i nie idź z nią do łóżka. Nie chcę się nagle dorobić ojczyma.

– Roisin! – oburzył się Matt, zupełnie jak nie on. – No weź! Naprawdę uważasz, że jestem aż takim zbereźnikiem?

Wybuchnęła śmiechem, ale zmartwiło ją to, że nie mogła z całym przekonaniem zaprzeczyć.

45

— Wynocha! — wrzasnęła Lorraine, kiedy w sobotnie popołudnie Roisin i Matt stanęli w drzwiach pubu.

— Oj, kiepski start — stwierdził Matt.

— Przepraszam, nie chodziło o ciebie, Matthew, tylko o tego przybłędę — wyjaśniła Lorraine, wskazując gdzieś w okolice ich stóp. — Pulpet, sio!

Spojrzeli w dół i zobaczyli kota, który skorzystał z okazji i wprosił się do baru na trzeciego.

— Ooo, cześć, Pulpet! — Matt pochylił się, żeby pogłaskać futrzaka o pokaźnym obwodzie ciała. Czarno-białe plamki na pyszczku kota nadawały mu sympatyczny wygląd łaciatego złodziejaszka.

— Pulpet? — spytała Roisin.

— Tak się podobno wabi — odparła Lorraine. — Widać dlaczego. Kręci się tu nieproszony i wyłudza od ludzi frytki.

— To koty jedzą frytki?! — zdziwił się Matt.

— Och, ten zje wszystko, co uda mu się wyżebrać. Sio! — powtórzyła Lorraine, kiedy Pulpet nadal uparcie ją ignorował.

— Na pewno jest przybłędą? — Roisin przyłączyła się do kocich pieszczot. Kiedy niechcący dłonią otarła się o dłoń Matta, zauważyła, że nie jest to ani trochę krępujące. Miło móc się tak przyjaźnić z facetem. Była spokojna o to, że on nigdy nie wykorzysta przeciwko niej niczego, czego się tutaj dowie. Matt to człowiek pozbawiony złośliwości.

– No, skądś się przybłąkał i bez przerwy u nas przesiaduje – stwierdziła Lorraine, wskazując na obojętnego futrzaka, który oddalił się w kierunku sali barowej.

Roisin i Ryanowi nie wolno było mieć zwierząt – rzekomo dlatego, że pub to nie jest odpowiednie miejsce dla takich stworzeń.

– W końcu umrą i tylko będzie wam przykro – powiedziała kiedyś Lorraine.

– Ludzie też umierają! – odparła dorastająca Roisin. – Cierpienie to cena, jaką się płaci za miłość.

– Tak, cóż, ja w każdym razie nie zamierzam cierpieć, wymieniając ściółkę śwince morskiej, kiedy przestaniecie się nią interesować.

Jeśli chodzi o aktualną sobotnią zmianę, plan był taki, że Roisin najpierw przyuczy Matta, potem pojedzie do Manchesteru na kolację z resztką Klubu Briana i tu wróci. Na pierwszy rzut oka mogło się wydawać, że to duże poświęcenie, ale tak naprawdę cieszyła się, że ma wymówkę, aby nie pić alkoholu, i w drodze powrotnej będzie mogła spędzić trochę czasu z własnymi myślami.

Co prawda matka była dość nieprzewidywalna, więc perspektywa zostawienia Matta i Lorraine samych na cztery godziny trochę Roisin niepokoiła, ale może taki chrzest bojowy okaże się najlepszy. Bądź co bądź, nie mogła bez przerwy siedzieć w barze, żeby mieć ich na oku.

Matt zamierzał wrócić do miasta taksówką, ale Lorraine – jak można się było spodziewać – przekonała go, żeby został na noc i przespał się w dawnym pokoju Ryana. O tyle dobrze, że jej rodzice przynajmniej pod jednym względem dbali o prywatność: w każdym pokoju znajdowała się łazienka, dlatego Roisin mogła szykować się do wyjścia bez obaw, że nagle na korytarzu wpadnie na Matta podobnie jak ona owiniętego ześlizgującym się ręcznikiem.

Chętnie oprowadziłaby go po lokalu i pokazała co i jak, ale to Lorraine bardzo chciała wcielić się w rolę nauczycielki. Roisin natomiast stwierdziła, że w sumie praca w pubie to był pomysł Matta, więc nie musi się o niego martwić. Już spokojniejsza przebrała się i pożegnała, obiecując, że wróci przed zamknięciem.

– Przy okazji, ładny ciuszek – rzucił Matt.

Podczas trwającego już niemal tydzień piekła Roisin wybrała się do sklepu & Other Stories i kupiła czarną sukienkę z bufiastymi rękawami oraz dekoltem w kształcie serca.

– O tak, dobrze w końcu zobaczyć, że masz talię – dodała Lorraine na potwierdzenie jego słów.

Dzisiejsza kolacja na mieście miała być pierwszym wspólnym spotkaniem członków klubu po wypadzie do Benbarrow. Roisin zgadzała się w całej rozciągłości ze zdaniem Meredith, jeśli chodzi o pierwotną propozycję Deva.

Meredith
Sorki, ale czy możemy darować sobie miejscówki,
w których serwują chrobotki reniferowe, a w menu
pojawia się słowo „nixtamalizowane"? Chcę się
z Wami po prostu zobaczyć, zjeść roztopiony ser
i napić się taniego alkoholu, a nie udawać, że mam
ochotę na czyjąś spermę w filiżance do espresso
i półmisek omszałych kamyków.

Dev
Ja tam wolę, jak kobiety udają, że mają ochotę na
filiżankę mojej spermy i moje omszałe kamyki.

Po wyeliminowaniu lokali, które w sobotę i tak były zarezerwowane do ostatniego miejsca, oraz takich, gdzie kojarzono nazwisko Deva, wylądowali w San Carlo, popularnej włoskiej restauracji z pizzą i makaronami, pełnej hałaśliwych, wytwornie ubranych i wypacykowanych dwudziestoparolatków.

Roisin dotarła na miejsce z dziesięciominutowym opóźnieniem, bo zapomniała, jak trudno jest zaparkować w centrum Manchesteru. Gdy w końcu jakoś się przecisnęła przez tłum, zobaczyła, że przy stoliku siedzi nieoczekiwany gość.

– Joe? Jednak dałeś radę?! – rzuciła, w duchu dziękując Bogu, że wcześniej na WhatsAppie napisała Ginie i Meredith o propozycji Joego, o niewypale z Sesso, a także o ich obecnym statusie.

Odpowiedź Meredith brzmiała nadzwyczaj mądrze:

Chyba podświadomie jednak liczyłaś na to, że okaże się zdrajcą, bo to by o wszystkim przesądziło. Ale teraz przynajmniej będziesz mieć świadomość, że wybór należał do ciebie.

Joe był rzekomo zbyt zajęty przygotowaniami do spotkań, które czekały go w kolejnym tygodniu – tyle że teraz, kiedy siedział rozpromieniony między Devem a Giną, wcale na to nie wyglądało.

– Ach, zadzwonił Dev i przekonał mnie, żebym już sobie na dziś odpuścił. Wysłałem ci wiadomość na WhatsAppie. – Skinął głową w kierunku jej telefonu, do którego podczas jazdy nie zaglądała.

Roisin starała się nie wściekać na ten obrót spraw. Gdyby Joe jej powiedział, że też się tu wybiera, zostałaby w Webberley.

Zwyczajnie okłamywali swoich przyjaciół – cóż, konkretnie Deva – i wprawiali damską część grona w zakłopotanie. Kiedy Roisin powiedziała Joemu, że potrzebuje czasu do namysłu, bynajmniej nie miała na myśli: „...podczas wspólnych wyjść jako para".

Z całkiem zszarganymi nerwami trudniej jej było ocenić sytuację, ale kiedy patrzyła, jak Joe macza kawałek chleba w oliwie, nie mogła się oprzeć wrażeniu, że jego niespodziewana obecność to nic innego, jak pokaz siły.

Po kilku minutach dyskretnie zajrzała do telefonu i przeczytała:

Hej, R: utknąłem i męczę się przeokrutnie z tym scenariuszem. Zadzwonił Dev i powiedział, żebym to olał i wpadł. Nie przyjdę, jeśli będziesz się czuć niezręcznie. Daj znać. J x

Mistrzowskie wyczucie czasu. Wiadomość sprzed czterdziestu pięciu minut – wysłana zbyt późno, żeby Roisin mogła się sprzeciwić. Krótko mówiąc: idealna dupokrytka.

Dlaczego, kiedy Joe wrócił na początku tygodnia przesiąknięty skruchą, po prostu nie trzymała się swojego planu i nie powiedziała mu wprost, że to definitywny koniec?

Otóż dlatego, że ją zaskoczył. Dlatego, że wtedy jeszcze nie dostała informacji zwrotnej od Matta w sprawie Sesso i potrzebowała dowodów. Dlatego, że po niespełna dziesięciu wspólnie spędzonych latach Joe zasługiwał na drugą szansę. Ale jak tak się przyjrzeć dokładniej, właściwie każdy z tych powodów wydawał się słaby.

Nie zmieniło się nic, co miałoby jakieś znaczenie. Jutro wróci do domu i powie Joemu, że się namyśliła i z całą pewnością chce się rozstać. Choć to raczej kiepski moment, żeby dochodzić do takiego przekonania, kiedy jeszcze przez półtorej godziny musiała udawać w jego obecności miłą i towarzyską dziewczynę.

– O rany! Gdyby wypełniacze od ust były jak laski dynamitu, wylecielibyśmy dziś wszyscy w powietrze, no nie? – rzucił pod nosem Joe, rozglądając się po sali.

– Zostawiłam Matta z moją mamą w Webberley, żeby jej pomógł w pubie – oznajmiła nagle Roisin, chcąc skierować myśli na inne tory.

Przynajmniej teraz to Joe wyglądał na zaskoczonego, nie ona.

Wcześniej zapytała Matta, czy nie ma nic przeciwko, aby podzieliła się tą informacją z „Brianami", a on odparł ze wzruszeniem ramion: „Pewnie, czemu nie". Zaimponował jej tym, że w ogóle nie zważa na to, co powiedzą.

– Ha, ha, co? Matt? Robi za barmana u twojej mamy? To chyba jego najambitniejszy podryw – stwierdził Joe.

Roisin zmierzyła go beznamiętnym wzrokiem. Dla całej reszty był to tylko jeden ze standardowych przytyków pod adresem Matta. Jednak biorąc pod uwagę to, co Joe wiedział na temat jej rodziny, ten tekst wydał się jej dość chamski.

– Jakiś ty dowcipny… Chwilowo ma wolne i chciał się czymś zająć – wyjaśniła. Pominęła kwestię jego zwolnienia z pracy, żeby oszczędzić Mattowi upokorzenia. – W zasadzie spadł mojej mamie z nieba.

– Czy ja dobrze rozumiem? Matt, który kręci z gwiazdą hollywoodzką, dba teraz o to, żeby jakimś starym prykom nie zabrakło piwa podczas gry w rzutki? Gdybym chciał to sprzedać Hallmarkowi, usłyszałbym, że chyba dałem się za bardzo ponieść fantazji – zauważył Joe.

– Nie jesteś na bieżąco – odgryzła się Roisin. – On i Amelia się rozstali.

– Jaka szkoda, była niezwykle miła – wtrąciła się Gina, przełamując paluszek chlebowy. – Mogli mieć takie piękne wredne dzieci.

– Dziś bez Anity? – zwróciła się Roisin do Deva, omiatając wzrokiem towarzystwo.

– Tak, nie czuje się najlepiej. Ma grypę żołądkową. Została w domu i ogląda *Żony Beverly Hills* w swoich rozciągniętych spodniach. Mówię wam, mamy odmienne gusta, tylko jeśli chodzi o telewizję. Ona twierdzi, że ja lubię jedynie filmy, których bohaterowie krzyczą w śnieżycy: „Nie możemy się zatrzymywać! Musimy dotrzeć do obozu, zanim zapadnie zmrok i to coś się obudzi!".

– Mogę już przyjąć zamówienie? – przerwała mu kelnerka.

Cała grupa z lekkim poczuciem winy zaczęła przeglądać kartę dań.

Roisin zauważyła, że Meredith przysłała jej esemesa, więc przeczytała go dyskretnie, nie wyjmując telefonu z torebki.

Cholera, mam nadzieję, że ta grypa to nie poranne mdłości.

46

— Czyli będzie drugi sezon? — rzucił z radością Dev, a Joe przytaknął.

— Zapowiedzą go podczas napisów końcowych. Ale Bóg wie kiedy go nakręcą. Rufus ma wystąpić w pilocie czegoś, w czym gra Michael Keaton, poza tym dostał rolę w spin-offie *Stranger Things*. Tylko to ma pozostać między nami, rzecz jasna — powiedział i przesunął wzrokiem po znajomych, z których nikt bynajmniej nie miał gorącej linii do newsroomu „Variety".

Roisin jakoś przeżyła dziesięciominutowy hymn Deva na cześć geniuszu drugiego odcinka *Łowcy*, ale tylko dlatego, że Gina dzielnie ją wspierała, wtrącając co chwila: „Żadnych spoilerów! Jeszcze tego nie widziałam!". Dev ograniczył się więc do superlatyw bez wnikania w szczegóły.

— Ostatni odcinek nagrywam! — oznajmił. No, jasne. Tego wieczoru był wielki finał. I wszyscy go przegapią.

Joe spojrzał na Roisin spod byka, bawiąc się widelcem. Nie był pewny, czy widziała już drugi odcinek, wiedział jednak, że poruszenie tej kwestii byłoby misją samobójczą.

Dopiero gdy Dev zszedł na temat swojego wieczoru kawalerskiego i ślubu, Roisin zaczęła przesuwać ravioli po talerzu w cichej agonii. Bądź co bądź, chodziło o wydarzenie, w którym siedzący teraz naprzeciwko Joe Powell mógł uczestniczyć ze swoją przyszłą dziewczyną. Zanosiło się na kupę frajdy.

Oczywiście, o ile w ogóle by się zjawił.

Czyżby wcześniej powiedziała, że się „nad tym zastanowi", wyłącznie dlatego, że propozycja Joego sprawiła jej przyjemność? Przez rok wyobrażała sobie, że zostanie porzucona przez kogoś, kto może przebierać w ofertach. Nie ulegało wątpliwości, że Joe jest niezłą partią, więc kiedy wyznał, jak wiele dla niego znaczy, odczuła ogromną satysfakcję.

Dev zachwalał akurat uroki wypadu do Palm Beach w wynajętym chevrolecie, gdy w końcu nie wytrzymała i zabrała głos:

– Tylko uprzedzam, że w obecnej sytuacji zawodowej Matta raczej nie będzie stać na wyjazd do Miami. – Miała nadzieję, że wyświadczy Mattowi przysługę i zachęci też innych do przyznania: „Wszyscy jesteśmy trochę zaniepokojeni kosztami. Team Żadnych Chrobotków Reniferowych!".

– A ty co? Jesteś jego matką? – zripostował Joe. Chyba próbował być zabawny, ale nie wyszło.

– No więc ja też chciałam powiedzieć – zaczęła Meredith, zarazem ratując sytuację i ignorując Joego – że zanim potwierdzę swoją obecność nad jeziorem Como, będę musiała zobaczyć, ile ta cała impreza mnie wyniesie. Zepsuł nam się bojler. – Przeniosła wzrok na Ginę. – A ona naprawdę się stara, żeby to zamaskować ładnymi fatałaszkami, ha, ha, ha.

– Podła jędza – odcięła się Gina, wyciągając szyję i rozglądając się za kelnerem. – Chyba wypiję jeszcze jednego aperola. A, racja, bojler. Mam jakieś tam rezerwy na czarną godzinę. W razie czego wykorzystam.

Konieczność sięgnięcia do oszczędności najwyraźniej nie umknęła Devowi.

– Jakby co, zapłacę za wasz przelot, żeby nie wyszło za drogo – zaproponował. – Nie ma problemu.

Roisin wzięła głęboki wdech.

– Dev, jesteś najhojniejszym człowiekiem na świecie, ale nie możemy się zgodzić, żebyś fundował nam wycieczkę. Nikt z nas nie chce od ciebie sępić ani żyć ponad stan. „Nie da rady" musi znaczyć dokładnie to, że nie da rady, bo inaczej człowiek poczuje się jak w potrzasku.

– Dziewczyna z ładnymi włosami dobrze gada – przyklasnęła jej Meredith. – Hej, a może urządzisz dwa wieczory kawalerskie? Jeden w Miami, a drugi w Manchesterze?

– Właściwie to... – zaczął Dev, potrząsając kostkami lodu w szklance z wodą i limonką – chyba masz rację, Rosh. Anita też nie jest już taka napalona na jezioro Como.

– Serio? – Roisin stwierdziła, że to prawdziwy łut szczęścia móc swobodnie pogadać o tym bez Anity.

– Tak. Część jej krewnych obruszyła się na myśl o kosztach i dalekiej podróży, a ona uważa, że za dużo z tym zachodu. Zwłaszcza że w przypadku hinduskich ślubów listy gości weselnych bywają dość długie.

– Jesteście skłonni rozważyć ślub w kraju? – spytała Roisin.

– Tak, jasne, tyle że... to coś wyjątkowego, co robi się tylko raz. Taką mam przynajmniej nadzieję. Nie chcę, żeby później czegoś żałowała.

– Szczerze mówiąc, ostatecznie i tak będzie wam wszystko jedno, czy pobierzecie się wśród cyprysów czy nie – zauważyła Meredith. – Liczy się tylko to, że wszyscy będą płakać z radości, a wy wrócicie do domu szczęśliwi. Nie ma co toczyć debat z bliskimi, po prostu zostańcie tutaj.

Dev przytaknął skinieniem, a Roisin miała wrażenie, że wreszcie wyczuł ich nastroje. Nikt nie zachęcał go do tego, żeby trzymał się swoich pierwotnych planów, więc to musiało mu dać do myślenia.

– Wszyscy wolelibyście, żeby ślub odbył się tutaj? Mojej bandzie z Bolton pewnie też by ulżyło.

– Byłoby super! – ucieszyła się Gina. – No i mogłabym sobie pozwolić na różne bonusy. Na przykład na opaleniznę w sprayu. Jest taki jeden koleś, który uchodzi za Picassa konturowania natryskowego.

– Och, posłuchajcie tylko Lady Gagi! – rzucił Joe. – To coś jak wtedy, kiedy markerem namalowałem mojej figurce Action Mana wyraźniejsze mięśnie brzucha?

Zaczęli się przyjacielsko przekomarzać, a Roisin ulżyło, że podeszli do tematu z żartem. Na szczęście Dev właściwie nigdy nie brał niczego do siebie.

– A tak przy okazji, jutro jadę do Yorku. – Joe przekazał tę wiadomość Roisin, kiedy stali już na zewnątrz i się żegnali. – Wpadnę na trochę z wizytą do rodziców, a potem do Londynu na jeden dzień i wrócę w czwartek.

Zatem poczekam do czwartku – pomyślała. Oby nie dłużej. Trzeba szybko zerwać ten plaster, bo choć bardzo się przed tym wzdragała, to wszystko było lepsze od stanu zawieszenia, w którym teraz tkwiła.

– Okay – powiedziała. – Miłej podróży.

– Jesteście jak dwa mijające się nocą statki – zauważył ze śmiechem Dev.

Nikt nie wiedział, co zrobić ze wzrokiem.

Kiedy Roisin weszła do pogrążonego w półmroku pubu, na widok Matta i swojej matki aż pisnęła.

– Mam wrażenie… – musiała się oprzeć o ścianę, żeby złapać oddech – …jakbym nagle znalazła się w samym środku kolażu Cold War Steve'a czy coś w tym stylu.

– Jakiego znowu Coldplaya? – spytała Lorraine. Siedziała przy stoliku; włosy miała zebrane pod zielonym krupierskim daszkiem. W kąciku ust miała e-papierosa i liczyła coś, co wyglądało jak kupony na loterię, podczas gdy z szafy grającej płynęła piosenka Bryana Ferry'ego *Slave to Love*.

Matt stał za barem z Pulpetem na ramieniu i rozlewał z metalowego shakera ciemny napój do dwóch koktajlowych kieliszków.

– Jak ci się udało załadować tego kocura na ramię? – zdziwiła się Roisin.

– Lata praktyki – odparł. – Napijesz się z nami manhattana? Według mojego tajnego przepisu.

– O, tak, chętnie. – Roisin zrzuciła z siebie kurtkę. – Mamo, pozwalasz Pulpetowi na taką bezczelność?

– Przynajmniej ta paskuda nie plącze mi się pod nogami – stwierdziła Lorraine.

– Jak dziś poszło?

– Wspaniale. Wszyscy go kochają – odparła matka, spoglądając ze szczerym uwielbieniem na Matta.

Matt przyrządził trzeciego drinka i wreszcie ściągnął Pulpeta z ramienia. Kot obszedł bar i pomaszerował prosto do drzwi, po czym zaczął je drapać łapą, żeby ktoś mu otworzył.

Roisin go wypuściła.

– O, tak, idź sobie, ty niewdzięczna kreaturo. Może znajdzie się ktoś na tyle głupi, żeby cię tolerować – rzuciła Lorraine.

– Ze mną też się tak zawsze żegnała – zakpiła Roisin.

Matt ze śmiechem postawił przed nimi dwa manhattany.

– Widzimy się jutro o tej samej porze, panie Pulpecie! – krzyknął za kotem.

– Och, w przyszłą niedzielę czeka nas znowu ta zafajdana feta i coroczne upokorzenie. Równo za tydzień, licząc od jutra – przypomniała córce Lorraine. – Proszę, powiedz, że nie zostawisz mnie wtedy samej, Rosie. Do Grace Peters przyjeżdża Imogen, więc jeśli nie zastanie mojej córki, tym bardziej będzie zadzierać nosa.

– Zafajdana feta? – zdziwił się Matt.

– Mama uczęszczała do szkoły klasztornej – wyjaśniła żartem Roisin. – Chodzi o doroczny wiejski festyn charytatywny. Wszystkie trzy puby dekorują swoje ogródki, serwują owocowe pimmsy, urządzają gry i takie tam. Mama nie cierpi tej imprezy, bo zwykle nasz dochód jest mniejszy niż całej reszty.

– Uwielbiam takie wyzwania! Tym razem wszystkich przebijemy – stwierdził Matt. – Co powiecie na zgadywankę, ile waży Pulpet? I jakąś małą wagę?

– Ty wcale nie żartujesz, prawda? – rzuciła Roisin. – Ach, à propos Grace Peters: to bardzo atrakcyjna rozwódka, a także największa przeciwniczka mamy, udająca jej przyjaciółkę. Ma piękny duży dom przy głównej ulicy.

– Wyładniała dopiero na starość, zupełnie jak Carol Vorderman – dodała Lorraine, zwracając się do wyraźnie rozbawionego Matta. – W kółko wyjeżdża na babskie wypady za swoje wielkie alimenty i wrzuca posty, które oznacza hasztagiem #starydaje, śmiejąc mi się w twarz, bo Kent zostawił mnie z niczym.

– Tu konieczny przypis: Grace oczywiście wcale nie myśli przy tym o mamie – wtrąciła Roisin, a Matt się roześmiał. – Imogen to jej córka, moja rówieśniczka i lekarka. Ja jestem nauczycielką, więc chwilowo mamy remis, dopóki któraś z nas nie wyjdzie za mąż i nie wysunie się na prowadzenie w tym wyścigu, który stanowi jedynie wymysł mojej mamuśki.

– Nie ma żadnego remisu! Imogen to samotna stara panna, a mój przyszły zięć jest sławny, więc Grace będzie to musiała jakoś przełknąć – stwierdziła Lorraine, a Roisin i Matt wymienili znaczące spojrzenia.

47

Matt stał z kubkiem kawy przy tylnych drzwiach pubu.

– Ten ogród jest ogromny – powiedział. – Ma spory potencjał. Myślisz, że twoja mama zgodzi się na lekką przeróbkę wystroju? Z okazji festynu?

Roisin znów próbowała doszukać się w jego słowach kpiny, ale jej nie znalazła. Nigdy by nie przypuszczała, że Matt będzie aż tak zachwycony prowincjonalną knajpką jej matki. Zupełnie jak dzieciak z bogatej rodziny, który się cieszy, że dostał słownik na Gwiazdkę.

Stali ramię w ramię i ogarniali wzrokiem otoczenie.

Na trawniku obwiedzionym żywopłotem z ligustru znajdowało się sześć okrągłych drewnianych stolików piknikowych, wciąż w przyzwoitym stanie. Ogród wyglądał całkiem w porządku, choć nie na tyle, żeby było się czym ekscytować. Matt trafił w sedno: to miejsce miało potencjał, ale też potrzebowało trochę miłości.

– Obstawiałabym, że się nie zgodzi, ale jeśli to ty podsuniesz jej propozycję, to od biedy postawi tu jedną z tych wielkich, pasiastych nadmuchiwanych zjeżdżalni. Właściwie to chciałam cię zapytać, czy nie masz ochoty na powtórkę naszego zeszłotygodniowego spaceru.

– Teraz? Tak, czemu nie! To naprawdę ładna okolica. – Zniżył głos. – Jak w ogóle poszło wczoraj? Ktoś wspomniał o *Łowcy*?

Roisin postanowiła, że nie będzie obwieszczać swojej decyzji, którą podjęła zeszłego wieczoru w San Carlo, dopóki nie porozmawia z Joem. Bez względu na to, co się wydarzyło, nie zasługiwał na to, żeby ktoś inny przed nim dowiedział się o końcu ich związku. Poza tym Matt nie wiedział, że jeszcze naszły ją wątpliwości.

– Od czasu twojego śledztwa przestałam się tym przejmować. Szczerze mówiąc, trochę mi głupio – przyznała Roisin, upewniając się, że matka na pewno ich nie słyszy. – Nie obejrzałam pozostałych odcinków z obawy, że znowu zacznę świrować. Meredith i Gina próbowały dać mi do zrozumienia, że to wszystko brzmi niedorzecznie, ale nie chciałam ich słuchać. Teraz aż mi się flaki skręcają ze wstydu, jak by to powiedziała Lorraine.

– Jeśli cię to pocieszy, ja wcale nie uważałem, że to niedorzeczne – stwierdził. – Może mało prawdopodobne, ale nie niedorzeczne.

Roisin doceniła wsparcie, choć zastanawiała się, czy przypadkiem on i Joe nie grają w jakieś chore okręty, próbując zatopić jeden drugiego i pogrążyć w jej oczach.

Włożyli kurtki i ruszyli w drogę.

– Joe nie chce się rozstawać – odezwała się Roisin, kiedy już odeszli dość daleko od pubu. – Oferuje mi życie w Los Angeles i zaproszenie na galę rozdania Złotych Globów. Albo dom w West Didsbury, jeśli jednak od niego odejdę. Trochę jak w *Milionerach*, no nie?

– W LA? Chcesz się przeprowadzić do Stanów?

– Nie. Co niby miałabym tam robić? Słuchać, jak Joe prowadzi spotkania na Zoomie? Jestem po prostu zdziwiona, że jeszcze próbuje ratować ten związek.

– Serio? Czemu?

– Naprawdę myślałam, że już dawno się z niego wymeldował.

Przez chwilę szli w milczeniu pod górkę.

– Zawsze kiedy mówisz o was, opowiadasz tylko o tym, czego chce Joe. O tym, co zamierza, myśli lub czuje. O sobie prawie wcale nie wspominasz.

– Ha, fakt. Jego zdaniem jestem „niewymagająca" – rzuciła szybko w odpowiedzi, choć wiedziała, że zrobiła to tylko dlatego, żeby zamaskować swój dyskomfort. – Coś się zmieniło przez ostatni rok. Nasza kłótnia utwierdziła mnie w tym przekonaniu. Zawsze podobało mi się to, jaki jest inteligentny, błyskotliwy i dowcipny, ale z czasem zaczęłam go postrzegać... inaczej. Obawiam się, że to zimny i bezwzględny człowiek – dodała ze smutkiem. Matt wymownie zmierzył ją wzrokiem. – No co?

– To... jakaś nowość?

– Dla mnie tak. Byłam głupia?

Zawahał się, więc Roisin uznała, że się z nią zgadza.

– Zawsze myślałem, że właśnie to w nim lubisz.

– Niby co?

– To, że jest perfidnym draniem. – Spojrzał na nią dziwnie. Z niepewną i skruszoną miną kogoś, kto wie, że rozmowa wykroczyła poza pewne utarte granice, i nie potrafi przewidzieć, co z tego wyniknie.

Roisin zatkało. Nawet jeśli Matt był wkurzony na Joego, powiedział to dość dosadnie, w bardzo bezceremonialny sposób. Zupełnie jakby to było coś oczywistego. Jakby ktoś niespodziewanie zobaczył na ekranie własną twarz, uchwyconą przednim aparatem komórki.

Joe był draniem, a Roisin miałaby niby to l u b i ć?

Cóż, chyba tak. Zauroczył ją swoją błyskotliwością. Tylko jak to świadczyło o niej – to, że wybrała drania. Jak wytłumaczyć, że zakochała się w kimś niezbyt miłym?

Taką pomyłkę trudno zrozumieć.

– Nie chcę, żebyś myślał, że trwałam w fatalnym związku tylko dla pieniędzy – odparła, nie wiedząc, co innego może powiedzieć.

– Wcale tak nie myślałem – zaoponował Matt. – Nawet przez sekundę.

– Byłam z nim prawie dziesięć lat. I bałam się, że przyprawia mi rogi. Muszę to sobie jakoś poukładać w głowie, zanim zdecyduję się na kolejne kroki.

– Jasne.

Roisin potrzebowała ciszy i spokoju, żeby zastanowić się nad opinią Matta, a teraz pilnie musiała znaleźć jakiś temat zastępczy. Wybrała pracę.

– Postaram się nie szaleć z odprawą – powiedział. – Bo jeszcze którejś nocy dopadnie mnie strach, coś jak ta wrzeszcząca zjawa w *Kobiecie w czerni*, i zacznę panikować, że nikt mnie już nie zatrudni.

– Jeśli rzeczywiście do tego dojdzie, to czy twoja rodzina nie będzie cię mogła jakoś wesprzeć finansowo? Nie mówię tego złośliwie w stylu Joego.

– Ha, ha. Nie. Pewnie już dawno temu mnie wydziedziczyli.

– Serio? – zdziwiła się i na chwilę przystanęła.

– Tak – odparł z pięściami wbitymi w kieszenie dżinsowej kurtki. – To znaczy, ja tak zakładam. Nie widziałem ani rodziców, ani brata od czterech lat, więc przypuszczam, że właśnie do tego doszło. To bardzo słuszne założenie.

– Przepraszam, nie miałam pojęcia.

Matt mieszkał w apartamencie przy Deansgate Square – miał własną windę, sypialnię na antresoli, do której prowadziły nowoczesne schody półkowe, i wszędzie drewniany parkiet w jodełkę. Joe twierdził, że to burżujstwo na maksa, ale Roisin podejrzewała, że wszystko może być na krechę.

– Cóż, nie rozgłaszałem tego. Proszę, nie mów nikomu.

– Jasne. Ale… przecież jeździsz do domu na Boże Narodzenie? – Roisin zmarszczyła brwi, próbując się w tym połapać. – Widziałam zdjęcia.

– Zwykle zatrzymuję się w jakimś pretensjonalnym hotelu i robię parę fotek. Czasem ludzie zakładają, że to dom moich rodziców. Albo myślą, że taka jest rodzinna tradycja, a ja nie wyprowadzam ich z błędu. I tyle.

– Dlaczego nie chcesz, żeby ludzie… żebyśmy my o tym wiedzieli?

Czyli był czarną owcą, nie ulubieńcem rodziny? W ostatnim czasie wydawał się jej jakiś inny, może właśnie dlatego. Matt spojrzał na nią z ukosa.

– Nie chciałem nikogo z was wybierać, zobowiązywać do dyskrecji i tym obciążać. – W ten delikatny sposób dał jej do zrozumienia, że nikomu tak do końca nie ufa. Nie wierzył, że to pozostanie tajemnicą, bez względu na to, komu o tym powie. – Zresztą nie chcę wdawać się w szczegóły, dlaczego jestem z nimi skłócony. Poza tym niektórzy mogliby się tym napawać.

– Naprawdę jestem szczerze zaskoczona. Nigdy bym się nie domyśliła. – Roisin starała się nie okazywać tego, że czuje się lekko urażona. Matt przede wszystkim nie chciał, żeby Joe się dowiedział. Każdy na pewno uznałby Roisin za godną zaufania, ale nie była godna zaufania, dopóki Joe miał na nią jakiś wpływ. W sumie… była dziewczyną drania.

– Wiem, dlaczego byś na to nie wpadła.

– Dlaczego?

Matt bez problemu przeskoczył przez kamienny płotek, a kiedy był już po drugiej stronie, podał Roisin dłoń, oferując pomoc, którą ona chętnie przyjęła.

Gdy ruszyli dalej, Matt wrócił do jej pytania.

– Bo sprawiam wrażenie powierzchownego i płytkiego, więc wszyscy zakładają, że moje życie to bajka. Ale wiesz co? Powierzchownym i płytkim ludziom też czasem przytrafiają się paskudne rzeczy.

Posłał jej uśmiech, żeby trochę rozluźnić atmosferę, ale ona nie mogła go odwzajemnić. Głos Matta był podszyty prawdziwym bólem.

– Nie, nie dlatego. Po prostu masz takie pogodne usposobienie i można zakładać, że wszystko przychodzi ci z łatwością. Z zewnątrz twoje życie wydaje się radosne aż do porzygu, jak by to ujął mój uczeń Amir.

– Jeśli tak to widzisz, to się cieszę. Dziękuję. Sam wykreowałem ten fircykowaty wizerunek, więc nie powinienem teraz narzekać. Tak było po prostu łatwiej.

– Jeśli to jakaś pociecha, to ja też nigdy nie rozmawiałam z „Brianami" o mojej porąbanej rodzince – powiedziała Roisin. – W sumie dziwne, bo z dziewczynami jestem naprawdę bardzo zżyta. Ufam im w stu procentach. Ale jakoś nie mogę się przemóc, żeby się zwierzyć. Martwi mnie to, że w wieku trzydziestu dwóch lat najwyraźniej nadal uważam, że moje dzieciństwo to powód do wstydu. Bo niby dlaczego inaczej miałabym ukrywać prawdę?

– Zdradzisz mi coś jeszcze? – spytał Matt. – Może zagramy w lesie w grę pod tytułem: „Pokaż mi swoją dysfunkcję, a ja pokażę ci swoją"? Czy jednak podejdziemy do tematu w bardziej wyrafinowany sposób?

Wybuchnęli śmiechem, a napięta atmosfera gdzieś uleciała.

– Wybór zostawię tobie – powiedziała Roisin. – W końcu musisz jeszcze wrócić do pubu i zachowywać się normalnie w obecności mojej matki.

– Okay, w takim razie ty pierwsza, bo moja dysfunkcja jest znacznie gorsza i pewnie cię zatka, gdy to usłyszysz.

Ktoś tu jest zbyt pewny siebie – pomyślała Roisin.

48

Wzięła głęboki wdech i wypuściła powietrze, a potem zapatrzyła się na wiry małej rzeki, nad którą zawiodła ich trasa.
Pamiętała, jak przychodziła tu za młodu, siadała na brzegu
i piła cydr z puszki.

W tym odosobnionym miejscu zdecydowanie łatwiej
było jej się otworzyć.

– Krótko mówiąc, moi rodzice byli tak zwanymi swin-
gersami. Sęk w tym, że jeśli rodzice robią coś takiego, to
nikt ci nie mówi, co się dzieje. Bo za to są odpowiedzialni
dorośli, którzy powinni być… no właśnie: odpowiedzialni. To nie tak, że ktoś z tobą siada i tłumaczy: „No więc są
ptaszki i pszczółki, i jeszcze twoja mama, i twój tata, czyli
całe minizoo". Pomalutku, krok po kroku samemu docho-
dzisz do prawdy. I właśnie to odkrywanie na własną rękę
najbardziej mnie wykańczało. Te wszystkie szepty, pozamy-
kane szuflady, to ich obściskiwanie się, którego, jak sądzili,
nie widzieliśmy. I te surowe upomnienia, że po zgaszeniu
świateł żadnemu z nas, ani mnie, ani mojemu bratu, nie
wolno opuszczać pokoju, gdy urządzali swoje „imprezki",
nawet jeśli będziemy mieć koszmary.

Spojrzała na Matta; od samego opowiadania o tym zrobiło jej się niedobrze.

– Rozumiesz już, dlaczego to taki drażliwy temat? Większość ludzi podchodzi do tego tak: „Uch, wolę nie myśleć o tym, że mam rodzeństwo, bo to znaczy, że rodzice zrobili to DWA razy".

Matt się uśmiechnął.

– Kojarzysz tę scenę w *Łowcy*, kiedy Jasper nakrywa matkę z obcym facetem, podczas gdy w pokoju obok jego ojczulek baraszkuje z czyjąś żoną? – spytała. – No więc to była Lorraine. Opowiedziałam swoją historię Joemu, a on ją bezczelnie wykorzystał, nie pytając mnie o zgodę. I wtedy w sali projekcyjnej ta stara rana nagle się otworzyła.

– Serio? Nie powiedział ci, że chce to umieścić w serialu? Cholera.

Widok zdumionej miny Matta był swego rodzaju gorzkim zadośćuczynieniem.

– Mój tata zmarł na udar, gdy miałam szesnaście lat. Leżał wtedy nagi pod jedną z najlepszych przyjaciółek mamy o imieniu Kimberley. Która, tak na marginesie, była mężatką. Choć mama generalnie wiedziała, na czym polega ten cały ich układ, akurat o tym związku chyba nie miała pojęcia. Według mnie w przypadku Kim chodziło o zwykłą, staromodną zdradę z kimś, kto był zakazanym owocem. Po jego śmierci podsłuchałam kilka rozmów telefonicznych. Na tym chyba właśnie polega kłamstwo otwartego związku. Nikt nikogo nie rani... do czasu. Nie żebym ją o to kiedyś spytała – dorzuciła dla jasności, a Matt pokiwał głową ze zrozumieniem. – Musieli przeprowadzić dochodzenie w sprawie jego śmierci i tak to się wydało. Skandal na całą wioskę. Nie dość, że na jaw wyszedł romans ojca, to jeszcze zaczęły krążyć plotki, że pan i pani Walters mają na koncie więcej grzeszków. Super, co? Naprawdę fajnie było chodzić po tym wszystkim do szkoły. – Roisin westchnęła. – Ktoś domalował sprayem nad nazwą pubu słowo: DUPODAJNIA.

To w sumie wydaje się zabawne, ale w rzeczywistości takie nie było. Może dlatego trudno mi o tym mówić. Podobno wystarczy obrócić coś w żart, żeby sobie z tym poradzić… No więc próbuję, ale jakoś nie mogę. Sama czuję się tak, jakbym była jakimś żartem.

– To wszystko nie brzmi ani trochę śmiesznie – powiedział ze współczuciem Matt. – Dzieci potrzebują bezpieczeństwa. Dla nich rodzice muszą być rodzicami.

Roisin podniosła kamień i cisnęła go do rzeki, patrząc, jak odbija się od lustra wody, po czym znika pod powierzchnią.

– Nasze życie legło w gruzach. Mama stała podczas pogrzebu w czarnej sukience, do tego siateczkowej woalce à la Jackie Kennedy i szlochała do mnie i Ryana: „Co ja, biedna, teraz zrobię?", jakby to była wyłącznie jej tragedia. No więc co ostatecznie zrobiła? Zaliczyła kilka przelotnych romansów z niewłaściwymi mężczyznami i dorobiła się jeszcze gorszej reputacji. – Roisin spojrzała na Matta. – Myślisz, że dlaczego tak trudno jej znaleźć kogoś do pracy? Kobiety z wioski raczej z nią nie rozmawiają i nie chcą, żeby ich mężowie przychodzili do pubu. Tamte wydarzenia rozegrały się szesnaście lat temu, ale tutaj to tak, jakby minęło raptem szesnaście minut.

Matt zrobił wielkie oczy.

– Rozumiem.

Roisin żałowała, jeśli niechcący zepsuła jego przyjacielskie stosunki z Lorraine. Niemniej miała już dość dźwigania brzemienia matki.

– Byłaś zżyta z ojcem? – spytał Matt. Skręcił w lewo, pamiętając trasę z ostatniej przechadzki.

– Owszem, jako małe dziecko. Traktował mnie jak swoje oczko w głowie, z kolei Ryan był ulubieńcem mamy. Wówczas myślałam, że to zupełnie normalne, ale z perspektywy czasu wiem, że podobnie jak wszystko inne, co dotyczy mojego dzieciństwa, takie nie było. Niejako przyjęło się, że każde z nich hołubiło jedno z nas, a to drugie darzyło mniejszą uwagą. Jak byłam mała, nosiłam warkoczyki, a tata uwielbiał swojego słodkiego aniołka. Potem jednak, około trzynastego, czternastego roku życia, kiedy stałam się nabuzowaną hormonami niezgrabną nastolatką, która ma własne życie, zaczął mnie od siebie odpychać. Nigdy już się nie dowiem, dlaczego tak się stało ani czy z czasem to by się zmieniło. Cóż, oto wielka zagadka życia, no nie? Zostają nam jedynie domysły... Boże. – Zrobiła pauzę.

– Co?

– Właśnie tak postąpiłam z Joem. Jakiś mężczyzna przestał mnie kochać, a ja skupiam się tylko na tym, dlaczego i co zrobiłam nie tak. Próbuję rozwiązać zagadkę. Kurwa – zaklęła. – Jesteś jakimś zamaskowanym terapeutą w drogich butach?

– Owszem, nazywano mnie już uzdrowicielem – odparł Matt, ponownie przełączając się w tryb Matta McKenziego, do którego przywykła. – A te buty, nawiasem mówiąc, są warte swojej ceny.

– A jak jest z tobą? Dlaczego pokłóciłeś się z rodziną? – zagadnęła Roisin.

– Och... cóż. – Podrapał się po głowie, zbierając się na odwagę. – Musisz wiedzieć, że nigdy nie zajmowałem pierwszego miejsca na liście ulubieńców. Mój starszy brat Charlie był następcą tronu, ja byłem tym drugim. On uwielbiał szkołę i dostał prestiżową posadę w Londynie, spełniając marzenie rodziców. A ja nienawidziłem się uczyć, byłem wielkim rozczarowaniem, problemem. Tym, który nie rokował żadnych nadziei. Jezu, czemu właściwie ci o tym mówię, jakby miało mnie to jakoś usprawiedliwić... – Urwał. – No więc oto, co się stało, Roisin. Pojawiło się przypuszczenie, że brat mojego ojca molestuje swoją nastoletnią córkę, czyli moją kuzynkę. Istniały przesłanki ku temu, żeby tak sądzić, a ona kiedyś zasugerowała mi to w zawoalowany sposób. Nie prosiła, żebym nikomu o tym nie mówił, więc powiedziałem rodzicom, a oni podeszli do tego na zasadzie: „I cóż począć?". Nikt nie zamierzał z tym nic zrobić. Rodzina jest najważniejsza! A raczej: „Nasza reputacja jest najważniejsza". No więc złożyłem anonimowy donos. Myślałem, że policja zainterweniuje i jakoś dziewczynie pomoże, zabierze ją stamtąd.

– Postąpiłeś słusznie... czy nie?

– Otóż nie – stwierdził stanowczo Matt. Zamilkli, kiedy z naprzeciwka nadeszli jacyś spacerowicze z kijami. – W ogóle nie wziąłem pod uwagę wiążących się z tym konsekwencji. Ujawniwszy, że mi o tym powiedziała, zamieniłem jej życie w piekło.

– Twoi rodzice byli źli, że to zrobiłeś? Przyznałeś się, że to ty zgłosiłeś sprawę na policję?

– Mój wuj zadzwonił do nas wściekły i zaczął mnie oskarżać, więc szybko się domyślili. On, rzecz jasna, zaprzeczył moim „podłym oszczerstwom", podobnie zresztą jak moja kuzynka. Powiedziała, że to zmyśliłem w złej wierze. Oczywiście nie postawiono wujowi zarzutów, bo bez jej zeznań nie mieli żadnych dowodów. Kto wie, czy to w ogóle była prawda; zdaję sobie sprawę, że być może kuzynka wszystko zmyśliła. Owszem, miała pewne problemy psychiczne, ale jeśli wziąć pod uwagę to, co mogło jej się przytrafić, to naturalnie nasuwa się pytanie: „Co było pierwsze: jajko czy kura?". – Matt przeciągle wypuścił powietrze. Jego głos brzmiał teraz inaczej. – Tak czy owak, od tamtej pory już się do mnie nie odezwała. Możliwe, że niesłusznie oskarżyłem wuja o najgorszą z możliwych zbrodni i niemal zniszczyłem jego rodzinę. Dziewczyna i bez tego była niestabilna emocjonalnie, a ja jeszcze namieszałem jej w głowie. Wszyscy moi bliscy czują do mnie odrazę i, wiadomo, nie chcą mieć ze mną do czynienia, więc nie pojawiam się na rodzinnych imprezach. Z czasem moi rodzice i brat całkiem się ode mnie odcięli. Z początku wydawało mi się, że tak jest po prostu łatwiej, a potem, no cóż... – zawiesił głos.

Roisin z trudem przełknęła ślinę. Nie chciała powiedzieć czegoś banalnego, czego później by żałowała.

– No więc, tak – podjął ponownie Matt – to właśnie ja. Ekskomunikowany, zarozumiały łajdak, który niszczy rodziny.

– Uważasz, że to ty jesteś łajdakiem? Ty? No nie wiem.

– Ale co najmniej dziewięć innych osób nie ma co do tego wątpliwości.

49

— Dlaczego ktoś miałby cię uważać za łajdaka, skoro chciałeś pomóc? – drążyła Roisin.

— Bo myślałem tylko o sobie i swoim wizerunku. Widziałem siebie jako bojownika walczącego w słusznej sprawie. Ot, takie moje młodzieńcze ego. A nie pomyślałem o tym, jak to się może odbić na mojej kuzynce. Działałem na zasadzie: „Walić tę toksyczną zmowę milczenia!". Rosh, pytanie o to, czy postąpiłem słusznie czy nie, rozstrzygnęła moja kłótnia z rodziną. Pozytywne skutki: brak. Szkody: ogromne.

— Nie wiesz, co by się stało, gdybyś nie zainterweniował. Na pewno miałbyś do siebie wielki żal.

— Ciekawostka: i tak mam do siebie żal. – Matt kopnął kamień.

— Ale wina leży przecież po stronie twojego wuja i prawdę mówiąc, również tych, którzy tylko się temu biernie przyglądali i pomimo podejrzeń nie podjęli żadnych kroków. Tylko ty jesteś tu jedyną niewinną osobą.

— Dzięki. Też próbowałem to sobie tak tłumaczyć. Ale kiedy pomyślę, jak musiało wyglądać życie z moim wujem po wizycie policji, to… – Pokręcił głową. – Poza tym nie ostrzegłem jej. – Głos mu się załamał. Matt przez chwilę milczał, dopóki nad nim nie zapanował. – Nie ostrzegłem jej – powtórzył z trudem. – A właśnie to należało zrobić. Uwierz mi, mógłbym ci teraz z miejsca przytoczyć cały zestaw instrukcji, jak należało to załatwić. Nie zapytałem samej zainteresowanej. A może wtedy powiedziałaby, żebym odpuścił. Rzecz jasna, między innymi dlatego działałem na własną rękę. Myślałem, że jestem mądrzejszy. Chciałem ją uratować. Dwudziestotrzyletni jełop.

– W ogóle widziałeś się z tą kuzynką od tamtej pory?

– Nie – odparł. – Nie chciałem się z nią kontaktować i jeszcze bardziej uprzykrzać jej życia.

– Cóż – zaczęła Roisin – jeśli twój śmiertelny grzech polegał na tym, że coś zrobiłeś, kiedy nikt inny się do tego nie kwapił, wiedz, że to nie był żaden grzech. Ty nie ponosisz najmniejszej winy. Twoja rodzina jest w błędzie, a obciążanie cię odpowiedzialnością za to, co się stało, jest po prostu okrutne. Wiele razy usiłowałam pewne rzeczy wytłumaczyć Joemu, ale wydaje mi się, że jeśli ktoś dorasta w normalnej, szczęśliwej rodzinie, to nie potrafi sobie wyobrazić, jak jest w tych dysfunkcyjnych. To trochę tak, jakby próbować ustać prosto na trampolinie, na której wszyscy wokół dziko skaczą – prychnęła z frustracją. Matt nic nie powiedział. – Mimo wszystko nadal nie rozumiem, dlaczego twoi bliscy się od ciebie odcięli.

– Powiedziałbym raczej, że nasze relacje uległy stopniowemu rozpadowi. Stało się jasne, że będzie lepiej, jeśli usunę się w cień. Z trudem przebrnęliśmy przez wesele mojego brata, starając się zachować pozory. Przez cały wieczór schodziłem z drogi wujowi, zupełnie jakbym grał w *Mission Impossible*. Później pomyślałem: Okay, jeśli moja obecność wprawia całe grono w zakłopotanie, to po co się męczyć?

– Bardzo mi przykro. Nie zasługujesz na takie traktowanie – zapewniła z przekonaniem Roisin, a Matt wzruszył ramionami zarówno w wyrazie wdzięczności, jak i rezygnacji.

Przez pewien czas szli w ciszy.

– Nigdy nikomu o tym nie mówiłam, nawet Joemu – odezwała się wreszcie Roisin, nie wiedząc, czemu właściwie mówi o tym teraz. – Chyba uznałam, że to nie jest coś, co chciałby usłyszeć mój chłopak. Ale skoro już się wywnętrzamy... To przez kilka pierwszych lat po śmierci taty sypiałam z różnymi facetami, z którymi wolałabym nie chodzić do łóżka. – Roisin nie mogła spojrzeć Mattowi w oczy. Zwierzanie się z czegoś takiego facetowi było dość krępujące. – Z kolesiami, których nawet nie lubiłam. To była taka krótka faza, kiedy uważałam się za femme fatale. Na szkolny bal kostiumowy przyszłam ubrana jak Rita Hayworth w *Gildzie* i nagle, z dnia na dzień, stałam się popularna. Pomyślałam wówczas: Aha, to dlatego Lorraine tak się nosi. W ten właśnie sposób dorobiłam się mnóstwa znajomych, zaczęłam prowadzić bujne życie towarzyskie i próbowałam udawać kogoś, kogo wszyscy uwielbiają, chociaż sama nie mogłam się znieść. Dopiero na studiach i w księgarni udało mi się nawiązać prawdziwe przyjaźnie.

– A, tak, przygodny seks z czystej odrazy do siebie. Znam to. Dlaczego według ciebie nigdy nie spotykam się z kimś, kogo autentycznie mógłbym polubić? – rzucił z uśmiechem Matt. – Masz jakieś swoje zdjęcia w przebraniu Gildy? Tak, żebym wiedział, o czym mowa.

Roisin się roześmiała. Najwyraźniej był to spacer wielkich objawień.

– Kiedy wybieraliśmy się na tę przechadzkę, uważałam nas za dwójkę zabawnych, wyluzowanych ludzi. – Poklepała Matta po ramieniu. – A okazało się, że jesteśmy dwójką popaprańców. Wstrząsające.

– Umówmy się, że nie będziemy już więcej zgłębiać naszych uczuć – zasugerował Matt.

– Zgoda – przytaknęła Roisin. Przez resztę drogi skupili się na luźniejszych tematach, dopóki ich oczom nie ukazał się znowu The Mallory.

Roisin nagle przystanęła. Po pewnych przemyśleniach uznała, że chce się pokazać Mattowi z nieco lepszej strony, nie jako ktoś, kto leci na drani.

– To była miła przechadzka. Od razu mi lżej – oznajmiła, odgarniając włosy z twarzy, żeby spojrzeć mu prosto w oczy.

– O dziwo, mnie też. Dziesięć tysięcy kroków robi robotę! – rzucił żartobliwie.

– Matt. Tata powiedział mi kiedyś, że człowiek często żałuje tchórzostwa, ale nigdy odwagi.

– Tyle że to nie była żadna odwaga, w tym cały problem.

– Mogę cię o coś zapytać? Nadal myślisz, że on to zrobił? Twój wujek.

Spojrzał na nią z udręczoną miną. Roisin zaczęła się zastanawiać, czy przypadkiem nie czynił sobie wyrzutów za to, że jej powiedział.

– Owszem, tak myślę.

– W takim razie nie miałeś wyboru.

– Miałem.

– No to dokonałeś tego właściwego, czyli zareagowałeś.

Spuścił wzrok.

– Mógłbym to zrobić mądrzej.

– Niezbyt udana próba pomocy i tak jest lepsza niż asekurancka bezczynność. To nie podlega dyskusji. Twoi bliscy cię odtrącili, bo są tego świadomi. Nienawidzą się za to, a ty im o tym przypominasz. W głębi serca sam to wiesz. Albo dojdziesz do tego któregoś dnia.

Roisin nie chciała, żeby czuł się zmuszony do odpowiedzi, więc go przytuliła. Miała tylko nadzieję, że matka nie wygląda właśnie przez okno.

Kiedy zdejmowała kurtkę, poczuła, że w kieszeni wibruje jej telefon. Mama Joego napisała do niej na WhatsAppie:

Roisin, prześlij mi zdjęcie magnolii, dobrze? Nie
pamiętam, jak daleko rosną od płotu. Dziękuję XX

W odpowiedzi napisała:

> *Przykro mi, Fay, jestem właśnie u mamy!*
> *Przyślę Ci zdjęcie, gdy tylko wrócę do domu. Rx*

Nie ma sprawy, zapytam syna, jak jutro przyjedzie.
Całusy. xx

Jak to jutro? – zdziwiła się Roisin. Joe mówił chyba, że
już dziś jedzie do Yorku. Mogłaby do niego napisać i sprawdzić, czy to potwierdzi czy nie, ale nie wiedziała, jak go
podejść. Poza tym nie czułaby się z tym dobrze. Zabawne,
ale w czasach przed *Łowcą* pewnie w ogóle nie zwróciłaby
uwagi na tę rozbieżność.

Czy Joe rzeczywiście nie wyjechał jeszcze z Manchesteru?

Jeśli tak, sporo ryzykował, bo dzieliło go od Roisin raptem osiemnaście kilometrów.

„Ukrywanie się potrafi być całkiem ekscytujące, można
nawet uczynić z tego sztukę. Między innymi dlatego to takie
fajne".

50

To, że dogadywał się z jej matką, której hormony – za jego sprawą – wręcz szalały, to jedno, ale jakimś cudem McKenzie przekonał do siebie również Terence'a. Roisin zaczęła już podejrzewać, że Matt jest czarodziejem.

Cóż za okrutna ironia, że ktoś odtrącony przez własną rodzinę potrafi tak łatwo przypaść do serca innym.

Z pozoru nie było niczego takiego, czym Matt mógłby sobie gościa zjednać, Terence bowiem z natury nieufnie podchodził do ludzi z metropolii, którzy szpanują elektrycznymi skuterami i jedzą duszoną cykorię.

Niemniej jakoś zdołał go przekabacić. A to poprosił Terence'a o radę, a to porozprawiał z nim swobodnie o sprawach, którymi ten się interesował, albo chętnie zakasywał rękawy, kiedy trzeba było posprzątać bałagan, bo eksplodowała beczka piwa.

Terence był nim aż tak oczarowany, że któregoś dnia zaskoczył Roisin pytaniem:

– Jak długo nasz przystojniak zamierza zostać?

– Och, tylko kilka tygodni – odparła.

Wtedy on skinął głową w zadumie i stwierdził:

– Na pewno robi tu znacznie lepszą robotę niż Brandon „Dzwoneczek".

Roisin czuła, że lepiej nie dopytywać, kto to taki.

Patrząc, jak Matt oczarowuje każdego, kogo spotyka na swojej drodze, tym bardziej nie rozumiała, jak doszło do tej waśni między nim a jego rodziną. Od czasu, kiedy opowiedział jej całą historię, często się nad tym zastanawiała. Na przykład, dlaczego kuzynka postanowiła zwierzyć się akurat jemu? Czy chciała, żeby to zgłosił, ale ostatecznie się rozmyśliła? Fakt, że wybrała Matta na swojego powiernika, z całą pewnością dobrze o nim świadczył. Roisin nieraz zadawała sobie pytanie, jak sama by postąpiła.

Myślała o tym, jak przez cały czas się ukrywał, spędzał samotnie święta Bożego Narodzenia, jak musiał się czuć, kiedy został praktycznie zmuszony do opuszczenia Benbarrow.

Myślała też o tym, że nie umawiał się z nikim, kogo autentycznie mógłby polubić, bo sam za sobą nie przepadał.

„Wydaje mi się, że unika bliższej relacji, bo ich związek już musiałby coś znaczyć, a na takie ryzyko Matt nie pójdzie" – stwierdził kiedyś Joe.

W środku tygodnia Matt oznajmił, że musi wrócić na kilka dni do „Wielkiego Jabłka" – tak prowincjusze z Webberley postrzegali Manchester.

– Mój były pracodawca prosi mnie na rozmowę. Nie mam pojęcia, o co chodzi. Może chcą zwrotu kasy za tę płatną nieobecność. Powinienem ich przynajmniej wysłuchać, poza tym muszę podlać kwiatki w mieszkaniu – wyjaśnił. – Bez obaw. Wrócę w porę na fetę.

Roisin podejrzewała, że Matt, jak przystało na salonowca, może mieć też jakieś towarzyskie sprawy do załatwienia, ale nie dopytywała. Wieczorami w Webberley i tak raczej nie było co robić poza przewijaniem profili w aplikacjach randkowych. Kto wie, jakie jeszcze gwiazdy filmowe ukrywały się pod pseudonimami na Hinge'u.

Lorraine w końcu znalazła i zatrudniła na próbę dwoje pracowników: czterdziestolatkę Amy i chłopaka, lat dwadzieścia jeden, o nieco przestarzałym imieniu Ernest. („Najwyraźniej znów jest w modzie" – skwitowała). Roisin zgodziła się więc nieco wycofać, żeby nowi nie zaczęli się bić z córką właścicielki o pistolet barmański. Niemniej wciąż nie była jeszcze gotowa wracać do swojego mieszkania.

Tak oto, wstyd się przyznać, ale nie mając co ze sobą począć w czwartkowy wieczór, postanowiła zmierzyć się z dwoma ostatnimi odcinkami *Łowcy*.

Uznała, że jeśli obejrzy je na iPadzie w słuchawkach, z pewnością nie będzie tego aż tak przeżywać, jak w Benbarrow Hall. Tymczasem, sądząc po liście programów w iPlayerze, które czekały w kolejce do obejrzenia, matka wciąż jeszcze nie widziała pierwszego odcinka – dzięki Bogu!

Początek: na ekranie pojawia się śpiący Jasper Hunter, w tle zaś słychać piosenkę *Fools Gold* w wykonaniu The Stone Roses. W pogrążonej w mroku sypialni Becca macha iPhone'em przed swoim zaspanym chłopakiem i nagle dzięki funkcji rozpoznawania twarzy telefon się odblokowuje.

Powieki Jaspera lekko drgają, kiedy dziewczyna przewija coś na ekranie, a potem, najciszej jak się da, podłącza iPhone'a do ładowarki leżącej na nocnej szafce.

Cięcie i przejście na Jaspera, który stoi pod prysznicem i spłukuje z siebie mydliny.

– Wiem, o czym myślisz, i jesteś w błędzie – mówi do kamery. – Moja praca polega na zbieraniu dowodów. Ja nie zostawiam po sobie śladów. Niczego nie znajdziesz, przeszukując mój telefon, bo tylko idioci dają się tak przyłapać.

Kolejne sceny pokazywały śledztwo, docinki Shauna Rydera, morderstwo hostessy z nocnego klubu w Ancoats,

nowe szalone igraszki w aucie Jaspera i nagie pośladki roz-
płaszczone na szybie. Roisin zdała sobie sprawę, że nie powinna obawiać się o swoje nerwy, tylko o swoją zdolność do
skupienia uwagi. Włączyła pauzę, żeby sprawdzić, ile czasu
zostało do końca drugiego odcinka. Dwanaście minut. No
dobra: jakoś to zmęczy, a potem zafunduje sobie piwo.

Gdy Jasper stał w sali odpraw i wskazując na tablicę,
omawiał przypadek martwej kelnerki, z którą uprawiał seks
w toalecie, prawie już odpłynęła.

Wtedy inny detektyw otworzył notes i zaczął czytać na
głos:

– Trudno o niej cokolwiek znaleźć, nie ma kartoteki.
Stanowi prawdziwą zagadkę. Chorwatka ze Splitu. Zawiłe
życie uczuciowe. Była widywana z żonatym mężczyzną,
który pracuje w żandarmerii. Nie znamy jego nazwiska…

Roisin wyrzuciła w górę ręce, jak pasażerka w samochodzie tuż przed nieuniknioną kolizją, i zerwała się z sofy,
jakby ta się paliła. Zawsze myślała, że „podskoczył jak opa-
rzony" to tylko takie powiedzenie.

Drżącymi rękami zapauzowała trajkoczącego policjanta,
a potem w myślach powtórzyła jego słowa. Następnie przeciągnęła kursorem w dole ekranu i ponownie odtworzyła
tę scenę.

„Trudno o niej cokolwiek znaleźć, nie ma kartoteki. Stanowi prawdziwą zagadkę. Chorwatka ze Splitu. Zawiłe życie
uczuciowe. Była widywana z żonatym mężczyzną, który
pracuje w żandarmerii. Nie mamy jego nazwiska…"

Roisin zazgrzytała zębami tak głośno, że chyba nawet
w pubie ją słyszeli. To ona – kelnerka z Sesso obsługująca
ich tamtego wieczoru, kiedy według Joego nic się nie wydarzyło i który nic nie znaczył.

Roisin połączyła wszystkie fakty: Chorwatka. (Już samo
to tak naprawdę wystarczyło, no nie? Jakie były szanse na

taki zbieg okoliczności?). Romans z żandarmem. Brak prawdziwych danych i innych śladów. Och, jeszcze jej wygląd, który zdaniem Roisin jak najbardziej coś znaczył.

Oto on. Dowód. Joe uprawiał seks z kelnerką z Sesso? Nie, to nie może być prawda. Tylko jakim cudem stworzona przez niego postać tak bardzo przypomina kobietę, której rzekomo nie zna?

Napisała do Joego.

> *Kiedy będziesz w domu?*

> *Właśnie wróciłem! Chciałem cię zapytać, czy masz ochotę wybrać się na kolację.*

> *Jadę.*

Roisin rzuciła zaaferowanej matce jakieś mgliste wyjaśnienie, wskoczyła do samochodu i chrzęszcząc oponami po żwirze, wystrzeliła jak z procy – ale znowu nie aż tak szybko, żeby dostać mandat za przekroczenie prędkości. Niespokojne myśli tłukły jej się w głowie przez całą drogę, która dłużyła się niemiłosiernie, bo akurat trwały godziny szczytu.

Musiała się przyznać Joemu, że go szpiegowała, lecz w świetle tego, co odkryła, to pewnie i tak nie będzie już mieć znaczenia.

Jej umysł w kółko analizował różne scenariusze: Czy to był tylko jednorazowy wyskok, czy może uprawiali seks regularnie? Już sama myśl o tym, że dzieliła łóżko z kimś, kogo tak naprawdę nie zna…

Joe otworzył drzwi w tej samej chwili, kiedy przed nimi stanęła z wyciągniętymi kluczami. Był ubrany wyjściowo, w koszulce polo od Freda Perry'ego.

– Cześć, zarezerwowałem…

– Cześć! – rzuciła i przecisnęła się do środka, żeby mógł zamknąć drzwi. – Mam pytanie co do drugiego odcinka *Łowcy*.

– Yyy, okay?

– Możesz mi wyjaśnić, jak to możliwe, że postać z twojego serialu i niejaka Petra, kelnerka, w dodatku Chorwatka, która miała sekretnego żonatego kochanka z żandarmerii i dwa lata temu pracowała w Sesso, a zatem również podczas imprezy urodzinowej Giny, mają taki sam życiorys i są do siebie łudząco podobne? – Nabrała głęboko powietrza w płuca. – Czyżby sztuka aż tak bardzo imitowała życie?

Joe spojrzał na nią spod przymrużonych powiek. Nie wydawał się ani wyluzowany, ani zaskoczony.

– Skąd to wszystko wiesz? – spytał wymijająco. Miał spokojny, beznamiętny głos. Sprawiał wrażenie niewzruszonego i opanowanego. Więc albo psychopata, albo… niewinny człowiek? Roisin jakoś tego nie widziała.

– Może ustalmy najpierw, jak w ogóle doszło do tego zbiegu okoliczności? – zasugerowała, siląc się na odwagę i pewność siebie. – Tamtego wieczoru wróciłeś do domu później niż ja, bo zostawiłeś szalik w restauracji, więc poszedłeś po niego pieszo, a potem, zanim się położyłeś spać, wziąłeś prysznic, czego zwykle nie robisz. Najwyraźniej znałeś tę dziewczynę. Oczekuję, że mi to teraz dokładnie wyjaśnisz. Czy może znów gadam od rzeczy?

– Rany, dobra! Zaraz chyba oszaleję…

– Ty oszalejesz? Ty?!

51

– Owszem, Rosh, całą sytuację da się łatwo wytłumaczyć. To nie tak, że się z kimś bzyknąłem w toalecie. Jeśli właśnie to sugerujesz.

– Słucham.

– Tamtego wieczoru naprawdę zostawiłem szalik w restauracji. Przypadkiem, nie że celowo. Jak wiesz, wróciłem po niego. Kiedy dotarłem na miejsce, miała go na szyi kelnerka, która stała przed lokalem i paliła. Była podenerwowana, bo pokłóciła się z chłopakiem. Poczęstowała mnie papierosem. Uznałem, że przez grzeczność powinienem dotrzymać jej towarzystwa. Poza tym przyszło mi do głowy, że historia tej dziewczyny może być dobrym materiałem na scenariusz – wyjaśnił. Roisin zrobiła wielkie oczy. – Taa, wiem, że to dość nikczemne, dlatego właśnie nie chciałem o tym mówić. Taka prawda. Nie mogę pisać o facecie, który siedzi w domu na przedmieściach i co wieczór wślepia się w ekran laptopa. Interesowanie się życiem innych i wściubianie nosa w nie swoje sprawy jest wpisane w ten zawód.

Roisin nie chciała go prowokować do kolejnego monologu na temat scenopisarstwa, więc się nie odzywała.

– Zostałem, zapaliłem, pogadałem z nią piętnaście, dwadzieścia minut. Wyznała mi, że ten jej facet jest żonaty. Dałem jej jakąś badziewną radę, z której i tak by nie skorzystała, życzyłem powodzenia i odszedłem. Następnie wróciłem do domu i wziąłem prysznic, bo wiedziałem, że to nie jest najlepszy pomysł, żeby kłaść się obok ciebie w oparach marlboro, zwłaszcza osiem lat po rzuceniu palenia.

– A jednak w scenariuszu opisałeś to tak, jakbyście się na siebie rzucili w szale namiętności, ty i Petra.

– Nie ja i nie ona, tylko Jasper Hunter i postać, dla której Petra była inspiracją. Naprawdę masz mnie za takiego kobieciarza?

– Czy ty w ogóle widziałeś swój serial?! Naprawdę trudno uwierzyć, że ta scena zrodziła się z kompletnie niewinnej rozmowy. Jeśli rzeczywiście było tak, jak mówisz, i jesteś niewinny, to czemu przyznajesz się do tego dopiero teraz?

Joe posłał jej pełne niedowierzania spojrzenie.

– Okay, okay. W takim razie, skoro miałbym to zrobić, to co z logistyką? Ustaliliśmy już, że jeszcze nie spałaś, kiedy wróciłem do domu, tak?

Roisin ledwo dostrzegalnie wzruszyła ramionami.

– Po pierwsze, trzeba uwierzyć, że dwudziestodwulatka chciała się bzyknąć z trzydziestotrzylatkiem, choć pewnie wydawałem jej się stary niczym Gandalf. Nie jestem jak ekranowy bohater grany przez Rufusa Tate'a i nie mam takiej mocy sprawczej, żeby usuwać ludzi z restauracji. Musiałbym ją poderwać w ciągu trzyminutowej gadki, a potem co? Mielibyśmy maksymalnie kwadrans, żeby zaliczyć numerek za jakimiś kubłami na butelki? – prychnął. Roisin nic nie powiedziała. – Nie skusiłbym się na coś takiego nawet jako jurny nastolatek. A tym bardziej mając wspaniały dom i śliczną dziewczynę, która na mnie czeka – dodał.

Roisin musiała przyznać, że taka nieustępliwość pozwalała sądzić, że Joe nie ma nic do ukrycia.

– Na pewno nie wziąłeś od Petry numeru telefonu, żeby się z nią umówić na inny dzień? I dlatego właśnie mi o tym nie wspomniałeś?

– Tak, na pewno. Przede wszystkim nie jestem jakimś lubieżnym samcem, który wykorzystuje przygnębione młode kobiety. Jeśli chcesz, proszę, przejrzyj moją komórkę.

Tyle że jedynie idioci zostawiają ślady w telefonie, no nie? – pomyślała Roisin.

– Dlaczego po tych wszystkich kłamstwach, którymi mnie karmiłeś, miałabym ci teraz uwierzyć, kiedy nagle wyszło na jaw, że jednak znałeś tamtą kelnerkę? – spytała.

Zdawała sobie sprawę, że czepia się drobiazgów. Wszystkie fakty do siebie pasowały. Jeśli była w nich jakaś luka, to na razie jej nie dostrzegła.

– Po jakich kłamstwach?! Owszem, nie rozegrałem najlepiej naszej rozmowy w Benbarrow. Przyznałem to. Ale na pewno cię nie okłamałem!

– O przerwach na dymka z załamanymi dziewczynami ze Splitu jakoś nie wspomniałeś, no nie?

– To było nieistotne! Chciałaś tylko wiedzieć, czy z nią spałem! Dlaczego miałbym się wdawać w szczegóły, jeśli to było bez znaczenia i mogło się wydawać dziwne?

– Dziękuję! W końcu przyznałeś, że to dziwne.

– O ile mi wiadomo, krótka rozmowa w pełnym ubraniu z osobą płci przeciwnej jeszcze nie podpada pod zdradę.

Dziko walące serce Roisin zaczęło pomału się uspokajać. Nagle dotarło do niej, że sama wyjawiła o sobie więcej niż Joe. I on to podchwycił.

– Teraz twoja kolej. Nadal mi nie powiedziałaś, skąd wiesz o Petrze.

Roisin ciężko przełknęła ślinę. Czuła pot spływający jej pod ubraniem.

– Poszłam do Sesso na kolację i usiadłam przy barze. Zaczęłam rozmawiać z szefem sali i to on mi powiedział.

– On? Ten typ? Usiadłaś sama przy barze i wdałaś się w rozmowę z jakimś kolesiem? Żeby mnie wybadać? – spytał.

– Tak. – Roisin czuła się nędznie i pewnie taką samą miała minę.

– To do ciebie zupełnie niepodobne.

– Joe, zrozum, *Łowca* totalnie mną wstrząsnął. Wiesz równie dobrze jak ja, że jest tam przynajmniej jedna scena zaczerpnięta z prawdziwego życia. Dostałam urlop na ostatni tydzień semestru, bo dzieciaki mi dokuczały i dopytywały, czy to wszystko wydarzyło się w rzeczywistości. W którymś momencie uznałam, że muszę poznać prawdę.

To było wyrachowane zagranie, ale musiała ratować godność.

Joe zmarszczył czoło.

– Jasne, bo banda czternastolatków zna mnie lepiej od ciebie. Przepraszam, ale jakoś nie mogę sobie wyobrazić, że poszłaś do Sesso, żeby uciąć sobie pogawędkę z szefem sali. Tym… Jak mu tam?

Czyżby Joe był zazdrosny? Roisin nie miała pod tym względem zbyt dużego doświadczenia, pewnie dlatego, że nigdy nie dawała mu powodów do zazdrości.

– Rick.

– Poszłaś sama na kolację i udawałaś, że jesteś zainteresowana anegdotkami jakiegoś typa, który tam pracuje?

– Tak.

– Myślę, że istniało cholernie duże prawdopodobieństwo, że facet to błędnie zrozumie i skorzysta z okazji, żeby cię poderwać. Nie, nigdy byś czegoś podobnego nie zrobiła. To zupełnie nie w twoim stylu.

– Może według ciebie nigdy bym nie zrobiła, ale zrobiłam – zaoponowała Roisin. Czuła się podle, wykazując się taką zuchwałością. I hipokryzją.

– Serio? – spytał Joe. – Przysięgniesz na życie własnej matki?

– Uhm – przytaknęła, wzdrygając się w duchu na to kłamstwo i powtarzając sobie, że pod żadnym pozorem nie może wmieszać w to Matta. – Wcale mnie nie podrywał.

– Naprawdę uważasz, że mogłem przelecieć jakąś kelnerkę? Dlatego postanowiłaś zabawić się w prywatnego detektywa?

– Nie wiedziałam, co o tym wszystkim myśleć.

– Cóż, wydaje mi się, że teraz ja mam prawo czuć się urażony. Chyba się ze mną zgodzisz? Przeprosiłem za tę scenę z twoją mamą, zachowałem się nie w porządku. Tyle że to jeszcze nie powód, żebyś mnie brała za skończonego drania. Ale najwyraźniej za takiego mnie uważasz.

Roisin nie wiedziała, jak to skomentować, więc odbiła piłeczkę:

– A, przy okazji, jaki to był dzień, kiedy pojechałeś do Yorku, do swoich rodziców?

– Niedziela.

– Twoja mama poinformowała mnie, że miałeś przyjechać w poniedziałek.

Joe zamrugał, jakby na chwilę zdębiał.

– Racja. Przekimałem w niedzielę u Doma. Wiedziałem, że się schlejemy, nadrabiając zaległości. Nie chciałem po nocy budzić rodziców. Powiedziałem ogólnie, że jadę do Yorku. Nie sądziłem, że będziesz zainteresowana szczegółowym planem podróży. Dlaczego miałbym kłamać i podawać ci inny dzień?

– Nie wiem, dlatego spytałam.

– Och, żebym mógł się zabawiać z kelnereczkami?

– Nie mam po…

– Wiesz co? – przerwał jej Joe, kipiąc ze złości. Wyjął z kieszeni telefon i zaczął coś przewijać na ekranie. – Proszę. Oto dowód. Moje ostatnie zdjęcia z aparatu. – Pokazał Roisin wyświetlacz. Było tam selfie: on, Dom i jego żona Vic siedzą na tarasie w ogrodzie i wznoszą toast do obiektywu.

– Tak, to naprawdę logiczne, że użyłem swoich rodziców jako alibi, zwłaszcza że w kółko z nimi rozmawiasz. Noż kurwa mać! Dlaczego mam wrażenie, że po prostu szukasz jakiegoś pretekstu? – spytał. – Jeśli chcesz mnie rzucić, proszę bardzo! Przestań doszukiwać się czegoś, przez co wyjdziesz na pokrzywdzoną.

– Chciałam tylko poznać prawdę – odparła. – Nic poza tym.

– O tyle dobrze, że przegadaliśmy to w domu za darmo, zamiast płacić za terapię dla par. Cudownie było usłyszeć, jakie masz o mnie zdanie.

W odróżnieniu od dwóch wcześniejszych konfrontacji w tej rundzie to Joe miał moralną przewagę. Było jasne, że tak łatwo nie odpuści.

W sumie słusznie – pomyślała Roisin. Ona też się z nim nie patyczkowała.

Odchrząknęła. Po całym tym zamieszaniu wokół fałszywych oskarżeń przyszła pora, żeby w końcu potwierdziła swoją decyzję o zakończeniu ich związku. To znowu była jedna z tych sytuacji, które Wendy Copeland określała jako DOI.

– Powinniśmy się jednak rozstać, Joe. Według mnie coś się zepsuło i nie da się już tego naprawić. Gdybyśmy poszli na terapię, tylko byśmy odwlekli to, co nieuniknione, i zmarnowałbyś czas, a tego nie chcę.

– Wow! – Joe zmierzył ją wzrokiem. Roisin nie potrafiła stwierdzić, w jakim stopniu jego słuszne oburzenie wynikało ze złości, a w jakim z rozżalenia. Sama próbowała się uporać z własnymi uczuciami. Cofnął się i przycupnął na bocznym oparciu sofy. – Jasna cholera! Dziesięć wspólnie spędzonych lat, a ty nagle, pięć minut przed moim wylotem do Los Angeles rzucasz mi prosto w twarz, że z nami koniec. I teraz robisz to samo po tym, jak mnie szpiegowałaś i oskarżyłaś o pieprzenie się z innymi. A zatem według ciebie to bez znaczenia, czy jestem winny czy nie? I tak chcesz się rozstać?

– Przykro mi – odparła głupio Roisin. To brzmiało okropnie, bo było okropne.

– No tak, cóż... – odezwał się Joe po dojmującej chwili ciszy. – Wszystkie dokumenty dotyczące mieszkania są już gotowe. Dzisiaj je odesłałem. W takim razie zacznę się rozglądać za jakimś lokum i pakować swoje graty.

– Nie chcę, żebyś przepisywał na mnie swoją połowę mieszkania. Doceniam gest, ale to za wiele.

– Obiecałem ci coś, a ja dotrzymuję danego słowa. W ten sposób nie będziemy musieli tego przeciągać i użerać się w nieskończoność ze sprzedażą, notariuszami i całym tym szajsem. Nie mam na to ochoty. Po prostu chcę odejść.

– Okay.

– To znaczy, wcale nie chcę odchodzić. Ale...

Posłał Roisin przenikliwe, ponure spojrzenie. Miało pewnie wyrażać czystą pogardę, a jednak przypominało trochę spojrzenie Rhetta Butlera z *Przeminęło z wiatrem*, które równie dobrze mogło zwiastować awanturę, jak i nagły pocałunek. Podobnie jak podczas ich pierwszej kłótni Roisin czuła, jakby wreszcie wzbudziła jego zainteresowanie.

Nagle w głowie rozbrzmiała jej pewna myśl, przebił się wyraźny głos podświadomości: Teraz, kiedy nie może cię mieć, naprawdę cię pragnie.

Ledwo tląca się miłość rozgorzała na nowo.

– Zostanę u mamy, żeby dać ci trochę swobody – zaproponowała.

– Świetnie.

W tej chwili każda próba pocieszenia Joego spotkałaby się z ostrą ripostą. Było na to jeszcze za wcześnie i pewnie żaden moment nie będzie odpowiedni – na coś takiego jest zawsze albo za wcześnie, albo za późno.

Roisin ruszyła do wyjścia. Czuła się podle i głupio, bo przez jej pochopne oskarżenia wyszło naprawdę fatalnie. Zupełnie jakby się śpieszyła, aby przekazać komuś wiadomość o czyjejś śmierci, i wjechała tej osobie w zaparkowane auto.

Trudno, za głupotę się płaci.

– Masz kogoś innego? – rzucił Joe, kiedy otworzyła drzwi.

– Że co?

– Ach, wybacz, czyżby brak zaufania działał tylko w jedną stronę? Pytam, czy w twoim życiu jest ktoś, o kim nie wiem.

– Nie, jasne, że nie.

Nic więcej nie zostało już do powiedzenia.

Usiadła za kierownicą z przyprawiającym o mdłości przekonaniem, że właśnie zapisała się na kartach historii ich związku – bynajmniej nie najlepiej. Już od dłuższego czasu wiedziała, że ten dzień się zbliża, niemniej wcale nie czuła się przez to mniej dziwnie. Trochę tak, jakby była w szoku po śmierci kogoś bliskiego, kto odszedł po długiej chorobie. „Umierał powoli, a na końcu szybko".

Ernest Hemingway podobnie pisał o bankructwie, do którego dochodziło się na dwa sposoby – na początku stopniowo, a potem raptownie.

Wracając do Webberley w iście biblijną ulewę podobną do potopu, Roisin zaczęła się zastanawiać, jak z dziewczyny, która jeszcze kilka miesięcy temu w rozmowie z terapeutką ze śmiechem zbyła pytanie o niewierność Joego, zmieniła się w osobę, która potajemnie szpieguje swojego partnera. Może Meredith miała rację; decyzja o rozstaniu była na tyle brzemienna w skutki, że Roisin potrzebowała obiektywnego dowodu na to, że postąpiła słusznie.

Kiedy stała we wczesnowieczornym korku i zalewała się łzami, a wycieraczki hipnotyzująco przesuwały się po szybie, pokusiła się o to, żeby dotrzeć do sedna sprawy. Dlaczego właściwie *Łowca* wszystko zmienił? Pomijając tak oczywisty fakt, że chodziło w nim głównie o seks i zdradę?

Otóż dlatego, że serialowe wcielenie jej chłopaka dało jasno do zrozumienia, że istnieją różne wersje Joego i że żyła tylko z jedną z nich.

52

W kolejnych dniach Roisin nie powiedziała Lorraine, co się wydarzyło, nie dostała też żadnych sygnałów od przyjaciół i rodziców Joego, świadczących o tym, że on podzielił się z kimś nowiną. Roisin była pewna, że Fay zadzwoniłaby do niej w ciągu godziny.

Joe miał tylko jednego brata Granta, który był wiecznym singlem, a Fay zawsze traktowała Roisin jak swoją zastępczą córkę.

Kiedy Roisin sprawdzała coś na iPadzie, zauważyła, że *Łowca* wciąż tam czeka – do obejrzenia zostało kilka ostatnich minut drugiego odcinka, no i jeszcze cała część trzecia. To doprawdy żałosne, jak bardzo sobie nie ufała, żeby je obejrzeć. Już raz zareagowała przesadnie, ale czuła, że to się może powtórzyć. Ech, nadal brakowało jej dystansu. Była po prostu śmieszna.

Poza tym matka odchodziła od zmysłów w związku ze zbliżającą się fetą. Dręczyły ją obawy o status społeczny, więc Roisin nie chciała jej dodatkowo niepokoić, wspominając o rozstaniu z odnoszącym sukcesy chłopakiem.

Zresztą Lorraine i tak, jak zwykle, pomyślałaby najpierw o sobie: w wieku trzydziestu dwóch lat Roisin wkrótce zostanie starą panną. A jeśli już nie znajdzie tak dobrej partii jak Joe? Co z wnukami i... o nie, Grace z córką będą się z niej natrząsać! Swoją drogą, gdyby rzeczywiście tak zareagowała, Roisin nie mogła gwarantować, że zachowa spokój. Tak czy inaczej, skończyłoby się na tym, że to ona pocieszałaby matkę.

Potrzebowała czasu, żeby rana w jej sercu trochę się zagoiła, zanim wystawi się na ten rejwach. Niemniej wtajemniczyła Meredith i Ginę, które pewnie miały już dość tej całej zabawy w separację i tego kręcenia się w kółko. Wyjaśniła im też, że na razie wiedzą tylko one.

Meredith
Współczuję. To przykre, ale najwyraźniej tak musiało być i teraz masz to już za sobą. Nie warto zostawać z kimś wyłącznie dlatego, że być może zabierze cię na rozdanie Oscarów. Xx

Gina
Zdecydowanie, choć ja bym pewnie została. Mam nadzieję, że oboje jakoś się trzymacie. Napisać do Joego? Xx

Roisin
Tak, na pewno to doceni xx

Pewnie lepiej, żeby Joe wiedział, że przekazała wieści przyjaciółkom. Czy mogła liczyć na to, że to on poinformuje Deva i Anitę? Właśnie przed tym miała największe opory. Dev w ogóle nie był przygotowany na taką rewelację, a to wiązało się z koniecznością przeprowadzenia dłuższej rozmowy, niżby chciała. I to akurat jemu, osobie, której najbardziej zależało na ich paczce, musiałaby oznajmić, że to koniec z Klubem Briana.

Meredith napisała jej później na priv taką wiadomość, że Roisin musiała chwilowo wstrzymać się z tym zamiarem.

Przynoszę dobre wieści dotyczące macicy Anity. Ta grypa żołądkowa to nie były poranne mdłości, niemniej perspektywa ciąży wystraszyła ją na tyle, że zrobiła test. Zanim się okazało, że wynik jest negatywny, zdała sobie sprawę, że nie chce sprawiać takiej niespodzianki ani Devowi, ani swojej rodzinie, zwłaszcza tyle miesięcy przed ślubem. Znowu zaczęła brać pigułki i wspólnie z Devem zrezygnowali z Włoch. Nie wiem nic na temat Miami, ale mam nadzieję, że Twoja jakże taktowna interwencja zmusiła ich do głębszych przemyśleń. Na razie wyskoczyli na trochę do Sóller, żeby obgadać szczegóły.

POZA TYM Gina wreszcie pozbyła się widma McKenziego i idzie na randkę z kolegą z pracy, niejakim Aaronem. Przez ostatni rok dość często o nim wspominała. Nawet się zastanawiałam, czy mogłoby coś z tego wyjść, i wygląda na to, że chyba tak.

Zatem życie toczy się dalej, czasy się zmieniają, wszystko idzie ku lepszemu. Choć mnie to nadal nie dotyczy. Mam nadzieję, że Matt sprawdza się jako pracownik. Brakuje mi go. Liczę, że któregoś dnia Gina przestanie być podatna na jego burżujski erotyzm i będzie mógł do nas wrócić. <3 M xx

Matt zjawił się w pubie w sobotnie przedpołudnie, jeszcze przed otwarciem lokalu; miał na sobie niebieską koszulę oksfordzką, w której wyglądał tak przystojnie, że gdyby Gina go w niej zobaczyła, z pewnością nie pozostałaby obojętna na jego burżujski erotyzm. Poza tym niósł dwa pudła.

— A co z twoją pracą?! — spytała Roisin.

– Och… – Sprawiał wrażenie dziwnie zadowolonego, że pamiętała. – Nastąpił niespodziewany zwrot akcji. Mój były szef dowiedział się, że jego syn mnie zwolnił, i wpadł w szał. Przywrócił mnie na dawne stanowisko. Poza tym oznajmił, że mogę potraktować ten urlop jako premię i wziąć sobie wolne do końca sierpnia. Zamierzałem odmówić, bo kto by chciał pracować w miejscu, gdzie nie jest mile widziany. Ale jego synalek wyjaśnił mi, że widzi to teraz tak samo jak ojciec. Chyba nie bez znaczenia był też fakt, że ludzie z sieci restauracji, którą dla nich pozyskałem, wciąż o mnie dopytywali.

– To świetnie! Cieszę się.

– No, w sumie ja też. Ponieważ twoja mama nalega, żeby mi zapłacić, postanowiłem przekazać swoje wynagrodzenie na szczytny cel, czyli na fetę w Webberley. W ogrodzie urządzę bar zaopatrzony w hurtowe ilości alkoholu, który powinien tu dotrzeć – zerknął na zegarek – za jakąś godzinę. Pokwitujesz odbiór?

– Tak, jasne. Matt, jesteś naszym superbohaterem. A co masz w tych pudłach?

– Ozdóbki – odparł. – Zamienimy piwny ogródek w magiczną grotę. Z lampek zrobimy gwieździsty baldachim. To znaczy, o ile jeszcze dziś dotrą niezbędne do tego metalowe tyczki.

Odłożył pudła i wyjął z nich całe zwoje dekoracyjnych żarówek w stylu retro, rozpiętych na czarnym kablu.

– Ooo, jakie ładne.

– To nie wszystko, młoda damo – oznajmił. – Kazałem też zrobić to.

Zdjął torbę z ramienia i wysypał ze środka stertę ulotek reklamujących ofertę The Mallory: grill, koktajle, gry i zabawy.

– Ha, ha! Lorraine się na to zgodziła?

– A jakże! Cytuję: „Zaszalej, gorzej i tak być nie może".
Roisin parsknęła śmiechem i pomyślała, jak bardzo
Matt odmienił to miejsce. Przez to, z jakim entuzjazmem
podchodził do tego pubu, trochę go dla niej odczarował.
Odwrócił ulotkę.

Na rewersie widniał napis: *Zgadnij, ile waży Pulpet!*,
a obok znajdowało się zdjęcie gniewnie patrzącego korpu-
lentnego kota.

– Znalazłem tę fotkę w telefonie – oznajmił Matt, stukając się palcem w nos. – I pomyślałem, że pójdę na całość.

– A jeśli Pulpet się nie pojawi?

– Wiem, że celebryci bywają chimeryczni. Podejrzewam jednak, że zapach skwierczącego tłuszczu z kiełbasek,
skapującego na rozżarzony brykiet zachęci największego
networkera Webberley do tego, żeby poobcować ze swoimi
wyborcami.

Roisin wybuchnęła szczerym śmiechem.

– Czyli wysłuchać narzekań zwykłych ludzi i podkraść
im frytki.

– Otóż to. W takim razie zmykam do wioski, żeby
uścisnąć parę dłoni. O ile nie masz nic przeciwko, że zostawię cię samą na posterunku.

– Nie, skąd. – Uśmiechnęła się promiennie. – Powodzenia.

Z zaplecza wyłoniła się Lorraine, wyraźnie zmordowana.

– Czy to był Matt?

– Tak. Widziałaś to? – Roisin pokazała jej ulotkę.

Matka obejrzała ją dokładnie, a jej twarz złagodniała
– nawet pojawił się na niej zachwyt, który należał raczej do
rzadkości.

– Och, prawdziwy z niego skarb. Wielka szkoda dla
wszystkich kobiet, że jest gejem.

– Że co? Matt nie jest gejem.

Matka otworzyła usta w szoku.

– Jest zbyt śliczny, żeby być hetero. – Pokręciła głową. – A te jego ciuchy?! – Cmoknęła z uznaniem. Roisin nie mogła się powstrzymać od śmiechu. – Ma taką ładną jaskrawozieloną marynarkę! I nie jest gejem? O Boże. Rosie, nie dopuszczaj do niego Imogen. Ani jej matki! Grace ujędrniła sobie podbródek w klinice przy Harley Street i jej pewność siebie wystrzeliła w kosmos.

Roisin już zrywała boki.

Lorraine odwróciła ulotkę i zobaczyła zdjęcie Pulpeta.

– Hmm, szczwany sierściuch. Ale z dwojga złego, lepiej on niż ja. Przytyłam ze trzy kilo, zajadając cały ten stres delicjami. – Jeśli chodzi o stosunek Lorraine do swojego ciała, to takie sporadyczne i całkowicie niepotrzebne samobiczowanie się było dla niej typowe. Roisin przewróciła oczami i w końcu zapanowała nad śmiechem. – Tylko nie wyskakuj znów ze swoją gadką, że diety nie działają – dodała Lorraine. – Jeśli nie działają, to czemu wszyscy rozbitkowie są chudsi, niż byli, kiedy już się ich uratuje?

Nie ma co, żelazna logika i argument, który Roisin słyszała już wielokrotnie, choć jej matka nigdy w życiu nie widziała wskaźnika BMI żadnej osoby, która przeżyła katastrofę na morzu.

53

– Mają być też wegetariańskie potrawy z grilla? – rzuciła Lorraine, jedną dłoń opierając na biodrze, a w drugiej trzymając ulotkę Matta. Ubrana była w ładnie skrojony kremowy wełniany kostium. Mówcie, co chcecie – pomyślała Roisin – ale moja matka wygląda naprawdę bosko w ołówkowej spódnicy. Jej rachunki z pralni chemicznej muszą być kolosalne. – Chyba nie zamierzasz powierzyć tego Terence'owi?

– Nie. To będą kolby kukurydzy i bezmięsne hot dogi – uspokoił ją Matt. – Przydzieliłem do tego zadania Roisin. Ja zajmuję się koktajlami, Terry odpowiada za mięso, a ty, Lorraine, będziesz witać gości.

– Dzięki Bogu! Bo pojęcie Terry'ego o wegetariańskim jedzeniu można określić tylko jako „makabryczne" – wyjaśniła. – Kiedyś próbował wcisnąć wegetarianom chlebki pita z topionym serem do burgerów i plasterkiem pomidora wołowego.

– Ajć. Pewnie właśnie tak Dusiciel BTK rozpoczął swoją karierę. Wysyłał je, żeby sprowokować detektywów – powiedział Matt, a Roisin aż opluła się dżinem z tonikiem, który zafundowała sobie po zamknięciu pubu.

W nagrodę za cały dzień przygotowań do festynu i stania za barem zamówili chińszczyznę na wynos z Golden

Dragon w Knutsford. Największy stół przy oknie był teraz zastawiony kartonowymi pudełkami przykrytymi folią.

– Zrobiłaś to, bo wiesz, że jestem na diecie, prawda? – zarzuciła córce Lorraine, po czym wzięła na spodeczek dwie sajgonki, a po chwili namysłu jeszcze jedną.

– Wystarczy dla wszystkich, mamo, nie żałuj sobie – zachęciła Roisin.

– Jak śmiesz! – oburzyła się Lorraine. – Poczęstuję się jeszcze tym kurczaczkiem, ryżem smażonym z jajkiem i zostawię was samych. Do jutra.

– Dobranoc, mamuśka! – rzucił Matt, a kiedy Roisin posłała mu wymowne spojrzenie, wykonał gest, jakby chciał powiedzieć: „No co?".

Kiedy „mamuśka" dotarła już bezpiecznie schodami na górę, Roisin opowiedziała Mattowi o drugim odcinku *Łowcy* i nieudanym przesłuchaniu Joego. Zaznaczyła przy tym, że nie zdradziła prawdziwego źródła informacji, tylko skłamała, że sama poszła do Sesso.

– Szczerze mówiąc – zaczął Matt, nabijając na widelec chrupiący kawałek wołowiny – wysnułbym takie same wnioski jak ty. Po co miałby się z tym wszystkim kryć i wykluczać cię ze swojego procesu twórczego? Nie jesteś osobą, która wpadłaby w szał, gdyby ci zwyczajnie powiedział: „Hej, skarbie, wróciłem, mam szalik, wypaliłem jeszcze fajkę z kelnerką, może będzie z tego materiał na serial, zmykam pod prysznic".

– To prawda – przytaknęła Roisin. Bez dwóch zdań. Joe niepotrzebnie zrobił z tego wielką tajemnicę. Niestety, ponieważ zachowała się właściwie tak samo jak Joe, nie mogła się posłużyć tym argumentem. – Tak czy inaczej, nie zamierzam już tego drążyć – stwierdziła. – To był bardzo kiepski wstęp do obwieszczenia: „Słuchaj, z nami na pewno koniec, pa!".

– Na pewno? – Matt spojrzał na nią z niedowierzaniem, co trochę ją zmartwiło. Chyba nie wypadła zbyt przekonująco.

– Tak. Ale nie mów o tym jeszcze mojej mamie. Bo widzę, że nikt mi nie wierzy i muszę najpierw coś zrobić, żeby to udowodnić, najlepiej coś bardzo nieprzyzwoitego, po czym będę zbierać rajstopy z żywopłotu czy coś w tym stylu.

– Skoro o tym mowa, za tydzień wybieram się na pewien event. Nieoficjalne otwarcie baru należącego do tej samej sieci restauracji, którą zaopatruje moja firma. Ta nowa miejscówka jest w Ancoats. Zaprosiła mnie menedżerka, więc pomyślałem, czemu nie? Wydaje się sympatyczna.

– Menedżerka, powiadasz. Ach, coś jak wtedy, kiedy zaproponowałeś zupełnie obcej kobiecie: „Hej, może wybierzesz się ze mną w podróż służbową do Lizbony? Czemu nie?!". – Roisin pokazała mu uniesiony kciuk.

– Waaal się! – rzucił żartem i wychylił łyk piwa z butelki.

– Jak już się spikniesz z jakąś laską w przyszłym tygodniu, to pamiętaj, że ostatnią osobą, którą gościłeś w swoim łóżku, była Amelia Lee. Tylko powiedz jej o tym dopiero po fakcie, bo to trochę przerażające. Poza tym możesz wyjść na niebezpiecznego fantastę.

– Nie spałem z Amelią – zaoponował Matt. Przełamał na pół chińską grzankę z krewetkami i wgryzł się w nią swoim idealnym uzębieniem. – Jak tak pomyśleć, to nawet się z nią nie całowałem.

– Co takiego? Byłeś z nią w Portugalii! A potem w środku nocy pojechaliście razem do Londynu!

– To wszystko przypominało niewinny przydługi casting do roli „normalnego chłopaka", a ja nie przeszedłem do kolejnego etapu. Mam wrażenie, że ona tak naprawdę wcale nie chciała się związać ze zwykłym zjadaczem chleba. Była trochę jak olbrzymka bawiąca się klockami Lego.

– Och.

– Prawdę mówiąc, chyba zdawała też sobie sprawę z tego, że mężczyzna, z którym będzie się spotykać, otrzyma przywilej chwalenia się tym, że zaciągnął ją do łóżka. Pewnie dlatego była taka wybredna i ostrożna.

Hmm, Joe zawsze mówił, że Matt to rozwiązły hulaka – pomyślała Roisin. Ale jeśli to prawda, to gdzie ofiary tego lekkoducha? O ile jej wiadomo, nikt nie ucierpiał z powodu jego wyskoków, wszyscy raczej ochoczo w nich uczestniczyli.

Roisin nabiła na widelec kawałek zielonej papryki.

– Byłeś z kimś kiedyś na stałe? Znam cię tylko jako, yyy… wiecznego kawalera.

– Innymi słowy: „Czy zawsze był ze mnie taki nieczuły pies na baby”?

– Pies na baby! Ha, ha, dobre! Ale nie. Chodziło mi raczej o to, czy byłeś zakochany.

– Tak. Raz. W zasadzie to wciąż jestem. Co prawda, jedyna nadzieja na to, że będę z tą dziewczyną, przepadła dawno temu, ale to jeszcze nie znaczy, że przestałem ją kochać. Boże, ale ckliwy tekst. Trochę jak z piosenki Johna Mayera.

– Co się stało?

Matt otrzepał dłonie z okruszków.

– Wyznałem, co do niej czuję, mojemu kumplowi, któremu, jak sądziłem, mogłem zaufać. On nawet nie był wtedy singlem, więc nie myślałem, że stanowi dla mnie jakieś zagrożenie. Tymczasem od razu do niej uderzył i od tamtej pory są parą. Kilka lat temu wyemigrowali na drugi koniec świata, a ja ukryłem jej profil i przestałem ją obserwować w mediach społecznościowych, żeby uniknąć nieuchronnych wieści o narodzinach dziecka. W pewnym sensie pogodziłem się z tą stratą. Ale tej jednej rzeczy chybabym nie zniósł. Wiesz: przewijam, przewijam, moja ciotka złości się na nieuprzejmego kasjera w sklepie, przewijam, przewijam, zdjęcia śmiesznych szopów, przewijam, prze-

wijam i bach: miłość mojego życia z j e g o d z i e c k i e m.
– Matt się skrzywił.

Ta opowieść była tak jakby upiornym odbiciem tego, co przechodziła Gina, ale Roisin nie zamierzała zdradzać jej zaufania i mu o tym mówić.

– O nie! – rzuciła. – I od tamtej pory nie pojawiła się żadna, która by jej dorównała?

– Nie. Już nigdy nie będę tak absolutnie pewny, że dana kobieta jest tą właściwą. Choć szczerze mówiąc, nie wiem, czy tak naprawdę dawałem komukolwiek jakąś szansę.

Ech, również pod tym względem on i Gina świetnie by się dogadali – stwierdziła w myślach Roisin. Jednak ten wspólny język ich dzielił.

– Kiedy kogoś poznaję, mam wrażenie, że podczas zwyczajowej rozmowy wstępnej wypadam tak dobrze tylko dlatego, że w rzeczywistości nie zależy mi na tej „robocie" – przyznał, przy ostatnim słowie robiąc palcami znak cudzysłowu. – Zabrzmiało bardzo arogancko?

– Ha, ha, owszem – odparła Roisin. – Myślisz, że tamta dziewczyna zgodziłaby się pójść z tobą na randkę, gdy jeszcze nie było za późno?

Matt wzruszył ramionami.

– Nie, pewnie nie. Moja romantyczna wizja, że zostałem pokonany, bo ktoś grał nieczysto, to pewnie tylko mit mający podbudować zranione ego. Tu nie chodziło o to, kto pierwszy, ten lepszy. Wydaje mi się, że byłem dla niej po prostu niewidzialny.

– Jakoś nie potrafię sobie wyobrazić, żebyś mógł być dla kogoś niewidzialny – stwierdziła Roisin, specjalnie robiąc groteskową minę, żeby wiedział, że mu nie kadzi.

– Wszystko zależy od tego, za czym się ktoś rozgląda – odpowiedział łagodnie.

54

— Jak się ubierasz na fetę? — spytała córkę Lorraine. Roisin, która akurat jadła tosta i czytała poranną gazetę, podniosła nogę jak pies podlewający krzaczek, prezentując rajstopy w czarne kropki. — O nie! Rosie! Chyba zwariowałaś! Niczym się nie różnisz od tych nastolatek przesiadujących pod pocztą i żłopiących tanie wina – oburzyła się matka. Matt parsknął śmiechem, a Roisin pokazała mu środkowy palec. — Musisz włożyć sukienkę!

— A to niby co? — Roisin spojrzała na swoją sztruksową kieckę na szelkach.

— Wygląda jak szkolny mundurek. Jak worek. Weź jakąś moją – zasugerowała Lorraine.

— Uch, serio?! To impreza charytatywna, nie *Taniec z gwiazdami* – zauważyła Roisin, drocząc się z matką w dobroduszny sposób, który można potraktować jako formę rozrywki.

— Też mi argument! – prychnęła z urazą Lorraine, jakby sama przed chwilą nie skrytykowała ubioru córki.

Odkąd zjawiła się w rodzinnym domu, Roisin nieświadomie wróciła do swojego dawnego stylu i zaczęła się ubierać tak, jakby znów miała dwadzieścia parę lat: ciemne bawełniane sukienki na cienkich ramiączkach, toporne sznurowane buty i flanelowe koszule. I jeszcze włosy spięte w niedbały kok. W skrócie – fanka grunge'u. Przy czym wciąż nosiła dość mocny makijaż, więc nie bała się, że matka będzie jakoś bardzo zrzędziła.

Usilne starania Lorraine, aby zachować blask i urodę, były w zasadzie godne podziwu, niemniej Roisin zastanawiała się, czy ta kobieta pozwoli sobie kiedyś na to, żeby się zestarzeć. Czy w ogóle dopuszcza do siebie taką perspektywę? No i czy kiedykolwiek można się tak naprawdę wypisać z chęci bycia miłym widokiem dla męskich oczu?

W swoje czterdzieste urodziny Lorraine zaprezentowała się w butelkowozielonej aksamitnej kreacji o kroju syrenki, wykończonej malinowym tiulem, eksplodującym w połowie łydki kaskadą falban – sukni tak ciasnej, że nie dało się jej dopiąć i trzeba ją było przyklejać do ciała pistoletem do klejenia. W wypełnionej po brzegi sali The Stanneylands w Wilmslow zaśpiewała wówczas *Baby Love* zespołu The Supremes, który to utwór zadedykowała ojcu Roisin. Wówczas jej rodzice mieli jeszcze reputację, i to dobrą. Nastoletnia Roisin była zaś w dwóch trzecich zażenowana, a w jednej trzeciej pełna podziwu.

– Dla jasności: ja się jeszcze przebiorę – oznajmił Matt, stojąc w drzwiach w T-shircie i szortach, bo szykował się właśnie na swoją poranną przebieżkę dookoła wioski. W Webberley nie było czegoś takiego jak siłownia czy klub fitness.

– Na pewno zaprezentujesz się świetnie – stwierdziła Lorraine.

– Och, no jasne. Faceci są uprzywilejowani – rzuciła z sarkazmem Roisin.

Kiedy Matt się oddalił, Lorraine zwróciła się do córki:

– Wczoraj wieczorem rozmawiałam z twoim bratem.

– O, fajnie. – W oświadczeniu matki pobrzmiewało domyślne „i…", które Roisin celowo zignorowała.

317

– Powiedziałam mu, że ty i Matt mi pomagacie.

– Okay.

– Ryan radził, żebym… uważała. Martwi się, że Matt za bardzo się tu rozgości i będzie próbował przejąć część interesu. Powiedziałam mu, że nie musi się tego obawiać, ale…

– Jak to: przejąć? – przerwała jej Roisin.

– No, że będzie chciał wejść ze mną w spółkę. Tak oficjalnie.

– Co takiego?! – oburzyła się Roisin. Nagle zalała ją fala wściekłości, zupełnie jakby otworzyła okno w tonącym samochodzie. – Naćpałaś się czegoś? Matt wyświadcza ci ogromną przysługę, harując za grosze. Nie ma żadnych ukrytych zamiarów!

– Uspokój się! Znasz Ryana. Siedzi w Toronto i jest nadopiekuńczy.

– Jest samolubnym gnojkiem, ot co! Myśli tylko o swojej spuściźnie i udaje, że się o ciebie martwi.

– Zawsze doszukujesz się najgorszego.

– Przepraszam, a czego powinnam się doszukać w stwierdzeniu: „Uważaj, żeby znajomy Roisin cię nie okantował"?

– Och, zapytał tylko, czy Matt ma jakieś długofalowe plany wobec The Mall!

– Dlaczego ktoś miałby pomyśleć, że ta zupełnie przeciętna knajpa to żyła złota? – prychnęła. – Przecież od lat jest ci tylko kulą u nogi. – Jej słowa wyraźnie uraziły Lorraine, ale miała to gdzieś.

– Owszem, ale Ryan nie zna Matta i nie wie, jaki to miły człowiek. Usłyszał, że jakiś facet zaczął robić tu porządek, i chciał się upewnić, że mam wszystko pod kontrolą. Nic więcej.

– Jasne. Bez względu na to, co robi Ryan, ty za każdym razem zaliczasz mu to na plus. Jeśli Ryan naprawdę ma aż takie zastrzeżenia wobec Matta, to czemu nie zwrócił się z tym do mnie? Do osoby, która zna go najlepiej i która za niego poręczyła?

– Na pewno by tak zrobił, gdybyś zechciała kiedyś do niego zadzwonić! Trzeba przyznać, że nie utrzymujesz zbyt bliskich kontaktów z rodziną.

– A to niby co?! – warknęła Roisin, wymachując rękami, żeby przypomnieć matce o swojej obecności.

– Szczerze mówiąc, gdybym wiedziała, że tak cię to rozwścieczy, słowem bym się nie odezwała...

– Żaden dobry uczynek nie ujdzie bezkarnie, tak? Oczernianie moich przyjaciół, traktowanie ich jako potencjalnych złodziei to już naprawdę szczyt! I co, ja miałabym świadomie narażać cię na jakieś ryzyko?! – wrzasnęła. – Czy Ryan się w ogóle zastanowił, co wygaduje?

Lorraine skrzyżowała ręce na piersi i zwróciła oczy ku sufitowi. Zrobiła przy tym minę pełną udręki, jakby chciała powiedzieć: „Zniosę humory własnej córki najlepiej, jak potrafię".

– Aha, i jeszcze jedno: Matt odzyskał swoją posadę – podjęła Roisin. – Znów ma stałą pracę. Mógł się po prostu nacieszyć swoim urlopem, zanim znów zacznie się kierat, a tymczasem zasuwa tutaj.

– Puk, puk! Czyżby nerwy przed wielkim występem? Ha, ha!

Właśnie wszedł Terence z koszem bułek oprószonych mąką.

Roisin była zbyt poirytowana, żeby się zawstydzić, więc rzuciła:

– Taa, coś w tym stylu. Zostawię was samych, żebyście omówili plan działania. Daj znać, kiedy McKenzie vel Utalentowany pan Ripley zacznie dekorować ogród i podbierać piątaki z kasy.

– A ją co ugryzło? – usłyszała, jak Terry pyta matkę.

– Ma te dni, jeśli wiesz, o co mi chodzi – odparła scenicznym szeptem Lorraine. – Nie przejmuj się.

Roisin poszła wściekła na górę, położyła się na łóżku i, świdrując tępym wzrokiem okrągły abażur zwisający z sufitu, zaczęła o tym wszystkim myśleć. Przez chwilę rozważała, czy nie napisać do Ryana z pytaniem: „Co ci strzeliło do głowy?", ale w końcu zarzuciła ten pomysł. Dobrze wiedziała, jak by zareagował. Zbyłby ją krótką ripostą w stylu: „Po prostu nie byłem pewny, jakie ma intencje", a potem zapytał kurtuazyjnie: „Jak się masz?". Przy czym tak naprawdę nie pytałby o jej samopoczucie, tylko dał jasno do zrozumienia, że nie zamierza poświęcać więcej czasu na jej idiotyczny napad złości.

Zresztą takich kłótni lepiej nie toczyć na platformach komunikacyjnych, a na pewno nie wtedy, kiedy ludzie znajdują się na dwóch kontynentach.

W zasadzie Roisin wcale nie była zła na Ryana. Owszem, czasem zachowywał się jak dupek, ale to żadna nowość. Jak dupek oddalony o przeszło pięć tysięcy kilometrów.

W rzeczywistości wściekała się na matkę. Przez wrodzoną pogodę ducha Matta i fakt, że Lorraine chwilowo była zdana na ich pomoc, Roisin zapomniała, jaką ta kobieta jest osobą i dlaczego przez większość czasu trzymała się od niej z daleka.

Lorraine brała to, czego potrzebowała, a potem jeszcze więcej, lecz kiedy to Roisin była w potrzebie – na przykład liczyła na nią, że grzecznie postawi Ryana do pionu, gdy ten podkopywał autorytet siostry – matka udawała, że nie wie, o co chodzi, i gdzieś się ulatniała. Przyjąć wsparcie, proszę bardzo, ale wesprzeć kogoś, to już nie.

Dlaczego Lorraine w ogóle wspominała jej o tym, że Ryan nie wyraża się pochlebnie o Matcie? Otóż dlatego, że Ryan zawsze był wyżej w hierarchii. Choć właśnie Matt i Roisin praktycznie uratowali festyn i pomogli jej zachować twarz, Lorraine nie mogła powstrzymać się od tego, żeby subtelnie przypomnieć, że to jej syn jest tu szefem. I że troszczy się o nią jak nikt inny. Nagradzała jedynie słowa, a czyny traktowała jako coś oczywistego.

Cztery lata po śmierci męża Lorraine zaczęła się spotykać z niejakim Garym, który nosił okropne mokasyny, jeździł nieubezpieczonym samochodem i flirtował z jej córką. Roisin wiedziała, że Gary cieszy się wyjątkowo złą opinią wśród kobiet z Webberley, a tego typu pogłoski rzadko okazywały się nieprawdziwe.

Kiedy ona próbowała przemówić matce do rozsądku, Ryan powiedział Lorraine, że powinna robić to, co ją uszczęśliwia. Pozostał obojętny wobec próśb siostry, aby wyrazić swoje wątpliwości co do Gary'ego, chociaż sam też był nastawiony do niego sceptycznie. Nigdy nie interweniował, jeśli miałoby to zaszkodzić jego popularności czy chociaż przysporzyć drobnych niedogodności. Tak oto Lorraine zaręczyła się z Garym. A później odkryła, że koleś już ma żonę i do tego jeszcze był karany.

W tym czasie oboje jej dzieci studiowało, ale tylko Roisin została zmuszona – niemal pod presją pistoletu przyłożonego do skroni – do opuszczenia prawie dwóch miesięcy nauki i powrotu do domu, żeby zaopiekować się matką przeżywającą małe załamanie nerwowe i poprowadzić pub.

Legenda mówi, że Lorraine cudownie odzyskała dobry nastrój w dniu, kiedy Ryan wyskrobał swoje ostatnie studenckie zaskórniaki i przysłał jej niesamowity bukiet kwiatów. Lorraine zresztą do tej pory cytowała dołączoną wiadomość na bileciku, która głosiła, że matka jest królową i zasługuje wyłącznie na króla. Za każdym razem, gdy Roisin ją słyszała, miała ochotę puścić pawia.

Mokasynowy Gary został wymazany z pamięci, Lorraine natomiast zapamiętała tylko tyle, że Roisin, córeczka tatusia, odstraszyła jej wszystkich zalotników.

55

Roisin wmaszerowała do sypialni Lorraine i otworzyła z rozmachem drzwi szafy, jakby to był schowek na karabiny. Olśniewająca tęcza jedwabnych tkanin zdradzała, na co szedł budżet remontowy The Mallory. Wiele z tych rzeczy wciąż miało tekturowe metki z cenami.

Wybrała czarną metaliczną suknię wieczorową, która przypominała kreację uszytą ze skrawków kosztownych worków na śmieci. Była długa do kostek i znacznie ograniczała swobodę ruchu, ale co tam!

Gdy Roisin wróciła do swojego pokoju, musiała się trochę nagimnastykować z suwakiem, bo może i sylwetkę odziedziczyła po matce, ale w biuście i biodrach była znacznie hojniej obdarzona niż Lorraine. Kiedy wreszcie wcisnęła się w sukienkę, ta nadała jej ciału miły dla oka kształt klepsydry. Z jednej strony zakrywała, co trzeba, z drugiej prowokacyjnie opinała ciało – iście zniewalająca kombinacja.

Następnie Roisin narzuciła na siebie długi rzeźnicki fartuch w paski i ponownie włożyła toporne wiązane buty. Zadowolona z tego, jak wygląda, poczuła się trochę jak nastolatka w fazie buntu – jak dyktująca trendy dziedziczka fortuny na festiwalu w Glastonbury.

To wrażenie nasiliło się jeszcze bardziej, kiedy po kilku minutach, kręcąc tyłkiem wbitym w czarny połyskujący materiał, tanecznym krokiem minęła stojącą za barem matkę.

Na jej widok ktoś rzucił: „U la la!", a cała zgraja żałosnych typów odwróciła za nią głowy. Lorraine z kolei krzyknęła:

– Chyba żartujesz?! To sukienka od Hervé'a Légera i jest nowa!

– Harvey Leżak powiedział, że mogę ją włożyć – odparła Roisin i posłała matce całusa.

Kiedy wyszła na zewnątrz i zajęła swoje stanowisko, pojawił się zgoła inny problem niż ten, którego się obawiała. Wcale nie tkwiła przy grillu niczym sierotka, stukając szczypcami jak kastanietami: wręcz przeciwnie – była zarobiona po pachy.

W ogrodzie – teraz dzięki staraniom Matta ozdobionym baldachimem z żarówek i drewnianymi żardynierami pełnymi kwiatów – już po godzinie od otwarcia zaroiło się od gości. Z całą pewnością nie była to klientela, którą The Mallory widywał na co dzień: chmary dziewcząt o brzoskwiniowych i tlenionych włosach, z doczepionymi skrzydłami wróżki i antenkami w kształcie serca.

Dzięki swojej gładkiej gadce podczas wypadu do wioski Matt pewnie zdołał nieco ocieplić wizerunek pubu dotychczas uważanego za ostoję flegmatycznej starej gwardii.

Bezmięsne dania Roisin, o dziwo, spotkały się z dużym zainteresowaniem mieszkańców – teraz było tu znacznie więcej wegan, fleksitarian i zwolenników zdrowego odżywiania niż kiedyś, choć najwyraźniej idea zdrowego odżywiania nie wykluczała picia hektolitrów białego rumu.

Już po dwóch godzinach i jej, i Terence'owi zabrakło produktów.

– Szarańcza! – rzucił Terry. – Niepohamowane obżarstwo!

Terence miał takie samo podejście do ludzi jak Lorraine. Dzielił ich na tych, którzy albo chcą wydawać pieniądze w The Mallory, albo nie chcą. Tak czy inaczej, w obu przypadkach uważał ich za impertynentów.

Matt miał najwięcej roboty. Obsługiwał stanowisko oferujące: „Pięć klasycznych koktajli, każdy za piątaka", i jak nie kroił limonek, to siekał miętę, korzystając w tym celu z każdej wolnej chwili.

– Pomóc ci? – zaproponowała Roisin.

Wręczył jej kubełek na lód.

– Możesz napełnić? Dzięki.

W odpowiedzi zasalutowała.

Terence wrócił do środka, żeby wesprzeć jej matkę, więc Roisin została w ogrodzie i zaczęła zbierać puste szklanki. Pomagała też z doskoku zarobionemu po pachy koledze i jako platoniczna przyjaciółka usiłowała zbytnio nie zachwycać się tym, jak pięknie Matt się prezentuje w koszuli z podwiniętymi rękawami, pracując w skupieniu, z potem perlącym się lekko na czole.

– Czeeeść, Roisin! – zawołały jednym głosem Grace i Imogen, kiedy się na nią natknęły.

– Witajcie! Jak miło, że wpadłyście.

– Och, za nic byśmy tego nie przegapiły – odparła Grace. Nachyliła się i cmoknęła ją w oba policzki, a Imogen poszła za przykładem swojej mamy. – Nie widziałyśmy cię całe wieki.

Towarzystwo Grace i Imogen zawsze było przyjemne, choć Lorraine uważała inaczej. Roisin podejrzewała, że matka od dawna czuła się wykluczona z bardziej dystyngowanych kręgów i błędnie utożsamiała to wykluczenie z osobami Grace oraz Imogen, bo w ich przypadku także chodziło o samotną matkę i córkę, w dodatku w tym samym wieku co one. Zupełnie jakby Lorraine i Roisin były ich zdzirowatymi wersjami w halloweenowych przebraniach.

– Boże, co tu się wyprawia! Jeszcze nigdy nie widziałam w The Mallory takiego ruchu. Ładnie tu wszystko odszykowałyście. Miód malina! – pochwaliła Imogen. Roisin dziękowała w duchu, że w pobliżu nie ma jej matki, bo gdyby to usłyszała, z pewnością by się obruszyła.

Dla kogoś, kto wszędzie doszukuje się zniewagi, wszystko jest zniewagą.

Mimo że Imogen była w wieku Roisin, miała piankową opaskę na głowie, żakiet i mokasyny. Wyglądała bardzo ładnie, choć raczej we flagowym stylu Ralpha Laurena. Każdy element jej stroju był albo karmelowy, albo brudnoróżowy jak znoszone baletki. Cieniowane blond pasemka jej matki pozwalały z kolei przypuszczać, że ta co tydzień chodzi do fryzjera. Grace miała na sobie granatową sukienkę z gorsetem i plisowaną spódnicą. Pociągnęła Roisin lekko za fartuch i powiedziała:

– Czy pod spodem kryje się jakaś wspaniała suknia? Zdejmij go i się pochwal!

– Och… nie chciałam jej ubrudzić pryskającym tłuszczem z grilla…

Roisin ściągnęła fartuch i dygnęła jak dobrze wychowana panienka.

– Mój Boże! Nieczęsto można cię zobaczyć tak wystrojoną. Wyglądasz jak wamp! – powiedziała z uznaniem Grace, przesuwając wzrokiem po Roisin, która stała nieco zakłopotana w odświętnej kreacji zwędzonej matce.

– Uwielbiam takie obcisłe kiecki podkreślające figurę – zawtórowała jej Imogen. – Przez jakiś czas nie były modne, ale teraz to już klasyka. A ty bez dwóch zdań jesteś stworzona do noszenia takich rzeczy. Ja wyglądałabym w niej jak walizka szczelnie owinięta folią, żeby się nie rozleciała w luku bagażowym samolotu – rzuciła żartem. Roisin parsknęła śmiechem i znów się ucieszyła, że w pobliżu nie ma Lorraine, która pewnie zagotowałaby się ze złości.

– Tamten koleś tu pracuje? – spytała Imogen, spoglądając w kierunku Matta.

– Och, to mój przyjaciel – odparła Roisin. – Tylko nam pomaga.

Chociaż Lorraine ostrzegała ją przed drapieżnymi zakusami obu kobiet, jeśli chodzi o mężczyzn, Roisin nie traktowała tego poważnie, ale kto wie, może jednak matka miała rację.

– Jest n i e s a m o w i c i e przystojny – stwierdziła Imogen.

– Och, gdybym tylko była dwadzieścia lat młodsza! – dodała Grace. – Tak czy inaczej, codziennie ćwiczę mięśnie Kegla. A Immo kupiła sobie to takie jajko waginalne od Gwyneth Paltrow!

– Mamo! – warknęła Imogen. – A jak się miewa Joe?

Nieprzerwanie patrzyła na Matta, a Roisin nie umknęła ta subtelna aluzja.

– Świetnie! – odparła radośnie.

– Och, uwielbiamy *WIDZIANYCH* – oświadczyła Grace. – Immo i ja nie mogłyśmy się wręcz oderwać od telewizora, prawda? Nigdy byśmy nie zgadły, że kurier przeszedł operację plastyczną! Bardzo mądry facet ten twój Joe. Jakieś widoki na to, że uczyni twoją mamę najszczęśliwszą kobietą w Cheshire i poprowadzi cię do ołtarza? – Grace rozejrzała się wymownie. – Tylko popatrz, świetna miejscówka! – Puściła oko do Roisin.

– Nie wiem, czy jestem już gotowa na małżeństwo, Grace. Jeszcze się nie wyszumiałam – odparła Roisin, wiedząc, że kobieta lubi sprośne żarciki.

– Wielkie nieba! – zapiszczała.

Roisin spojrzała na Imogen, która również wydała z siebie głośny pisk, i rzuciła do niej:

– Ona myśli, że żartuję.

– Ale z ciebie jajcara, Sheena – stwierdziła Imogen. – Ciągle to powtarzam mamie.

Grace i Imogen to właśnie takie osoby, które zawsze biorą z sufitu jakieś przezwisko i później już stale tak kogoś nazywają.

Kobiety ruszyły dalej. Krążyły nieśpiesznie po ogrodzie, a jakieś pół godziny później Roisin zobaczyła, jak Imogen niemal skręca się ze śmiechu po jakiejś odzywce Matta. Kiedy się wyprostowała, zasłoniła usta wierzchem dłoni, a drugą dłoń położyła prawie na jego pośladku. I wtedy Roisin poczuła ostre ukłucie dziwnej emocji, której nie potrafiła nazwać.

Spojrzała na Matta, a on to zauważył. Gdy przesunął wzrokiem po jej sylwetce, Roisin poczuła się tak, jakby czarna suknia była o dwa rozmiary za mała i odsłaniała zdecydowanie więcej niż do tej pory.

Terence poklepał ją po ramieniu.

– Widziałaś może tego tłustego kota? Ja się zaraz zbieram, ale jacyś amerykańscy turyści chcą jeszcze zrobić sobie z nim zdjęcie. Chyba myślą, że jest tu celebrytą, Boże dopomóż! Czy nasz Elvis opuścił już budynek? Nie zdziwiłbym się, gdyby zszedł tak samo jak król rock and rolla.

– Kiedy go ostatnio widziałam, leżał pod tamtym stolikiem – odparła Roisin, wskazując kierunek. – Mam go wyciągnąć?

– Byłbym bardzo zobowiązany.

Terence nie przepadał za kotami jeszcze bardziej niż Lorraine.

Imogen złapała Roisin za ramię, kiedy ta akurat zmierzała z Pulpetem do pubu.

– Ja już zmykam. To był cudowny dzień, dziękuję! Musimy się wkrótce wybrać na kieliszek prosecco w Manchesterze. Zaproponuj jakiś termin – powiedziała, a potem nachyliła się ku niej i szepnęła: – Mogę cię o coś prosić? Podeślesz mi numer telefonu do twojego kumpla Matta? Jest słodki jak diabli, no nie?

– Ha, ha, jasne. – Roisin posłała jej uśmiech ponad cielskiem Pulpeta. Dobrze wiedziała, skąd u Imogen ta spontaniczna ochota na prosecco. Chciała wypytać o Matta.

– Dzięki! – rzuciła Imogen, układając dłonie na kształt serca, przez co Roisin była bliska zmiany zdania.

56

Kiedy zaczęło zmierzchać, poszła poszukać Matta.

– Chyba wyszło całkiem nieźle, prawda? – rzucił do niej, stojąc z rękami założonymi na piersi. Z satysfakcją przyglądał się rzednącemu tłumowi. – Uzbieraliśmy górę pieniędzy na cele charytatywne, znacznie powyżej założonego celu. Twoja mama mówi wręcz o „gorączce złota". Naprawdę bardzo udana impreza.

Roisin objęła go w pasie.

– Tak. Wyszło super! Popatrz tylko, czego dokonałeś. Jesteś niesamowity. Kompletnie zmieniłeś dotychczasowy schemat.

To, czy Lorraine nie wytraci impetu, którego nabrał jej biznes, miało się dopiero okazać, ale Matt dowiódł ponad wszelką wątpliwość, że sukces jest możliwy. Zdjął wiszącą nad pubem szesnastoletnią klątwę.

– Cieszę się, że pomogłem. Aż zrobiło mi się ciepło w środku.

– Mam nadzieję, że to nie przez relisz do burgerów autorstwa Terry'ego. Widziałam, jak dodaje do niego owoce w syropie.

Oboje zaczęli rechotać jak Beavis i Butt-head. Uwagę Roisin przykuła pewna sześćdziesięciolatka, która siedziała przy stoliku piknikowym. Kobieta obrzuciła ich pełnym podziwu spojrzeniem, najwyraźniej uznając, że są parą.

Roisin uśmiechnęła się do niej w odpowiedzi. Matt też ją zauważył, po czym zmierzył wzrokiem przyjaciółkę.

W jednej chwili ogarnęło ją dziwne zakłopotanie. Ręka, którą obejmowała Matta w pasie, dając wyraz ich bliskiej, przyjacielskiej relacji, stała się nagle ciężka jak ołów. Roisin czuła każdy centymetr skóry stykający się z jego ciałem, a także ciepło przenikające przez koszulę. Ten pozornie zwykły gest, nad którym nawet się nie zastanawiała, okazał się iście elektryzujący.

Czy jej ręka w ogóle znajdowała się w naturalnej pozycji? Roisin nie potrafiła tego stwierdzić. Stała sztywno jak sklepowy manekin. Czuła się tak, jakby ktoś inny zgiął jej łokieć i palce, a ona mogła już tylko utrzymać tę pozę.

Matt nakrył jej dłoń swoją i zsunął jej rękę ze swojego boku. Wstrzymała oddech – Matt dał wyraźny znak, że przekroczyła pewną granicę i że on też czuł się z tym niezręcznie. Tyle że… nie puścił jej ręki. Stali tak ze złączonymi dłońmi i patrzyli na ogród.

Prawie niezauważalnie Roisin podniosła stawkę i splotła ze sobą ich palce. Matt zareagował na to delikatnym uściskiem, który ona bezzwłocznie odwzajemniła.

Co tu się dzieje? – pomyślała, czując niesamowite napięcie w pewnych częściach swojego ciała, innych niż dłoń.

Nagle do ogrodu wpadła Lorraine, niczym miejski herold obwieszczając wszem wobec, że pora na ostatnie zamówienia. Roisin i Matt odskoczyli od siebie jak dwa lisy oblane wodą.

Roisin do samego końca zmiany nie mogła przestać myśleć o ich ukradkowym trzymaniu się za ręce i o tym, co to mogło znaczyć. Pewnie nic; wyszła już z wprawy, jeśli chodzi o zaloty.

Czy ten rosnący pociąg do Matthew McKenziego czynił z niej największą na świecie hipokrytkę? Z jednej strony daremnie próbowała przyłapać Joego na jakimś łajdactwie, a z drugiej – flirtuje na całego ze swoim najlepszym kumplem i to dosłownie chwilę po rozstaniu.

Joe nie musi o niczym wiedzieć. I nigdy się nie dowie. Mattowi też nie wyjawi, że jego osoba budzi w niej takie emocje. A przynajmniej nie wprost.

– Dzieci, chyba już się położę, jestem skonana – oznajmiła Lorraine, kiedy wszystko uprzątnęli, ścierki zarzucili na nalewaki, a ociekacze barowe zostały odwrócone do góry nogami.

– Rzeczywiście wyglądasz na zmęczoną – przyznała Roisin, ale na wypadek gdyby zabrzmiało to jak przytyk, zaraz dodała: – I trudno się dziwić przy tym ruchu. Co za feta! A Pulpet okazał się prawdziwą gwiazdą wieczoru!

– Nie podlizuj się tej groteskowej bestii. Jesteście jak Neville Chamberlain i Hitler. Dziękuję wam obojgu. Usłyszałam dziś wiele komplementów. Podobno nikt nie zadał takiego szyku jak my.

– Bardzo mi miło – powiedział uprzejmie Matt, a Lorraine oddaliła się na górę.

Roisin miała wrażenie, że jej wybuch złości z powodu Ryana jednak otworzył matce oczy, i należało się z tego cieszyć.

– No dobrze, Roisin Walters. – Matt wziął dwa kieliszki i postawił je na barze. – Może manhattana?

– O tak! – zgodziła się ochoczo, a po plecach przeszedł jej dreszcz na myśl o tym, że została z Mattem sam na sam.

57

Roisin już dawno nie czuła się tak wspaniale. Musiała przyznać, że polubiła się na nowo z tym pubem, który przestała postrzegać jako więzienie z falbaniastymi lambrekinami.

Teraz widziała go oczami Matta. Otulał ją ciepłem, zamiast przytłaczać, pozbawiając tchu. Poświata bijąca od kinkietów na czerwonej ścianie, ciemne drewno, skórzane pikowane kanapy, tapicerowane stołki w szkocką kratę i bulgotanie zmywarek: to wszystko działało na nią kojąco. Podobnie jak aksamitna cisza wiejskiego krajobrazu roztaczającego się za oknami.

O dziwo dawniej zawsze wolała odgłosy miasta, a cisza we wsi wydawała jej się upiorna. Cóż, czasy się zmieniły.

A reszty dopełnił manhattan.

– Chyba muszę podać Imogen twój numer telefonu – oznajmiła Roisin. – Nigdy spoczynku, nigdy wytchnienia.

– Która to Imogen? Ta z tym czymś na głowie, co noszą królewskie dzieci?

– „Która to…", phi! Chociaż akurat dzisiaj nie mogę narzekać na twój uwodzicielski urok. Dziękuję, że robiłeś za latarnię morską i zwabiłeś wszystkie syreny.

– Nie mów tak więcej, okay? – Zmarszczył brwi.

– Czemu?

– Bo to nic pochlebnego.

– Jak to? – zdziwiła się Roisin.

– Na pewno nie wtedy, kiedy masz na myśli płytkiego, rozpasanego pięknisia, który puszy się jak paw. To subtelna kpina. Zaczynasz gadać jak Joe.

– Auć – rzuciła Roisin, chociaż w sumie miał rację. Chciała wyrazić swój podziw, ale niepotrzebnie oblekła to w szyderstwo.

Zastanowiła się nad tym. Jeśli Matt onieśmielał ludzi takich jak Joe, to z pewnością nie robił tego celowo. Taki po prostu był – przystojny, uroczy i mądry. Jego ponadprzeciętność peszyła innych, więc musiał za to zapłacić; te wszystkie kpiny przypominały opłatę pobieraną na bramce za przejazd autostradą. Teraz już rozumiała, dlaczego czasem miał tego dość.

– Domyślam się, że jeśli wciąż słyszysz, jaki jesteś seksowny, w którymś momencie może ci to zbrzydnąć – stwierdziła, puszczając do niego oko, żeby skierować statek na nieco spokojniejsze wody.

– Och, czyli teraz jestem zarozumiały?

– Nie! Naprawdę nie przyszło mi do głowy, że ktoś może się poczuć urażony, jeśli zostanie nazwany przystojniakiem.

– Nie to powiedziałaś i dobrze o tym wiesz. Kojarzę ci się z lowelasem, który dziś wykorzystał swoje atuty dla ogólnych finansowych korzyści. Pożyteczny lowelas to nadal lowelas.

– W porządku, przepraszam. Nie powinnam sugerować, że możesz się podobać kobietom. Odwołuję swoje zupełnie bezpodstawne i oszczercze słowa. Zadowolony?

Oboje parsknęli śmiechem.

– Matt. Nie chcę, żeby nas zemdliło od tej szczerości, ale naprawdę nie zamierzałam umniejszać twoich zasług

– powiedziała już całkiem serio Roisin. – Prawdę mówiąc, to, jak tu wszystko zorganizowałeś, wręcz zwaliło mnie z nóg.

Uśmiechnął się ciepło, a z szafy grającej popłynął utwór *Slave to Love*.

– Jeszcze jeden drink? – Wstał.

– Chętnie. Chyba muszę zapłacić mamie, żeby wymieniła płyty na nowsze. To stare pudło w kółko puszcza kawałki z lat osiemdziesiątych i dziewięćdziesiątych. Coś jak w nocnej taksówce.

– Niektórzy lubią znajome nuty! Ale z ciebie zrzęda – rzucił, po czym wyciągnął do niej rękę i powtórzył bezgłośnie za słowami piosenki: „Tell her I'll be waiting…".

Powiedz jej, że będę czekał.

Z jękiem i udawaną niechęcią Roisin przyjęła jego zaproszenie. Zsunęła się ze stołka i pozwoliła, żeby Matt zawirował z nią w tańcu po sali.

Oparła głowę o jego pierś. Najpierw trzymali się za ręce, teraz tańczyli… Nie była pewna, czy to mądre, ale czuła się zbyt dobrze, żeby przestać. Ten bliski kontakt przypominał dziwną mieszankę fajerwerków i bezpieczeństwa. O to, to! Ich zbliżenie wydawało jej się takie naturalne, a jednocześnie szalenie egzotyczne. Ekscytująco nowe i zarazem znajome. Matt – bezpieczna przystań pełna niebezpieczeństw.

Zaczęła rozmyślać, jak by to było, gdyby przekroczyli cienką czerwoną linię. Gdyby… do siebie należeli.

Wyobraź sobie, że to się dzieje naprawdę – pomyślała.

Tyle że Matt znajdował się raczej poza jej zasięgiem. Czy nie? Na pewno musiałby się tanio sprzedać.

Kiedy podniosła wzrok, ku swojemu zdziwieniu zobaczyła, że Matt wpatruje się w nią z poważną, niemal udręczoną miną. To było do niego zupełnie niepodobne. Zdawała sobie sprawę, że nagle znaleźli się w decydującym momencie – po tak intensywnej wymianie spojrzeń nie można już udawać, że to zwykłe wygłupy.

Jak powinna zareagować, co powiedzieć? Odpowiedź była prosta, a Roisin nie mogła uwierzyć, że to robi: zadarła głowę i go pocałowała.

Kiedy ich usta się złączyły, jej serce aż podskoczyło z radości. Chciała tego, pragnęła Matta. Owszem, zaskoczyła samą siebie, ale nie mogła zaprzeczyć temu, co czuje. To był bardzo nieśmiały pocałunek; Matt sprawiał wrażenie zaszokowanego i zareagował z pewnym wahaniem. Ale ważne, że zareagował. Czas się zatrzymał.

Uczucia Roisin do Matthew McKenziego rozkwitały w dwóch etapach: na początku stopniowo, a potem raptownie. Powoli, a na końcu szybko.

– Czekaj. – Odsunął się od niej i zmarszczył brwi. – Jeśli zamierzasz się odegrać na Joem, to nie mogę zaprzeczyć, że świetnie się do tego nadaję. Ale nie chcę być atomówką, która go doszczętnie zniszczy.

Znowu spojrzał na nią ze smutkiem. Roisin miała wrażenie, jakby nagle zobaczyła jego drugie oblicze, które dotychczas ukrywał. To było trochę dezorientujące.

– Ach, okay – rzuciła speszona i zakłopotana. Nie wiedziała, co właściwie powinna powiedzieć. Nie spodziewała się, że go pocałuje.

– Dobre maniery wymagają, żebyś przynajmniej spróbowała zaprzeczyć, że właśnie o to ci chodziło! – dodał tonem, który zdradzał zarówno rozbawienie, jak i urazę. Wrócił dawny Matt. Choć mówił ze spokojem, on też się zaczerwienił. Jej pocałunek wyraźnie go poruszył.

– Oczywiście, że zaprzeczam – powiedziała. – Całkowicie. Nigdy nie powiedziałabym o tym Joemu.

Tylko właściwie o czym? – zadała sobie w duchu pytanie.

– Wydaje mi się, że nie musisz mu mówić, żeby się na nim zemścić – dodał cicho Matt.

Szafa grająca naprawdę się nie popisała, przechodząc do kolejnego utworu w iście ślimaczym tempie. Przez długą chwilę stali w nieznośnej ciszy, aż w końcu rozbrzmiały dźwięki *Alive and Kicking* Simple Minds. Szczerze mówiąc, słowa „You turn me on", które nagle wypełniły całą salę, także nie pomogły rozładować niezręcznej atmosfery.

– Ja tylko… – Tylko co? Poczuła obezwładniający fizyczny pociąg do Matta i… zaraz, czyżby jej serce też chciało dołączyć? Jak to, do diabła, zakomunikować ni stąd, ni zowąd po dziesięciu latach znajomości? – Po prostu miałam na to ochotę – wyjaśniła niezbyt przekonująco.

– A nie chodziło przypadkiem o tę „nieprzyzwoitą" rzecz, którą musiałaś zrobić, żeby udowodnić, że ty i Joe to już przeszłość?

Roisin opadła szczęka.

– Boże! Nie, to nie było… to nie to… – zaprzeczała gwałtownie.

Niemniej rozumiała jego punkt widzenia.

– Hmm, okay. Nie obraź się, ale nie chcę brać udziału w czymś, czego będziesz później żałowała – postawił sprawę jasno Matt. – Nie chcę, żeby moje ciało było zamiennikiem butelki po cytrynówce.

– Nigdy tym dla mnie nie będziesz – odparła wzburzona. Jak w ogóle mógł myśleć, że jest tylko zabawką służącą do odwetu.

Simple Minds niosło się echem po słabo oświetlonym pomieszczeniu, a wokół nich wirowały niewypowiedziane słowa.

– No więc, chyba będę się zbierał do łóżka – powiedział w końcu Matt.

– Jasne – rzuciła krótko i pewnie Roisin, żeby zamaskować kotłujący się w niej chaos. – Dobranoc.

Gorączkowo szukała właściwych słów, próbując nadać pozory normalności temu, że przyssała się do Matta, zbagatelizować całą sprawę lub chociaż obrócić w żart, ale poniosła sromotną klęskę.

Kiedy Matt zniknął jej z oczu, wygładziła sukienkę przylegającą do jej ciała jak skórka do parówki i pomyślała: No, pięknie, Walters, wyrwałaś porażkę z paszczy zwycięstwa. Kurwa!

Ukryła twarz w dłoniach i poczuła się znów jak szesnastolatka.

Aaa, mizdrzyłaś się do Matta, a ten cię spławił! Aaa! Boże, ale żenada.

Czy on naprawdę wierzył, że chcę się w ten sposób odegrać na Joem? A może to była tylko sprytna wymówka, żebym go nie molestowała?

Roisin chwyciła za spryskiwacz ze środkiem odkażającym i z przesadną siłą zaczęła wycierać stoliki do lecącej w tle piosenki *True* Spandau Ballet. Starała się przy tym nie myśleć o tej nieznośnie krępującej chwili, kiedy znów się zobaczą rano.

Najlepiej, jeśli wybełkocze coś o tym, że się wstawiła i popłynęła, choć oboje będą wiedzieć, że to kompletna ściema. Dynamika ich relacji zawsze opierała się na tym, że na Roisin urok Matta nie działał, a teraz to się zmieniło. W środku tak ją skręcało ze wstydu, że miała wrażenie, jakby nadwyrężyła sobie żołądek.

Nagle usłyszała jakiś hałas. Odwróciła się i zobaczyła Matta, który stał na drugim końcu pubu i na nią patrzył. Zanim zdążyła się odezwać, podszedł, wziął ją w ramiona i pocałował jak w końcowej scenie filmu. Ten pocałunek w niczym nie przypominał ich pierwszego podejścia: był namiętny, głęboki i zachłanny. W jednej ręce Roisin wciąż trzymała spryskiwacz, a w drugiej ścierkę, ale odwzajemniła namiętność najlepiej, jak potrafiła.

Z językiem, wow!

– A co z tą butelką po cytrynówce?! – spytała, kiedy przerwali, żeby złapać oddech.

Matt odgarnął jej włosy z twarzy, po czym powiedział z uśmiechem:

– Uznałem, że skoro to coś jednorazowego, to powinnaś mieć milsze wspomnienie tego pocałunku. – Zrobił pauzę. – Przepraszam za moją wcześniejszą reakcję. Spanikowałem.

Roisin miała kompletny mętlik w głowie: pocałował ją z takim zaangażowaniem, żeby się popisać? To w końcu jak: podobała mu się czy nie? Jeśli nie, ten pocałunek zdecydowanie temu przeczył.

Zanim jednak zaczęła się w to zagłębiać, w jej głowie zrodziła się pewna myśl, która tak ją przeraziła, że Roisin wyszarpnęła się z jego objęć i niemal odepchnęła go od siebie.

– O nie! – rzuciła.

– Co?

– Gina!

– Nic do niej nie mam…

– Wiem, Matt, ale nie w tym rzecz. To moja najlepsza przyjaciółka. Na pewno jedna z najlepszych. Byłaby zdruzgotana, gdyby się o tym dowiedziała… – Nie chciała, żeby to zabrzmiało zbyt zuchwale. – O nas. Masz rację. To się nie może wydarzyć! Cholera, gdzie ja miałam głowę? Teraz czuję do siebie wstręt.

– No i proszę. Oto zamówiona skrucha – powiedział beznamiętnym tonem. – Pojawiła się wcześniej, niż przypuszczałem. Niesamowite!

– Ale rozumiesz, na czym polega problem, prawda? – spytała Roisin.

– Owszem. W życiu bym nie pomyślał, że coś, czego nie zrobiłem, może mnie tak drogo kosztować. Chyba wiesz, że nigdy, przenigdy nie wykorzystałem tej sytuacji? Między mną a Giną nic się nie wydarzyło i na pewno się nie wydarzy.

– Oczywiście, wiem! Wcale tak nie uważałam.

Roisin widziała, że Matt jest nieźle wkurzony, i miał do tego pełne prawo. Podrywanie kogoś, a potem uświadamianie sobie, że jednak nie wypada, bo ten ktoś podoba się też twojej przyjaciółce, było iście szczeniackie.

– Przepraszam – wymamrotała. – Naprawdę mi przykro.

– Pewnie, lepiej tego nie ciągnąć – stwierdził Matt i odszedł bez pożegnania, zostawiając ją w rozsypce.

58

— Matta nie ma. Kazał cię pozdrowić — oznajmiła Lorraine, kręcąc biodrami do piosenki *Can't Speak French* Girls Aloud, która leciała właśnie z szafy grającej. Popijała czarną kawę i uzupełniała zapasy buteleczek z napojem imbirowym.

— Co? Gdzie jest? — spytała Roisin. Jej strach przed ponownym spotkaniem z Mattem w jednej chwili ustąpił miejsca panice, że już się z nim nie zobaczy.

Matka skinęła głową w kierunku wyjścia.

— O, tam, popatrz.

Roisin wybiegła na zewnątrz i dogoniła Matta, który szedł z torbą sportową zarzuconą przez ramię. Sądząc po jego przekrwionych oczach, pewnie zarwał noc. Albo tylko tak jej się zdawało, bo sama nie zmrużyła oka. Poza tym jednym szczegółem wyglądał wprost nieziemsko, a ona żałowała, że nie jest już na to obojętna.

— Dokąd się wybierasz?

— Ach, miałem ci napisać. Do domu.

— Na dobre?

— Tak. Uznałem, że to odpowiedni moment, skoro już po fecie, a twoja mama zatrudniła nowych pracowników — powiedział. — No i kiedyś muszę wrócić do właściwej roboty.

— Jasne, czyli… nie chodzi o mnie?

Uśmiechnął się ze smutkiem, jakby przepraszająco.

– Wręcz przeciwnie, również o ciebie.

Roisin otworzyła usta, po chwili je zamknęła.

– Proszę – wydusiła w końcu – nie wyjeżdżaj. Chodź-
my na spacer i porozmawiajmy...

– Chyba nie ma już za bardzo o czym rozmawiać – powiedział dość uprzejmie. To było stwierdzenie, nie pytanie.
Roisin nie mogła się z tym sprzeczać, ale i tak zamierzała
spróbować.

O mało nie podskoczyła, kiedy się zorientowała, że
przez całą ich rozmowę Joe stał tuż za nimi.

– Doberek wszystkim. O raju, mam nadzieję, że nie
przeszkadzam. To brzmiało dość poważnie – rzucił.

– Co ty tu robisz? – spytała z przerażeniem Roisin.

– Spodziewałem się cieplejszego powitania. Wybrałem
się na przejażdżkę nowym autem. – Skinął głową w kierunku
niemal pustego parkingu przed pubem, gdzie stało małe,
czarne sportowe auto. – Zapomniałem, że fiat jest twój, więc
sprawiłem sobie to cacko.

– Zostawię was samych – wtrącił się Matt, poprawiając
torbę na ramieniu.

– Nie, nie, z tobą też chętnie pogadam! – Ta sztuczna wesołość Joego wydawała się bardzo podejrzana. – Ale najpierw
chciałem ci to wręczyć osobiście. – Podał Roisin pudełeczko
przewiązane dużą czerwoną kokardą. – To mój klucz. Do
mieszkania. Już się wyprowadziłem. Teraz jest twoje.

– Dziękuję – odpowiedziała sztywno Roisin i zgodnie
z intencją Joego poczuła się bardzo niezręcznie.

– A po drugie, ja też zabawiłem się w detektywa. – Ponownie przeskoczył wzrokiem między nią a Mattem. – Powinniśmy założyć agencję detektywistyczną. Powell, McKenzie
& Walters. Nawet fajnie brzmi, ha, ha.

– Naprawdę będzie lepiej, jeśli zostawię was sa...

– Pamiętasz, jak spytałem cię wprost, i to kilka razy, czy byłaś osobiście w Sesso, żeby o mnie wypytać, a ty przytaknęłaś? – zwrócił się Joe do Roisin, zupełnie ignorując Matta. – Jakoś trudno było mi w to uwierzyć, ale przysięgłaś na życie własnej matki, że to prawda. – Dla większego efektu zawiesił głos. Roisin aż się zwinęła w środku ze wstydu. – No to wiedz, że ja też się spotkałem z Rickiem i okazało się, że nie ma bladego pojęcia, kim jesteś. Pamiętał jednak, że przyszedł do niego niejaki Matt McKenzie i zadawał kupę pytań o kelnerkę, która mogła mieć romans z jednym z klientów. Wyobraź sobie moje zdziwienie! – prychnął. Roisin skrzyżowała ręce na piersi. – Nie sądziłem, że potrafisz tak bezczelnie kłamać. Wnioskuję z tego, że naprawdę bardzo chciałaś go chronić. No więc zacząłem się zastanawiać dlaczego. I nagle mnie olśniło. Rany, Joe! Oni regularnie ze sobą sypiają. Ta cała zabawa w „przyłapanie mnie na zdradzie" miała to po prostu usankcjonować. – Wskazał na nich kolejno palcem.

– Nic z tych rzeczy! – zaoponowała Roisin.

– Uhm, jasne. Właśnie tak to wygląda – odparł Joe. – Nie wyczuwam tu żadnych dziwnych wibracji. – Zawirował dłonią. – Wszystko wydaje się zupełnie normalne. Ot, po prostu dwoje kumpli prowadzi bardzo emocjonalną rozmowę o tym, że koniecznie muszą sobie coś wyjaśnić, stojąc z porannym moralniakiem przed pubem. – Spojrzał na The Mallory. – Naprawdę muszę najpierw zerwać kołdrę w misie z waszych wijących się ciał, żebyście się przyznali?

Roisin właśnie zrozumiała, że ta pogardliwa wyniosłość Joego jest podszyta zazdrością. Otworzyła usta, żeby coś powiedzieć, ale Matt ją ubiegł.

– Pomogłem Roisin, bo jest moją przyjaciółką. Nie dbałem o to, jak to odbierzesz, bo z tobą się nie przyjaźnię. Proste. – Matt nie wydawał się ani trochę onieśmielony. Wcześniej Roisin była zawstydzona, że to wszystko rozgrywa się w jego obecności, teraz jednak cieszyła się, że Matt tu jest. Może nie był tak agresywny jak Joe, ale się go nie bał.

— Taa, twoją przyjaciółką, jasne. Wreszcie miałeś okazję zabłysnąć, no nie? — Joe przeniósł wzrok na Roisin. — Przez cały czas próbujesz mi dowieść zdradę, ale tego oszustwa nie dostrzegasz. Wprawiony podrywacz stosuje pewną technikę: udaje współczującego przyjaciela, któremu możesz się wypłakać w rękaw z powodu innego faceta, i jednocześnie jeszcze bardziej cię do niego zraża. Na koniec nabierasz tak niezłomnego przekonania, że oto masz przed sobą bezpieczną przystań i prawdziwego obrońcę, że zrzucasz fatałaszki i wskakujesz mu do łóżka. To trik pod tytułem: „Nie jestem taki jak inni". Zwykły przekręt. A ty, Rosh, jesteś jego ofiarą, bo akurat teraz padło na ciebie.

— Serio, Joe. Dość tego… Naprawdę przegiąłeś — oburzyła się.

— Jednak już pójdę — rzucił krótko Matt, spoglądając na Roisin. — Dasz sobie radę?

— Boże, jakby coś jej przy mnie groziło — zakpił Joe.

— Tak, poradzę sobie — odpowiedziała z wdzięcznością, a Matt się oddalił.

— Wiem, że kłamiecie. Zdajesz sobie z tego sprawę? — odezwał się Joe. — Oboje macie to wypisane na twarzach.

— Joe, wierz sobie, w co chcesz — zripostowała asertywnie Roisin, choć wcale nie czuła się zbyt pewnie. — Do niczego nie doszło.

Spojrzał na pudełko, które trzymała w dłoni.

— Niech ci się dobrze żyje w naszym mieszkaniu. Szkoda, że nie rzuciłem klątwy, która dopadnie tego gnojka w chwili, kiedy przekroczy tam próg. Naciesz się tą chwilą. Tak bardzo chciałaś, żebym to ja wyszedł na tego złego, a tu proszę: bzykasz się z Mattem, chociaż atrament na naszych „papierach

343

rozwodowych" jeszcze nie wysechł. Sama jesteś tą złą, Roisin. Ty. A jeśli chodzi o Matta, on jest jeszcze gorszy.

Dalsze próby wyprowadzenia Joego z błędu nie miały sensu; Roisin wiedziała, że bez względu na to, co powie, on i tak nie przyjmie tego do wiadomości. Pozwoliła, żeby odjechał. Nie poszedł się nawet przywitać z jej matką – zresztą, szczerze mówiąc, tak było nawet lepiej.

Lorraine wyłoniła się z pubu akurat wtedy, kiedy chłopak Roisin – już eks – odjeżdżał w pośpiechu swoją nową szpanerską bryką.

– To był Joe?

– Tak.

Oczywiście zachował się bardzo nieuprzejmie, ignorując jej rodzicielkę, więc Roisin nie pozostało nic innego, jak rzucić wprost:

– Zerwałam z nim. Po prostu nie zebrałam się jeszcze na odwagę, żeby ci powiedzieć.

– O rany! Zastanawiałam się już, dlaczego prawie wcale o nim nie wspominasz – westchnęła Lorraine. – Ale… dobrze ci z tym?

– Tak. Już od jakiegoś czasu nam się nie układało; oddalaliśmy się od siebie. To było nieuniknione. – Pomachała pudełkiem z kokardą. – Przepisał na mnie swoją połowę mieszkania. To taki jakby prezent pożegnalny. Wahałam się, czy go przyjąć, ale nalegał.

– Wszystko dobre, co dla ciebie dobre – spuentowała Lorraine i ścisnęła ją lekko za ramię. Potem spojrzała ponad ramieniem córki i rzuciła: – O, jest Terence!

Lorraine zawsze kibicowała związkowi Roisin i Joego, co tylko przybrało na sile, kiedy Joe zaczął zbijać kasę. Dlatego Roisin była bardzo zdziwiona tym, że matka o nic nie dopytuje i nie wyraża swojego niezadowolenia. Coś musiało być na rzeczy.

Odkryła to „coś" w ciągu godziny, kiedy – z konieczności oddzielenia wszystkiego grubą kreską i z braku innych rzeczy do roboty – postanowiła obejrzeć ostatni odcinek *Łowcy*.

Włączyła iPlayera i nagle zrobiło jej się niedobrze, jak podczas choroby lokomocyjnej, bo oto zobaczyła, że ktoś go już obejrzał. Lorraine widziała całość.

Roisin przez chwilę siedziała nieruchomo, próbując otrząsnąć się z szoku. Wszelkie nadzieje na to, że jej mama nie skojarzyła sceny seksu na stole, prysnęły, gdy przypomniała sobie, jak łatwo i bez słowa sprzeciwu przyjęła jej wiadomość o rozstaniu z Joem.

Włączyła serial i od razu poczuła potrzebę, żeby schować głowę między kolanami i przyjąć pozycję bezpieczną jak w samolocie.

A na ekranie jakieś śledztwo, następnie ujawnienie, że zabójcą jest ojciec jednej z kelnerek, dużo seksu, awans... i Roisin ponownie ze zdziwieniem musiała przyznać, że jest znudzona.

Wreszcie pełne napięcia zawieszenie akcji. Gwen, najlepsza przyjaciółka Bekki, przyszła do Jaspera w wiadomym celu, a on z godną podziwu powściągliwością jej odmówił. Niestety za sprawą bardzo niefortunnego telefonu, odebranego niechcący, Gwen dowiedziała się, że Jasper bzyka kogo popadnie, i szantażem próbowała go zmusić do uległości. Zagroziła, że inaczej powie o wszystkim Becce. Gwen, która nie była Giną, lecz Amber?

Napisy końcowe pojawiły się podczas ostatniej sceny ukazującej Jaspera, który kroczy jedną z ulic Manchesteru, przeciskając się przez tłum przechodniów jak w jakimś fajnym teledysku. W tle rozbrzmiewały pożegnalne dźwięki *Knights of Cydonia* w wykonaniu Muse.

Wreszcie, zgodnie ze słowami Joego, lektor zapowiedział kolejny sezon *Łowcy*.

Roisin wyłączyła telewizor z ulgą i mętlikiem w głowie.

Cofnęła się pamięcią do dnia, kiedy Joe wrócił z Los Angeles i zaserwował jej długą mowę, która miała ją nakłonić do zmiany zdania. Przekonywał, że powinna im dać jeszcze jedną szansę.

„Musisz najpierw zobaczyć wszystkie trzy odcinki, żeby zrozumieć, że postępowanie Jaspera wcale nie jest gloryfikowane. Nie wychodzi na tym dobrze; na samym końcu zostaje upokorzony".

Że co? Zostaje upokorzony? I to zdaniem Joego ma być jakaś nauczka?

Roisin kompletnie zdębiała. Jej podświadomość znowu postanowiła zadzwonić do świadomości.

„On właśnie tak robi. Jest kłamcą. Łże na poczekaniu i mówi wszystko, co pozwoli mu uniknąć kłopotów. Jeśli później wytkniesz mu błędy w zeznaniach, odpowiednio zmodyfikuje i dostosuje swoją historyjkę do nowych okoliczności. Jego scenariusze mają wywrzeć określony efekt na odbiorcach. Zarówno tych z bliskiego otoczenia, jak i tych przed telewizorami.

Joe Powell nie ma stałych przekonań ani zasad postępowania. Jest wygadanym kameleonem, którego podnieca mydlenie innym oczu. Nie dręczą go wyrzuty sumienia i zrobi to ponownie. Czy kłamcy zawsze są świadomi tego, że kłamią? Jeśli Joe o tym wie, to najwyraźniej ma to gdzieś".

Mimo wszystko musiała przyznać rację Joemu, że zachowała się karygodnie, jeśli chodzi o Matta, choć może trochę to wyolbrzymił. W każdym razie nie czuła się winna. Dla Joego liczyło się tylko to, żeby przetrwać i wygrać.

Nagle zdała sobie sprawę, że kompletnie przestała ufać temu, co mówi Joe, a tego zaufania nie dało się już odbudować.

– Wal się – powiedziała na głos.

Roisin nie potrafiła naprawić Joego Powella ani go rozgryźć, ale miała już dość życia u jego boku.

59

Włosy w kolorze jeżyn wymagały pielęgnacji i regularnego odświeżania, więc po bezproduktywnym tygodniu, spędzonym na zadręczaniu się i roztrząsaniu wątpliwości Roisin musiała w końcu zająć się swoimi kakaowymi odrostami.

Poszła do pierwszego lepszego fryzjera posiedzieć z folią aluminiową na głowie. Celowo ominęła salon, do którego zwykle chodziła, żeby nie musieć rozmawiać o sobie z Markiem, stylistą i fanem *WIDZIANYCH*. Innymi słowy, nie chciała być widziana.

Przez dwie godziny robiła wszystko, żeby nie patrzeć na swoją durną twarz w lustrze. Ilekroć folgowała myślom, natychmiast wracała do tamtej chwili w pubie, kiedy w półmroku Matt porwał ją w ramiona i namiętnie pocałował przy dźwiękach Spandau Ballet. Zanim zrobiła z siebie kompletną idiotkę.

Brr.

Nadal pomagała w The Mallory, choć teraz raczej już nie z myślą o matce, tylko dlatego, żeby nie wracać do pustego mieszkania w Didsbury. Może to głupota, ot, problem pierwszego świata, ale Roisin była pewna, że bez rzeczy Joego z każdego kąta będzie biła cicha uraza.

I co teraz? – pomyślała. Dzięki Bogu, że jednak nie sprawili sobie psa.

Roisin umówiła się do fryzjera na piątek, najpóźniej jak się dało, żeby potem od razu wyskoczyć z Meredith i Giną na drinka. Spotkały się w zaproponowanej przez Ginę restauracji Ivy i już raptem po trzech łykach czegoś kończącego się na „tini" oraz pięciu minutach w towarzystwie przyjaciółek Roisin czuła się tak jak po wielu tygodniach terapii.

Tym razem też poukładała sobie w głowie, co ujawnić na temat ostatnich wydarzeń, a co zachować dla siebie. To był taki taniec z woalami.

Zgodnie z zamiarem opowiedziała im o nierozstrzygniętym pojedynku między dwoma chłopakami przed pubem jej matki, a także o okropnych zarzutach, które Joe wysunął wobec niej i Matta po swojej wizycie w Sesso. Jednak na widok ich zaszokowanych min, pełnych niedowierzania, że mógł coś takiego powiedzieć, poczuła się bardzo nieswojo, bo mimo wszystko Joe miał trochę racji.

– Rozumiem, że jest zdruzgotany tym, że cię stracił, ale Josephowi chyba naprawdę odbiło – stwierdziła Meredith, dźgając słomką kostki lodu pływające w drinku.

Roisin aż się skuliła w duchu, bo wprawdzie otrzymała wsparcie przyjaciółek, ale nie była z nimi całkiem szczera. Nie, taka częściowa spowiedź to za mało.

Pomyślała o tym, że pomimo wyraźnych podobieństw między serialową Gwen a Giną oraz słabości Joego do Giny, zawsze wiedziała, że między nimi nigdy do niczego nie dojdzie. Traktowała to raczej jako uznanie dla Giny, nie dla Joego. Wykluczone, żeby ona, Meredith albo Gina kiedykolwiek zdradziły swoje zaufanie i zerwały łączącą je przyjaźń.

Ponieważ to, co zaszło między nią a Mattem, prawdopodobnie nigdy już się nie powtórzy, w zasadzie wskazane było, żeby nie wspominać Ginie o tym nieistotnym dla przyszłości incydencie.

Jednak patrząc na przyjaciółki, Roisin zrozumiała, że musi to zrobić, bo inaczej ten sekret zawiśnie nad nimi już na zawsze. One obie były najważniejszymi osobami w jej życiu, więc nie mogła ich oszukiwać, zatajając ten żałosny epizod. Nie zniosłaby poczucia, że zrobi rysę na ich przyjaźni. Nawet jeśli jej zwierzenie sprawi, że będzie musiała wysłuchać tyrady Giny, trudno.

– Słuchajcie – zaczęła niepewnie, zupełnie jakby skakała na bungee, błagając w duchu, żeby lina się nie zerwała. – Zrobiłam coś głupiego i okropnego. Całowałam się z Mattem. Krótko, ale absolutnie sobą gardzę. Niemniej Joe totalnie przesadził ze swoimi podejrzeniami.

– Łooo – zawołała zaskoczona Meredith. – Tego się nie spodziewałam.

– O Boże! – krzyknęła Gina, przez co Roisin jeszcze bardziej się spięła. – Nie. O Boże! – powtórzyła, kładąc jedną dłoń na ramieniu Roisin, a drugą przyciskając do piersi. – W sensie, ja również się tego nie spodziewałam, ale też… o Boże?! – powtórzyła z intonacją typową dla pytania, podnosząc palec wskazujący. – Chyba… wcale mi to nie przeszkadza. Zastanawiałam się, czy przyznanie przed samą sobą, że pora go sobie odpuścić, pomoże mi się z niego wyleczyć, i okazało się, że tak. Zupełnie jakbym złamała zaklęcie w chwili, gdy wypowiedziałam to na głos. Coś jak król goblinów w tym filmie *Labirynt*: „Nie masz nade mną władzy". Kojarzycie?

– Król czego…? Yyy, dobra, nieważne. – Meredith machnęła ręką.

– Serio?! – spytała kompletnie zdębiała Roisin.

– Tak – potwierdziła Gina, po czym dodała: – Pogadaliście w końcu o tym, co do ciebie czuje?

Meredith uniosła brwi, Roisin otworzyła szeroko usta. Przez chwilę wpatrywały się w siebie, czekając, aż ich koleżanka dopije sangrię.

– Zamówiłabym sobie jeszcze jedną – wymamrotała w zamyśleniu Gina. Właściwie powinna być zaszokowana wyznaniem Roisin, a jednak z nich wszystkich była chyba najbardziej wyluzowana.

– O czym? – spytała Roisin tak, jakby słuch ją zawiódł.

Spojrzała na Meredith, a ta zrobiła minę, jakby chciała powiedzieć: „Nie mam pojęcia, o czym ona gada".

– Serio?! Nie wiedziałaś? A myślałam, że z nas trzech to ja jestem najmniej spostrzegawcza! – Przewróciła oczami. Roisin i Meredith ponownie wymieniły skonsternowane spojrzenia. Gina wygładziła włosy, po czym zaplotła sobie warkocz francuski. Roisin zauważyła, że przyjaciółka cała aż promienieje. – Głupia sprawa – podjęła Gina. – Matt zawsze miał słabość do Roisin. I to ogromną. Był gotów stanąć o nią w szranki na koniu z tym długim ostrym czymś. Wiecie, co mam na myśli? – Wykonała ruch, jakby kogoś dźgała.

– Z mieczem? – podsunęła Meredith.

– Nie, to coś jak włócznia.

– Chyba chodzi ci o kopię – stwierdziła Meredith.

– Wracając do rzeczy… – wtrąciła się Roisin. Nie ufała pozornemu spokojowi Giny. – Matt ci o tym powiedział?

Gina odwróciła się do niej i popatrzyła na nią pobłażliwie jak matka na niezbyt rozgarnięte dziecko.

– Nie, jasne, że nie, ale jeśli ktoś tak długo jak ja ma obsesję na czyimś punkcie, to wiadomo, że zawsze coś o nim wywęszy. Uwierz mi, Matt McKenzie od lat rozpaczliwie cię pragnie. P r a g n i e. Powiedziałabym nawet, że usycha z tęsknoty za tobą.

60

— Pierwsze słyszę – oznajmiła Meredith.

— Ja tym bardziej – dodała Roisin, po czym zwróciła się do Giny: – Czemu nigdy o tym nie wspomniałaś?

— Cóż… – zaczęła, bawiąc się kolczykiem na sztyfcie – myślałam, że wiesz, tylko przez grzeczność milczysz na ten temat. Poza tym byłaś z Joem. Taka przewrotność losu. Bo Matt nigdy nie rozbiłby waszego związku. Jest zbyt honorowy.

— Ale jak się zorientowałaś? – spytała Meredith.

— Och, przecież to oczywiste!

— Najwyraźniej nie…

— No dobra. Pamiętacie, jak Dev zaciągnął nas wszystkich na kemping do Center Parcs?

— Uch, tak – rzuciła Roisin. Przez jakiś czas Dev był siłą napędową, jeśli chodzi o aktywne spędzanie czasu.

Swoją drogą, gdzie on właściwie jest? Roisin próbowała się z nim skontaktować, żeby przedstawić mu sytuację i wreszcie obwieścić, że rozstała się z Joem. Myślała, że wrócił już z Sóller. Ale najpierw bardzo długo czekała na połączenie, potem zostało ono natychmiast przerwane. W końcu nabrała podejrzeń, że Dev wyjechał znacznie dalej niż do Hiszpanii.

— Matt nie chciał pływać, tylko przez cały czas siedział z nosem w średniowiecznej powieści Hilary Mantel i się rumienił. Ani razu nawet nie spojrzał na Roisin w stroju kąpielowym – dodała Gina.

Roisin zmrużyła oczy.

– Może woli Cromwella od zjeżdżalni wodnych…?

– Gdzie tam! Tak za tobą szalał, że bardzo się krępował, kiedy zobaczył cię praktycznie rozebraną. Jeśli ktoś wyobrażał sobie kogoś z tysiąc razy w stroju Ewy, trudno mu potem zachowywać się jak gdyby nigdy nic na widok golizny. Wiem coś o tym.

– Ha, ha, z takimi argumentami nikt chyba nie miałby szans w sądzie – zauważyła Meredith, po czym zakreśliła palcem kółko w powietrzu i uniosła kciuk, sygnalizując kelnerowi, że chciałyby jeszcze raz to samo.

– Co racja, to racja. Fakt, że nie jest zainteresowany moją plackowatą linią bikini, zbytnio mnie nie przekonuje – stwierdziła Roisin i, głównie z ulgi, parsknęła lekko histerycznym śmiechem. – Zwłaszcza że to dotyczy praktycznie wszystkich zdrowych na umyśle facetów.

– Ależ on jest nią zainteresowany – podkreśliła Gina, potakując z powagą. – I to jak! Mogłabym ci przytoczyć inne przykłady, ale do głowy przyszedł mi akurat ten. Matt zwykle nie zachowuje się jak nieśmiały nastolatek.

– Jeśli nie chodziło o Roisin, to pewnie zawstydził go widok Deva w kąpielówkach we flamingi – podsunęła Meredith.

– Dlaczego tego nie zauważyłam? – spytała Roisin.

– Bo jesteś skromna i w ogóle nie zwracasz uwagi na takie rzeczy, a Matt ma iście pokerową twarz – wyjaśniła Gina. – Jest bardziej tajemniczy, niż nam się wydaje. Coś mi mówi, na przykład, że nie za bardzo dogaduje się z rodziną.

Hmm, tu akurat się nie myliła, ale Roisin nie wypadało tego potwierdzać.

– Nigdy nie miałam o to do ciebie żalu, Rosh – ciągnęła Gina. – Ja też zawsze uważałam, że jesteś cudowna.

– Nie do wiary, że cały czas tkwiłam w samym środku tej poplątanej seksualnej psychodramy – stwierdziła Meredith.

– Tak czy owak, Gina, nie mogę się nadziwić twojemu podejściu do mojej głupoty – powiedziała Roisin. – Dzięki za wyrozumiałość.

Gina przechyliła głowę.

– Wiem, że tego nie kupujecie, ale o dziwo wcale nie czuję się z tym źle. W każdym razie nie tak bardzo, jak przypuszczałam. Właściwie to muszę ci podziękować, Roisin. Gdybyś się nie zwierzyła, nie byłabym tego tak pewna.

– Ale jak to się stało, że odpuściłaś sobie Matta?! – spytała z niedowierzaniem Roisin.

– Efekt Aarona! – rzuciła Meredith, składając dłonie jak do modlitwy.

– To też. Ale tamtego wieczoru, kiedy Matt pojechał z Amelią, coś we mnie pękło. A może umarło… Niemal z dnia na dzień przestałam do niego wzdychać. Nie spodziewałam się, że to nastąpi tak błyskawicznie. Pod koniec miałam już chyba po dziurki w nosie tego wszystkiego i samej siebie, dlatego się odkochałam. Rozumiecie? – spytała retorycznie. Meredith i Roisin nie całkiem rozumiały, ale zgodnie przytaknęły. – Poza tym wiecie co? Aaronowi zależało na tej randce. Ale tak naprawdę zależało; był taki onieśmielony i zestresowany, że przy toaście aż drżały mu ręce. I wtedy zrozumiałam, że właśnie tego chcę. Chcę, żeby ktoś mnie chciał. Od Matta bym tego nie dostała. – Rozłożyła ręce. Roisin i Meredith ponownie skinęły głowami. – Ostatnio mówiłam, że raczej nie mogłabym się zaprzyjaźnić z drugą połówką Matta, ale skoro już się z nią przyjaźnię, to chyba po problemie? – skwitowała Gina.

Zaskoczona Roisin nagle wypaliła:

– Serio, to nie było nic takiego i trwało tylko kilka sekund, zanim się otrząsnęłam i uświadomiłam sobie, co my wyprawiamy. Jutro Matt znów się niby z kimś umówił na otwarcie jakiejś knajpki. McKenzie wrócił do bycia McKenziem.

Dotarły nowe drinki, więc dziewczyny zamilkły na chwilę, czekając, aż kelner zabierze puste szklanki i zastąpi je pełnymi.

– Mmm. – Gina posłała Roisin przenikliwe spojrzenie. – Jeśli nie zamierzasz z tym nic dalej zrobić, proszę, nie wycofuj się z mojego powodu. Nie chcę go jeszcze bardziej krzywdzić. Zasługuje na szczęście.

– Czy to znaczy, że może wrócić do Klubu Briana? – spytała Meredith.

– Jasne – odparła Gina.

– Wydaje mi się, że powinnaś mu to powiedzieć osobiście – stwierdziła Meredith, a Gina przytaknęła. – Dobra, zatem ustalone. Czy możemy chociaż spróbować zaliczyć test Bechdel?

– A co to takiego? – zdziwiła się Gina.

– Ogólnie sprawdza, czy jakiś film jest seksistowski. Chodzi o to, czy kobiety we własnym gronie rozmawiają też o czymś innym niż wyłącznie o facetach.

– Zdałybyśmy go z palcem w nosie, gdybyś wreszcie zaczęła się spotykać z jakąś laską, o której mogłybyśmy poplotkować – rzuciła Gina, na co Meredith aż się zapowietrzyła, a Roisin parsknęła śmiechem.

Rozmowa zeszła na inny temat. Roisin udawała, że słucha, ale nie mogła przestać myśleć o tym, czego się właśnie dowiedziała.

Matt jest w niej zakochany? I to od dawna? Tak na poważnie? Wzbraniała się przed tym, żeby uwierzyć w coś tak kuszącego i niezwykłego. To zmusiło ją jednak, żeby zadać sobie pytanie, co sama właściwie czuje.

Chciała być całkiem szczera wobec przyjaciółek, ale to, co im powiedziała, dowodziło jedynie, że wcale nie jest szczera. Ani wobec nich, ani wobec Matta, ani wobec siebie.

61

Roisin doświadczała wszystkich objawów, choć nadal się zapierała, że nie dopadła jej ta choroba. Kiedy jednak na ekranie komórki wyświetliło się jego imię, miała wrażenie, jakby dostała zastrzyk z adrenaliną prosto w serce.

Nazajutrz po wieczornym wyjściu z Giną i Meredith w końcu dostała wiadomość od Matta McKenziego, którą otworzyła z prędkością błyskawicy. Przez cały ten czas przeżywała istne katusze, zastanawiając się, co oznacza jego milczenie, chociaż później musiała przyznać, że sama też się z nim nie kontaktowała. Naprawdę nie wiedziała, co mu powiedzieć. Po cichu liczyła na to, że do pubu zawita Pulpet, dzięki czemu zyska pretekst, żeby wysłać Mattowi jego zdjęcie. Niestety wieść gminna niosła, że kocur przymilał się teraz do pracowników lokalnej smażalni ryb.

Przepraszam, że zostawiłem cię wtedy samą z Joem. Uznałem, że moja obecność tylko pogarsza sprawę. Jak w końcu poszło? x

Odpisała:

Nie najlepiej, ale miejmy nadzieję, że to już koniec.
Co u ciebie? Dziś jest to otwarcie baru w Ancoats? x

Wow, niezła pamięć! Tak, dziś, lokal nazywa się festa
(małą literą, wiadomo). Dam znać, czy te negroni
w ogóle nadają się do picia. Pozdrów ode mnie mamę,
Terence'a i oczywiście Pulpeta. Zostawiłem mu w pokoju
jego ulubione smaczki, więc bądź tak miła i poczęstuj go,
proszę. X

Hmm, duży całus na końcu. Zdecydowanie pozytywny sygnał, ale też kropka. Może takie buziaki wysyła się łatwiej osobom, do których nic się nie czuje?

Analizowanie rozmiarów esemesowych całusków też należało uznać za jeden z objawów.

O Boże, ależ za nim tęskniła. Musiała przyznać, że bez śmiechu Matta, a także, co tu kryć, bez widoku jego prężących się muskułów przy noszeniu ciężkich skrzynek w The Mallory było bardzo ponuro.

Gdyby nie spostrzeżenia Giny, Roisin nawet by się nie odważyła żywić jakąkolwiek nadzieję, ale słowa przyjaciółki wciąż krążyły jej po głowie. Czy Gina była po prostu romantyczką, która wciąż jeszcze odczuwała skutki obłąkania z miłości do McKenziego, czy jednak miała rację?

Na pewno nie myliła się co do jego rodziny.

Do jasnej cholery! Jak Roisin miała zapanować nad tymi wszystkimi dręczącymi ją uczuciami?

– Dzisiaj mam do pomocy Amy i Erniego – oznajmiła Lorraine, jakby wyczuła niepokój córki. – Może gdzieś wyskoczysz i porobisz coś fajnego?

– Cóż, w sumie… – odparła Roisin.

Odważy się? Czy poczeka, aż to szaleństwo minie?

A co, jeśli…? Co, jeśli dziś w Ancoats Matt spotka miłość swojego życia? Wówczas znajdzie się na prostej drodze do małżeństwa i założenia rodziny, a ona już na zawsze pozostanie z pytaniem: co by było, gdyby jednak zaryzykowała?

Ktoś musiał powstrzymać tę sukę.

W jej głowie zaczął kształtować się plan. Kompletnie szalony plan.

Matt podał jej nazwę baru – festa. To musiał być znak: chciał, żeby się tam pojawiła, prawda? A jakże!

Nie. Chwila. Właśnie tak myślą stalkerzy.

Roisin włożyła czarną sukienkę z & Other Stories, która kiedyś przypadła Mattowi do gustu, i zamówiła taksówkę, tłumacząc sobie, że jeśli wszystko pójdzie po jej myśli, to będzie chciała się napić, a jeśli coś się spieprzy, to będzie m u s i a ł a się napić.

W drodze do lokalu nerwowo wyjęła puderniczkę, żeby sprawdzić, czy nie ma szminki na zębach.

Widząc ją w lusterku wstecznym, kierowca rzucił:

— Pierwsza randka?

— Coś w tym stylu.

— Jeśli się pani stresuje, niech go sobie pani wyobrazi nago.

— Wtedy dopiero się zestresuję! – odparła Roisin.

Stosownie do uroczystej okazji Manchester, rzecz jasna, nie mógł nie uraczyć jej ulewą; deszcz zacinał tak mocno, że Roisin dosłownie wbiegła do festy prosto z taksówki, trzymając nad głową torebkę. W podłużnym lokalu o wysokim stropie roiło się od rur wentylacyjnych i gołych żarówek wiszących na plątaninie kabli. Na taki widok Terence zawsze mówił: „Dlaczego nikt już nie wykańcza elektryki? Istny koszmar!". Lubił przypominać, że zanim został barmanem, był certyfikowanym monterem instalacji gazowych i elektrycznych.

Roisin przecisnęła się przez tłum elegancko ubranych ludzi. Matta nigdzie nie zauważyła. Już się zaczęła obawiać, że wcale go tu nie ma. Może powinna do niego napisać? Tylko co?

W tym samym momencie zobaczyła go w głębi lokalu pod ścianą zielonych liści z plastiku: ta charakterystyczna linia podbródka mogła należeć tylko do niego. Serce zaczęło jej bić jak szalone, dłonie pokryły się potem.

Kiedy ku niemu ruszyła, spojrzał w jej stronę i aż krzyknął szczerze zaskoczony:

– Roisin?!

Nazwa lokalu nie była zatem żadną aluzją. Nie. Kobieta, z którą rozmawiał, miała włosy spięte wysoko w kucyk i szpilki z paseczkami, które wiły się wokół jej nieskończenie długich nóg jak pędy dzikiego wina. Była olśniewająca. Jeśli ta laska miała się okazać miłością jego życia, to Roisin mogła już złożyć broń.

Z jej ust wyrwało się niemal: „Oj, nie ten bar!", kiedy zaczęła się wycofywać, słysząc w głowie melodię z Benny'ego Hilla, lecz wtedy Matt rzucił:

– Co ty tu robisz? – Odstawił drinka i podszedł do niej.

– Cześć. Mogę cię prosić na słówko? – spytała.

– Yyy… chyba tak.

– Na osobności. Na zewnątrz – dodała.

– Koniecznie na zewnątrz? Leje jak z cebra! – zauważył całkiem słusznie.

– Nie chcę krzyczeć.

W środku wciąż czułaby na sobie spojrzenia innych; nie mogła mu tego powiedzieć przy tych wszystkich tłoczących się wokół ludziach. Czy też próbując przekrzyczeć muzykę – z głośników dudniło właśnie *Age Of Consent* New Order.

Wyszli przed knajpkę. Matt z bezradną miną wskazał markizę sklepu niecałe sto metrów dalej. Czmychnęli na drugą stronę ulicy i schowali się pod zadaszeniem, z którego deszcz spływał niczym wodospad.

– No więc, to będzie prawdziwy test dla mądrości życiowej mojego taty, który twierdził, że człowiek nigdy nie żałuje odwagi.

– Okaaay? – wymamrotał niepewnie Matt, ocierając krople deszczu z czoła.

– Naprawdę bardzo cię lubię.

Sprawiał wrażenie zaskoczonego, milczał jak zaklęty. Roisin myślała już, że może jest zły, bo wyciągnęła go z imprezy z powodu takiej bzdury.

Przygotowała znacznie ambitniejszą wersję tej przemowy, ale od razu z niej zrezygnowała. Najwyraźniej prawdziwe życie to nie komedia romantyczna. Składanie wielkich deklaracji miłości osobie, którą zna się na wylot, ani trochę nie przypominało tamtej sylwestrowej sceny z filmu *Kiedy Harry poznał Sally* – to było raczej przerażające.

No i padało.

– W sprawie tego, co wydarzyło się tamtego wieczoru. Wiesz. Przy piosence Bryana Ferry'ego. A potem Spandau Ballet. Naprawdę bardzo cię lubię i myślę, że… powinniśmy spróbować. Jeśli chcesz. Gina nie ma nic przeciwko.

– Właśnie to chciałaś mi powiedzieć? Że dostałaś pozwolenie? – spytał Matt, a Roisin najchętniej zapadłaby się pod ziemię. Pewnie przez następne miesiące i lata będzie sobie tłumaczyć, że ten incydent to wynik stresu pourazowego po byciu z Joem.

– A gdyby Gina się nie zgodziła? Co wtedy? Wybrałabyś ją?

Roisin niechętnie przytaknęła.

– Właściwa decyzja – stwierdził Matt.

Uff.

Już sam fakt, że nie wykrzyknął radośnie: „Serio? Ja też myślę, że powinniśmy spróbować!", i nie porwał jej w objęcia, wystarczył Roisin jako odpowiedź.

– Sęk w tym… – podjął i urwał. – Może trochę przesadzam ze szczerością, ale już mnie męczy niemówienie tego, co myślę, i zgadywanie, co inni mają na myśli. No więc sęk w tym, że nie jestem tym, za kogo mnie uważasz.

62

— To znaczy?

Czyżby właśnie przyznał, że rzeczywiście jest pozbawionym skrupułów kobieciarzem?

— Wydaje mi się, że uważasz mnie za imprezowicza, który po tym, jak spędziłaś dziesięć lat z Joem Powellem, porwie cię do tańca, weźmie w obroty i postawi z powrotem na nogi. — Nabrał powietrza. — Wbrew pozorom... — wskazał głową gwarny lokal — w moim życiu nie ma zbyt wielu osób. Takich, które się dla mnie liczą. Nie widuję się z rodziną, a od teraz nie będę się też zbyt często widywał z „Brianami". Czasem czuję się naprawdę bardzo samotny. Nie wiem, czemu trudno mi się do tego przyznać, ale tak jest. Nie wstydzę się tego, a jednak... najwyraźniej wolę unikać tematu. — Wzruszył ramionami. Roisin dobrze znała to uczucie wstydu z powodu czegoś, czego człowiek się w zasadzie nie wstydził. — Ale ty się dla mnie liczysz. Jesteś jedną z osób, z którymi się najdłużej przyjaźnię, i naprawdę cię kocham. Fajnie, że uważasz mnie za potencjalnego partnera do zabawy. Ale wiem, jak by się to skończyło, i nie chcę tego. Nie chcę, żeby nasze kontakty ograniczyły się tylko do niezręcznych wiadomości wysyłanych co dwa miesiące na WhatsAppie. Do odzywania się z wymuszoną swobodą i udzielania wymijających informacji o swoich aktualnych drugich połówkach. Nie da się jak gdyby nigdy nic kumplować z kimś, z kim przeżyło się coś takiego – tłumaczył spokojnie, a Roisin kiwała głową ze zrozumieniem. – Jeśli potrzebujesz dowartościowania, to wiedz, że jesteś pod każdym względem wspaniała. Nie będziesz miała problemu ze znalezieniem kogoś, kto chętnie na to pójdzie. Ale to nie będę ja. Na pocieszenie dodam, że już go nienawidzę.

– Dziękuję – odparła Roisin. – Za najmilsze: „Z tobą? Nie, dzięki, skarbie", jakie miałam okazję usłyszeć. – Zrobiła komiczną minę.

Matt się uśmiechnął, po czym pokręcił głową i się skrzywił.

– To nie jest żadne: „Nie, dzięki", tylko: „Za bardzo mi na tobie zależy, żeby zamienić naszą bliską przyjaźń na status byłych niby-kochanków". Niezależnie od tego, jak miła byłaby ta krótka faza między jednym a drugim.

– Rozumiem – powiedziała Roisin. To tyle. Mimo wszystko chciała odzyskać choćby skrawki utraconej godności. – Ale chyba nie myliłam się całkiem, myśląc, że nie byłbyś temu taki przeciwny? W końcu mnie pocałowałeś. Zanim przypomniałam sobie o Ginie.

– Nigdy nie twierdziłem, że odmówienie ci przyszło mi z łatwością – odparł Matt z rozbrajającym uśmiechem. – Mówię tylko, że taka przygoda byłaby zbyt kosztowna.

Tyle że... jej nie chodziło o przelotną przygodę. Czy powinna mu o tym powiedzieć? Ech, raz się żyje. Skoro zaszła już tak daleko...

– Nie proszę cię o to, żebyś wdał się ze mną w jakiś przelotny romans – wyjaśniła w ostatniej próbie, choć wcale nie była pewna, czy powinna ją podejmować. Jeśli człowiek nie wycofa się, póki ma przewagę, lepiej żeby to zrobił, zanim całkiem się upokorzy.

– To o co? – spytał Matt.

– O to, że… – Zamilkła wobec tego jakże arcytrudnego zadania, jakim było spojrzenie na jego nieziemsko piękną twarz i wyduszenie z siebie tych kilku głupich słów.

– Nie musisz owijać w bawełnę i silić się na kurtuazję – wtrącił Matt. – Na tym etapie chyba możemy już sobie darować eufemizmy. – Uniósł rękę, żeby osłonić ich dwoje przed deszczem, który teraz zacinał z boku i dostawał się aż pod markizę.

Roisin wzięła głęboki wdech.

– O to, że jestem twoja, jeśli mnie chcesz. Bo ja ciebie chcę. Chodzi mi o to, że… chyba cię kocham.

Zapadła pełna zdumienia cisza.

– Od kiedy? – wyszeptał Matt.

– Od kilku dni. Wiem, to brzmi dość niepoważnie, ale takie nie jest. Po prostu… nagle to poczułam. Zupełnie jakby od początku to we mnie drzemało.

Spojrzał na nią, a ona na niego. Gdzieś z boku dobiegł kobiecy głos:

– Przepraszam, że przeszkadzam. Matt, napijesz się jeszcze czegoś?

Przeniósł wzrok.

– Nie, dzięki.

Kobieta wróciła do baru.

Roisin zastanawiała się, czy powinna jeszcze coś dodać, ale nie zdążyła, bo Matt zbliżył się do niej, wplótł palce w jej włosy i złączył ich usta w pocałunku.

Ona objęła go za szyję i pomyślała: Nawet jeśli robi to z czystej litości, to przynajmniej niech coś z tego mam.

– Żeby nie było niejasności: co to właściwie znaczy? – spytała, kiedy się od siebie odsunęli.

– To znaczy: „Trzeba było tak od razu". – Matt wręcz promieniował radością; Roisin jeszcze nigdy go takiego nie widziała. – Bo wtedy bym ci odpowiedział: „Dobrze się składa, bo ja kocham cię od zawsze".

– Wiesz, na co mam ochotę? – spytał Matt, kiedy leżeli obok siebie w łóżku. Uniósł jej dłoń i przyłożył do niej swoją.

– Przeraź mnie – odparła Roisin przekonana, że się nie przerazi, nawet jeśli miałoby się okazać, że jest ku temu powód.

Czarna sukienka, w której przyjechała do baru, poniewierała się po podłodze sypialni na antresoli w jego naprawdę odjechanym mieszkaniu. Roisin miała nadzieję, że to dopiero pierwsza z wielu okazji i jeszcze nieraz wylądują wspólnie w tym łóżku. Leżenie nago obok kogoś, z kim się tak długo przyjaźniło, mogło być krępujące i chwilami może nawet było, ale ogólnie przeważało uczucie przyjemności.

– No więc mam ochotę na wakacyjny wypad. We dwoje. Taki, który człowiek pewnie sobie tylko wyobraża albo widzi na Instagramie. Karty UNO rozłożone na stolikach, obok świeczki i kieliszki taniego białego wina, a w tle romantyczne światła portu. Coś w tym stylu. Może jeszcze homar z frytkami.

– Pachnie mi to Grecją albo Włochami. Możemy tam pojechać. Chociaż taki wyjazd w sezonie wakacyjnym kosztuje pewnie fortunę. W sam raz dla Deva Doshiego. Z mojej pensji raczej nie do opłacenia. O Boże. – Złapała się za czoło. – Naprawdę nie chcę wracać do pracy. Dostałam ataku paniki na oczach całej klasy, kiedy jakiś uczeń puścił na telefonie fragment *Łowcy*. Uch.

Matt przesunął się na poduszce, tak żeby mogła się w niego wtulić, i pocałował ją w czubek głowy.

– Jesteś wspaniałą nauczycielką i na pewno dasz sobie radę. Wierzę w ciebie. Wmaszerujesz do klasy z wysoko podniesioną głową.

– Dzięki – mruknęła, przyglądając się ekskluzywnej scenerii, której Matt McKenzie był jedynie wielce atrakcyjnym dopełnieniem. – Ile z tego to ty? Nie chodzi mi o to, co tak naprawdę jest twoją własnością…

– Oho, próbujesz wybadać, ile rodowego srebra mi jeszcze zostało?

– Phi. No bo wiesz… skoro cały ten blichtr, splendor i reputacja salonowca to tylko fasada… – Nie chciała mówić: „próba zagłuszenia samotności", choć tkwiło to gdzieś głęboko w niej.

– Dobre pytanie. Zadawałem je sobie wielokrotnie od czasu zwolnienia. To wszystko jest tylko częściowo na serio. Trochę jakbym celowo odgrywał pewną rolę, ku uciesze innych – wyznał.

No tak, casanova na pokaz – pomyślała Roisin. Joe jednak miał trochę racji.

– Ale to maska, która w człowieka wrasta – wyjaśnił. – Nawet sobie nie wyobrażasz, jak głupio się czuję, przyznając się tobie i sobie do tego, że mój styl życia stał się swego rodzaju performance'owym żartem, który miał sprawić, że ludzie będą mnie lubili.

Roisin przypomniała sobie, jak Matt bez narzekania ścierał mopem spaghetti, które wybuchło Terence'owi w mikrofalówce, i zrozumiała, dlaczego „coś do niego poczuła".

– Według mnie nie musisz się za niczym ukrywać, żeby zyskać sympatię innych – powiedziała czule.

Ścisnął ją za ramię.

– Jako że nigdy nie byłem w związku, chętnie porobiłbym jakieś rzeczy typowe dla par. Czy bardzo by cię zemdliło, gdybym pisał liściki miłosne z inspirującymi wiadomościami i chował ci je do torby, a potem znajdowałabyś je w pracy?

Wybuchnęła śmiechem.

– Takie z banalnymi sentencjami, na przykład: „Żyj, śmiej się i kochaj"?

– Takie z... nie wiem. Musiałabyś otworzyć i przeczytać, żeby się dowiedzieć. Ale później na pewno przez resztę dnia nie mogłabyś się już skupić. A może napisałbym jakiś żarcik?

– Boże, proszę, tylko nic zbereźnego. Z moim szczęściem pewnie jeszcze mi gdzieś wypadnie i znajdzie go ktoś z 10E.

– Obiecuję. Nic w stylu: „Znalazłem klucz do twojej szafki z wibratorami".

Roisin aż pisnęła.

– Naprawdę kochasz mnie od zawsze? – spytała.

– Tak. Zresztą już ci opowiadałem. Pamiętasz tę historię o dziewczynie, którą mi podkradł kumpel? Chodziło o ciebie. I o Joego, rzecz jasna.

Roisin podniosła się nieco na łóżku.

– Co proszę? Serio? Ale mówiłeś, że ta laska wyemigrowała na drugi koniec świata.

– To był lekko przerysowany opis West Didsbury. Musiałem cię jakoś zmylić. Bałem się, że od razu mnie przejrzysz tymi swoimi mądrymi brązowymi oczami.

Roisin potrzebowała chwili, żeby przyswoić tę rewelację.

– Moment, naprawdę chodziło o mnie? To mnie przestałeś obserwować na portalach społecznościowych?

– Ha, ha! Zabawne, że to zaszokowało cię bardziej niż fakt, że od dziesięciu lat potajemnie cię wielbię. Dobra, nieważne. Przepraszam. Ale od czasu do czasu zaglądałem na twoje profile, żebyś się nie zorientowała, że nie jestem na bieżąco.

– To wszystko na wypadek doniesień o dziecku?!

– Taa. Chociaż ostatnio, z wiadomych powodów, ryzyko, że zamieścisz zdjęcie z USG, zmalało z wielkiego do umiarkowanego. Prawdopodobieństwo było wprawdzie małe, ale nigdy zerowe.

– Niesamowite. Dlaczego właściwie już wtedy nie zaprosiłeś mnie na randkę?

Cofnęła się w myślach do czasów, kiedy pracowali w księgarni. Przypomniała sobie pewnego czarującego, absurdalnie przystojnego chłopaka z bogatej rodziny. Wówczas zdziwiło ją to, że chciało mu się harować w handlu detalicznym. Pamiętała, że z początku patrzyła na niego jak na rozpieszczonego bachora, tymczasem Matthew McKenzie okazał się jedną z najmilszych osób, jakie kiedykolwiek poznała. Poza tym wyglądał tak, jakby był wyrzeźbiony z marmuru. Podejrzewała, że taki koleś nie narzeka na brak zainteresowania ze strony kobiet – i bynajmniej nie chodziło o laski, które zajadają się słonymi paluszkami maczanymi w humusie, czytając pisemka plotkarskie w pokoju socjalnym.

– Chciałem to zrobić. Kiedy wychodziliśmy gdzieś po pracy, zawsze kombinowałem tak, żeby być blisko i móc z tobą porozmawiać. Może nie pamiętasz, ale wiele osób chciało wtedy siedzieć obok Roisin. Ostatecznie jednak, jak już mówiłem, przegapiłem swoją okazję, bo zaczęłaś się spotykać z nim.

Roisin jeszcze nigdy nie widziała, żeby Matt był taki nieśmiały i skrępowany.

Boże, Gina, miałaś rację – pomyślała.

– Joe zaprosił mnie na randkę, bo mu powiedziałeś, że sam zamierzasz się ze mną umówić?

– Otóż to. Twierdził, że to ty wyszłaś z inicjatywą, nie on. Minęły całe wieki, zanim zdałem sobie sprawę, że to kosmiczna ściema. – Zrobił pauzę. – Chyba niepotrzebnie o tym wspominałem, prawda? Znowu wdarł się między nas.

Roisin przesunęła dłonią po jego piersi. Już wcześniej przyznała się przed nim, że musi się jeszcze przyzwyczaić do tych jego muskułów – dotąd nie miała pojęcia, że człowiek może być aż tak umięśniony.

– Uwierz mi. Nie myślę teraz o Joem.

63

Pewnie są mniej przyjemne miejsca, w których można odebrać telefon od matki byłego chłopaka, niż „podniebne" mieszkanie twojego nowego kochanka, i to po pierwszej wspólnie spędzonej nocy, ale nawet jeśli tak, to Roisin nie zamierzała tego sprawdzać.

Biorąc pod uwagę wszystkie wcześniej wymienione okoliczności, nie zamierzała też przyjmować połączenia, tak się jednak złożyło, że imię Fay pokazało się na ekranie akurat wtedy, gdy coś na nim przewijała, i niechcący kliknęła „Odbierz".

O tyle dobrze, że była wtedy sama – praca Matta wymagała niekiedy dyspozycyjności o iście nieludzkich porach, dlatego teraz, pomimo niedzieli, musiał się udać na spotkanie w sprawie swojego ponownego zatrudnienia. Zostawił jej jednak klucz.

– Możesz go zatrzymać – rzucił i znowu zaczął się z nią namiętnie całować, przez co zapewne nie dotarł na czas. Roisin nie miałaby nic przeciwko, żeby wyszedł jeszcze później.

– Witaj, Roisin. Chciałam powiedzieć, że mnie i Kennethowi jest bardzo przykro z powodu twojego rozstania z Josephem.

– Dziękuję, Fay. To naprawdę smutne, ale mam nadzieję, że załatwimy to kulturalnie.

– Joe mówi, że zatrzymasz mieszkanie, tak?

Fay starała się nie okazywać dezaprobaty, ale bezskutecznie. Roisin wywnioskowała z jej pozornie neutralnego tonu, że cała sprawa została już ostro skrytykowana.

– Nalegał, argumentując, że tak będzie fair, zwłaszcza że przez wiele lat wspierałam jego karierę. Mimo wszystko to bardzo wspaniałomyślny gest. Domyślam się, że teraz, kiedy odniósł tak duży sukces, obowiązują inne standardy.

Fay wzięła głęboki wdech.

– Joe wspomniał też, że związałaś się z kimś, kogo oboje znacie. Z jakimś przyjacielem. To prawda?

O Boże. Joe, przyjąłeś taktykę spalonej ziemi, tak?

I po co to? Ona też mogła przybliżyć swojej matce parę szczegółów, ale postanowiła tego nie robić.

– Hmm, na nasze rozstanie złożyło się wiele czynników – odparła lapidarnie. – Nie chodziło o moją niewierność.

– Cóż, to na pewno nie pomogło! Proszę cię, Roisin.

– Nie wydarzyło się nic za plecami Joego, Fay – zapewniła niedoszłą teściową.

W duchu jednak aż się wiła ze wstydu. Bynajmniej nie była dumna z faktu, że zakochała się w kimś z grona ich wspólnych przyjaciół. Ale doszło do tego, ponieważ jej związek z Joem już się rozpadł.

Normalnie przed nawiązaniem nowej relacji poczekałaby od sześciu miesięcy do roku, a potem zaczęła się spotykać z kimś zupełnie niezwiązanym z Joem. Lecz życie to nieprzewidywalny gnojek, który lubi mieszać szyki, dlatego stało się tak, jak się stało. Cóż, miłość. Joe w każdym razie na pewno nie mógł powiedzieć, że skradła serce jego przyjacielowi od serca.

Fay zadała jeszcze kilka pytań odnośnie do samopoczucia Roisin, choć bez wątpienia ani trochę jej to nie obchodziło. Najwyraźniej nie celowała ani w eleganckie, ani w ckliwe pożegnanie; była po prostu tak oburzona całą sprawą, że nie mogła się oprzeć pokusie, aby usłyszeć, jak Roisin się tłumaczy. Chciała wymusić na niej, żeby przyznała się do tego, jak haniebnie potraktowała jej syna – coś jak policjant odczytujący zarzuty. Dać jej do zrozumienia, że oni o wszystkim wiedzą.

Roisin aż się zdziwiła, jak bardzo ją to zdenerwowało. Przez tyle lat skrobała marchewki na niedzielne obiadki, wysyłała im wycinki prasowe na temat WIDZIANYCH i pamiętała, który dżin z limitowanej serii Kenneth tak uwielbia. Była niemal idealną przyszłą synową, a teraz, po kilku niezbyt pochlebnych słowach rzuconych pod jej adresem przez Joego, to wszystko przestało się liczyć.

Ech, matki i ich synowie.

W tym miejscu pomyślała o Lorraine i Ryanie.

Kiedy się rozłączyła, na linii czekał już Dominic, najlepszy kumpel Joego. Czy to jakaś procesja do skopania jej tyłka? Miała odrzucić połączenie, ale odebrała je siłą rozpędu, idąc za ciosem po rozmowie z Fay. Była już zdrowo wkurzona.

– Cześć, Dominic! – rzuciła.

– Roisin, kochana, jak się masz? – przywitał ją wyniosłym tonem. Zdaniem Roisin ta patriarchalna maniera, z jaką Dominic zwracał się do kobiet w tym samym wieku co on, była co najmniej irytująca.

– Wiesz, miałam się dobrze, dopóki nie zadzwoniła mama Joego, żeby dać mi do zrozumienia, że jestem pazerną rozpustnicą. Jeśli ty też dzwonisz w podobnej sprawie, to, proszę, daruj sobie, okay? Jak to mówią: takie rzeczy da się załatwić mailem.

– O nie! Ech, te matki! Przykro mi to słyszeć – odparł wyrozumiale. Roisin spodziewała się raczej, że Dom się obrazi, więc zamilkła. – Vic i ja jesteśmy przybici. Chcieliśmy ci tylko o tym powiedzieć i sprawdzić, jak się trzymasz. Poza tym zachowaj to, proszę, dla siebie, ale wydaje mi się, że panicz Joseph nie wyświadcza sobie przysługi, udając aroganckiego twardziela, którego nic i nikt nie zrani. Może tego nie okazywać, ale jest załamany tym, że cię stracił.

– Aha – mruknęła Roisin.

– Kiedy o tobie mówi, czuć, że darzy cię ogromnym szacunkiem.

Czyżby? – pomyślała. Coś ją tknęło, że w tym wszystkim jest jakieś drugie dno, i faktycznie. Podtekst brzmiał: „Daj mu jeszcze jedną szansę".

– Dla niego liczysz się tylko ty – przekonywał Dominic. – Jesteś jego siłą napędową. Tak cię właśnie nazywa.

Roisin starała się okazać, że to docenia. Wiedziała, że Dom chce dobrze, może tylko nie potrafił tego taktownie zakomunikować. Ona w każdym razie czuła się tak, jakby próbował jej tłumaczyć po męsku, jak powinna postrzegać Joego i jak bardzo Joe ją kocha. Nie przyszło mu w ogóle do głowy, żeby zapytać ją o zdanie? Jej odejście nagle stało się sprawą innych.

Tak czy siak, nie było sensu tego roztrząsać: Dom zapierałby się tylko, że pragnął przekazać, jak bardzo Joe ją ceni.

– Pojadę dzisiaj do niego i zostanę na noc, żeby nie był sam. Pewnie skończy się na wieczorze z Tomem Waitsem i whisky – powiedział, a po chwili dodał: – Posłuchaj, nie chcę się wtrącać, ale...

No więc na tym mógłbyś już skończyć – pomyślała złośliwie Roisin.

– ...Joe wspominał, że jakiś wasz wspólny znajomy próbuje do ciebie uderzać – ciągnął. – Uważa, że ten facet nie jest godny zaufania. Że nie ma dobrych intencji. Joe był tym faktem bardzo wzburzony i martwił się, że pomyślisz, że z jego strony to zwykła zaborczość. Długo o tym rozmawialiśmy, kiedy do mnie wpadł na chwilę w zeszłym tygodniu.

To był drobiazg, niuans, który Roisin mogła po prostu zignorować.

Ale „wpadł na chwilę"? Joe mówił przecież, że u niego nocował!

64

Roisin miała istny mętlik w głowie, kiedy Dom dalej nawijał o szemranych występkach fikcyjnej wersji Matta McKenziego.

Gdyby spytała Doma wprost, co ma na myśli, mówiąc, że Joe wpadł do niego „na chwilę", pewnie by wyczuł, że niechcący wkopał kumpla, i awaryjnie zastosował unik w imię męskiej solidarności, czyli potwierdził wersję Joego, a później zapytał go, o co chodziło.

Nie mogła wypalić wprost: „To nie nocował u ciebie?". Musiała to sprytniej rozegrać.

– Mam nadzieję, że nie wrócił zbyt pijany z tego waszego męskiego wieczoru i nie obudził rodziców – powiedziała, próbując go wybadać.

– Kiedy? W zeszłym tygodniu? Och, nie. – Zrobił pauzę, a Roisin już myślała, że Dom chce zmienić temat. – Wyszedł o wpół do dziewiątej. Zabierał ich na kolację.

– Ach, no tak! Chyba nawet o tym wspominał – przyznała spokojnie.

Kiedy się rozłączyła, włoski na rękach aż się jej zjeżyły. Zupełnym przypadkiem odkryła, że Joe ją okłamał. I to niedawno. Gdyby zmusiła go do wyjaśnień, na bank wcisnąłby jej kolejny kit.

Och, chciał po prostu sam spędzić spokojny wieczór, ostatnio miał lekki zjazd psychiczny i wiedział, że Roisin zacznie go wypytywać o powód, a on nie był na to jeszcze gotowy, bla, bla, bla...

I tak by mu nie uwierzyła.

„Dlaczego miałbym wykorzystywać rodziców jako alibi, skoro wiem, że w kółko z nimi rozmawiasz?" Bo zaryzykowałeś, licząc na to, że o tym nie wspomną. To nie było idealne rozwiązanie, Joe, ale wystarczająco dobre. Ta gra w ruletkę pewnie tylko spotęgowała dreszczyk emocji.

Gdzie więc się podziewał? Roisin zakładała, że nie wyjechał z Manchesteru, ale i tak musiał być w Yorku. Powiedział jej, że wybiera się do rodziców, a potem posłużył się Domem do wyjaśnienia tej rozbieżności w zeznaniach. Nikt nie zawraca sobie głowy wymyślaniem podwójnego alibi.

Zatem zgodnie z zasadą zwaną brzytwą Ockhama, która mówi, że nie należy mnożyć bytów ponad potrzeby, tamtego niedzielnego wieczoru Joe rzeczywiście był w Yorku i nie chciał, żeby ktokolwiek – nawet Dom – wiedział, co robi ani gdzie nocuje. Najwyraźniej wstydził się przyznać najlepszemu kumplowi, że zdradza swoją dziewczynę – dobre i to.

Tylko z kim niby ją zdradzał? Joe jeździł dość regularnie do Yorku, ale zwykle w towarzystwie Roisin. A odkąd kupili ładne mieszkanie, jego rodzice często wpadali do nich. Utrzymywanie romansu z kobietą z Yorku musiałoby być zatem dość karkołomnym przedsięwzięciem, przy założeniu, że właśnie tam mieszkała, a istniało duże prawdopodobieństwo, że tak.

Być może Joe miał sekretny profil na Tinderze, ustawił centrum Yorku jako swoją lokalizację i czekał na odzew, ale Roisin jakoś niespecjalnie w to wierzyła. Kiedy Jasper powiedział, że tylko idioci zostawiają ślady w telefonie, zabrzmiało to bardzo w stylu Joego.

O Boże... a jeśli płacił za seks? Ta perspektywa wydawała się tak okropna, że do tej pory Roisin nawet nie brała tego pod uwagę. Właściwie nadal nie dopuszczała do siebie tej myśli. Poza tym to zupełnie nie pasowało do Joego. Z pewnością chciałby, żeby jego partnerka oddała mu się z własnej woli. Joe lubił mieć władzę nad ludźmi. A coś, za co się płaci, jest dostępne dla każdego. W jego przypadku cała ta sprawa miała jeszcze inny wymiar. Jak już jakąś dymał, to nie tylko fizycznie, ale i psychicznie.

Roisin wygooglowała hotele w centrum Yorku. Wystarczająco często słyszała, jak Joe przedstawia swoje preferencje odnośnie do noclegów w Londynie, Nowym Jorku czy LA. Kiedy przypatrzyła się dostępnym opcjom i wykluczyła mieszkanie prywatne – które oczywiście również stanowiło pewną możliwość – uznała, że najprawdopodobniej zatrzymał się w The Royal, pięciogwiazdkowym przybytku mieszczącym się w dawnym budynku dworca kolejowego z epoki edwardiańskiej. Zdarzało im się tam nocować, gdy przyjeżdżali na czyjś ślub.

Joe lubił pompę i przepych, a tymi „stylowymi hotelami z masą nachalnych ulotek obok żelu pod prysznic o zapachu budyniu figowego" po prostu gardził. Poza tym, jeżeli już zamierzał się bzykać po kryjomu, to wybrałby raczej anonimową sieciówkę, a nie kameralny hotelik, w którym niechybnie padłyby pytania, czy to jakaś szczególna okazja i co go sprowadza do Yorku.

Roisin nie mogła się powstrzymać, musiała to zbadać. Owszem, strzelała w ciemno, ale lepsze to niż nic.

Zastanawiała się, jak obejść kwestie związane z ochroną danych osobowych, i w końcu stwierdziła, że największe szanse będzie mieć, jeśli: 1. powie, że była tam gościem, zamiast

pytać o kogoś innego, czym zapewne niepotrzebnie wzbudzi-
łaby podejrzliwość, oraz 2. zwróci uwagę na jakiś problem
finansowy, bo wówczas jej rozmówca zapewne przedłoży rozwiązanie owego problemu nad ochronę prywatności.

Był tylko jeden haczyk – w hotelu poprosiliby o numer
karty kredytowej, a ten Roisin mogła zdobyć, jedynie uciekal-
jąc się do wybiegu, czego wolała nie robić. Ona i Joe mieli
osobne rachunki bankowe, poza tym wyciągi z kont dosta-
wali w formie elektronicznej, lecz nawet gdyby jakimś cudem zyskała dostęp do jego bankowości internetowej, to przecież zawsze mógł płacić gotówką. Tu chodziło o to, żeby
dowieść, że w ogóle tam był.

Wzięła głęboki wdech. Wyszukała ten hotel w internecie, wystukała numer na telefonie i wysłuchała automatycz-
nego komunikatu. Wybrała 5, żeby „porozmawiać z pra-
cownikiem recepcji".

– Słucham, The Royal, York, jak mogę pomóc?

– Dzień dobry. W zeszłą niedzielę, piętnastego, zatrzymałam się w państwa hotelu. Dostałam właśnie wyciąg
z karty kredytowej. Muszę przyznać, że słono mi państwo
policzyli, i chyba coś tu nie gra. Może powinnam od razu
zwrócić na to uwagę, ale byłam tak skacowana, że zapłaci-
łam bez patrzenia, ha, ha! Czy mógłby pan sprawdzić i mi
przypomnieć, w jakim pokoju się zatrzymałam?

– Na jakie nazwisko była rezerwacja?

– Roisin Walters. R-O-I-S-I-N. Walters, z S na końcu.

Wiedziała, że im szybciej załatwi sprawę, tym lepiej, ale
kobieta dzwoniąca z pytaniem o rachunek wystawiony na
mężczyznę mogłaby wzbudzić podejrzenia, więc potrzebny
był jakiś sprytny myk.

W tle rozległo się stukanie w klawisze.

– Niestety nie mamy nikogo o takim nazwisku w naszym systemie.

– Naprawdę? Och, chwila... no jasne. Rezerwacji dokonał mój chłopak. Proszę wpisać „Joe Powell". P-O-W-E-podwójne L. Ta sama data, rzecz jasna.

Dopiero w tym momencie dotarło do niej, że Joe mógł się posłużyć fałszywym nazwiskiem. Musiałby jednak użyć prawdziwej karty kredytowej, a to pewnie za bardzo śmierdziałoby mu obrączką ukrytą w schowku samochodowym. Znowu stukanie w klawisze, potem cisza i ciężkie westchnienie na drugim końcu linii, przez które niemal wyszła z siebie.

– A, tak. Jest. To był apartament? Jeśli chodzi o dodatkowe opłaty, to w rejestrze nie ma niczego z minibarku. Jedynie butelka szampana dostarczona do pokoju tuż po przyjeździe.

W żyłach Roisin buzowała czysta adrenalina.

– Och, na śmierć zapomniałam o szampanie! – rzuciła do telefonu, improwizując w okamgnieniu. – He, he! Najwyraźniej nie chciałam przyjąć do wiadomości, że aż tyle wydałam. Proszę wybaczyć. I dziękuję za pomoc.

Rozłączyła się z walącym sercem. Ha! Mam cię!

Nikt, absolutnie nikt nie zamawiał szampana do hotelowego apartamentu, żeby się nim delektować w pojedynkę. Nikt aż tak bardzo nie osładzał sobie samotnej nocy. Apartament wynajmowało się wtedy, kiedy ktoś był w podróży służbowej i wliczał go w koszty, co nie dotyczyło Joego, albo jeśli chciało się z kimś spędzić miło czas.

Miała już zatem niezbity dowód – dymiącą spluwę. Brakowało jeszcze odcisków palców.

Cóż, raczenie się butelką möeta w przestronnym pokoju z prasą do spodni nie świadczy jeszcze o niewierności – pomyślała.

Jedno wiedziała na pewno: tym razem nikomu o tym nie powie i nikogo w to nie zaangażuje.

Zaczęła krążyć po pokoju, tak mocno ściskając w dłoni telefon, że kostki palców aż jej pobielały.

Jak to ujął Joe? Że jest „nudnym seryjnym monogamistą"? Taa, jasne, nudnym seryjnym monogamistą… z kochanką w Yorku. Już sam fakt, że chodziło o jego rodzinne miasto, pozwalał jej przypuszczać, że to nie był odosobniony przypadek.

A czego nauczył ją Joe o swoim fachu? Poza tym, że najwyraźniej dawało się nim usprawiedliwić niejeden haniebny wybryk? Otóż tego, że podstawą dobrej fabuły są postaci. Dlatego Joe liczący na łut szczęścia w aplikacji randkowej, udający singla z profilem, który mógł być jakimś zrzutem z ekranu, odpadał. W jego oczach robili tak tylko skończeni idioci. Joe płacący za seks? Też nie. Na pewno powiedziałby, że to nie dla mężczyzn jego kalibru. W czasach kryzysu, kiedy zdecydowanie nie mógłby sobie pozwolić na takie luksusy, jak wynajęcie apartamentu w hotelu, i później, kiedy był w kółko zarobiony – czy utrzymywałby romans w innym mieście? Mało prawdopodobne.

Joe naprawdę rzadko korzystał z mediów społecznościowych, w ostatnim czasie właściwie wcale, więc jeśli miał jakąś laskę na boku, to na pewno też nie poznał jej w necie.

Wracając do postaci. Joe uważał się za seryjnego monogamistę i wierzył w taki obraz samego siebie, niezależnie od tego, jak bardzo naginał wszelkie zasady.

Z kim mógł sypiać i nadal mieć takie mniemanie o sobie? Kto byłby uczciwszym i bardziej etycznym wyborem dla samozwańczego Pana Monogamisty?

U kogo mógłby liczyć na fory i łatwiejsze „dojście"? Może chodziło o przyjaciółkę Dominica i Victorii i dlatego nie chciał, żeby kumpel o tym wiedział? Podobno Dom podkochiwał się bez wzajemności w niejakiej Amber, femme fatale, która rzekomo była pierwowzorem Gwen podobnej do Giny. Hmm, może to Joe tak naprawdę był jej wielbicielem? Owszem, sporo ryzykował, ale fakt, że sam z siebie podał jej imię, dodawał mu wiarygodności. To mogła być ona. Niemniej nie znając nazwiska tej osoby, Roisin miała raczej małe szanse, że ją namierzy.

Chwila. Nie.

Odpowiedź pojawiła się znikąd, jakby za sprawą magii, coś jak wewnętrzny głos. Choć może to „znikąd" obejmowało dziesięć lat wnikliwych obserwacji?

65

Kobieta, z którą był przed nią, no jasne. Beatrice.

Kiedy rok temu wybrała się z Joem na ślub jego szkolnego kolegi Jima – właśnie wtedy zrobiono im to ładne niepozowane zdjęcie – Joe skrzętnie unikał swojej eks. Męczył Roisin, żeby wyszli z wesela wcześniej, i przez cały wieczór snuł się po kątach.

Wiadomo: „Wspominki to najprymitywniejsza forma wypowiedzi".

– Nie mam najmniejszej ochoty na pogaduszki, a Beatrice pewnie będzie ciebie ciekawa – powiedział. – Jeśli zacznie w siebie wlewać rosé i będzie chciała nas zagadnąć, lepiej się szybko ewakuować.

Roisin spytała dla pewności, czy ta niechęć do spotkania z byłą dziewczyną przypadkiem nie wynika z faktu, że wciąż żywi do niej jakieś uczucia.

– Boże, skąd! – zaprzeczył stanowczo. – Wręcz przeciwnie. To tak stare dzieje, że dawno o tym zapomniałem. Od czasu do czasu wysyłała mi jakieś wiadomości na czacie, ale nawet ich nie odczytywałem. Po co mi to? Obawiam się po prostu, że nawalona Bea się na nas rzuci. Bez podtekstów.

Roisin nigdy nie wypytywała Joego o okoliczności ich rozstania: nie wiedziała nawet, jak długo się spotykali. I bez tego czuła się niezbyt fajnie, bo ich związek rozpadł się przez nią. Kiedy człowiek ma dwadzieścia trzy lata i się zakochuje, to nie chce za bardzo rozmyślać o przypadkowych ofiarach.

Summa summarum odbyli na ten temat dokładnie jedną rozmowę podczas niezwykle nerwowej pierwszej randki w barze z tapasami.

— Bałem się jej powiedzieć, ale kiedy początkowy szok minął, załatwiliśmy to jak kulturalni ludzie — powiedział Joe. — Wiesz, ona nie zamierzała wyjeżdżać z Yorku, chciała tam zostać na zawsze. Całkiem odrzuciła pomysł przeprowadzki do Manchesteru i prawie wcale mnie tam nie odwiedzała. Ja z kolei nie cieszyłem się zbytnio na myśl, aby zostać w Yorku, więc i tak znaleźliśmy się już na rozdrożu. To znaczy, nie zrozum mnie źle. Nie żeby była przeszczęśliwa, kiedy dowiedziała się o tobie. Myślę jednak, że przeczuwała, że koniec jest bliski. Tak czy inaczej, ona chce, żebyśmy zostali przyjaciółmi. Ja mogę być przyjazny, ale nie będę jej przyjacielem.

Kto wie, czy w tym wszystkim tkwiło choć ziarno prawdy.

Tamtego wieczoru na weselu, kiedy wino stołowe lało się strumieniami, Beatrice posłała Roisin przynajmniej jedno długie, tajemnicze, może nawet wrogie spojrzenie. Oczywiście przysługiwało jej wszelkie prawo do tego, żeby potraktować z góry kobietę, dla której została porzucona. Roisin miała tylko nadzieję, że Beatrice wie, że między nią a Joem do niczego nie doszło, dopóki jego poprzedni związek się nie rozpadł.

Bea miała bardzo proste platynowe włosy i grzywkę, którą zaczesywała na bok — na tyle długą, że mogła ją założyć za ucho. Była bardzo szczupła i drobna, miała na sobie spodnium z tropikalnym deseniem i sandały na koturnie, a do tego wielki szylkretowy naszyjnik w kształcie jesiennego liścia. Wyglądała na równą i pewną siebie babkę.

Roisin bynajmniej nie tak wyobrażała sobie tę zalęknioną dziewczynę z prowincji, o której opowiadał Joe, ale zamiast zakwestionować jego pierwotny opis Bei, zrzuciła tę rozbieżność na karb stereotypów w swojej głowie oraz upływu czasu.

Joe maskował skrępowanie, udając znudzonego, chociaż kiedy o tym teraz myślała, widziała w tym raczej próbę ukrycia faktu, że się denerwuje.

Czyżby schodził Bei z drogi tylko dlatego, że jednak nie była mu całkiem obojętna?

Może jego sugestie, że Bea nigdy nie przebolała ich rozstania, były jedynie bezczelną „prefiguracją", jak by to nazwał sam Joe. Swoistym zabezpieczeniem, na wypadek gdyby dziewczyna po pijanemu chlapnęła w damskiej toalecie coś, o czym Roisin nie miała bladego pojęcia.

Po raz pierwszy Roisin zdała sobie sprawę, że jeśli chodzi o *Łowcę*, to pomyliła dwie rzeczy.

Co innego wielokrotny seks z kobietą, która nie jest twoją partnerką, a co innego seks z całą karuzelą praktycznie obcych ci przedstawicielek płci przeciwnej. Wizja Joego jako nieustraszonego, cwanego i wytrawnego zwolennika drugiej opcji od samego początku wydawała się Roisin mało prawdopodobna. Zresztą jej przyjaciółki słusznie zauważyły, że to nie w jego stylu. Te niemal akrobatyczne ekscesy były może dobrym materiałem na serial, ale miały się nijak do prawdziwego życia: „Nie jestem jak ekranowy bohater grany przez Rufusa Tate'a i nie mam takiej mocy sprawczej, żeby usuwać ludzi z restauracji".

A zatem ryzykowne tête-à-tête w Sesso zupełnie nie pasowało do Joego.

Nie znaczyło to jednak, że nie mógł mieć na sumieniu jakiegoś innego przewinienia. Czyżby właśnie to była ta iskra, która rozpaliła ogień?

Roisin zaczęła się zastanawiać. A jeśli nie chodziło o setki kobiet ani o młode kelnereczki, na których uwiedzenie miał raptem piętnaście minut? Tylko o jeden, trwający od dawna romans? Może Joe tak naprawdę inspirował się swoimi zbliżeniami z Beatrice, które trochę ubarwił?

Była coraz bardziej przekonana, że jeśli już z kimś romansował, to z Beą. To z nią zatrzymał się w tamtym hotelu.

Roisin wykazała zabójczy dla siebie brak zainteresowania tym, jak się zaczął i zakończył jego związek z dawną sympatią, a w takiej szarej strefie pełnej dwuznaczności Joe wręcz kwitł.

Teraz stała przed wielkim, wręcz karkołomnym wyzwaniem i tylko ono dzieliło ją od odkrycia całej prawdy na temat pana Powella.

Musiała nakłonić Beatrice do potwierdzenia jej przypuszczeń.

66

— Punkt docelowy za dwieście metrów po prawej. Punkt docelowy za sto metrów po prawej. Dotarłaś do celu podróży.

Kobieta, do której należał blaszany głos w nawigacji samochodowej, nie miała pojęcia, jak prawdziwe były jej słowa. Od tamtego seansu w Benbarrow Hall Roisin przebyła długą i krętą drogę. Zarówno w przenośni, jak i dosłownie – przynajmniej w ciągu ostatnich dwóch godzin. Niemniej czuła, że chyba wreszcie doczeka się jakiegoś epilogu.

Do tej pory zdarzyły się dwa małe cuda; teraz potrzebowała trzeciego. Pierwszym cudem było to, że Dom niechcący obnażył kłamstwo Joego, a drugi stał się wtedy, gdy podczas poszukiwań w internecie Roisin odkryła, że Beatrice McMahon prowadzi kwiaciarnię „Bukiety od Bei" w centrum Yorku.

Roisin założyła, że większość florystów pracuje na własną rękę i nie zarabia bajońskich sum, istniały więc spore szanse, że zastanie Beę w sklepie tuż przed zamknięciem. Tak w każdym razie byłoby lepiej, niż gdyby miała stać na czatach przed jej domem.

Odebrała swój samochód z Webberley i ruszyła w drogę, pełna obaw i niepokoju, ale bez złości czy choćby odrobiny oburzenia. Dlaczego nie była wściekła na kobietę, która prawdopodobnie miała romans z jej drugą połówką? Bądź co bądź, Beatrice na pewno wiedziała o Roisin, ale nie vice versa.

Oczywiste wyjaśnienie nasuwało się samo: Roisin nie kochała już Joego, zakochała się za to w kimś innym. A to mniej oczywiste brzmiało: Bea z pewnością została w to wszystko wciągnięta podstępem.

Cała zagwozdka polegająca na tym, aby nakłonić Beatrice do zwierzeń, była podobna do sytuacji z kelnerką z Sesso. Pytanie: co Bea na tym zyska? A także: jak Roisin przeskoczy to, że Beatrice siłą rzeczy czuje większą lojalność wobec mężczyzny, z którym od niemal dziesięciu lat z przerwami utrzymuje intymne relacje?

Bo żeby nadawać na swojego kochanka, musiała być albo pozbawioną skrupułów małpą, albo beznadziejnie zadurzoną naiwniaczką, a Roisin stawiała zdecydowanie na to drugie.

Po gruntownym przemyśleniu sprawy doszła do wniosku, że może to rozegrać tylko w jeden sposób. Jeśli się nie uda, jeśli nie przeciągnie Beatrice na swoją stronę, to koniec. Kropka. O dziwo, ta myśl jej nie przygnębiła; wręcz przeciwnie, Roisin odczuła spokój i swoistą satysfakcję. Jeśli Beatrice pośle ją do diabła, nie zacznie się zastanawiać, co dalej, bo żaden ciąg dalszy nie nastąpi.

Tak czy inaczej, Roisin jednego była pewna. Joe ją okłamał, a ona nie miała już wątpliwości, że ją zdradził. Jeśli Beatrice nie zechce tego potwierdzić, trudno, szkoda, ale to i tak nie wpłynie na zmianę jej zdania.

Poza tym, jeśli myliła się co do szczegółów, jeśli to nie Beatrice pojechała z Joem do The Royal, po prostu się wygłupi, nic więcej. Jeśli podejdzie do sprawy pojednawczo, to nie będzie musiała za nic przepraszać, może tylko za zmarnowany czas.

W tym planie nie podobało jej się tylko jedno: konieczność wzięcia dziewczyny z zaskoczenia i przejścia od razu do rzeczy, co nawet jeśli nie byłoby jawnym atakiem, to jednak działoby się bez zgody Bei.

Niestety nie widziała innego wyjścia. Jeśli do niej napisze, istniało naprawdę spore prawdopodobieństwo, że Beatrice będzie w kółko czytać wiadomość i zastanawiać się, czy Roisin nie żartuje. Ostatecznie, chcąc nie chcąc, sięgnie w panice po telefon i zadzwoni do Joego, nawet jeśli później by tego żałowała. Roisin nie mogła znieść myśli, że Joe po raz kolejny miałby nad nią przewagę. Następnym razem – o ile zdarzy się następny raz – to ona musiała go zaszachować.

Roisin miała dla Beatrice propozycję, a niektóre obietnice można złożyć wyłącznie osobiście.

Zostawiła samochód w centrum na miejskim parkingu, który pamiętała z dawnych wizyt.

Boże, a jeśli wpadnie na swoich niedoszłych teściów? Musiała wymyślić jakąś bajeczkę o krótkim wypadzie czy coś w tym stylu.

W miarę jak zbliżała się do miejsca, które oglądała chyba dziesiątki razy na mapach Google'a, jej serce biło coraz szybciej. Minęła pralnię chemiczną, sklep z waporyzatorami i witryny pustego lokalu pomazane białą farbą. Nagle poczuła cudowny zapach ciasta i cukru, dolatujący z modnej cukierni. Pod wpływem impulsu cała rozedrgana wstąpiła do środka i kupiła kilka świeżo usmażonych pączków.

Ruszyła dalej, aż w końcu jej oczom ukazał się kremowy szyld z zielonym napisem pełnym zawijasów. Pod nim znajdowało się wejście obstawione z obu stron całą masą drewnianych doniczek z bratkami. Był też potykacz, który obiecywał, że wewnątrz jest jeszcze więcej kwiatów.

Roisin wręcz czuła, jak serce podchodzi jej do gardła, kiedy szarpnięciem otworzyła ciężkie drzwi i nagle rozległ się głośny brzęk staroświeckich dzwonków sklepowych.

Na podłodze w lokalu leżała sztuczna trawa, pod sufitem płożyła się plątanina roślin przypominających najeźdźców z kosmosu, a w powietrzu unosił się charakterystyczny zapach mokrej gleby i kwiatowego suszu.

Za ladą stała drobna, ładna kobieta w okularach nasuniętych na czubek głowy; na dłoniach miała rękawice i przycinała sekatorem łodygi róż. Spojrzała na Roisin i zamarła. Zupełnie jakby zobaczyła ducha, a Roisin uznała, że pewnie nim była. Oto ona – Wścibska Dama.

Tyle w zasadzie wystarczyło, żeby potwierdzić jej podejrzenia. Roisin zerknęła w lewo i zobaczyła nastolatkę z kolczykiem w przegrodzie nosowej. Dziewczyna świdrowała wzrokiem jej lekko parującą, szarą papierową torbę.

– Cześć. Ty jesteś Bea? – zwróciła się Roisin do Beatrice, która wciąż stała nieruchomo. Kobieta skinęła głową w niemym przerażeniu. – Czy mogłybyśmy porozmawiać na osobności?

Cisza. Roisin pewnie nie doczekałaby się innej reakcji, nawet gdyby odsunęła poły kurtki, prezentując broń schowaną w kaburze.

– Yyy… tak. Na górze – wreszcie odezwała się drżącym głosem Beatrice.

Wyszła zza lady, odłożyła sekator i zdjęła rękawice, po czym zaprowadziła Roisin po kilku bardzo stromych schodkach do małego, niskiego pokoju, który służył za biuro i składzik. Oprócz biurka, zawalonego po brzegi różnymi rzeczami, w zasadzie nie było tam niczego, na czym można by choć przysiąść, więc Roisin stała.

– Przepraszam, że tak się narzucam. Pewnie wiesz, kim jestem. Roisin. Do niedawna dziewczyna Joego Powella.

Od razu zaznaczę, że nie mam złych zamiarów. Przyniosłam je na znak pokoju. – Pomachała pączkami przed oszołomioną Beą, jakby prezentowała torebkę z psią kupą. – Bez względu na to, co powiesz, nie będę na ciebie zła. Jestem tu tylko po to, żeby zamknąć ten rozdział, dla własnego spokoju. – Położyła torebkę na biurku. – Jeśli każesz mi spadać, tak zrobię. To nie jest akcja w stylu babskich porachunków. Jedyną osobą, którą chcę zdemaskować i zdzielić, jest Joe. Nie mam ci za złe tego, co zrobiłaś. Chodzi mi tylko o potwierdzenie, że Joe przez cały czas mnie okłamywał – nawijała, a Beatrice ze zrozumiałych powodów ani drgnęła w osłupieniu.

Roisin bynajmniej nie uważała, że tyle wyjaśnień z jej strony wystarczy, aby Bea zaczęła opowiadać o swoim życiu miłosnym w zasadzie obcej osobie, która wtargnęła do jej sklepu o piątej po południu ze słodkimi wypiekami (dwoma pączkami z dżemem i dwoma z dziurką).

– Okay, no więc… – podjęła po chwili. – Kiedy miałam dwadzieścia trzy lata, pracowałam w księgarni Waterstones przy Deansgate z takim jednym kolesiem z Yorku. Nazywał się Joe Powell i miał tu dziewczynę. Ciebie. Flirtował ze mną, a raczej oboje ze sobą kręciliśmy. To trwało z miesiąc, może sześć tygodni. Nie jestem bez winy, ale z mojej strony do niczego więcej by nie doszło, bo wiedziałam o twoim istnieniu. Choć oczywiście powinnam zachować większy dystans. – Roisin uśmiechnęła się, lekko zakłopotana, i nabrała powietrza. Nie potrafiła stwierdzić, jak Bea to wszystko odbiera. – Któregoś dnia Joe podszedł do mnie i oznajmił, że zamierza z tobą zerwać, bo chce się umówić ze mną na randkę. Później powiedział mi, że się nie dogadujecie i że ty chcesz czegoś zupełnie innego niż on. Że w ogóle nie rozważałaś przeprowadzki do Manchesteru. Podobno wasze rozstanie było bardzo polubowne. Chciałaś, żebyście pozostali przyjaciółmi, ale on nie widział takiej opcji. Nie czułam się do końca komfortowo z tym, że rzucił cię dla mnie. Ale on zrobił wszystko, żebym nie zaprzątała sobie tym głowy – zrobiła strategiczną pauzę.

Beatrice nie miała zbyt dużego wyboru, więc słuchała, i to z takim skupieniem, że jej czoło pokryło się zmarszczkami.

– Jeśli to prawda – ciągnęła Roisin – i zgadzasz się z tym, jak Joe przedstawił waszą sytuację, i... być może macie inne powody, dla których, o ile mi wiadomo, spotkaliście się niedawno w The Royal, to nie ma sprawy. Ale czuję przez skórę, że Joe po prostu powiedział mi to, co chciałam usłyszeć. I możliwe, że ty też nigdy nie poznałaś całej prawdy. Nawet jeśli z pozoru jesteśmy przeciwniczkami, nie wykluczam, że mamy ze sobą więcej wspólnego, niż nam się wydaje – zasugerowała. Beatrice, zupełnie nieruchoma, milczała jak zaklęta. – Albo po prostu jakaś kobieta wmaszerowała do twojego sklepu, odgrzebała bardzo stare sprawy i wspomniała o pobytach w hotelu, które nic ci nie mówią. Jeśli tak, śmiało możesz mi współczuć. – Roisin okrasiła te słowa uśmiechem. – Proszę tylko, nie odbieraj tego jako ataku na swoją osobę. Próbuję jedynie dopasować do siebie elementy układanki, bo ktoś, z kim spędziłam kawał życia, połowę z nich przede mną ukrył.

– Hmm. – Bea odchrząknęła.

Wszystko wisiało na włosku. Choć według Roisin sam fakt, że Beatrice nie kazała jej się wynosić, wskazywał na to, że jest chętna do dyskusji.

– Ja... nie mam pojęcia, o co ci chodzi, przykro mi. Nie widziałam Joego od wieków.

Roisin poczuła smutek, ale nie była zaskoczona.

– Aha, okay. W porządku. Przepraszam za to dziwne najście. Mam nadzieję, że przynajmniej pączki będą smakować.

Beatrice skinęła głową.

Roisin uśmiechnęła się ze stoickim spokojem. Odwróciła się na pięcie, po czym ostrożnie zeszła po schodach i opuściła sklep, ignorując ciekawskie spojrzenie asystentki Bei.

Zamknęła za sobą drzwi z brzdękiem i ruszyła ulicą. Szła, łapczywie wciągając do płuc wczesnowieczorne powietrze. Stopniowo schodziła z niej adrenalina.

No więc to by było na tyle. Czy uwierzyła Beatrice? Nie była pewna. Chyba nie do końca. Bea zachowywała się nie jak ktoś szczerze zakłopotany, tylko raczej przyparty do muru.

Kiedy Roisin dotarła do parkingu i pilotem na breloku odblokowała drzwi samochodu, nagle na ramieniu poczuła czyjąś dłoń.

Odwróciła się. Beatrice. Była lekko zasapana, bo za nią biegła, a wiatr targał jej włosy, zwiewając je na twarz.

– Roisin, przepraszam. Kiedy powiedziałaś, że po prostu sobie pójdziesz, jeśli stwierdzę, że nie wiem, o co ci chodzi, musiałam sprawdzić, czy mówisz poważnie i mnie nie podpuszczasz. Miałabyś chwilę na kieliszek wina?

67

– Prowadzę, ale jeden mogę chyba wypić – rzuciła ze śmiechem Roisin.

Choć Beatrice sama to zaproponowała, wyglądała na zaskoczoną.

Zabrała swojego gościa do małej hipsterskiej knajpki z miedzianymi blatami, przy których stały niewygodne składane krzesła. Zamówiła sobie duży kieliszek białego pet-nata, a dla Roisin wzięła mały.

– Po pierwsze… o Boże! – Beatrice przycisnęła palce do brwi. Była bardzo ładna w pewien nienachalny sposób: kontynentalno-europejska naturalność, zero makijażu. Między górnymi jedynkami miała małą szparę i wyglądała jak bohaterka jakiegoś niezależnego filmu, ubóstwiana przez wszystkich bystra i tajemnicza dziewczyna z sali wykładowej. – No więc po pierwsze, Joe powiedział mi, że to ty go poderwałaś. Najpierw uwiodłaś, a potem zagroziłaś, że mi powiesz. Taki szantażyk. Podobno musiał wybierać między tobą a mną. Spaliłaś wszystkie nasze wspólne zdjęcia, więc nie miał żadnej pamiątki z tego okresu. Twierdził, że byłaś żywiołem, który go pochłonął. Szalejącym sukkubem w seksownej bieliźnie. Żaden mężczyzna nie był przy tobie bezpieczny. – Beatrice przewróciła oczami.

– Nie gadaj! – rzuciła Roisin. Otworzyła szeroko usta, po czym parsknęła gromkim śmiechem, przyciągając uwagę barmana. – Serio? Byłam laską, która chodziła w T-shircie z muppetami, miała wielkie kompleksy i debet na koncie.

Roisin właściwie spodziewała się czegoś w tym stylu, ale i tak nie mieściło jej się to w głowie.

– Oczywiście opowiedział mi to, co chciałam usłyszeć. Jakaś superseksowna zdzira ukradła mi Joego tylko dlatego, że mogła. Jak w tej piosence Dolly Parton *Jolene. Ro-sheen, Rooo-sheeen.* Nazywałam cię „Rolene". Tak mi wstyd… – przyznała Beatrice. – To, że mimo wszystko od czasu do czasu spotykałam się z Joem, wiedząc, że jest z tobą, to najgorsza rzecz, jaką kiedykolwiek zrobiłam. Kiedy weszłaś dziś do sklepu, pomyślałam, że właśnie ziszcza się mój największy koszmar.

– Cała ja – stwierdziła z szerokim uśmiechem Roisin. – Zjawa z piekła rodem.

– Dlaczego jeszcze nie wylałaś mi tego na głowę? – Bea skinęła w kierunku wina Roisin. – Nie rozumiem.

– Bo chociaż to, co zrobiłaś, było złe, nie okłamałaś mnie i nie składałaś mi żadnych obietnic. A Joe owszem. To ja ukradłam ci faceta, więc nie jesteś mi nic winna.

– Tak czy inaczej, zrobiłam ci świństwo, Roisin. Wiedziałam, że ze sobą mieszkacie. Nie mogę zwalać wszystkiego na jego bajeczki i swoją traumę.

Roisin nagle zdała sobie sprawę, że ma do zaoferowania coś, czego wcześniej nie była świadoma i nawet nie brała pod uwagę. Rozgrzeszenie.

– Traumę? – powtórzyła niepewnie.

Beatrice odgarnęła grzywkę na bok.

– Joe i ja zaczęliśmy ze sobą chodzić, kiedy mieliśmy po siedemnaście lat… – Beatrice zauważyła, jak Roisin gwałtownie zasysa powietrze. – Tak, tak. Joe był moją pierwszą wielką miłością. Nie wiedziałaś?

– Nie. Mnie dał raczej do zrozumienia, że po studiach wdaliście się w niezobowiązujący, przelotny romans, który stał się wygodny, ale oboje zdawaliście sobie sprawę, że to nic poważnego.

– Ha, ha, nie. Kiedy wy się poznaliście, byliśmy ze sobą już od sześciu lat.

– No pięknie.

– Denerwowałam się, gdy wyjechał do Manchesteru. Z różnych powodów nie mogłam się z nim przeprowadzić. Miałam tu warsztaty florystyczne, musiałam trochę zaoszczędzić i jeszcze przez jakiś czas pomieszkać z rodzicami. Zaczęłam coś podejrzewać, kiedy nie chciał mnie zabierać na wasze wspólne wyjścia po pracy. Byłam tylko na jednym, a dużo później odkryłam, że wybrał akurat taki wieczór, gdy ciebie nie było.

Roisin pokiwała głową ze zrozumieniem.

– A potem – Bea zakręciła w palcach kieliszkiem – oznajmił mi, że kogoś poznał i że z nami koniec. Wpadłam w rozpacz. Nie znałam go od tej strony. Był taki bezlitosny i oschły. Zupełnie jakby przeprowadzał restrukturyzację swojej firmy. Ani razu się nie rozpłakał. Nie uronił ani jednej łzy. – Wbiła wzrok w stół. – W każdym razie nie przy mnie – dodała.

– Tak mi przykro – odezwała się Roisin.

Beatrice pokręciła głową.

– Naprawdę niepotrzebnie. Sęk w tym... To słaba wymówka, ale pozwól, że nakreślę ci szerszy kontekst, bo jestem pewna, że go nie znasz. No więc coś się wydarzyło. Sześć tygodni przed tym, jak Joe mnie rzucił. Poddałam się aborcji. Oboje uważaliśmy, że jesteśmy jeszcze zbyt młodzi na rodzicielstwo, i nigdy nie wątpiliśmy, że to słuszna decyzja. Mimo wszystko przeżywałam istne katusze, kiedy on był tam, a ja tu; bardzo źle to znosiłam. Później wręcz nie chciało mi się wierzyć, że tak krótko po całym zajściu rzucił mnie dla dziewczyny, w której najwyraźniej już od jakiegoś czasu był zakochany. Myśl o tym, że najpierw pędził do kliniki, żeby potrzymać mnie za rękę, a chwilę później zabawiał się z tobą, doprowadzała mnie do szaleństwa.

– Jasna cholera. – Roisin naiwnie myślała, że Joe nie jest już w stanie jej zaszokować, a tu, proszę!

Nie zamierzała się oszukiwać: gdyby Joe jej o tym wszystkim powiedział, lecz mimo to upierał się, że między nim a Beą wszystko skończone i chce być tylko z nią, pewnie i tak w końcu by się zeszli.

Niemniej gdyby wiedziała, jak potraktował swoją byłą – zwłaszcza w takich okolicznościach – dałoby jej to do myślenia i otworzyło oczy.

– Miałam prawdziwą obsesję na twoim punkcie. Pewnie każdy się tak nakręca, kiedy w grę wchodzi rywal czy rywalka. Przeczytałam o tobie wszystko, co znalazłam w sieci, i przetrząsnęłam też Facebooka Joego w poszukiwaniu jakichś szczegółów. Szalałam z zazdrości, Roisin. Schudłam prawie dziesięć kilo – powiedziała z uśmiechem Bea. – Byłoby łatwiej, gdybyś okazała się brzydka, ale jesteś ładna, no jasne.

– Ha! Myślę, że przez te wszystkie lata na pierwszej linii szkolnego frontu wyraźnie się postarzałam – odparła Roisin. – Niemniej dziękuję.

Kiedy tak dzieliły się ze sobą przeżyciami, Roisin poczuła przypływ szczerej i pokrzepiającej kobiecej solidarności.

– Koniec końców, nie traktowałam cię jak inną kobietę, która może mieć własną historię, tylko jak mityczną kreaturę. W tamte pierwsze święta Bożego Narodzenia Joe pojawił się w Yorku bez ciebie. Ja byłam w grupie znajomych, z którymi wybrał się do pubu. Na jego widok cała aż się trzęsłam. Psychicznie byłam w totalnej rozsypce. To, że z nim nie przyjechałaś, uznałam za sygnał, że wasz związek długo nie potrwa. Ostatecznie oboje się upiliśmy i zrobiliśmy to w barowej toalecie. – Beatrice zakryła oczy dłonią.

Roisin przypomniała sobie ostrą reakcję Joego, to, jak się oburzył, kiedy mu zarzuciła, że zdradził ją z Petrą z Sesso. Tymczasem faktycznie to zrobił, tyle że z kimś innym.

– Myślałam, że wygrałam – kontynuowała Bea. – Że skoro wciąż mnie pragnie, to do mnie wróci. Wtedy nie miałam żadnych wyrzutów sumienia. Traktowałam to jak wojnę, chciałam tylko odzyskać to, co moje. Byłam w nim zakochana po uszy. I taka nieszczęśliwa.

– Tak, ale Joe nie był nieszczęśliwy – zauważyła Roisin. – On cię po prostu wykorzystywał.

Beatrice skinęła głową i spojrzała na Roisin szczerze zdumiona. Rzecz jasna, w życiu by nie pomyślała, że dziewczyna Joego podzieli jej punkt widzenia.

– Sęk w tym, że kiedy się spiknęliśmy w Boże Narodzenie, to później w Wielkanoc sytuacja się powtórzyła. Gdy człowiek zrobi to raz, to i tak ma już nieczyste sumienie. Wreszcie stało się to regułą, stałym punktem programu. Joe przyjeżdżał sam i lądowaliśmy w łóżku. Czasem, wstyd mi przyznać, ja też byłam wtedy w związku. Ale jego to rajcowało.

– Ile razy do tego doszło? – spytała Roisin. – W sumie nie wiem, czy to akurat ma jakieś znaczenie…

– Nie, luz, rozumiem. Pewnie z dwanaście razy czy jakoś tak. Mniej więcej raz do roku.

Roisin zrobiła długi wydech. Uch, co rok.

– Jak już wspomniałam, z początku pragnęłam go odzyskać – tłumaczyła Bea. – Oczywiście w którymś momencie dałam sobie z tym spokój, a Joe stał się dla mnie czymś w rodzaju trucizny, której nie mogłam wypłukać z organizmu. Myślałam, że jesteśmy jak pieprzeni Emma i Dexter z *Jednego dnia*, a tak naprawdę przeżywaliśmy nasz własny *Dzień świstaka*, tylko z pieprzeniem. – Przeniosła wzrok na Roisin. – Co to w ogóle jest, że ci się wyżalam, jakbyś prowadziła rubrykę porad sercowych?

– Bo tak naprawdę to samo ja mogłabym opowiedzieć tobie – odparła Roisin.

68

– Oglądając *Łowcę*, czułam w kościach, że zaczerpnął to wszystko z własnego życia, a kiedy go o to zapytałam, wściekł się na mnie i zrobił mi wodę z mózgu. Nasi wspólni znajomi myśleli, że mi odbiło. Oto, jakim jest świetnym kłamcą – powiedziała Roisin. – Tymczasem te pikantne sceny były oparte na waszych schadzkach, prawda?

Beatrice nie potrafiła spojrzeć jej w oczy. Odpowiedziała tylko:

– Tak. Wiele z nich wydało mi się znajomych. Najwyraźniej w jego wyobrażeniu seks ze mną w ogóle nie liczył się jako zdrada. Powinnam się domyślić, że nic dla niego nie znaczę. Cóż… – Zrobiła wymowny gest, zakreślając palcem kółko z boku głowy.

– W sumie to detal, ale muszę wiedzieć – odezwała się Roisin, a Bea aż się skrzywiła na jej słowa. – Boże, nie, nie o to mi chodzi. Jak się właściwie komunikowaliście? Joe na pewno nie zostawiłby żadnego śladu. Nigdy nawet nie przyszło mi do głowy, żeby przejrzeć jego telefon.

– Och, racja, miał na tym punkcie bzika i strasznie się pilnował – przypomniała sobie Beatrice. – Dopiero po jakimś czasie zapisał mnie w telefonie pod nazwiskiem swojego agenta, jako jego drugi numer. Powiedział, że musimy mówić „Londyn" zamiast „York" i ubierać wszystko w służbowy żargon. Wiesz, coś w stylu: „Czy możemy się spotkać tego i tego, muszę omówić z tobą najnowszą wersję scenariusza", i tak dalej. Naprawdę żałosne – wymamrotała ponuro.

„Ukrywanie się potrafi być całkiem ekscytujące, można nawet uczynić z tego sztukę. Między innymi dlatego to takie fajne".

– W końcu powiedziałam: „Dość" – przyznała Beatrice. – To było po weselu Jima i Liddy, kiedy cię zobaczyłam. Uwierzyłam we wszystko, co mi opowiadał o waszym pozbawionym miłości związku. O tym, jaka to niby jesteś wrażliwa i niestabilna emocjonalnie, więc nie może ryzykować i cię zostawić, bo w odwecie zniszczysz jego przyjaźnie.

Dla Roisin to było wręcz niepojęte, że ktoś mógł ją tak oszukać – ktoś, kogo kochała, i kto, jak sądziła, kochał też ją.

Joe miał kilka osobowości, a ona żyła tylko z jedną z jego wersji. Bea znała inną.

– W duchu wiedziałam już od jakiegoś czasu, że to wszystko zwykłe wymówki, ale narobiłam zbyt dużego bałaganu, żeby dało się to posprzątać – dodała Beatrice. – A potem przekonałam się na własne oczy, że te opowieści Joego są kłamstwem. Kiedy zobaczyłam was razem, a ty byłaś dla wszystkich taka miła, wiedziałam, że niczego nie udajesz. Zrozumiałam, że ty jesteś jego drugą połówką, a ja tylko rekwizytem. Niemal mnie błagał, żebym nie przychodziła na ślub, i wtedy olśniło mnie dlaczego. Ależ ze mnie idiotka.

– Hmm, Joe od jakiegoś roku odnosił się do mnie chłodno, z dystansem – zauważyła Roisin. – Może właśnie z tego powodu.

– Według mnie nie cierpi, kiedy traci nad kimś kontrolę. Dla niego kontrola to synonim miłości – podsumowała Beatrice, a Roisin spontanicznie stuknęła się z nią kieliszkiem dla podkreślenia, że trafiła w sedno.

– Ale skoro między wami wszystko skończone, to o co chodziło z tym pięciogwiazdkowym hotelem? – spytała.

– Joe powiedział, że chce ze mną porozmawiać o czymś naprawdę ważnym. Myślałam, że może któreś z jego rodziców zachorowało czy coś w tym stylu. Kiedy przyjechałam na miejsce, zobaczyłam szampana w kubełku z lodem. Nawet nie zdjęłam płaszcza. To była jego typowa zagrywka, cudowna propozycja, żebyśmy w końcu do siebie wrócili. Podziękowałam i wyszłam.

Roisin uświadomiła sobie, że w innych okolicznościach mogłyby się zaprzyjaźnić.

– Naprawdę?

– Tak. Moje zauroczenie nim już od dłuższego czasu słabło i w którymś momencie zrozumiałam, że nie chcę już tego, czego chciałam w wieku dwudziestu trzech lat. Poza tym zdążyłam go dobrze poznać i wiedziałam, jaki jest. Dlaczego miałby mi dochować wierności, skoro ciebie potraktował w taki sposób? Przyjaciele nieustannie zwracali mi na to uwagę.

Roisin pokiwała głową ze zrozumieniem i powiedziała:

– Jakoś w tym czasie zaproponował, żebyśmy zaczęli wszystko od nowa i poszli na terapię dla par. Nasz związek wisiał wtedy na włosku. Chyba postanowił zaproponować nam to samo i zobaczyć, która z nas się zgodzi. Gdybyśmy zrobiły to obie, wybrałby jedną albo po prostu stwierdziłby, że później będzie się o to martwił.

– Pewnie tak – przyznała z przerażeniem Beatrice. – To, jak się ze mną obszedł, było słabe i złe, ale takie kombinowanie już chyba zakrawa na patologię.

– Jeśli chodzi o Joego – zaczęła Roisin – to nauczyłam się, że kiedy przyłapiesz go na kłamstwie, wymyśli nowe, żeby zatuszować to wcześniejsze. I tak dalej, warstwa za warstwą. To trochę tak, jakby zdrapywać ze ściany starą tapetę, a potem tynk. Wspólnymi siłami zdołałyśmy odsłonić przynajmniej fragment oryginalnych cegieł i zaprawy. – Ponownie stuknęła kieliszkiem o kieliszek Bei.

Beatrice uśmiechnęła się nieznacznie, po czym spuściła wzrok na blat.

– To, co ci zrobiłam, jest karygodne. Cieszę się, że mi wybaczyłaś, ale nie zasłużyłam na to.

– Musiałam poznać prawdziwe oblicze Joego – powiedziała Roisin. – Mogłaś siedzieć cicho i chronić swój tyłek. Większość by tak zrobiła. Właśnie na to liczył Joe. Ale miałaś wystarczająco dużo przyzwoitości, żeby wyznać mi prawdę. To wymaga odwagi. I owszem, zasługuje na wybaczenie.

– Jesteś naprawdę wyjątkową osobą, że tak to widzisz – stwierdziła ze łzami w oczach Beatrice, a potem się roześmiała. – Cóż za ironia…

– Co takiego?

– Przez te wszystkie lata Joe opisywał cię jako kogoś, kto onieśmiela ludzi. I akurat w tej kwestii nie kłamał. Niesamowite!

Gdy wróciły do samochodu, Roisin odwróciła się do Beatrice.

– Nie masz nic przeciwko temu, żebym podzieliła się z Joem swoimi ustaleniami i przyznała, że dowiedziałam się tych wszystkich szczegółów od ciebie? Nie muszę tego robić.

Beatrice gwałtownie wypuściła powietrze z płuc.

– Boże, pewnie. To wspaniałe uczucie nie musieć już niczego ukrywać. Skoro prawda wyszła na jaw, nie ma już czym mnie szantażować. Daj mu popalić.

Beatrice chyba biła się przez chwilę z myślami, czy powinna to zrobić, aż w końcu, ośmielona winem, zamknęła Roisin w mocnym uścisku.

69

Ponieważ Roisin przekierowywała do Joego jego korespondencję, znała jego adres domowy, a dzięki temu również współrzędne, wystarczająco dokładne do przeprowadzenia ataku dronem. Wklepała dane do nawigacji i prosto z Yorku pojechała do jego nowego mieszkania w Chorlton.

Dotarła na miejsce krótko po dwudziestej. Pomyślała, że równie dobrze mógł gdzieś wyjść, w końcu to piątkowy wieczór. Kiedy jednak wysiadła z auta, zobaczyła, jak Joe zmierza w jej stronę ulicą, balansując na ręce dwoma pudełkami pizzy i gadając z Dominikiem. Dla Joego obecność Doma mogła być dość niefortunna, ale nie na tyle niefortunna, żeby Roisin zarzuciła swój plan.

W sumie to nawet dobrze, że Dom dowie się o wszystkim. Kobiety przychodzą i odchodzą, ale on jako najlepszy przyjaciel Joego zawsze będzie miał go na oku.

– Cześć, Joe! Cześć, Dominic. – Skinęła im głową na powitanie, kiedy podeszli bliżej. Obaj wyglądali na zaniepokojonych. – Wracam z Yorku. Byłam na drinku z twoją eks, z Beatrice – zwróciła się do Joego. Przez chwilę miała wrażenie, że biedaczysko zaraz upuści pizzę. Zachowała ten moment w pamięci, żeby mogła go odtwarzać w przyszłości. – Powiedziałam „eks", ale chyba źle się wyraziłam. Raczej z „drugą dziewczyną". Jeśli od dziesięciu lat sypiasz z osobą, która wciąż cię kocha, to właściwie zasługuje na ten sam status co ja. Zgodzisz się ze mną?

Joe zamarł. Dominic z kolei miał oczy jak spodki. Przyzwoitość nakazywała, żeby się wycofał i zostawił ich samych, ale najwyraźniej nie chciał tego przegapić.

– Spytałam cię wyraźnie, czy *Łowca* opiera się na faktach z twojego życia, a ty nie dość, że zaprzeczyłeś, to jeszcze nazwałeś mnie paranoiczką i oburzyłeś się, że w ogóle biorę coś podobnego pod uwagę. Tak czy inaczej, Beatrice zaspokoiła moją ciekawość, opowiadając o tym, jak to się bzykaliście w barowych kiblach, ba, nawet za bożonarodzeniowym namiotem z grzanym winem… Rany, że też wacek nie odpadł ci z zimna! Nie ma co, Joe, popisałeś się. Zarówno przed kamerą, jak i poza nią.

Joe nadal nie był w stanie wydobyć z siebie głosu. Dominic w milczeniu wziął od niego pudełka, bo pewnie podobnie jak Roisin przeczuwał, że ta pizza pepperoni z dodatkowym serem zaraz wyląduje na chodniku.

– Tak w ogóle Bea jest cudowna i zasługuje na kogoś znacznie lepszego niż ty, na pewno nie na to, żebyś ją wykorzystywał i traktował jak swoją zabawkę.

– Noo, widzisz, Roisin, sęk w tym – zaczął Joe nieco cherlawym głosem, niczym żałosna namiastka swojej typowej wyszczekanej wersji – że zakończyłaś nasz związek. Nie jesteśmy już parą. Teraz sypiasz z jednym z naszych najbliższych przyjaciół. Nie masz więc prawa mnie o cokolwiek oskarżać i krytykować.

– Kluczową kwestią, jeśli chodzi o moje sypianie z Mattem… – zrzuciła bombę, która wyżłobiła wielki krater. Najwyraźniej Joe wcale nie był taki pewny co do Roisin i Matta, bo wyglądał tak, jakby miał zwymiotować. – …jest fakt, że zaczęłam to robić dopiero po naszym rozstaniu. Tymczasem ty i Beatrice zabawialiście się za moimi plecami już od naszej pierwszej wspólnej Gwiazdki. Tak naprawdę zdradzałeś mnie przez cały nasz związek.

Minęła chwila. Roisin w sumie cieszyła się, że jest z nimi Dominic. Przy nim Joe nie ośmielił się temu bezczelnie zaprzeczyć.

– Nie twierdzę, że byłem aniołkiem, ale nie znasz całej historii – powiedział lakonicznie niskim głosem.

– Mówisz o tym, jak ją wspierałeś podczas aborcji, a chwilę później zostawiłeś dla mnie? Bez obaw. Nie przyjechałam tu po to, żeby słuchać twoich wymówek. Nie interesują mnie kolejne kłamstwa. Chciałam ci tylko uświadomić, że to poczucie władzy czerpane z okłamywania innych, to, że ludzie wierzą w te wszystkie rzeczy, które wyssałeś z palca, żeby namieszać im w głowie i zmusić do pewnego rodzaju posłuszeństwa, jest formą przemocy i niszczy im życie. Musisz z tym skończyć.

Dominic już chciał się włączyć w tę nierówną wymianę zdań, ale Roisin go uprzedziła:

– Nie próbuj mnie zagadać, Dom, chyba że świetnie się orientujesz w sytuacji.

Zamknął usta.

– Nie jestem kłamcą – zaoponował Joe. – Owszem, skłamałem w tej sprawie, bo nie mogłem nic poradzić na to, że kocham dwie osoby naraz. To było niewłaściwe, ale stało się.

– Że kochasz dwie osoby naraz, a to dobre! Musisz mieć coś bardzo nie tak z głową. Na twoim miejscu poszłabym z tym do specjalisty. Ale na szczęście nie jestem na twoim miejscu. Jeszcze tylko jedno: gdybym wiedziała o Beatrice, nigdy bym z tobą nie była, i świetnie zdawałeś sobie z tego sprawę. Podstępem zdobyłeś moją zgodę. I ukradłeś mi dziesięć lat życia. Cały nasz związek był niczym innym jak oszustwem.

Joe nie potrafił spojrzeć jej w oczy, a Dominic nie kwapił się już do tego, żeby dodać coś od siebie – w każdym razie nie sprawiał wrażenia, jakby chciał stanąć po stronie kumpla, tylko spoglądał na niego z ukosa.

– No więc, tak, przyjmę twoją połowę naszego wspólnego mieszkania, Joe. Wielkie dzięki. Choć tak naprawdę jesteś mi winny znacznie więcej. Czyli moją wolność od tego zakłamanego gówna, którym mnie raczyłeś od czasu, kiedy skończyłam dwadzieścia trzy lata. Żegnam.

Obróciła się na pięcie i ruszyła w stronę swojego auta.

– Hej. Może zaciekawi cię pewien niespodziewany zwrot akcji – zawołał za nią Joe.

– Kto wie?! – rzuciła Roisin, nie zwalniając kroku.

– Jeden z naszych wspólnych znajomych wiedział o mnie i Beatrice. Wyobraź sobie, że zgodził się ci nie mówić i zachować to w tajemnicy. Pewnie czujesz się teraz zdradzona... bo wybrał mnie zamiast ciebie? – rzucił kpiącym tonem. Roisin tylko wzruszyła ramionami i wyjęła z torby kluczyk, ale serce biło jej jak szalone. – Może spytasz Matta McKenziego, dlaczego uznał, że nie zasługujesz na to, żeby poznać prawdę. Na pewno nie zaszkodzi to jego wizerunkowi rycerza w lśniącej zbroi.

Nie dała po sobie niczego poznać pomimo szoku, który przyprawił ją o mdłości.

– Ale z ciebie perfidny drań!

– Chcę tylko, żebyś miała pełny obraz sytuacji. Może to burzy twoje widzenie świata, ale taka jest prawda. W zamian powiedz mi tylko jedno – dodał Joe, kiedy otworzyła drzwi. – Jak się o niej dowiedziałaś? Bea sama nigdy by ci nie powiedziała.

– Znowu zabawiłam się w detektywa. Reszty domyśl się sam. W końcu to ty jesteś od wymyślania historii, no nie? Wiesz, kiedy człowiek decyduje się na ryzyko, to zdarza się, że w którymś momencie wygrywa. – Zawahała się. Pozostał jej ostatni rzut kostką. Mogła uświadomić Dominicowi, że dla Joego nie ma żadnych świętości. – Ach, Dominic, mogę cię o coś zapytać? Jak ma na imię najlepsza przyjaciółka Victorii?

– Yyy, najlepsza przyjaciółka? Mojej żony? …Jess.

– Nie Amber? Nie znasz żadnej Amber?

Dom zmarszczył brwi.

– Uch, nie. Amber? Powinienem ją znać? Kto to?

– W takim razie mogę założyć, że postać Gwen była jednak wzorowana na Ginie. – Roisin zwróciła się do patrzącego spod byka Joego. – Tylko czy Vic nie powinna mieć najlepszej przyjaciółki o imieniu Amber, do której Dominic podobno po cichu wzdycha?

– Że co?! – rzucił zaskoczony Dominic.

– Pomyśl teraz, jak wyjaśnić tę bajeczkę, Joe. Smacznego!

70

Roisin weszła do mieszkania, używając klucza, który jeszcze kilka godzin temu wydawał jej się symbolem uroczystej obietnicy. Przygnębiona i rozczarowana położyła go na stoliku kawowym, zamiast schować do torebki.

– Och, jesteś, nagrałem ci się na pocztę głosową. Chciałem zapytać, czy… Wszystko w porządku? – spytał Matt na widok posępnego wyrazu twarzy Roisin.

Wyłączył palnik, potem przyciszył muzykę na telefonie.

– Odkryłam, z kim Joe się zabawiał za moimi plecami. To jego była dziewczyna, którą zostawił z mojego powodu. Beatrice. Z Yorku. Spotkałam się z nią, wysłuchałam jej opowieści i właśnie rozprawiłam się z Joem. Żeby w końcu zamknąć ten rozdział na własnych warunkach. – Zrobiła pauzę, a Matt skinął głową. Widziała, że jest zaniepokojony. – Tyle że w ostatniej chwili wyjawił mi coś okropnego, a mianowicie, że od początku o tym wiedziałeś. Matt, powiedz, że to nieprawda. – Po policzkach zaczęły jej spływać łzy; otarła je ręką. – Przez całą drogę tutaj modliłam się, żebyś wszystkiemu zaprzeczył. Ale to prawda, co?

Wiedziała, że tak. Joe nie zagrałby tą kartą, gdyby nie był pewny, że to się mu opłaci.

– Pieprzony dupek! – rzucił Matt.

— Nie rób tego! – krzyknęła Roisin, pozwalając dojść do głosu emocjom. Przy Joem musiała zachować zimną krew, ale dłużej już nie wytrzymała. – Nie rób z tego pojedynku między tobą a nim! Sęk w tym, Matt, że ty jesteś od niego lepszy.

— Wiedziałem o jego jednym wyskoku. Kiedy mieliśmy jakieś dwadzieścia sześć lat. I dowiedziałem się o tym przypadkiem – poinformował z naciskiem.

Roisin oparła się o ścianę. Powinna się domyślić. Wielka miłość… to zbyt piękne, żeby było prawdziwe. W jej życiu nigdy się tak nie układało. W mieszkaniu panowała cisza; odgłosy miasta zostały gdzieś daleko.

— Któregoś wieczoru do mnie zadzwonił – ciągnął Matt. – Pewnie włączył mu się telefon w kieszeni. Odebrałem. Nie słyszałem zbyt wiele, ale wystarczająco dużo, żeby zrozumieć, że raczej nie chciał, aby do kogoś to dotarło. Mówił do niej „Bea".

— Serio? Słyszałeś, jak uprawiają seks? – *Łowca*. To też wykorzystał w *Łowcy*. No jasne. To wszystko przypominało miejsce zbrodni z numerowanymi znacznikami przy każdym dowodzie rzeczowym.

— Nie – odparł Matt. – Ale niewiele brakowało. Ujmę to tak: wiedziałem, że może do tego dojść. Napisałem do niego i zapytałem, o co chodzi. Nalegał, żebyśmy wyskoczyli na piwo, a potem zarzekał się, że to był wielki błąd i że od razu to zakończył. Powiedział: „Nie psuj tego, co łączy mnie z Roisin, ona jest miłością mojego życia. Moje przyszłe dzieci właśnie w tej chwili znikają z naszego rodzinnego zdjęcia, jak w *Powrocie do przyszłości*", tym samym zrzucając całą odpowiedzialność na mnie, gdybyś się o tym dowiedziała. Błagał mnie, żebym tego nie robił, powołując się na naszą przyjaźń, która wtedy jeszcze jako tako się trzymała.

— Wiedziałeś, że to jego dawna dziewczyna?

– Tak, tyle mi powiedział. Że chodzi o jego byłą, która przeżywa akurat trudny okres, a jemu jest jej żal. Głupio pozwolił, żeby znów się do siebie zbliżyli. Tylko jeden raz i tak dalej. Wiesz, że potrafi nawijać makaron na uszy.

– Uwierzyłeś mu?

Zastanowił się chwilę.

– W tłumaczenie, dlaczego do tego doszło? Nie. Ani trochę. Słyszałem, jak z nią rozmawiał. Pomyślałem, że to przecież ten sam facet, który mnie wyrolował, więc czemu nie miałby tobie wyciąć podobnego numeru? Liczyłem, że przyłapany na gorącym uczynku uświadomi sobie, jak dużo ryzykuje, i się opamięta. Wierzyłem, że naprawdę nie chce cię stracić.

– Ale czy uwierzyłeś, że to zakończył?

Matt nabrał głęboko powietrza.

– Cóż, dostał drugą szansę. Miałem nadzieję, że to doceni. Ale pewny nie byłem.

– Drugą szansę, którą ty mu dałeś. Wiedziałeś, jakim jest człowiekiem, i zataiłeś przede mną jego zdradę?

– Roisin, uwierz, wolałem się nie mieszać w nie swoje sprawy. Gdybyś została z Joem, czy którekolwiek z was chciałoby się trzymać z kolesiem, który okazał się donosicielem? Przyznaję, postąpiłem samolubnie, ale za bardzo mi na tobie zależało, żeby cię stracić przez jego wybryki.

– Skąd pomysł, że byś mnie stracił? Nie miałabym ci za złe tego, że wyznałeś mi prawdę, bez względu na to, jaką podjęłabym decyzję.

– To nie takie proste. Joe by się wyłgał i ostatecznie byście się pogodzili. A ja zostałbym śmiertelnym wrogiem twojego faceta. Zaczęlibyście się ode mnie stopniowo odsuwać, przestalibyście mnie zapraszać, bo wszystko inne byłoby zbyt kłopotliwe. Gdybym się wtrącił, z całą pewnością przestałbym być częścią waszego życia. Joe już by o to zadbał.

– Ale to jest zupełnie nieistotne, bo ja na pewno bym z nim nie została!

– Teraz tak mówisz... ten koleś potrafiłby się wykręcić nawet od odsiadki w rosyjskim więzieniu.

Roisin przypomniała sobie słowa Matta o tym, że ona lubi drani. Może po prostu miała za niskie oczekiwania. I może właśnie tylko na takich ludzi zasługuje, w końcu przez prawie dziesięć lat nie potrafiła dostrzec, jaki Joe jest naprawdę. Tylko gdyby Matt rzeczywiście był tak szlachetny, jak sądziła, mogłaby przejrzeć na oczy już sześć lat temu.

– Krótko mówiąc, nie zadałeś sobie pytania: „Czy Roisin nie powinna o tym wiedzieć?". Pomyślałeś za to: „Co jest najlepsze dla mnie i jak mogę zadbać o własne interesy?".

– Gdybym mógł się cofnąć w czasie, starszy i mądrzejszy, i postąpić inaczej, zrobiłbym to bez wahania. Wtedy byłem po prostu w szoku i wiedziałem, że nikt nie wychodzi dobrze na wtrącaniu się w związek dwojga ludzi. Ani wtedy, kiedy się kłócą, ani wtedy, kiedy się godzą. To są ich sprawy, więc niech je załatwiają między sobą.

– Nie rozumiem: Joe cię nieustannie prowokował i obrażał. Nie bał się, że w końcu powiesz: „Uważaj, bo wszystko wyśpiewam twojej dziewczynie"? Jak mógł być pewny, że tego nie zrobisz?

– Ha! Jak już zdążyłaś się zorientować, Joe to świetny kłamca. Pierwsza klasa. Wykazał się nie lada zuchwałością, próbując cię do mnie zrazić i odmalować mnie jako łajdaka. On zna się na ludziach. Gdy minęło kilka lat od mojego odkrycia, zrozumiał, że mógłbym stracić twoją przyjaźń, gdybym ci o tym powiedział. Wyobraź sobie: „A, przy okazji, teraz, kiedy mnie dostatecznie wkurzył, mogę wam rozwalić życie, żeby się na nim odegrać". Może byś go rzuciła, ale ja na pewno bym usłyszał od ciebie parę gorzkich słów i ogólnie, że mam się walić. Joe wiedział, że nie zaryzykuję. Był bezpieczny. A ja miałem ograniczony czas, żeby wyjawić ci tę tajemnicę.

– Matt, wiesz, z czym najbardziej nie potrafię się pogodzić? Gdybym się o tym dowiedziała w inny sposób, w innym momencie, uznałabym, że rzeczywiście Joe postawił cię w sytuacji bez wyjścia. Ale nie tak dawno zwróciłam się do ciebie jak do przyjaciela, w zaufaniu, z totalnym mętlikiem w głowie, i powiedziałam: „Wydaje mi się, że Joe mnie zdradza". Uważałam cię za sprzymierzeńca. Za kogoś, komu mogę się zwierzyć. Zaoferowałeś, że mi pomożesz. Czy potrafisz sobie wyobrazić, jak bardzo mi teraz głupio i jak bardzo czuję się oszukana, bo przez cały czas mnie zwodziłeś? Tylko po to, żeby nie było mi przykro?

– Nie zwodziłem cię, traktowałem to jako zadośćuczynienie! Zrobiłem wszystko, co w mojej mocy, żeby wybadać dla ciebie ten temat. Chciałem, żebyś sama odkryła prawdę.

– Ale właśnie wtedy mogłeś postawić sprawę jasno, wyłożyć karty, pozbyć się tego ciężaru! – zaoponowała Roisin. – Dostałeś drugą szansę! I twierdzisz, że jakoś nie przyszło ci to do głowy? Przechadzałeś się po mojej rodzinnej wiosce, udając, że się nad tym zastanawiasz, aż w końcu rzuciłeś: „Ach, racja, Rosh, to mocno podejrzane, ale kto to może wiedzieć?".

– Tak – odparł Matt. – Powinienem to przemyśleć. Uznałem jednak, że najlepiej będzie, jeśli prawda sama wyjdzie na jaw.

– A gdybym ci powiedziała: „Myliłam się, Joe mnie wcale nie zdradził. Przeprosiłam go, pogodziliśmy się i jesteśmy zaręczeni"? Czy wtedy odparłbyś tylko: „No proszę!"?

Wzruszył ramionami.

– Oczywiście czułbym się zdruzgotany, ale to byłby twój wybór, dokonany zapewne z różnych powodów. Jak mógłbym w to ingerować?

– Czyli po prostu umyłeś ręce.

– Naprawdę uważasz, że nic dla mnie nie znaczysz i przy pierwszej lepszej okazji dałbym nogę?

– Chcesz poznać moją opinię? Otóż doskonale zdawałeś sobie sprawę z tego, że powinieneś mi o wszystkim powiedzieć – stwierdziła Roisin. – Niestety po raz kolejny pomyślałeś najpierw o sobie. W tamtym momencie nie czekały cię laury, tylko kłopoty. Pójście do Sesso z pewnością przyniosłoby ci większą chwałę.

– Laury? – Matt aż się wzdrygnął. – Myślisz, że liczyłem na jakąś nagrodę za swoją pomoc? To naprawdę ohydne oskarżenie. Czyżbyś miała o mnie takie samo zdanie jak Joe?

– Szczerze mówiąc, nie wiem – westchnęła ciężko Roisin. – Jeszcze przed godziną powiedziałabym, że to niemożliwe, żebyś wiedział o zdradzie Joego i ustalił z nim, że lepiej mi o tym nie mówić.

– Ha, wkurzasz się na mnie, bo ci nie powiedziałem, jakim człowiekiem jest twój eks – rzucił Matt, który też już zdążył się wściec. – Ale wystarczyło mu się tylko przyjrzeć. Joe nie jest miłym facetem, Roisin. Nie był nim wtedy i nie jest nim teraz. Sama powinnaś to dostrzec.

Tą uwagą trafił w jej czuły punkt. Roisin chyba już zawsze będzie sobie wyrzucać, jak mogła przeoczyć krętactwa Joego. Nagle ogarnęły ją wstyd i głęboka konsternacja.

– Czyli jestem głupia, bo tego nie zauważyłam? To wszystko wina ofiary? Wina kobiety?

– Nie o to mi chodziło. Nie graj ze mną w jego gierki.

– W jego gierki?!

Matt pokręcił głową, skrzyżował ręce na piersi i wbił wzrok w kanapę.

– Nie wiem, jak możesz sprowadzać Joego i kogoś, kto jedynie odebrał przypadkowy telefon, do wspólnego mianownika. Przecież jedno ma się nijak do drugiego.

– Cóż, myślałam, że akurat ty jesteś ze mną szczery. Mam dość facetów, którzy mnie okłamują, a potem próbują to racjonalizować. Nieważne, jak błyskotliwe mają wymówki. I nieważne, jak dobrze im idzie odwracanie kota ogonem. Proszę, tam leży twój klucz.

Z tymi słowami wyszła, a on jej nie zatrzymał.

71

KLUB BRIANA

Dev
Nowa wiadomość.

Ping

Nowa wiadomość.

Ping

Nowa wiadomość.

Ping

Roisin odłożyła wałek. Miała na sobie piżamę wywró-
coną na lewą stronę, a włosy upchnęła pod reklamówką
Sainsbury's, żeby nie pochlapać ich farbą.

Dawniej kombinowała z chustkami, które z pewnością
wyglądały ładniej, jednak nie zapewniały jej burgundowym
falom wystarczającej ochrony. Bycie singielką miało ten

plus, że nikt jej nie oglądał, kiedy paradowała jak kosmitka z filmu *Marsjanie atakują* w plastikowej torbie na głowie.

Roisin wytarła ręce w ścierkę i wzięła telefon. Musiała uważać, żeby przez przypadek nie włączyć wideorozmowy.

Chwilowo była w trakcie przemalowywania otwartego salonu w kształcie kaplicy na uroczy, intensywnie czarny kolor zwany Lamp Black, tym razem marki Little Greene. Ten odcień był tak apokaliptyczny, że Joe za żadne skarby nie chciał się na niego zgodzić, dlatego Roisin tym bardziej miała wrażenie, jakby definitywnie zerwała z przeszłością. I niestety też z dobrym gustem. Gdy ukończyła swój projekt w trzech czwartych, musiała przyznać, że Joe w tej jednej kwestii mógł mieć akurat rację: wnętrze klimatem przypominało teraz sklep, w którym palono kadzidełka i próbowano opchnąć himalajskie świeczniki solne, wyglądające raczej jak bryłki wyjętej z uszu woskowiny. Matt na ten widok ani chybi powiedziałby: „Z pewnością istnieją łatwiejsze sposoby, żeby otworzyć wrota piekieł".

Matt.

Zajęcie się malowaniem pomogło jej nie myśleć o Matcie McKenziem. Kiedy zabezpieczała krawędzie taśmą maskującą albo zmieniała pędzel na taki do narożników, nie fantazjowała już tak często o rysach jego twarzy. Albo o jego twardych męskich dłoniach przesuwających się po jej ciele, albo o tym, jak się czuła, kiedy Matt ją całował, czy też o intymnych chwilach, które razem przeżyli. Mimo wszystko wcale nie było jej łatwiej uporać się z tą przykrą decyzją o zakończeniu ich związku.

Najbardziej nie mogę mu wybaczyć tych spacerów – pomyślała i aż zadrżała jej ręka, kiedy przeciągała pędzlem po listwie przypodłogowej. W trudnym dla niej okresie nie zwariowała tylko dzięki ich wspólnym leśnym przechadzkom. Niemniej przez cały ten czas Matt był podwójnym agentem. Mógł od ręki rozwiać jej wątpliwości co do Joego. Ale zataił przed nią to, co wiedział, i zrobił z niej idiotkę.

Boże, opowiedziała mu nawet o swojej krótkiej, acz żenującej fazie rozwiązłości, kiedy była jeszcze nastolatką. Tak bardzo ufała McKenziemu.

Co powiedziała Gina? „Czuję się przy nim naga, więc kiedy dosłownie zobaczył mnie nagą, to wszystko mnie po prostu przerosło".

Otóż to. Jej bezpieczny port podczas sztormu okazał się raczej burzliwą zatoką.

Weszła w wątek wiadomości Klubu Briana.

Dev
ZGADNIJCIE, KTO NIE POLECIAŁ DO SOLLER

MOŻECIE POGRATULOWAĆ ŚWIEŻO UPIECZONYM PAŃSTWU DOSHI!

Do wiadomości dołączone były dwa zdjęcia Deva i Anity: jedno selfie, na którym oboje pokazują zaobrączkowane palce serdeczne, i jedno sprzed kapliczki ślubnej w Las Vegas.

Podczas gdy Roisin wciąż patrzyła na nie w osłupieniu, Dev znów coś napisał.

Dev
Wybaczcie, że tak znienacka. Poszliśmy na żywioł. Po co czekać, no nie? ALE. Jeśli myślicie, że ominęło was wspólne świętowanie, to się mylicie ☺ <3

Zwolnił się termin i udało nam się zarezerwować miejsce w Midland Hotel **na przyszły piątek**

*WIĘC SZYKUJCIE ODŚWIĘTNE CIUCHY
NA WESELICHO!*

Meredith
WARIACI

Zrywam boki ze śmiechu.

Niestety w przyszły piątek idę do kina. Miłej zabawy xx

Gina
*Ja też, na ten sam film. Z Dwaynem Johnsonem
i sir Ianem McKellenem.
Wielka szkoda. Gratulacje! Xx*

Roisin
*DEV & ANITA — CUDOWNIE! Państwo młodzi!
Wspaniała wiadomość <3*

*Niestety w piątek wieczorem muszę czekać na odczyt
stanu licznika. Przykro mi Xx*

Anita
PODŁE JĘDZE

Dev
*Wszędzie dwulicowe żmije, pani Doshi. Cóż, skarbie,
jesteśmy zdani tylko na siebie xoxo*

Joe
*Zakładam, że dziewczyny żartują, ale ja serio w środę
wylatuję do Stanów. Bardzo mi przykro ☹. Bawcie się
dobrze, gratulacje i do zobaczenia wkrótce Xx*

Roisin nie mogła zaprzeczyć, że ulżyło jej na wieść, że nie będzie musiała dzielić sali balowej ze zrzędliwym i rozgoryczonym Joem. Nie chciała też, żeby wyczuł, że udało mu się poróżnić ją i Matta.

Starała się nie myśleć o tym, że nie wybaczając Mattowi, właściwie tańczy, jak Joe jej zagra.

Dev
Spoko, stary, liczyliśmy się z takim ryzykiem. Z tymi, którzy nie dadzą rady dotrzeć, uczcimy to później osobno. Bezpiecznej podróży Xx

Kiedy Roisin skończyła malować ściany, napisała do Meredith i Giny.

Czy ktoś mówił Devowi i Anicie o mnie i Joem? Domyślam się, że nie, bo inaczej Dev od razu by do mnie zadzwonił.

Meredith
Nie!

Roisin
Joego i tak teraz nie będzie, więc może lepiej na razie im o tym nie wspominać? Dopiero po bibie.

Meredith
Dobry pomysł.

Gina
Gdy tylko dostałam wiadomość od Deva, zadzwoniłam do Matta i odbyliśmy naprawdę szczerą rozmowę. Na pewno przyjdzie na wesele. Na razie nie chce jeszcze

*dołączać do naszej grupy na WhatsAppie
z powodu spięcia z Joem, ale chętnie
będzie brał udział w spotkaniach bez niego.
Cieszę się, że się pogodziliśmy ☺*

Roisin żałowała, że jej jakże pozytywna reakcja na to nie jest do końca szczera. Najwyraźniej Matt nie powiedział Ginie, co między nimi zaszło. Sama też zresztą tego nie zrobiła. Ich związek nawet się dobrze nie zaczął, a już się zakończył, więc po co o tym wspominać. Któregoś dnia opowie o wszystkim dziewczynom, ale na razie nie ma do tego serca. Chociaż bardzo chciała podzielić się z nimi rewelacjami o pocałunku, nie czuła aż takiej potrzeby, jeśli chodzi o to, co wydarzyło się później. Jakże szybko wszystko się zmieniało.

Nie powiedziała im także o Joem i Beatrice; to również mogło poczekać.

Szczytem ironii było to, że Gina ogromnie się cieszyła na wieść o potencjalnym powrocie Matta do Klubu, choć Roisin nie miała wątpliwości, że on nigdy tego nie zrobi.

Teraz już tak zostanie między nią a Mattem: będą rozszyfrowywać informacje przekazywane przez osoby trzecie. Szkoda. Zdążyła pogodzić się z faktem, że pewnie zdarzą się takie okazje, kiedy będzie musiała zadawać się z Joem i jego nową dziewczyną (Boże, miej ją w swojej opiece), ale zadawanie się z Mattem i jego nową drugą połówką... Ech, zapowiadała się istna tortura.

Roisin przyjrzała się resztce gotyckiej farby, która została jeszcze w puszce, i westchnęła ciężko.

— Przyda mi się jakaś ładna sukienka — powiedziała na głos do niemal całkiem czarnego pokoju.

72

Wyjęła z pudełka wyłożonego bibułą czarne atłasowe czółenko i przyjrzała się mu podejrzliwie. Obcas był tak cienki jak pałeczka do jedzenia. Kiedy wsunęła stopę do buta, od razu zauważyła, jak jej niewygodnie i jak nieswojo się w nim czuje, a także, jak ładnie prezentuje się jej noga z wyraźnie zarysowanym mięśniem łydki.

Cholerna moda damska.

Zarezerwowała pokój w hotelu The Midland, żeby miała gdzie się wyszykować na wesele państwa Doshi, a później przenocować. Szczerze mówiąc, także po to, żeby mogła się tam oddalić, jeśli impreza ją przytłoczy. Coś było nie tak z elektryką w jej mieszkaniu – nie mogła się zmusić, żeby zadzwonić po Cormaca – no i cała chata śmierdziała farbą.

Nie wiedziała, czy Matt przyjdzie z osobą towarzyszącą. To mogło być dla niej za wiele, zwłaszcza że rozstali się raptem dwa tygodnie temu. Z drugiej jednak strony nie oczekiwała, że jego standardowe zwyczaje, jeśli chodzi o randkowanie, będą zbieżne z postępowaniem zwykłych ludzi, no i właściwie nie był jej nic winny.

Poszukiwania stosownej sukienki na dzisiejszy wieczór zakończyły się sromotną porażką. W sumie nic dziwnego, skoro szukała magicznej zbroi za maksymalnie sto pięćdziesiąt, dwieście funtów. Chciała wyglądać modnie i sprawiać wrażenie pewnej siebie, choć nieprzesadnie śmiałej kobiety, która nie musi się na nic silić, bo jest na to zbyt fajna.

Po odrzuceniu mniej więcej siedemnastu potencjalnych kreacji zamówionych przez internet Roisin w końcu zdecydowała się na czarną krótką sukienkę wyszywaną cekinami, którą miała chyba od zawsze, i zestawiła ją z czarnymi matowymi rajstopami. Na ten widok Lorraine z pewnością by powiedziała: „Wolałabym, żebyś wybrała coś kolorowego, zamiast wciąż zgrywać *Fatalną czarownicę*".

Ale przynajmniej nowe obuwie było jawną deklaracją, że jest gotowa rzucić się do walki.

Jak na ironię ani razu nie zaprzątała sobie głowy tym, jakie wrażenie robi na Matcie McKenziem w ciuchach, dopóki nie zobaczył jej bez nich.

Przebywanie w tej samej sali balowej co on to kolejna z takich sytuacji, które Wendy Copeland nazywała DOI. Niemniej z praktyczno-moralnej perspektywy fakt, że aż drżała na myśl o tym, że ich spojrzenia się spotkają, był zupełnie bez znaczenia.

Roisin nie mogła oczekiwać, że jej uczucia do niego wyparują z dnia na dzień – musiała po prostu poczekać, aż jej serce i umysł się zgrają. Kto wie, może taka okoliczność, że chodziło o prawdziwego przystojniaka, z którym Roisin spędziła najwspanialszą noc w swoim życiu, zasługiwała na większą pobłażliwość.

„Nie wiem, jak możesz sprowadzać Joego i kogoś, kto tylko odebrał przypadkowy telefon, do wspólnego mianownika. Przecież jedno ma się nijak do drugiego".

Coraz trudniej było jej się z tym nie zgodzić.

Czy czuła się rozczarowana? Owszem. Ale... Matt chyba też miał prawo być zawiedziony jej postawą, bo tak długo nie potrafiła przejrzeć Joego.

Kiedy Roisin w hotelowej łazience już po raz piąty sprawdzała swój makijaż w ekstremalnie powiększającym okrągłym lusterku barberskim, jakiś cichy wewnętrzny głos podsunął szeptem, że teraz, kiedy jej złość na Matta uleciała, tym, co zostało, być może wcale nie jest rozczarowanie, tylko strach.

Jej umysł wiedział wprawdzie, że Joe Powell stanowi niezwykle rzadki wyjątek, ale serce nie było jeszcze całkiem przekonane. Już sama myśl o tym, że Matt mógłby coś przed nią ukrywać... Wyobraziła sobie siebie, jak stara się nie wzdrygać, ilekroć jego telefon zawibruje, oznajmiając nadejście wiadomości od potencjalnej wielbicielki... Jak walczy ze sobą, żeby nigdy, przenigdy nie sprawdzać, czy aby na pewno usunął wszystkie aplikacje randkowe...

Czyli nie chcesz dać mu kolejnej szansy, bo za bardzo go lubisz? – spytał wewnętrzny głos.

Roisin kazała mu się zamknąć.

Zabrzęczał telefon. Nowa wiadomość: Meredith, Gina i Aaron są już na miejscu i czekają na nią w hotelowym lobby.

Kiedy zjeżdżała do nich windą, ogarnęło ją ogłupiające przerażenie. A jeśli Matt rzeczywiście przyjdzie z jakąś dziewczyną? Co, jeśli to ta laska z festy z wysoko upiętym kucykiem i nogami do nieba oplecionymi bluszczem?

Roisin przywołała się do porządku. „Weź się w garść, do cholery", jak powiedziałaby Lorraine.

Na dole przywitała się z czekającą grupką; od razu zauważyła, że Aaron jest całkiem przystojny: szczupły facet o kręconych włosach w granatowym garniturze, który szeroko uśmiechał się do każdego.

Musi naprawdę ubóstwiać Ginę, skoro tak szybko zgodził się na konfrontację z jej przyjaciółmi – stwierdziła w myślach.

– Rany. Nie do wiary, że Dev i Anita mieli raptem kilka dni, żeby to wszystko zorganizować! – rzuciła Gina, kiedy przekroczyli próg sali przystrojonej białymi balonami, białymi kwiatami oraz wielkimi inicjałami nowożeńców ułożonymi z żarówek.

– Tak to jest, jak się ma pieniądze – szepnęła do nich Meredith.

– Drogie panie, zwróćcie uwagę na kolejność liter: A&D, a nie D&A. To było dla mnie bardzo ważne – powiedziała Anita, obejmując ich ramionami. W szafirowej sukni z doczepioną lejącą się peleryną wyglądała jak dobrotliwa królowa z filmu science fiction. Jej widok wzbudził okrzyki zachwytu.

– Chodźcie coś zobaczyć – przywołała ich, machając ręką, i poprowadziła do stojącej w rogu wystawki zdjęć. Fotografie przedstawiały ją i Deva w różnych okresach życia i sytuacjach: oni jako dzieci, oni na ich pierwszej randce, oni na zagranicznych wakacjach. Mniej więcej pośrodku znajdowało się jedno zdjęcie, na którym był cały Klub Briana sprzed dziesięciu lat, a obok stało to zrobione w Benbarrow Hall.

Roisin przyjrzała się tym dwóm ujęciom i pomyślała o tym, jak wiele rzeczy się dla niej zmieniło. Spojrzała na ukrywającego twarz Joego i na Matta – obaj siedzieli gdzieś z boku i wyraźnie zachowywali dystans – i nagle ją olśniło: jeśli się dobrze przypatrzyć, tak było od zawsze.

Zagadka dotycząca Joego Powella nie polegała na tym, jak dawny Joe zmienił się w nowego Joego. To nie on się zmienił, tylko okoliczności.

Meredith po kryjomu złapała ją za rękę i lekko ścisnęła.

– Pójdziemy po coś do picia? – spytała.

– Sie wie! – odpowiedziała Roisin.

Jakąś godzinę po rozpoczęciu imprezy w końcu go dostrzegła. Jak zwykle wyglądał bardzo stylowo – teraz w płowym, szytym na miarę garniturze, na widok którego Terence pewnie przypomniałby sobie, dlaczego nie cierpiał przyjeżdżać do Manchesteru. Sala była wystarczająco duża, żeby mogli trzymać się od siebie z daleka, a Roisin uznała, że właśnie tak będą robić, zamiast silić się na pogaduszki.

W którymś momencie, podczas rozmowy z przystojnym kuzynem jednej ze stron, z drugiego końca pomieszczenia pochwyciła spojrzenie Matta. Wyraz jego twarzy dało się zinterpretować tylko w jeden sposób – jako bardzo bolesne „aua". I to było obopólne „aua".

Zrobiło się późno. Roisin odniosła wrażenie, że Matt już poszedł. Nie czuła na sobie jego ukradkowych spojrzeń. Wcześniej, gdy je okazjonalnie posyłał, serce na chwilę jej zamierało.

Chrzanić te buty – pomyślała. Zamierzała je zmienić na baleriny, które miała w pokoju. Znajomy cichy głos w niej rzucił ironicznie: No tak, Matt sobie poszedł, więc nie ma już komu zaimponować, co? W duchu zgromiła te podszepty stanowczym: „Morda w kubeł!".

Kiedy stała przy windach, szukając w torebce karty magnetycznej, usłyszała:

– Mogę cię prosić na słówko?

Podniosła wzrok i zobaczyła Matta. Fakt, że była podchmielona, nie ułatwiał sprawy: kompletnie nie wiedziała, co odpowiedzieć.

Przemierzyli hol i wyszli przez obrotowe drzwi na schodki przed hotelem, tuż obok postoju taksówek. Roisin potarła ramiona, żeby się rozgrzać i powstrzymać dreszcze. Nadciągały jesienne chłody. Nie wiedziała też, co ją zaraz czeka.

– Zajmę ci tylko chwilę – oświadczył Matt z rękami wbitymi w kieszenie garniturowych spodni. – Okay, no więc… mówię ci o tym nie dlatego, że liczę, że to coś zmieni, albo że może ujrzysz mnie w lepszym świetle. Chcę być z tobą po prostu szczery. Zadałem sobie pytanie, dlaczego o niczym ci nie powiedziałem. No wiesz, chodzi o prawdziwy powód, ukryty za tymi pozornymi, które sam sobie wmawiałem. Chyba głęboko w sercu czułem, że nie przestaniesz traktować mnie jak przyjaciela. Miałaś rację, że to jakieś bzdury. To nie leży w twojej naturze. Ale najwyraźniej sam nie ufałem swoim motywom.

– Rozumiem – powiedziała Roisin, choć niczego jeszcze nie rozumiała.

– Od pierwszego dnia chciałem, żebyś zostawiła Joego, i oto nadarzyła się okazja, żeby do tego doprowadzić. Nie byłem pewny, co robić, bo trzeźwy osąd przyćmiły mi własne interesy. Dlatego uznałem, że najlepiej i najszlachetniej będzie się wycofać. – Nabrał powietrza. – Masz zupełną rację, że podejmując tę decyzję, myślałem wyłącznie o sobie, nie o tobie. Po raz kolejny górę wzięły moje ego i mój wizerunek. W pierwszej kolejności powinienem mieć na uwadze ciebie, zastanowić się, czego ty byś chciała, a tego nie zrobiłem. No i powinienem ci wyjawić, co wiem, kiedy w końcu wyznałaś mi swoje obawy. Jak słusznie zauważyłaś, chciałem po prostu wypaść lepiej w twoich oczach. I już zawsze będę żałował tego zachowania. – Westchnął głęboko. Roisin pokiwała głową. – Niemniej nie liczyłem przy tym na żadną nagrodę. Możesz mi zarzucić wszystko inne, ale na pewno nie to. Dawno przestałem oczekiwać, że kiedyś ujrzysz we mnie kogoś więcej niż tylko przyjaciela. Taka prawda.

Roisin nie miała w zanadrzu żadnej stosownej odpowiedzi.

– Okay. Dziękuję – rzuciła krótko. – Wierzę ci, Matt. Zapadła cisza.

– Dobranoc, Roisin – odezwał się wreszcie.

Odwrócił się i odszedł, a ona została sama, nie mając pojęcia, co zrobić, żeby go zatrzymać, ani też, czy w ogóle powinna.

Wróciła do hotelu. Zapomniała, że miała zmienić buty. Nie czuła już nawet, że ją uwierają, kiedy zmierzała w kierunku sali balowej.

– O, tutaj jest! – krzyknął Dev, gdy zobaczył ją w drzwiach. – Mogę prosić o ten taniec, pani Walters? – zapytał. Dzięki swojemu niesamowitemu emocjonalnemu radarowi nawet wśród tłumu ludzi na własnym weselu Dev doskonale wychwytywał, że ktoś jest zagubiony. Roisin była mu wdzięczna jak nigdy, że wziął ją w ramiona i porwał do tańca.

Po kilku obrotach do utworu *You Are So Beautiful* Joego Cockera Dev rozejrzał się, czy nikt nie usłyszy, po czym nachylił się do niej i powiedział:

– Słuchaj. Na pewno wolałabyś, żebym o tym nie wiedział. Ale nikomu się nie wygadam; nie powiedziałem nawet Anicie. On wcale nie chciał mi o tym mówić, po prostu twoje imię padło w trakcie rozmowy, a on nagle się zasmucił. Dobra, możesz mi śmiało wygarnąć, że mam nie wsadzać nosa w nie swoje sprawy, Rosh, ale spotkałem się z nim na drinku i pogadaliśmy sobie od serca. Jest w tobie zakochany bez pamięci i strasznie mu przykro, że cię zranił. To bardzo dobry człowiek. Tak, mam skłonność do dostrzegania w ludziach samych pozytywów, ale facet jest naprawdę w porządku. Jeśli dasz mu drugą szansę, na pewno tego nie pożałujesz. No, tyle.

– To miłe z twojej strony, Dev – odparła Roisin. – Sęk w tym, że Joe po mistrzowsku potrafi udawać kogoś, kim nie jest, stosownie do sytuacji. Mogę cię zapewnić: bez względu na to, co ci powiedział, w rzeczywistości to wszystko jest znacznie bardziej skomplikowane i okropniejsze. Nie chcę, żebyś czuł się zmuszony do wybierania strony, ale uwierz mi, tak będzie lepiej.

Dev się uśmiechnął.

– Ale ja mówię o Matcie.

Ktoś inny wciął się w ich rozmowę i porwał gdzieś Deva, a Roisin została na parkiecie sama zupełnie oszołomiona.

73

Z głębokiego snu wybudziło ją głośne wycie. Otworzyła oczy i w półmroku ujrzała walcowaty abażur. Nie była pewna, czy to zawodzenie tylko jej się przyśniło, czy rzeczywiście je słyszała. W tę niedzielę miał być jej ostatni wieczór w The Mallory, zanim wróci do siebie i stawi czoło nowemu semestrowi szkolnemu.

– Roisiiin! Roisiiin?!

Usiadła gwałtownie, czując na karku krople potu. Sięgnęła po gumkę do włosów, którą zawsze trzymała na stoliku nocnym.

– Roisin!

Wyskoczyła z łóżka i wybiegła na korytarz. Na widok matki zwiniętej w kłębek na podłodze, w jedwabnej koszuli nocnej, ledwo powstrzymała krzyk.

– Co się stało?

– Strasznie mnie boli – odparła Lorraine, przyciskając dłonie do brzucha. – Żołądek – wyjaśniła.

Roisin związała włosy, żeby nie opadały na jej bladą, na wpół zaspaną twarz. Zauważyła, że skóra matki jest prawie cytrynowa i zlana potem. Ku swojemu przerażeniu na wykładzinie dostrzegła coś, co wyglądało jak kałuża wymiocin.

– Wezwę karetkę – powiedziała.

– Nie wiem, czy to konieczne. Nic mi nie będzie... Lepiej zadzwoń pod ten drugi numer, gdzie mówią, co należy robić w takich przypadkach – zasugerowała Lorraine.

Próbowała się poruszyć i mimowolnie wydała przy tym odgłos, który sprawił, że Roisin nie była już „bardzo zaniepokojona", tylko „śmiertelnie przerażona".

– Leż spokojnie – rzuciła do matki i pobiegła do swojego pokoju po telefon, który wręcz wyszarpnęła z ładowarki.

Wybrała numer alarmowy. Niesamowite, choć miała już trzydzieści dwa lata, jeszcze nigdy z niego nie korzystała. Do jej ojca karetkę wezwała córka kogoś innego.

– Centrala, słucham – zgłosił się operator. – Jaka pomoc jest potrzebna?

– Karetka. Chodzi o moją mamę... Jesteśmy w pubie The Mallory w Webberley. Kawałek od głównej ulicy... – Dwukrotnie wybełkotała adres, napomknęła o bólu brzucha i potwierdziła, że matka jest przytomna. Potem w pośpiechu rzuciła do matki: – Karetka już jedzie. Nie ruszaj się – nakazała.

– Dziękuję – wymamrotała Lorraine. To, że się nie sprzeciwiła, dosłownie zmroziło Roisin krew w żyłach.

– Kiedy zaczęło cię boleć?

Krótka pauza.

– Będziesz na mnie zła.

– Zła? Niby czemu?

– Boli mnie już od jakiegoś czasu.

– Od kiedy?

– Od kilku miesięcy. Faszerowałam się tabletkami przeciwbólowymi i dalej robiłam swoje. Znasz mnie. Jak mawiała Liz Taylor: „Zrób sobie drinka, umaluj usta i weź się w garść".

– Co takiego?! I nie poszłaś do lekarza?

– Nie.

– A co z twoją biopsją? Z tym guzkiem w piersi?

– To było kłamstwo z konieczności. Nie czułam się najlepiej.

– Skłamałaś? Zmyśliłaś podejrzenie o raka?

– Wiedziałam, że nigdy tu nie przyjedziesz. No, chyba że będziesz myśleć, że jestem chora. Chciałam cię zobaczyć. Zresztą powiedziałam też, że biopsja niczego nie wykazała; nie musiałaś się martwić!

Tylko Lorraine Walters mogła powiedzieć: „Przepraszam, skłamałam, zmyśliłam diagnozę sugerującą raka i badanie, którego nigdy nie było, ale, proszę, doceń to, że zmyśliłam też drugie badanie, które wykazało, że wszystko jest w porządku. PS Tak czy siak, nie jest ze mną dobrze".

– Ale tobie naprawdę coś dolega! Tylko nic z tym nie zrobiłaś!

– Nie chcę być starą, schorowaną kobietą ani latać z łysą głową, Roisin! Albo będę sobą, albo nie będzie mnie wcale. – Lorraine się skrzywiła, kiedy zalała ją fala bólu, po której z kolei żołądek Roisin zalała fala paniki.

– Poważnie, wolisz umrzeć, niż być łysa?! – uniosła się.

Lorraine próbowała przyjąć wygodniejszą pozycję i znowu jęknęła.

– Jak już mówiłam, nie chciałam robić afery. Chodziło mi jedynie o to, żeby cię po prostu zobaczyć.

– Raczej o to, żebym stanęła za barem – zauważyła Roisin, przewracając oczami. Usiłowała choć trochę rozładować napięcie, którego w zasadzie nie dało się rozładować.

– Amy i Ernest już dawno dopytywali o tę pracę, ale pomyślałam, że miło byłoby spędzić trochę czasu razem, jak matka z córką.

– A pomyślałaś o tym, że Ryan też zasługuje na to, żeby wiedzieć?

Lorraine lekko wzruszyła ramionami, tylko na tyle było ją stać.

– Wiesz, dla niego to dłuższa podróż. Poza tym w chwilach takich jak ta matki chcą mieć przy sobie swoje córki.

Jakie to chwile, miało się dopiero okazać.

Roisin starała się jakoś przyswoić te wszystkie zaskakujące i dramatyczne fakty. Jej matka bała się, że umiera, a jednak nie próbowała się leczyć. I do tego jeszcze ją oszukała.

Nagle uświadomiła sobie coś strasznego: Lorraine wolała wymyślić cały ten szalony plan i nadstawić karku, niż powiedzieć córce wprost, że ją kocha i jej potrzebuje. Wolała postąpić w ten sposób, niż ryzykować, że własne dziecko ją odtrąci.

Była jeszcze dodatkowa przeszkoda, żeby powiedzieć jej prawdę: Roisin na pewno kazałaby jej iść do lekarza. Ale równie oczywiste wydawało się też to, że Lorraine nie potrafiła znaleźć właściwych słów, żeby pokonać dzielącą je przepaść. I dlatego próbowała wypełnić ją bajeczkami.

– No dobrze, musisz pomalować mi usta, zanim dotrą tu sanitariusze – oznajmiła matka. – U mnie w łazience na szafce w pikowanej granatowej kosmetyczce w kwiatki znajdziesz szminki Charlotte Tilbury. Może być Walk Of No Shame albo Lost Cherry.

– Chyba żartujesz! – oburzyła się Roisin.

– To może być moje ostatnie życzenie! – zaskrzeczała Lorraine, a Roisin prychnęła teatralnie, głównie po to, żeby zamaskować swoje przerażenie. Matka oczywiście nie mogła sobie odpuścić, musiała dać jej jasno do zrozumienia: Lorraine do końca pozostanie Lorraine.

Pobiegła do jej pokoju i aż się wzdrygnęła na widok rozlanej wody i szklanki leżącej na podłodze. Matka najwyraźniej wyszła na korytarz na czworakach. Roisin przez chwilę przeczesywała zawartość kosmetyczki, mrużąc oczy i sprawdzając nazwę każdej szminki zamieszczoną na spodzie. Była pewna, że Lorraine rozpozna zły odcień, nawet jeśli będzie się zwijać z bólu o nasileniu siedmiu, a nawet dziewięciu stopni w dziesięciostopniowej skali.

Walk Of No Shame w pewien makabryczny sposób wydało jej się aż nazbyt stosownym wyborem. Bez cienia wstydu... Cóż, zataczając łuk, historia zmierza w stronę czarnego humoru.

Ostatecznie Roisin zdecydowała się na Lost Cherry.

Nie myśl o tym, o czym skłamałaś Joemu. Nie myśl o tym, co kazał ci przysiąc na życie twojej matki. Nie myśl o tym, nie myśl o tym – powtarzała w duchu.

Wróciła na korytarz, uklękła przy matce i wykręciła szminkę z oprawki.

– Nie wierzę, że się na to zgodziłam. Zrób dzióbek.

Lorraine, która najwyraźniej z powodu nieznośnego bólu musiała zebrać wszystkie siły, wysunęła wargi do przodu, a Roisin musnęła je kolorem.

To był naprawdę niedorzeczny i jednocześnie niesamowicie czuły gest. Roisin nie mogła się za bardzo skupiać na tym, co się dzieje, bo jeszcze trochę, a wpadłaby w histerię.

– Chyba obejdę się bez konturówki – stwierdziła Lorraine, delikatnie zaciskając usta.

– No raczej! – rzuciła Roisin, żeby ukryć swoje prawdziwe emocje.

– Słuchaj, muszę z tobą o czymś porozmawiać – zaczęła Lorraine, kiedy Roisin nałożyła skuwkę na pomadkę; zagaiła ot tak, zupełnie jakby przypadkiem wpadły na siebie w supermarkecie i ucinały sobie pogawędkę. – Na wypadek gdybym nie miała już ku temu okazji.

– Mamo, proszę, nie mów takich rzeczy.

– Wiem, jak to wygląda. Nakładają ci maskę na twarz i już po tobie.

– Mamo!

– Oglądałam serial Joego. Ten o policjancie, który zalicza numerek za numerkiem – wypaliła Lorraine. Krew w żyłach Roisin skuł lód. – Joe tak robił? Puszczał cię kantem?

Jasna cholera! Jej matka przejrzała go szybciej niż ktokolwiek inny.

Najwyraźniej trafił swój na swego.

– Tak – przyznała. – Z dziewczyną, z którą spotykał się przede mną. Okazało się, że nigdy tak naprawdę ze sobą nie skończyli.

– To dobrze, że go rzuciłaś. Też powinnam tak zrobić, jeśli chodzi o twojego ojca. Pozwoliłam mu grać pierwsze skrzypce i teraz tego żałuję. – Posłała córce wymowne spojrzenie, a ta od razu zrozumiała, w czym rzecz.

– Bez obaw, wszystko jasne.

– Ubóstwiałaś go i jakoś nigdy nie było właściwego momentu, żeby poruszyć temat... Cóż, sama się domyślasz. – Westchnęła. – A wracając do Matthew... Jak się mają sprawy? Chyba wiesz, że cię kocha, prawda?

Roisin zaśmiała się słabo.

– Skąd takie przypuszczenie?

– Mam oczy i mózg, skarbie. Jeszcze.

– Cóż, przez chwilę byliśmy ze sobą, ale odkryłam, że od wielu lat wiedział o zdradach Joego, a nie pisnął ani słowa. Wściekłam się na niego i... nie jesteśmy już razem.

– I tak źle, i tak niedobrze, prawda? Podejrzewam, Rosie, że tylko przysporzyłby ci cierpienia... – głos jej się załamał, kiedy starała się przemóc ból – ...gdyby ci o tym powiedział.

Nikt inny na świecie nie nazywał jej Rosie. Dlaczego takie drobnostki nagle nabierają wielkiego znaczenia? Roisin zerknęła na zegarek.

– Gdzie oni są?! – wymamrotała zniecierpliwiona. Nie chciała panikować przy mamie, ale nie mogła wytrzymać napięcia. Miała wrażenie, że czekają już wiele godzin. W rzeczywistości minęło osiemnaście minut. Ale to chyba i tak wystarczająco długo, no nie?

Roisin usłyszała walenie do drzwi. Jeszcze nigdy tak szybko nie zbiegła po schodach i nie przemierzyła baru. Na zewnątrz czekali ludzie w zielonych kombinezonach z odblaskowymi paskami. Naprędce poinformowała ich, że mama bardzo cierpi i jest na górze.

Musiała poczekać z tyłu, kiedy dotarli do Lorraine i zaczęli się nią zajmować. Zadawali pytania, wyjmowali sprzęt medyczny, generalnie działali z wyćwiczoną sprawnością.

Roisin nie wiedziała, co ze sobą począć, gdzie stanąć, jak się zachować. Ostatecznie więc tylko wyciągała szyję i zaglądała ratownikom przez ramię.

Miała nadzieję, że zaraz cmokną bagatelizująco i powiedzą, że to nic poważnego. Tymczasem z błyskającego światłami ambulansu wyjęto nosze.

Nagle pojawiła się maska tlenowa; Roisin na jej widok mało nie postradała zmysłów.

– Nie zostawiaj mnie! – krzyknęła, patrząc na Lorraine już nie jak na kogoś potrzebującego pomocy, tylko jak na matkę. I nie chodziło o to, żeby nie zostawiała jej samej teraz, kiedy zabiorą ją do szpitala, ale tak w ogóle, na zawsze. To był pełen udręki apel dziecka przerażonego wizją być może wiecznej rozłąki.

Roisin zalała się łzami. Kiedy wywożono Lorraine na noszach, ta niezdarnie złapała córkę za rękę i pocałowała w grzbiet dłoni.

Podróż karetką w blasku migających niebieskich świateł to był istny koszmar; Roisin ledwo co widziała przez łzy, które próbowała powstrzymać. Stery przejęli profesjonaliści, a ona z wdzięcznością przekazała im całą odpowiedzialność. Nie ulegało jednak wątpliwości, że sprawa jest poważna. Gwałtownie pikająca aparatura, wycie syren i pełne skupienia wysiłki osób trzecich pozbawiały resztek złudzeń co do całej sytuacji.

– Poinformujemy panią o stanie pacjentki najszybciej, jak się da. Proszę usiąść – powiedział jeden z sanitariuszy, kiedy Lorraine zniknęła za drzwiami szpitala Macclesfield District. I tak matka trafiła w ręce obcych jej ludzi, a Roisin została sama, skazana na to, żeby snuć się jak duch po oddziale ratunkowym.

Nagle zawładnęła nią instynktowna chęć walki lub ucieczki. Na myśl o tym, że miałaby tu siedzieć nie wiadomo jak długo, ale na pewno nie krótko, na jednym z tych plastikowych, kubełkowych krzeseł skąpanych w tym upiornym świetle, poczuła się tak, jakby kazano jej odtańczyć ludowy taniec Morrisa.

Spojrzała na telefon. Zero zasięgu i dopiero co minęła trzecia.

W Toronto było pięć godzin wcześniej: Ryan może i by odebrał, ale uznała, że rozsądniej poczekać, aż pojawią się jakieś konkretne wiadomości, zamiast pozbawiać go snu w sytuacji, kiedy zapewne jeszcze przydadzą mu się rezerwy energii.

O Boże!

Musiała wyjść na zewnątrz, żeby złapać sygnał. Przewinęła listę kontaktów w komórce i wybrała jego numer. Tak, to bardzo samolubne i nie fair, a nawet bezczelne. Ale nie mogła się powstrzymać. W tej chwili chciała usłyszeć tylko jego głos, nic więcej.

Ta świadomość była jak zdjęcie rentgenowskie jej stanu emocjonalnego. Wszystko, co zbędne, zniknęło; zostało jedynie to, co istotne, kości i narządy. Teraz już widziała, co tak naprawdę się liczy.

Cześć, tu Matt! Nie mogę w tej chwili odebrać. Jeśli nie czujesz wstrętu do automatycznych sekretarek, zostaw wiadomość.

— Matt — wydusiła po sygnale. — To ja. Jestem w szpitalu. W Macclesfield. Chodzi o mamę. Jeszcze nie wiedzą, co jej jest… — Załkała, tłumiąc szloch. — Jakąś godzinę temu zwijała się z bólu na podłodze. Teraz zajmują się nią lekarze. Nie wiem, co się tak naprawdę dzieje, bo zanim do niej przyjechałam na początku wakacji, powiedziała mi, że miała biopsję, ale ta nic nie wykazała. Oczywiście to gówno prawda i bardzo w stylu Lorraine. Podobno od dawna ignorowała ból i faszerowała się lekami bez recepty, żeby jakoś go stłumić… — Roisin nagle zdała sobie sprawę, że zaczyna panikować. Zrobiła pauzę i głośno przełknęła ślinę. — Pamiętasz, jak mi powiedziałeś, że w twoim życiu nie ma zbyt wielu bliskich osób? No więc jeszcze nigdy nie brakowało mi taty i brata tak jak teraz. Nie musisz reagować na tę wiadomość ani oddzwaniać. Nie jesteś mi nic winny. Po prostu musiałam z kimś porozmawiać. Nie, nie z kimś. Chciałam porozmawiać z tobą. Może to głupie, ale już samo nagranie ci się na sekretarkę pomogło. No więc… Okay, dzięki, że mnie wysłuchałeś, mam nadzieję. Pa.

Kiedy wróciła do szpitala, jakiś lekarz już się za nią rozglądał.

— Pani Walters? Muszę z panią porozmawiać o stanie matki.

Spojrzała na wierzch dłoni, na której wciąż widniał rozmazany ślad w kolorze Lost Cherry.

Roisin słuchała cichego szumu aparatury medycznej. Zza zasłonki dobiegały szeleszczące odgłosy, które wypełniły oddział z początkiem nowego dnia.

Na dworze zaczęło się rozjaśniać, niebo powoli przybierało blady mandarynkowo-szary odcień. To najpiękniejszy wschód słońca, jaki Roisin kiedykolwiek widziała, bo matka też mogła go zobaczyć, choć istniały obawy, że poranka nie doczeka.

Okazało się, że ten nagły wypadek, choć niepokojący, na szczęście nie zagraża życiu, a Lorraine mogła go potem sama zrelacjonować Ryanowi przez telefon, już spokojnie leżąc w łóżku.

Roisin wciąż próbowała to jakoś przyswoić i sprowadzić swoje myśli z mrocznych miejsc, do których zawędrowały podczas tego kryzysu. Jakaś jej część nadal znajdowała się na innej osi czasu.

Przy okazji dowiedziała się jednak czegoś ważnego, a mianowicie tego, że matka jej potrzebuje. Ona również potrzebowała Lorraine. Bynajmniej nie chodziło o żadne trywialne, praktyczne wsparcie – raczej o szczerą, głęboką potrzebę, której żadna z nich do tej pory nie potrafiła wyrazić słowami. Roisin tak się zafiksowała na pobłażliwej wyrozumiałości, jaką Lorraine okazywała jej ojcu i bratu, że nabrała przekonania, że w ogóle się dla niej nie liczy. Ale najwyraźniej się myliła.

Lorraine zdawała sobie sprawę, że Roisin ma do niej różne żale, o których nie mogła z nią porozmawiać bez wzbudzania do siebie pogardy i odrazy i bez wyrządzania córce jeszcze większej krzywdy. Dlatego przez te wszystkie lata wyrósł między nimi mur.

Roisin natomiast musiała przestać karać otaczających ją ludzi, którzy być może popełnili jakieś błędy, ale szczerze ją kochali.

Po południu zamierzała wrócić z ulubionymi perfumami matki, kindle'em i piżamą, a na razie pochyliła się i pocałowała ją w policzek – delikatnie, żeby jej nie obudzić.

74

Zmierzała akurat do wyjścia z oddziału ratunkowego, kiedy go zobaczyła. Siedział na plastikowym krześle w ciemnej dżinsowej kurtce: ręce skrzyżowane na piersi, głowa przechylona na bok, oczy zamknięte, stopa oparta na kolanie.

Na jego widok serce aż urosło jej w piersi. Przyglądała się mu intensywnie, chłonąc każdy szczegół i zachowując go w pamięci. Dochodziła szósta rano. Ciekawe, jak długo już tu czekał. Przez ostatnie dwie godziny nieprzerwanie czuwała przy łóżku matki, więc pewnie dotarł jakoś w tym czasie.

Położyła mu dłoń na ramieniu.

Ocknął się gwałtownie. Spojrzał na nią i przetarł oczy, próbując sobie przypomnieć, gdzie jest.

– Dzień dobry. – Wstał z wysiłkiem.

– Dobry. Chciało ci się jechać taki kawał? – spytała.

– Wskoczyłem do samochodu, gdy tylko odsłuchałem twoją wiadomość. Jak się masz? Co z Lorraine?

– Ona… – Mocno zagryzła dolną wargę, żeby przynajmniej zachować pozory opanowania. Po tak ciężkiej, bezsennej nocy na widok Matta mogła się załamać. – Już z nią dobrze. Pękł jej wyrostek robaczkowy. Coś takiego może zagrażać życiu, ale na szczęście w porę się tym zajęli. Mało kto ignoruje objawy zapalenia wyrostka tak długo jak moja mama. – Roisin się skrzywiła.

– Dzięki Bogu, że już po wszystkim! – rzucił z ulgą Matt.

– Spędzi w szpitalu jeszcze kilka dni i przez parę tygodni będzie się czuć jak przepuszczona przez wyżymaczkę, ale kamień spadł mi z serca.

– Kiedy wezwie pielęgniarkę, żeby przyniosła jej Kir Royale, będziesz wiedzieć, że już w pełni wróciła do zdrowia.

– Jak ty ją dobrze znasz – rzuciła rozemocjonowana Roisin. Jej serce było przepełnione wdzięcznością, że Matt jest przy niej, a miłość do niego kładła się błogim ciężarem na jej piersi.

– Masz ochotę się przewietrzyć? – zaproponował po pełnej napięcia chwili. Roisin przytaknęła, więc pchnięciem otworzył drzwi.

Stanęli pod murowanym zadaszeniem wejścia na oddział ratunkowy, przesunęli wzrokiem po terenie szpitala, westchnęli głęboko i patrząc na siebie, pokręcili głowami. Nagła choroba potrafi wyrwać człowieka z normalnego świata i katapultować go do alternatywnej rzeczywistości.

– Tak się cieszę, że tu jesteś – wyznała Roisin.

Matt odwrócił się do niej.

– Posłuchaj, Rosh. Chcę, żeby to było jasne. Nie jestem tu, bo czegoś oczekuję…

Złapała go za klapy kurtki, wcisnęła twarz w jego pierś i zaniosła się szlochem, a on oplótł ją ramionami i mocno przytulił.

– Już dobrze – wyszeptał uspokajająco. – Nic jej nie będzie. Dojdzie do siebie.

– Wiem, wiem, tylko… – Znów załkała. – Mama mnie okłamała. Wymyśliła taką historyjkę, żebym do niej przyjechała i przez lato pomogła jej w pubie. Zależało jej, żebym przy niej była, bo myślała, że nie zostało jej już dużo czasu, ale nie mogła mi o tym powiedzieć. Totalny obłęd.

– Dlaczego nie poszła do lekarza? Od bólu brzucha do stwierdzenia, że jest umierająca, jeszcze daleka droga.

– No tak. Wydaje mi się, że po prostu musi pozostać wierna swojemu wyobrażeniu o sobie. Musi być tą olśniewającą, pewną siebie, młodzieńczą Lorraine, która dyktuje warunki. Myśl, że leczenie zepsuje ten wizerunek, była dla niej absolutnie przerażająca. I to nawet bardziej niż perspektywa śmierci, której mogła dzięki temu uniknąć... – Spojrzała na Matta z konsternacją. – Jej się chyba wydaje, że inaczej nie będzie kochana. Po części pewnie dlatego, że mój ojciec w tym względzie okazał się niewiele wartym draniem. A jej syn już dawno uciekł w siną dal. Najwyraźniej nie różni się zbytnio od taty. Mama z kolei nie chciała nawet powiedzieć własnej córce: „Boję się i potrzebuję twojego wsparcia". – Roisin przyjrzała się Mattowi w szarej poświacie poranka. – Ja nie popełnię tego samego błędu. Zadzwoniłam do ciebie, bo nie chciałam zobaczyć nikogo innego. – Uśmiechnęła się. – Nie zamierzam udawać, że jestem w stanie znieść więcej niż w rzeczywistości. Potrzebuję cię, Matt.

Odwzajemnił jej uśmiech.

– Cóż, a ja nie chciałbym teraz być nigdzie indziej. Naprawdę się ucieszyłem, że do mnie zadzwoniłaś. Wręcz skakałem z radości, że to zrobiłaś, a jak często można tak powiedzieć o wiadomościach głosowych zostawianych o trzeciej nad ranem?

– Byłam dla ciebie zbyt surowa, McKenzie, a ty, jak zwykle, podszedłeś do tego z wielką wyrozumiałością. Czy chciałbyś dać nam jeszcze jedną szansę i sprawdzić, jak to jest być „obrzydliwie zakochaną parą"? – Uniosła brwi. – Miałam cię o to zapytać przy drinku podczas eleganckiej kolacji. Ale zamiast tego jesteśmy tu, w szpitalu w Macclesfield, bo zaapelowałam do twojego współczucia i oto się pojawiłeś. A obok gołąb z koślawą nogą dziobie resztki pasztecika.

Wskazała za jego plecy, kiedy ocierał jej łzy.

– Może się zdziwisz, ale moje pragnienie, żeby to sprawdzić, jest jeszcze silniejsze niż do tej pory.

Patrzyli na siebie w milczeniu, uświadamiając sobie, że oto wreszcie dotarli do upragnionego punktu. O tak dużym stopniu porozumienia marzy chyba każdy.

Roisin nerwowo potarła czoło.

– Boże, spędziłam tu pół nocy. Pewnie wyglądam jak strach na wróble.

– W miłości nie ma znaczenia, czy ktoś wygląda olśniewająco. Pamiętasz?

– A, racja, ha, ha. No, mimo wszystko…

Zawahała się, kiedy Matt wyjął telefon, żeby zamówić taksówkę. Roisin była teraz ekstremalnie podatna na emocje, jakby jej wrażliwość osiągnęła jakość HD. Czuła, że powinna wykorzystać ten moment, zanim wróci normalność, ze wszystkimi jej zaletami i wadami.

– Matt, cokolwiek się między nami wydarzy… – zawiesiła głos, a on podniósł wzrok. – Obiecuję ci, że zawsze będziemy mogli być wobec siebie szczerzy, bez lęku przed wstydem. Według mnie tajemnice tylko zatruwają życie tego, kto je w sobie dusi.

– A co, jeśli moją ostatnią trującą tajemnicą jest to, że kiedyś napisałem wiersz o tym, jak cię ujrzałem po raz pierwszy? Zacinał deszcz, a ty szłaś wtedy Deansgate z wysoko uniesioną głową, i to bez kurtki. Później mi powiedziałaś, że pokłóciłaś się z mamą i wybiegłaś w złości z domu tak jak stałaś. Ten wiersz jest tak zły, że kiedy ostatnio go wygrzebałem, aż płakałem ze śmiechu, a potem miałem ochotę umrzeć ze wstydu. Zrymowałem w nim Roisin z czymś, co się w ogóle nie rymuje. Ale jakoś nie mogłem się przemóc, żeby go wyrzucić, bo przypominał mi o tobie.

– Boże! Nie gadaj! Mogę go przeczytać?

– Wykluczone!

75

– Witam z powrotem! – Roisin stała oparta o biurko i patrzyła, jak klasa 10E, choć teraz właściwie już 11E, wchodzi gęsiego do sali.

Albo Bóg miał chore poczucie humoru, albo to zasługa Wendy Copeland i jej proaktywnej strategii, że właśnie z tą klasą Roisin miała poprowadzić pierwsze zajęcia w nowym semestrze.

Niektórzy uczniowie ostentacyjnie zmierzyli ją ciekawskim spojrzeniem od stóp do głów, na co odpowiedziała promiennym uśmiechem.

– Miło spędziłaś wakacje, Caitlin? – zwróciła się do Caitlin Merry, która zmarszczyła nos.

– Chyba tak. Ale za szybko trzeba było wracać do budy.

– No tak – zgodziła się rozbawiona Roisin.

– Lepiej się już pani czuje? – zapytał śpiewnym tonem Logan Hughes, jednoznacznie nawiązując do poprzedniego semestru, a przy tym dając sygnał reszcie.

– Znacznie lepiej, Logan. Dziękuję za troskę.

Uczniowie z daleka potrafili zwietrzyć czyjś strach i równie dobrze wyczuwali jego kompletny brak. To naprawdę dziwne, ale pewność siebie wytwarza wokół człowieka niemal namacalne pole siłowe. Latem na jakiś czas opuściła

Roisin, lecz oto wróciła. Najwyraźniej brała się z mistycznego wewnętrznego źródła i była nieodłącznie powiązana ze szczęściem, którym teraz Roisin wręcz emanowała.

Czuła, jak młodzieńcze nadzieje na dalszy ciąg fermentu maleją z sekundy na sekundę i w końcu całkiem gasną. Psorka znowu była psorką.

– Psorko, czy w przyszłym roku będą kolejne odcinki tego erotycznego serialu pani męża? – drążył Logan, któremu wyraźnie najbardziej brakowało sensacji.

Roisin odgarnęła kosmyk włosów z twarzy, założyła go za ucho i przez chwilę milczała, skupiając na sobie jeszcze większą uwagę. Celowo podkręcała napięcie, żeby uczniowie na pewno odnotowali jej opanowanie, kiedy będzie udzielać odpowiedzi.

– Dramaty telewizyjne to fikcyjne historie. A jedyną fikcyjną historią, o której chcę dziś mówić, są *Wielkie nadzieje* Charlesa Dickensa – oznajmiła. Podniosła książkę i uśmiechnęła się szeroko przy akompaniamencie jęków niezadowolenia.

Wzięła flamaster i napisała z piskiem na białej tablicy:

DWA ZAKOŃCZENIA
SMUTNE KONTRA SZCZĘŚLIWE

Następnie odwróciła się ponownie do klasy. Roisin znów była dawną sobą. Chociaż nie, nieprawda. Była obecną sobą, z tu i teraz. I lubiła siebie taką.

– No dobrze, na dzisiejszej lekcji przyjrzymy się dwóm skrajnie różnym zakończeniom książki. Pierwotnie ostatnie rozdziały wyglądały inaczej: Pip zostaje sam, a Estella wychodzi ponownie za mąż. Zakończenie, które znalazło się w ostatecznej wersji, zasugerował Dickensowi jego przyjaciel, również pisarz, Wilkie Collins, bo uznał, że to wcześniejsze jest zbyt ponure. Nalegał, żeby Dickens nadał mu bardziej optymistyczny wydźwięk.

– Dlaczego Dickens po prostu mu nie powiedział: „Wilkie, ty baranie, to moja powieść!" – podsunął Amir.

– Właśnie! Gdybym to ja nad tym harował całymi godzinami, rzuciłbym mu tylko: „Napisz własną książkę, stary!" – zawtórował mu Pauly.

– Słuszna uwaga. Do dziś toczy się debata literacka, czy Dickens powinien posłuchać kolegi po piórze i czy nowe zakończenie psuje całość czy wręcz przeciwnie. – Roisin wskazała na tablicę. – A według was, które zakończenie bardziej pasuje do tej historii? To, które wam rozdałam i które mogliście przeczytać podczas wakacji? Pip zostaje sam, a Estella ponownie wychodzi za mąż? Czy raczej to z książki: Pip i Estella biorą ślub? Kto chce się wypowiedzieć?

– Pip powinien zostać sam – odezwał się Logan Hughes. – W końcu już raz zrobiła z niego głupka, prawda? No i kto chciałby się żenić w wieku... Ile on ma lat? Trzydzieści? Tak w ogóle to powinien się przedstawiać jako Philip. Albo Phil. Pip to imię dla dziecka, nie dla dorosłego faceta.

– Ale to są bardzo dawne czasy – zauważył Pauly. – Wtedy trzydzieści lat to już prawie mogiła. Ludzie umierali w wieku czterdziestu jeden, czterdziestu dwóch lat.

– Cóż za dokładność, Pauly – skomentowała Roisin.

– A pani jak uważa? – spytał Amir, po czym dodał znacząco: – Lubi pani, jak jest happy end?

Pauly zsunął się niżej na krześle, podśmiewając się pod nosem.

– Nie, nie mam na myśli nic sprośnego! Pytam całkiem serio. Naprawdę! Czy szczęśliwe zakończenia to nie jest po prostu stek kłamstw? Żebyśmy poczuli się lepiej? Na końcu i tak wszyscy umrzemy, więc życie wcale nie kończy się szczęśliwie. Pisarze wciskają nam zwykły kit.

– A jeśli szczęśliwe zakończenie to tak naprawdę szczęśliwy początek?

– To znaczy… bo nie wiadomo, jaki będzie ciąg dalszy, ale jakiś będzie? – ciągnął dyskusję Amir.

– Otóż to. Jeśli Pip i Estella się pobiorą, to ich przygoda dopiero się zacznie. W tym miejscu my się z nimi rozstajemy, jednak to jeszcze nie jest koniec ich historii.

– Tylko szczęśliwy początek – uściślił chłopak. – Rozumiem.

– Tak, szczęśliwy początek. Albo jednym słowem: nadzieja – dodała z uśmiechem Roisin.

– Kto chce nam przeczytać ostatni rozdział?

– Ja! Ja! – zgłosił się na ochotnika Amir. – Jestem w tym naprawdę niezły.

Jego słowa spotkały się ze zbiorowym śmiechem, którym Amir wręcz się upajał. Roisin przypomniała sobie, jak uścisnął jej dłoń przez okno samochodu. Jednak dobry z niego chłopak.

– Całkowicie się z tobą zgadzam. To słuchamy.

Odchrząknął i zaczął czytać. Roisin z satysfakcją przesunęła wzrokiem po rzędach jako tako grzecznych uczniów.

Kiedy Amir dotarł do słów: „Życie złamało mnie, powaliło, ale mam nadzieję, po to, by uczynić mnie lepszą"*, kątem oka dostrzegła wystającą z jej torby kopertę, której z całą pewnością tam nie było, gdy pakowała się zeszłej nocy. Wyjęła ją ukradkiem i przeczytała jedyne widniejące na niej słowo.

Jej imię, napisane jego pismem.

---

* Charles Dickens, *Wielkie nadzieje*, tłum. K. Beylin, Warszawa 2009.

Podziękowania

W pierwszej kolejności dziękuję mojej uroczej, niezwykle opanowanej i mądrej wydawczyni Lynne Drew, umiejętnie wspieranej przez cudowną redaktorkę Lucy Stewart. Obie sprawiły, że praca nad tą książką była czystą przyjemnością – przynajmniej dla mnie. Przepraszam, jeśli nie dla Was, he, he.

Wspaniale było współpracować z całą rodziną Harper-Collins; jestem wdzięczna za Wasze wsparcie, zwłaszcza Holly Macdonald za cudną okładkę. Właśnie tak wyglądali Roisin i Matt, kiedy jeszcze istnieli tylko w mojej głowie.

Wyrazy głębokiej wdzięczności kieruję także do Douga Keana, mojego wspaniałego agenta i „biurowego męża", mężczyzny z najbardziej rozbrajającym śmiechem (co nie znaczy, że zawsze się ze mnie śmieje).

Jeśli chodzi o research, to dziękuję genialnej Sarah Ellison za to, że opowiedziała mi o wyzwaniach, z jakimi w XXI wieku muszą się mierzyć nauczyciele licealni (niemniej za ewentualne błędy, a także za język uczniów odpowiadam sama).

Jeszcze raz pragnę podziękować Julii Mitchell – mieszkance Manchesteru i ekspertce od wszystkiego, co stylowe – za najświeższe informacje na temat jednego z najfajniejszych miast na świecie.

Wielkie dzięki dla mojego agenta z branży filmowej Marka Casarotto za wymyślenie tytułu *WIDZIANI*! Wiesz, nadal uważam, że to niezły pomysł na serial.

Slave to Love napisał, rzecz jasna, Bryan Ferry, nie ja, i jestem mu bardzo wdzięczna za to, że mogłam pożyczyć od niego pierwszy wers tej piosenki.

Z bólem muszę również docenić wkład mojego przyjaciela i miejskiego włóczykija, snującego się ulicami Stoke Newington, Leo Barkera. O dziwo, inspiracją dla niektórych fragmentów tej całkowicie fikcyjnej powieści były jego niesamowite wybryki, ale spuśćmy na nie zasłonę milczenia.

Jeden z żartów podkradłam od niejakiego Olly'ego Richardsa i zamieściłam też pewne spostrzeżenie, którym wspaniałomyślnie podzielił się ze mną Justin Myers. Dziękuję Wam obu, że uprzejmie pozwoliliście mi na te drobne kradzieże.

Dziękuję mojemu wiernemu zespołowi beta readerów, testujących pierwszą wersję książki: tym razem Tarze, Katie, Kristy i Seanowi. Bez Was nie dałabym rady albo raczej, jak to mówią: miałabym totalnie przechlapane.

Składam też wyrazy wdzięczności moim Czytelnikom na całym świecie – to, że poświęcacie mi swój czas, traktuję jako przywilej. Niezmiennie mnie to raduje i wciąż staram się na to zasłużyć.

Na koniec jak zwykle dziękuję Alexowi. Cytując Twojego ulubionego Coldplaya (ha, ha): „Nikt nie powiedział, że to łatwe, nikt nie powiedział, że będzie tak trudno". Mój proces twórczy to podróż – dziękuję, że przejmujesz kierownicę, kiedy jestem zajęta czytaniem mapy.